Dario Correnti ist das Pseudonym zweier erfolgreicher italienischer Autoren. Ihr Thrillerdebüt »Kälter als der Tod« ist in 15 Ländern erschienen.

Kälter als der Tod in der Presse:

»Ein fesselnder Thriller – spannend, düster und überraschend«
Corriere della Sera

»Ein rasanter Thriller, der auf einer wahren Begebenheit beruht – spannend und mit einer guten Portion Ironie«
La Lettura

»Ein Thriller, der wahnsinnig schnell Fahrt aufnimmt«
L'Arena

»Ein düsterer, komplexer und faszinierender Thriller«
L'Eco di Bergamo

DARIO CORRENTI

STILLER ALS DER TOD

THRILLER

Aus dem Italienischen von Brigitte Lindecke

PENGUIN VERLAG

Die italienische Originalausgabe erschien 2019
unter dem Titel *Il destino dell'orso* bei Giunti Editore, Mailand.

FSC www.fsc.org MIX Papier aus verantwortungsvollen Quellen FSC® C014496

Klimaneutral* Druckprodukt ClimatePartner.com/14044-1912-1001

Penguin Random House Verlagsgruppe FSC® N001967

1. Auflage 2021

Umschlag: www.buerosued.de
Umschlagmotiv: © mauritius images/Roberto Moiola/Alamy
Redaktion: Sigrun Zühlke
Satz: GGP Media GmbH, Pößneck
Druck und Bindung: GGP Media GmbH, Pößneck
Printed in Germany
ISBN 978-3-328-10658-6
www.penguin-verlag.de

Teil eins
Juli

17. Juli

»Kommt überhaupt nicht infrage.«

»Du kannst nicht immer Nein sagen, Marco«, insistiert der Ressortleiter. »Komm schon, es sind nur dreitausend Zeichen.«

»Wozu braucht man einen Kommentar? Was soll ich über einen Typen schreiben, der von einem Bären zerfleischt wurde? Willst du einen historischen Abriss von Herzog über Annaud bis Iñárritu? Frag doch einen von euren vielen Schriftstellern, für Geld geben die zu allem ihren Senf dazu. Warum nervst du mich mit so was?«

»Damit hättest du wenigstens mal wieder einen *Auftrag*, Marco. Ab und zu musst du doch mal was tun.«

»Seit ich in Rente bin, drückt ihr mir immer den Mist aufs Auge, den sonst keiner will. In der Reihenfolge: der Typ, den es beim Wingsuit-Fliegen an einem Felsen zerlegt hat, das Interview mit der Frau, die behauptet hat, ohne ihr Wissen geschwängert worden zu sein, Liebesbetrüger auf Facebook. Natürlich sage ich da Nein. Frag dich doch mal selbst, Roberto.«

»Hör zu, ich bitte dich um einen Gefallen. Dem Chefredakteur liegt daran, er kannte ihn.«

»Den Bären?«

»Ach, leck mich doch.« Dennoch muss Roberto lachen. Er bekommt von Besana nie, was er will, aber er mag ihn trotzdem. »Das Opfer ist ein großer Industrieller, Achille D'Ambrosio.«

»Eher ein großer Pleitier.«

»Stimmt, aber schreib das bitte nicht. Er ist gerade bei lebendigem Leib zerfleischt worden. Man hat seinen Kopf einen Kilometer weiter gefunden.«

»Heiliger Strohsack. Wo bitte ist das denn passiert, in Kanada?«

»In der Schweiz. In irgendeinem Wald in Graubünden.«

»Na schön, ich seh mir mal die Meldungen der Presseagenturen an.«

»Danke.« Der Ressortleiter seufzt erleichtert.

»Aber das ist das letzte Mal. Komm mir bloß nicht wieder mit solchem Unsinn.«

»Versprochen. Wir sehen uns heute Abend auf der Party. Du kommst doch, oder?«

»Ich kann dir gar nicht sagen, wie viel Lust ich darauf habe. Da ist mir der Bär fast lieber.«

»Aber die ganze Redaktion wird da sein.«

»Eben.«

»Die Piatti macht dir die Hölle heiß, wenn du sie nicht begleitest.«

»Sie hat mich heute schon dreimal angerufen.«

Fluchend schaltet Besana den Computer ein. Der Vorfall hat sich in der Nähe des Ofenpasses ereignet, oberhalb von Zernez. D'Ambrosio war einen Tag zuvor verschwunden, und gegen Abend, nachdem er nicht ins Hotel zurückgekehrt war, wurde er als vermisst gemeldet. Wo genau er hingegangen war, konnte niemand sagen, nur, dass er im Nationalpark Steinböcke fotografieren wollte. Die Bergwacht schickte ihre Rettungshubschrauber los, Suchtrupps mit Hunden schwärmten aus. Doch das Gebiet war zu groß. Einen Tag später wurde der Leichnam durch Zufall entdeckt: Ein Förster fand ihn auf seinem Kontrollgang durch die Wälder unterhalb des Piz Daint. Der Bär hatte ein Halsband mit Sender getragen, der allerdings kaputt war und bereits seit Monaten keine Signale mehr sendete. Dennoch war bekannt, dass er sich in der Gegend aufhielt, weil er in Val Müstair bereits einige Kälber, zwei Schafe und einen Esel gerissen hatte.

Die Meldung geht noch weiter ins Detail, und Besana verliert allmählich die Geduld. Der Hauptverdächtige ist männlich, wiegt 189 Kilo, trägt den Namen M18, genannt Fulvio wegen seines falbfarbenen Fells. Er ist der Bruder von M13 und Sohn von KJ7, einer Bärin aus dem Trentino, wo er 2011 geboren wurde.

»Studienabschluss? Sexuelle Ausrichtung?« Besana schnaubt und streichelt seinen Hund, der die Schnauze auf sein Bein gelegt hat. »Ich muss jetzt die Biografie eines Sohlengängers schreiben. Schau mich nicht so an, Becks. Das ist doch eine gute Nachricht für dich. Eines Tages wird ein pensionierter Journalist auch deine Biografie schreiben.«

Becks wedelt mit dem Schwanz. Kaum zu glauben, dass er ihn anfangs gar nicht haben wollte, als Ilaria ihm den Hund geschenkt hatte. Bring ihn ins Tierheim zurück, hatte er gesagt. Ihn nach dem Bier zu benennen, war eine gute Entscheidung gewesen. Jetzt hat er ihn gerade mal seit ein paar Monaten und kann schon nicht mehr ohne ihn.

Becks war in einem Schuhkarton im Müllcontainer gefunden worden. Jetzt reicht er Besana bis zur Wade. Er ist eine Kreuzung aus einem Yorkshireterrier, einem Dackel und irgendwelchen anderen Mischungen. Sein Schwanz ist überproportional lang, wer weiß, von wem er den geerbt hat, die Beine sind kurz, die Schnauze ist die eines undefinierbaren Rassehundes. Und wenn man ihn streichelt, grunzt er vor Glück.

Besana beginnt wieder zu lesen. Nach ersten Informationen aus Sicherheitskreisen soll der Mann einen Schwächeanfall erlitten haben und erst in der Nacht von dem Tier angefallen worden sein. Da die Gegend nicht vom Handynetz abgedeckt ist, konnte er keine Hilfe rufen. Der Bär hat den Körper einen guten Kilometer von Kopf und Rucksack fortgeschleift und mit Laub bedeckt, um die Mahlzeit zu einem späteren Zeitpunkt fortzusetzen. Zum Zeitpunkt des Angriffs lebte der Mann noch.

17. Juli

Besana probiert das einzige elegante Hemd an, das er besitzt, und flucht, weil er den Kragen nicht zubekommt. Vielleicht hat er zugenommen, aber er gibt lieber der Waschmaschine die Schuld. Bestimmt ist das Hemd beim Schleudern eingelaufen. Na schön. Dann zieht er eben keine Krawatte an, auch wenn eine Dame der gehobenen Mailänder Gesellschaft zum Essen eingeladen hat. Ihm doch egal. Er hat ohnehin nicht die geringste Lust hinzugehen, aber das Buch des Chefredakteurs wird vorgestellt, da darf er nicht fernbleiben.

Während er den Rasierschaum auf den Wangen verteilt, klingelt es an der Tür. Es ist noch nicht mal sechs, aber Ilaria ist schon da. Becks bellt wie verrückt, springt an ihr hoch und leckt ihr das Gesicht ab.

»Becks, runter mit dir«, ruft sie. »Du zerreißt mir noch den Rock.«

Besana mustert sie. »Was hast du denn da an, Piattola?«

»Warum? Stimmt was nicht damit?«

»Es sieht aus wie die Gardine meiner Oma.«

»Danke, Marco. Ich bin schon bis obenhin voll mit Angstlösern, deine aufmunternden Worte haben mir gerade noch gefehlt.«

Ilaria folgt Besana, der sich noch zu Ende rasieren muss, bis an die Badezimmertür, um ihm Gesellschaft zu leisten. Becks trägt ihr unermüdlich ein vollgesabbertes Stück Kordel hinterher, damit sie es für ihn durch den Flur zieht.

»Weißt du, wie ich gelernt habe, mich zu rasieren? Durch *Das Mädchen und der Mörder*«, erzählt Besana, während er den Rasierer über die linke Wange gleiten lässt. »Alain Delon spielt Trotzkis Attentäter. Bevor er zur Tat schreitet, rasiert er sich. Bis zu dem Tag hatte ich wirklich keine Ahnung, ich wusste nie, wie ich an die Haare unter dem Kinn rankomme. Der Film war eine Offenbarung.«

Ilaria lacht. »Du bereitest dich also auf ein Verbrechen vor?«

»Heute Abend sind sicher jede Menge Leute da, die ich liebend gern ins Jenseits befördern würde.«

»Ich hab in der Redaktion gehört, dass morgen ein Artikel von dir erscheint. Worüber hast du geschrieben?«

»Vergiss es«, brummt Besana und schneidet sich prompt.

»Du hast ja eine Laune.«

»Ich will dich mal sehen, nachdem du einen Tag lang über einen Typen geschrieben hast, der bei lebendigem Leib von einem Bären zerfleischt wurde.«

»Ah, der Pleitier.«

»Das darf ich noch nicht mal schreiben, er war ein Freund des Chefredakteurs.«

Ilaria schaut zum wiederholten Male auf ihre Uhr. »Beeil dich, sonst kommen wir zu spät.«

»Aber es ist doch erst sechs.«

»Schon, aber wir müssen noch einen Parkplatz suchen. Das ist dort nicht so einfach.«

»Es gibt ja auch noch Carsharing, Piatti. Die Flotte besteht aus Smarts, die kriegst du sogar in deine Handtasche. Fährst du?«

»Ich bin in der Fahrprüfung durchgefallen.« Ilaria senkt den Blick.

»Schon wieder?«

»Ich bin immer so aufgeregt, und dann passieren mir die dümmsten Sachen. Heute habe ich den Außenspiegel abgefahren. Als ich den Knall gehört habe, wusste ich, das war's jetzt.«

»Piatti, früher oder später musst du doch mal die Prüfung schaffen. Ich kann nicht ewig den Chauffeur für dich spielen.«

»Ich weiß, ich weiß. Ich versuche es noch einmal mit einer anderen Fahrschule. In meiner hab ich keinen besonders guten Ruf mehr.«

Besana zieht sein blaues Jackett über, er schwitzt jetzt schon.

»Ich bin fertig«, sagt er.

»Die hat ja gar keine Knöpfe mehr«, stellt Ilaria fest.

»Macht nichts, geht eh nicht mehr zu.«

17. Juli

»Bei zwei Dingen sollte man *niemals* sehen, wie sie gemacht werden: Wurst und Zeitungen«, sagt Besana gerade, während er sich Vitello tonnato auf den Teller lädt.

Ilaria sitzt mit ihrem Glas ganz allein in einer Ecke. Sie ist mondäne Abendveranstaltungen nicht gewohnt und weiß nicht, was sie sagen soll. Nachdem sie ihre

Kollegen begrüßt hat, sind ihr die Gesprächsthemen ausgegangen.

»Ist der Platz noch frei?«, fragt eine Frau mit einem Teller Quinoasalat in der Hand.

»Natürlich, natürlich, bitte«, antwortet Ilaria wohlerzogen.

»Ich hab Sie doch schon mal irgendwo gesehen«, sagt die Frau. »Bei Ceci zu Hause?«

»Ich kenne keine Ceci.« Ilaria zuckt entschuldigend die Schultern.

»Dann bei Lilli?«

»Nein, tut mir leid.«

Die Frau ist vermutlich in ihren Sechzigern, jung geblieben, aber von einer gesellschaftlich akzeptierten Jugendlichkeit: bunte Brille und Overknee-Lackstiefel mit hohen Absätzen.

»Ich bin Marta.« Die Frau streckt ihr die Hand hin, die voller Ringe ist.

Der kleine Salon beginnt sich zu füllen. Ilaria fühlt sich ein wenig unwohl und überlegt angestrengt, worüber sie mit der Frau reden könnte.

»Und was machen Sie so?«

»Ich bin Bäuerin«, erwidert die Frau.

Aber die anderen ringsum lachen, als nehme Marta sie auf den Arm.

»Sie ist Künstlerin«, sagt eine Blonde, deren Haut vor lauter Vitaminspritzen beinahe durchscheinend wirkt.

»Wirklich?«

»Ich mache Skulpturen aus Wachs«, erklärt Marta.

»Wie Medardo Rosso?«

Der Name sagt ihr offensichtlich nichts.

»Ich mache andere Sachen«, erwidert sie ausweichend.

Und dann erzählt sie, sie habe schon als Kind gewusst, dass sie Künstlerin sei. Sie seien vier Geschwister gewesen, und alle perfekt, mit Ausnahme von ihr, die immer auf die Dächer ausbüxste und an Legasthenie litt. Sie war Linkshänderin und wurde korrigiert, ein furchtbares Trauma. Und sie las auch falsch herum, von rechts nach links.

»Als ich dann die Fotokopierer entdeckte, aus denen die Blätter gespiegelt herauskamen, verstand ich, dass ich eine Begabung habe.«

Sie habe sich für Physik eingeschrieben, weil elektromagnetische Wellen und Spiritismus sie faszinierten.

»Ich habe nie einen Abschluss gemacht, aber in den Jahren an der Uni habe ich viel gelernt. Wenn man die Gravitationstheorie kennt, weiß man alles über Geister.«

Ilaria nickt stumm.

»Aber jetzt beschäftige ich mich mit biodynamischer Landwirtschaft. Unser Familiensitz verfügt über einen großen Park, dort baue ich vor allem Heidelbeeren an.«

Sie holt ihr Handy hervor und zeigt Ilaria Fotos von ihrem Esel, der Sir Simon heißt.

»Wie das Gespenst von Canterville«, präzisiert sie.

Dann zeigt sie ihr ein Album ihres Lieblingshuhns Berenike, so genannt zu Ehren des Gespenstes des Portikus der Octavia. Während sie durch ihre Bilder scrollt, sieht Ilaria auch kurz Fotos von Kindern vorbeiblitzen, vermutlich ihre Enkel, aber sie scrollt weiter, lieber möchte sie ihr ihren Esel in allen möglichen Posen zeigen. Dann aber hält sie inne. Nachdenklich betrachtet sie das Foto eines Bären. Zieht es mit den Fingern auseinander, um es zu vergrößern.

»Das ist Fulvio«, sagt sie.

»Haben Sie auch einen Bären?«

»Nein, das ist das Foto, dass ich für die Petition ausgesucht habe. Armer Kerl, sie wollen ihn erschießen. Aber er hat den Mann nicht getötet.«

»Meinen Sie den Industriellen, der in der Schweiz gestorben ist?«

»Achille. Ich kannte ihn gut. Natürlich war ich auch erschüttert. Aber der Bär hat damit nichts zu tun, das ist ein Justizirrtum.«

In dem Moment taucht Besana auf. Ilaria lächelt und winkt ihn heran. »Zufällig beschäftigt mein Kollege sich gerade mit dem Fall«, sagt sie.

»Wirklich?«

Sofort packt die Frau Besana am Arm. »Hören Sie, er ist unschuldig! Dieser Bär ist unschuldig!« Dann blickt sie sich besorgt um. »Es ist nicht gut, hier darüber zu sprechen. Hier sind zu viele Leute, wir können niemandem vertrauen. Aber Sie sind Journalist, Sie müssen die Wahrheit erfahren. Wenn Sie wollen, komme ich morgen zu Ihnen in die Redaktion und erzähle Ihnen alles.«

Besana nickt und versucht, sich loszumachen. Aber Marta hält ihn immer noch fest, reckt den Hals und geht mit dem Mund ganz nah an sein Ohr heran.

»Achille ist *vergiftet worden, genau wie die anderen*«, flüstert sie und starrt ihn mit angsterfüllten Augen an.

17. Juli

»Corrado! Ich wusste gar nicht, dass du auch hier bist, ich hab dich gar nicht gesehen.«

Auf dem Weg nach draußen trifft Besana auf der Treppe einen Kollegen, Corrado Frangi, der nach dreißig Jahren in der Wirtschaftsredaktion ebenfalls in Rente gegangen ist, aber immer noch den Leitartikel schreibt. Er ist ein bisschen schwerer geworden, sieht aber ansonsten in seinem blauen Anzug tadellos aus.

»Ach, es waren so viele Leute da«, erwidert Frangi und umarmt ihn. »Warum trinken wir nicht noch einen kleinen Grappa in der Bar unten an der Ecke, wie in alten Zeiten?«

»Der Chef wirkte nicht sehr bekümmert über den Tod seines Freundes«, beginnt Besana, nachdem sie sich in der Bar einen Platz gesucht haben.

»Na ja, *Freund* scheint mir auch ein bisschen übertrieben. Er war ein paar Mal auf seiner Jacht zu Gast.«

»Immerhin Freund genug, um mich zu bitten, nicht den Begriff Pleitier zu verwenden, wenn ich über ihn schreibe.«

»Das ist vernünftig«, erwidert Frangi. »Sonst hättest du schneller eine Klage am Hals, als du gucken kannst. Schließlich gab es noch kein endgültiges Urteil, bisher wurde er lediglich in erster Instanz wegen Veruntreuung verurteilt. Er hätte jetzt in Berufung gehen müssen.«

Wütend knallt Besana das leere Glas auf den Tisch. »Wenn ich schon nicht Pleitier schreiben darf, dann hätte ich wenigstens gern verkrachte Existenz geschrieben, was aufs Gleiche hinausläuft. Mag sein, dass er noch mal um eine Gefängnisstrafe herumgekommen wäre, aber seine Angestellten hat er in die Scheiße geritten.«

»Die Sache ist etwas komplizierter«, beginnt sein Kollege zu erklären, während er sich die Krawatte zurechtrückt. »Wir reden hier über eine Sicherheitsfirma, die er vor ungefähr zwanzig Jahren gekauft hat. Die Firma lief nicht gut, die Geldtransporter, die er hätte überwachen sollen, sind mehrfach ausgeraubt worden, und die Versicherungen wollten nicht mehr zahlen. Am Ende waren die Schulden erdrückend, und die Banken verloren die Geduld. Gleichzeitig schwand das Barvermögen im Firmentresor. Man hat ihn beschuldigt, das Geld, Millionen von Euro, selbst herausgenommen zu haben, um sich Oldtimer, Motorboote, Rennräder und sogar Wurstschneidemaschinen zu kaufen.«

»Und, stimmt das etwa nicht?«, fragt Besana.

»Wer weiß das schon. Ich bin ein Verfechter des Rechtsstaates und behalte bis zum endgültigen Urteil, das es nicht mehr geben wird, meine Meinung für mich.«

»Das endgültige Urteil hat jetzt der Bär gesprochen.«

»Du bist immer noch der Alte, Marco.«

»Also, hat mich gefreut, dich zu sehen, Corrado.« Besana erhebt sich von seinem Stuhl. »Die Runde geht auf mich. Gute Nacht.«

Während er leicht benebelt vom Alkohol nach Hause geht, denkt Besana noch einmal über Corrado und ihre so unterschiedlichen Lebenswege nach. Sie hatten zusammen als Praktikanten angefangen. Jeden Abend um elf, zwölf Uhr hatten sie den stellvertretenden Chefredakteuren ihre Artikel gebracht und waren danach noch etwas trinken gegangen. Einmal hatten sie sich sogar ein Mädchen geteilt. Und nun seht ihn euch an, Corrado, trotz seines Alters immer noch fein herausgeputzt, und noch immer wird er gelegentlich ins Fernsehen eingeladen, um über Machenschaften in der Wirtschaft zu reden. Aber Wirtschaft und Finanzen sind natürlich auch etwas völlig anderes als Kriminalreportagen.

Der eine verkehrt mit Bankern, Industriellen und Politikern und wird in die Salons der feinen Gesellschaft eingeladen. Der andere klappert auch als alter Mann noch die Kriminalkommissariate ab und schreibt über zerstückelte Frauen oder von Bären zerlegte Pleitiers. Wenn er nur an den ehemaligen Chefredakteur denkt, gegen den wegen Betruges ermittelt wurde, weil er, um die Verkaufszahlen zu schönen, Abonnenten erfand und Ausgaben drucken ließ, die direkt wieder eingestampft wurden. Heute ist er Direktor einer staatlichen Behörde. Deshalb ist es von Vorteil, da zu katzbuckeln, wo es zählt: Wenn du fällst, kommt immer von irgendwoher eine Hand, die dir wieder aufhilft. Erst recht, wenn du ein paar schöne Dokumente in der Schublade hast, mit denen du jemanden erpressen kannst. Als einsamer Wolf hingegen, der Tag und Nacht pflichteifrig vor sich hin schuftet, lässt man dich gnadenlos fallen. »Was bin ich doch für ein Idiot«, sagt er laut zu sich selbst. Ein vorbeigehendes Paar dreht sich nach ihm um und schüttelt dann lachend den Kopf.

17. Juli

Ilaria schließt die Badezimmertür hinter sich ab und blickt sich um. Das Badezimmer ist so groß wie ihre ganze Wohnung. Es gibt sogar einen Sessel, für den Fall, dass einen auf dem Weg von der Dusche zur Badewanne die Müdigkeit überfällt. Die Dusche selbstverständlich mit integriertem Dampfbad, die Badewanne mit Massagestrahl wie im Schwimmbad. Auf einer endlosen Marmorplatte ruhen zwei Waschbecken, daneben nur ein paar Parfümflakons. Ansonsten erinnert das Bad eher an ein Gewächshaus, so voll ist es mit Pflanzen. Oder an ein Wohnzimmer, mit dem riesigen Kristallleuchter. Vor allem die wie im Hotel ordentlich zusammengerollten Handtücher haben es ihr angetan. Irgendjemand muss sie immer wieder in Form bringen. Da hört sie auf einmal Stimmen. Sie erkennt ihre Kolleginnen. Der Türgriff wird ein paarmal heruntergezogen, dann geben sie auf. Ilaria sitzt auf der Toilette, schafft es aber nicht, Pipi zu machen. Ihre Anwesenheit hinter der Tür stört sie. Sie lachen die ganze Zeit. Habt ihr gesehen, wie die sich wieder angezogen hat? Sie sieht aus wie aus dem Versandhauskatalog. Erneut Gelächter.

Ilaria nimmt ein Stück von dem superweichen Toilettenpapier, es ist sogar parfümiert. Sie versucht, sich zu konzentrieren. Aber nichts zu machen. Also streckt sie den Arm nach dem Bidet aus und dreht den Wasserhahn auf, vielleicht hilft ihr ja das Geräusch fließenden Wassers.

Doch das Gegacker vor der Tür lähmt sie. Vor allem, als ihr bewusst wird, dass sie von ihr reden. Die *Piattola*, sagen sie. Bei der Zeitung nennen sie alle so. Piattola, Klette. Oder Transuse. Oder noch schlimmer, Filzlaus. Ein gehässiger Spitzname, den man ihr gleich zu Beginn verpasst hat, als sie noch Praktikantin war. Eine Verballhornung ihres Nachnamens, Piatti. Auch Besana nennt sie manchmal so, aber auf eine liebevolle, reinigende Weise, beinahe als könne er damit das grausame kollektive Ritual unwirksam machen.

In der Redaktion schließen wir schon Wetten ab, sagt gerade eine Kollegin. Kommt sie heute im Jogginganzug? Mit Gummistiefeln? Im grellen neonfarbenen T-Shirt? Wir sterben jedes Mal fast vor Lachen. Aber am besten ist es, wenn sie versucht, elegant auszusehen. Habt ihr ihren Rock heute gesehen? Als hätte sie ihn sich aus dem Sofabezug meiner Oma genäht!

Ilaria zieht die Toilettenspülung, auch wenn es ihr nicht gelungen ist, Wasser zu lassen. Sie wäscht sich die Hände, einfach nur wegen des Vergnügens, diese Handtücher durcheinanderzubringen. Dann schnuppert sie an den Parfüms, aber keines gefällt ihr. Schließlich befeuchtet sie ihren Zeigefinger und reibt sich die verwischte Wimperntusche unter dem Auge weg. Dann öffnet sie die Tür.

Die drei Kolleginnen starren sie mit offenem Mund an. Ilaria erwidert ihren Blick. »Entschuldigt, dass es so lange gedauert hat. Ich musste schnell die Vorhänge fotografieren. Ich suche noch nach einem schönen Stoff für eine Hose.«

Als sie mit der U-Bahn nach Hause fährt, schwört sie sich, nie wieder auf eine Redaktionsparty zu gehen. Der Chefredakteur hat sie nicht einmal erkannt, aber er kann sich ohnehin nie an ihren Namen erinnern. Sie ist zu ihm gegangen, um ihn zu begrüßen, und er hat ihr nur verlegen zugenickt. Wer ist die denn? Und jedes Mal, wenn sie sich neben ihren Ressortleiter setzen wollte, den einzigen Menschen, den sie etwas besser kennt, ist er unter irgendeinem Vorwand aufgesprungen, als sei es unschicklich, mit einer wie ihr gesehen oder, schlimmer noch, fotografiert zu werden. Entschuldige, ich hol mir nur schnell was zu trinken. Entschuldige, ich will mal sehen, was es am Büfett gibt. Entschuldige, ich muss kurz einen Freund begrüßen. Von den anderen ganz zu schweigen, die ohnehin nie das Wort an sie richten. Nie wieder will sie so gedemütigt werden. Was hat sie denn überhaupt falsch gemacht? Noch nie wurde auch nur eine Zeile von dem, was sie geschrieben hat, dementiert. Behandelt man sie nur deshalb von oben herab, weil sie keinen Glamour hat? Weil sie diesen oder jenen nicht kennt? Weil sie einfach nur ihre Arbeit macht und sonst nichts?

18. Juli

Ilaria kommt gegen elf in die Redaktion. Sie geht jeden Tag bei der Zeitung vorbei, auch wenn sie immer noch keine feste Stelle hat. Selbst dass sie einen Serienmörder entlarvt hat, hat daran nichts geändert. Als der Chefredakteur sie damals in sein Büro gerufen hatte, dachte sie: Jetzt ist es so weit, jetzt stellen sie mich ein. Doch der Chefredakteur wollte sie nur beglückwünschen. Ausgezeichnet, Piatti. Aber mit Komplimenten kann man keine Rechnungen bezahlen. Offen gestanden hatte sie etwas mehr erwartet. Dann hatte sich der Chefredakteur eine halbe Stunde lang über die katastrophale Lage der Zeitung ausgelassen, Verluste über Verluste, und war dann aufgestanden, weil er zu einer Besprechung musste. Ausgezeichnet, Piatti, ausgezeichnet. Machen Sie weiter so. Sie sind sehr wichtig für uns. Ciao, ciao. Auf Wiedersehen. Dann hatte er ihr die Hand gegeben. Ein lausiger Händedruck, und das war's dann auch gewesen.

Ihr war nur geblieben, seine Abschiedsworte wörtlich zu nehmen – auf Wiedersehen, ein Gruß unter Leuten, die sich nur vorübergehend trennen – und von da an weiterhin jeden Vormittag bei der Zeitung zu erscheinen.

Nun winkt Roberto sie zu sich und zeigt ihr ein Foto auf dem Bildschirm seines Computers. »Ist das nicht die Frau, mit der du gestern auf der Party gesprochen hast?«

»Ja, warum? Was ist mir ihr?«

Roberto deutet auf eine Eilmeldung der Presseagentur. *Raubmord in Mailänder Innenstadt.* »Man hat sie für eine Gucci-Handtasche ermordet«, sagt er.

»Oh, nein! Das ist ja verrückt.«

»Schreibst du mir was drüber?«

»In Ordnung.«

Während Ilaria zu Fuß zur Polizeiwache in der Via Fatebenefratelli eilt, ruft sie Besana an. »Marco, die Frau, mit der wir gestern Abend gesprochen haben, ist ermordet worden.«

»Die mit dem Bären?«

»Genau, Marta Guerra. Sie ist auf dem Heimweg überfallen worden. Ich bin gerade auf dem Weg zur Polizeiwache.«

Auf der anderen Seite herrscht Schweigen. Besana überlegt. »Piattola? Du nimmst doch wohl den Unsinn, den sie von sich gegeben hat, nicht ernst?«

»Sie war vollkommen irre, ich weiß. Aber es ist schon ein merkwürdiger Zufall, findest du nicht?«

»Soll ich dir sagen, wie viele Raubüberfälle es pro Jahr in Mailand gibt? Ungefähr fünfzehntausend. Und einige gehen leider nicht gut aus.«

»Entschuldige, ich bin da. Ich rufe dich später wieder an«, sagt Ilaria nicht sonderlich überzeugt.

Sie betritt das Gebäude und fragt nach Hauptkommissar Ricci, zu dem sie mittlerweile ein ausgezeichnetes Verhältnis hat. Dann nimmt sie im Laufschritt die Treppe und erreicht sein Büro.

»Ich bin in Eile, Ilaria, ich habe gleich eine Besprechung«, sagt er, »also ganz kurz: Sie wurde durch einen Schlag auf den Kopf getötet, mit einer Schlagwaffe, die wir bislang noch nicht identifiziert haben. Wir sichten derzeit die Aufnahmen aus den Überwachungskameras.«

»Kann ich sie sehen?«

»Natürlich, Filangeri begleitet dich.«

»Seid ihr sicher, dass es sich um einen Raubüberfall handelt?«

»Hundertprozentig. Der Angreifer hat die Handtasche mitgenommen. Vermutlich ein Ausländer.«

»Gibt es viele Handtaschendiebstähle in der Gegend?«

»Nicht allzu viele, es ist ja kein Vorort. Aber es kommt schon mal vor.«

»Und wer hat sie gefunden?«

»Ein Anwalt, der gerade seinen Wagen geparkt hatte. Er hat sofort den Notarzt gerufen. Er kannte sie, er hat uns gleich ihre Personalien gegeben, und wir haben bereits ihre Tochter verständigt.«

»Kannst du mir ihre Kontaktdaten geben?«

»Ich leite dir ihre Handynummer weiter, sie wohnt im CityLife.« Dann steht er auf. »Warum interessierst du dich so sehr für einen Handtaschenraub?«

»Weil ich erst gestern Abend auf einer Party mit ihr gesprochen habe«, erwidert Ilaria. Einen Moment lang ist sie versucht, ihm von ihrer Unterhaltung zu erzählen, doch dann beißt sie sich auf die Lippe. Auch er würde nur sagen, dass die Frau eine Verrückte war. Doch Ilaria hat ein komisches Gefühl bei der Sache, und das lässt ihr keine Ruhe.

18. Juli

Es ist Mittag, Ilaria wartet in einem Restaurant nahe der Zeitung auf Besana. Endlich erblickt sie ihn, wie er zusammen mit Becks das Lokal betritt, der ihn mit fröhlichem Schwanzwedeln zielstrebig zu ihrem Tisch zieht, der immer derselbe ist. Becks staubt hier oft ein paar Fleischreste ab, daher seine Vorfreude. Marco setzt sich, während der Hund sich zu Ilarias Füßen niederlässt, die ihm gleich ein paar Grissini zusteckt. Die Kellnerin wartet gar nicht erst auf die Bestellung, Besana nimmt ohnehin immer das Gleiche: Puntarelle mit Anchovis, Artischockensalat, Schinken, Büffelmozzarella und Rosmarinfoccacia. Und eine schöne Flasche kühlen Gewürztraminer, weil es so warm ist.

»Ich hab mir das Video aus einer Überwachungskamera angesehen, die über einer Toreinfahrt an der Straße angebracht ist«, beginnt Ilaria sofort. »Die Aufnahme ist nicht sehr deutlich, es war ja dunkel und die Kamera ziemlich weit weg. Das Gesicht des Täters ist nicht zu erkennen. Aber man kann dennoch sehr gut sehen, wie die Sache sich abgespielt hat. Und drei Dinge haben mich verblüfft, die definitiv ungewöhnlich sind.«

»Piattola, ich weiß, worauf du hinauswillst, aber da geh ich nicht mit«, entgegnet Besana und schenkt ihr Wein ein.

»Hör mich doch erst mal an«, beharrt sie. »Der Täter schlägt der Frau dreimal brutal auf den Kopf und entreißt ihr erst dann die Tasche. Findest du das nicht ein bisschen übertrieben für einen Handtaschenräuber?«

»Vermutlich wollte er sie nur bewusstlos schlagen.«

»Na schön, nur mal angenommen, es war so. Erinnerst du dich noch an ihre Armbanduhr? Die war von Cartier. Warum hat er die nicht mitgenommen? Und die Ringe? Die waren echt. Das ist die zweite Sache, die ungewöhnlich ist.«

»Vielleicht ist er gestört worden«, erwidert Besana, »vielleicht hat er jemand kommen sehen.«

»Es ist mindestens fünf Minuten lang nicht mal ein Auto vorbeigefahren. Ich habe es überprüft.«

»Und die dritte Anomalie?«

»Das ist das Interessanteste, Marco. Natürlich hat man auch sämtliche anderen Überwachungskameras der näheren Umgebung ausgewertet, aber der Räuber taucht nirgendwo mehr auf. Er hat sich in Luft aufgelöst. Aber irgendwie muss er doch nach Hause gekommen sein. Die einzige Erklärung ist, dass er in einem der Häuser in unmittelbarer Nähe des Tatorts verschwunden sein muss. Hältst du es für wahrscheinlich, dass ein Handtaschendieb in einem solchen Viertel wohnt?«

»Aber warum sonst hätte jemand diese Irre umbringen sollen? Sie hatte nicht alle Tassen im Schrank, das war doch offensichtlich. Ich bitte dich, Ilaria, du bist nicht fest angestellt, und der Chefredakteur ist kein Freund von Verschwörungstheorien. Du tust dir damit keinen Gefallen.«

»Aber weißt du denn nicht mehr, was sie gesagt hat? Achille ist *vergiftet worden wie all die anderen*. Welche anderen?«

18. Juli

Ilaria betritt die Hadid-Residenzen zum ersten Mal. Sie ist mit Diletta, Marta Guerras Tochter, verabredet. Aber erst wird sie von einem Portier zurückgehalten, der sich telefonisch vergewissert, ob sie nach oben darf, dann von einer singhalesischen Haushälterin in blauer Schürze, die sie bittet, einen Augenblick im Eingang zu warten, die Signora sei am Telefon. Die Luxus-Penthouse-Wohnung erstreckt sich über zwei Stockwerke. Sie ist ringsum verglast und mit wenigen ausgewählten Designermöbeln eingerichtet. In dem weitläufigen Raum spielen drei Kinder Fangen. Das kleinste, ein Mädchen, schlittert über das Parkett, rasselt gegen Ilarias Beine und sieht an ihr hoch. »Warum ziehst du dich so komisch an?«

Ilaria möchte ihr am liebsten einen Tritt verpassen, doch stattdessen lächelt sie. »Wie heißt du denn?«

»Sveva. Und das ist mein Bruder Leone«, sagt das Mädchen und zeigt auf einen kleinen Irrwisch, der jetzt auf dem Sofa auf und ab hüpft.

In dem Moment ist ein vorwurfsvolles Rufen zu vernehmen, vermutlich die Mutter. »Cosimaaa! Hör auf, Chandra an den Haaren zu ziehen!«

Dann kommt Diletta mit eiligen Schritten herein. »Entschuldigen Sie, die Babysitterin holt gerade meinen Mann vom Flughafen ab. Er arbeitet in London«, sagt sie und streicht sich die Haare zurück. Ihre Augen sind geschwollen, sie ist ungeschminkt und barfuß, trägt jedoch eine Seidentunika von Etro. »Es ist alles ein bisschen schwierig im Augenblick.«

»Das kann ich mir vorstellen«, erwidert Ilaria.

Diletta fragt sie leise, ob sie sich im Arbeitszimmer unterhalten können, damit die Kinder sie nicht hören, doch noch ehe sie darin verschwinden können, ist schon Leone bei ihnen.

»Mama, Mama! Im Fernsehen reden sie über Oma. Sie sagen, sie haben sie umgebracht, um ihr fünfzig Euro und eine Gucci-Handtasche zu klauen. Stimmt das?«

Diletta beugt sich zu ihm hinunter und nimmt ihn in den Arm.

»Wir reden heute Abend darüber, wenn Papa zurück ist. Versprich mir, deinen Schwestern nichts zu sagen, ja? Ihr könnt ein bisschen Peppa Wutz gucken.«

»Aber kommt man so denn trotzdem in den Himmel?«

»Was meinst du mit *trotzdem*, mein Schatz?«

»Auch ohne Geld?«

Ilaria muss sich zusammenreißen, um nicht loszuprusten. Zum Glück hat Diletta ihr den Rücken zugekehrt, um die Tür zu schließen. »Jetzt bin ich für Sie da.«

»Ich werde Ihnen nicht viel Zeit stehlen, versprochen«, beginnt Ilaria. »Wie ich Ihnen am Telefon schon sagte, ich bin nicht wegen eines Interviews hier.«

»Umso besser«, seufzt Diletta, »die lassen mir keine Ruhe.« In dem Moment klingelt das Handy. »Entschuldige, Franci, ich rufe dich später zurück, ich habe Besuch.« Sie schaltet den Klingelton aus, doch schon vibriert das iPhone auf dem Tisch erneut.

»Ich wollte mit Ihnen sprechen, weil ich Ihre Mutter gestern Abend getroffen habe. Und sie hat da ein paar Dinge gesagt, die mich sehr bestürzt haben.«

Diletta erstarrt, offensichtlich fürchtet sie, was ihre Mutter gesagt haben könnte. »Sie war ein ungewöhnlicher Mensch«, sagt sie dann kühl.

»Sie hatte gerade erst erfahren, dass einer ihrer Freunde gestorben ist«, sagt Ilaria aufs Geratewohl.

»Ach ja, natürlich, Achille. Eine furchtbare Geschichte.«

»Richtig. Und sie schien sehr erschüttert. Sie sagte, dass der Bär nichts damit zu tun hätte.« Ilaria bemüht sich, ihre Informationen häppchenweise preiszugeben, um ihr Gegenüber nicht zu erschrecken.

»Gott, dieser Bär. Sie hat mich bestimmt fünfmal deswegen angerufen! Sie wollte eine Petition aufsetzen, damit er nicht getötet wird. Meine Mutter war überzeugte Tierschützerin, fast schon ein bisschen fanatisch.«

»Das habe ich bemerkt. Sie hat mir Fotos von Sir Simon gezeigt.«

Dilettas Augen füllen sich mit Tränen, sie schüttelt den Kopf. »Auf ihrem Nachttisch standen keine Bilder ihrer Enkelkinder, sondern ein Porträt des Esels. Aber so war sie nun mal.«

»Ich wollte mit Ihnen sprechen, weil Ihre Mutter an einem gewissen Punkt etwas gesagt hat, was mich sehr beunruhigt hat.« Ilaria schluckt. »Sie war der Ansicht, dass D'Ambrosio nicht von dem Bären getötet, sondern vergiftet wurde.«

Diletta verdreht die Augen. »Noch so eine ihrer Obsessionen: Gift.«

»Also halten Sie das für eher unwahrscheinlich? Sie meinen, ihre Theorie war unbegründet?«

Diletta schüttelt gerührt den Kopf. »Arme Mama«, sagt sie schließlich. »Sie war so leicht zu beeinflussen.«

18. Juli

Als Ilaria wieder auf die Via Senofonte hinaustritt und ihr Handy einschaltet, findet sie eine Nachricht von Commissario Ricci vor. Sofort ruft sie ihn zurück.

»Entschuldige, Max, mein Telefon war aus.«

»Ich wollte dir nur sagen, dass der Gerichtsmediziner davon ausgeht, dass die Kopfverletzungen von einem Eispickel stammen könnten.«

»Einem Eispickel, mit dem man das Eis für Cocktails zerkleinert?«

»Nein, einem Eispickel für Bergwanderer, mit gezackter Haue.«

»Findest du es normal, dass ein Handtaschendieb mit einem Eispickel herumläuft?«

»Ganz sicher nicht. Wir ermitteln schon in die Richtung.«

»Na gut, danke, Max. Halt mich auf dem Laufenden.«

Im Laufschritt kehrt Ilaria in die Redaktion zurück, um den Artikel zu schreiben. Sie schaltet den Computer ein, öffnet ein neues Dokument und hält inne. Sie ruft die Facebook-Seite von Marta Guerra auf, die ihre Tochter glücklicherweise noch nicht gelöscht hat. Wahrscheinlich ist sie noch nicht dazu gekommen, weil sie erst einmal den Schock verdauen und obendrein die Bestattung organisieren muss. Ilaria will so viel wie möglich speichern, bevor es zu spät ist. Sie holt ihr Tablet heraus, das Besana ihr geschenkt hat, und fotografiert Screenshot für Screenshot jeden einzelnen Post. Einige ziemlich überspannt, keine Frage, aber es sind auch rätselhafte Posts darunter (»Wenn der Bär erschossen wird, hebe ich nie wieder die drei Finger der rechten Hand«). In vielen Posts bezieht sie sich auf eine Giftmörderin des achtzehnten Jahrhunderts, Giovanna Bonanno, auch bekannt als die »Alte mit dem Essig«, die 1789 in Palermo gehängt wurde. Das Motto, das Marta Guerra für ihr Profil gewählt hat, ist in Altgriechisch. Ilaria übersetzt: *Möge kein Nichteingeweihter eintreten.* Was mag das zu bedeuten haben?

Es ist spät geworden, der Redaktionsschluss naht. Vielleicht sollte sie einfach abgeben. Ilaria schreibt den Artikel schnell runter, entschließt sich dann jedoch, noch zu bleiben.

Roberto verabschiedet sich. »Bis morgen, Piatti.«

Es dämmert, auf den Fluren haben die Putzfrauen inzwischen träge mit ihrer Arbeit begonnen. Doch sie rührt sich nicht von ihrem Platz. Sie öffnet eine neue Mail und schreibt an den Gerichtsmediziner in Chur, der den Leichnam untersucht hat. Zu ihrer Überraschung antwortet er sofort und gibt ihr sogar seine Handynummer. Ilaria ruft ihn sofort zurück.

Nach dem Gespräch mit dem Mediziner ruft Ilaria den Ressortleiter an: »Roberto, ich muss dich kurz sprechen.«

»Weißt du, wie spät es ist? Meine Frau hat heute Geburtstag. Ich bitte dich, Ilaria. Willst du, dass ich mich auch noch scheiden lasse? Eins sage ich dir gleich, ich habe nicht vor, wie Besana zu enden.«

»Entschuldige.«

»Na schön, jetzt bin ich eh aufgestanden und steh draußen vor dem Restaurant, also schieß los.«

In so wenigen Worten wie möglich beschreibt Ilaria ihm Marta Guerras Facebook-Seite und nutzt die letzten wertvollen Sekunden, das soeben erfolgte Gespräch mit dem Gerichtsmediziner aus Chur zusammenzufassen.

»Verstehst du? Er hat D'Ambrosios Leichnam gerade eben obduziert.«

»Und er hat tatsächlich gesagt, dass er vergiftet wurde? Können wir ihn zitieren?«

»Nein, das besser nicht. Aber er musste zugeben, dass der Fall komplizierter ist und der Bär nicht die alleinige Todesursache. Gib mir eine Chance, nur eine einzige. Lass mich mit Besana in die Schweiz fahren. Bitte.«

»Besana will mit dem Fall nichts zu tun haben. Ich musste ihn auf Knien anflehen, damit er mir fünfzig Zeilen dazu schreibt. Was glaubst du, was ich mir alles von ihm anhören musste.«

»Ich rede mit ihm«, schlägt Ilaria vor.

»Wenn du meinst«, erwidert Roberto skeptisch, dann seufzt er. »Mir käme ein Artikel über den zerfleischten Typen jedenfalls sehr gelegen. Und irgendjemanden müssen wir ja schicken.«

»Vielleicht kann ich ihn ja überreden, wenn ich ihm sage, dass Becks sicher Spaß daran hätte, über Almwiesen zu tollen.«

»Marco ist verrückt nach dem Hund. Er kommt schon nicht mehr in die Redaktion, weil er ihn nicht mitbringen darf.«

»Eben.«

18. Juli

Als Ilaria gegen Mitternacht nach Hause kommt, sieht sie sich trostlos um. Sie hat schon seit einer Woche keine Wäsche mehr gewaschen, der Wäschekorb quillt über. Und in der Küche gibt es kein einziges sauberes Glas mehr. Wann hat sie das letzte Mal die Bettwäsche gewechselt? Es sieht schlimmer aus als bei Besana. Vielleicht ist es das, was der Job des Krimimalreporters aus einem macht. Oder die Einsamkeit.

Sie hat noch nichts gegessen, und so öffnet sie den Kühlschrank. Aber es ist nur ein Joghurt darin, obendrein abgelaufen. Tatsächlich klebt an der Kühlschranktür ein Zettel: Einkaufen! Dreimal unterstrichen. Seit zehn Tagen hängt er da. Sie schaut auf ihre Deliveroo-App. Sie könnte sich Frühlingsrollen und gebratenen Reis mit Gemüse bestellen. Aber sie fällt fast um vor Müdigkeit. Vermutlich würde sie schon einschlafen, bevor das Essen da wäre.

Sie geht unter die Dusche und stellt fest, dass das Duschgel leer ist. Sie hasst Seife, aber sie hat keine andere Wahl. Früher oder später muss sie sich unbedingt mal einen Tag freinehmen. So kann es nicht weitergehen. Während sie sich abtrocknet, fragt sie sich, ob das wirklich das Leben ist, das sie sich gewünscht hat.

Vielleicht hat sie es sich ja nicht so vorgestellt. Aber sie ist auch selbst schuld. Sie kann sich einfach nicht distanzieren, nie. Da stirbt eine Frau, die sie zufällig kennengelernt, mit der sie sich gerade mal fünf Minuten unterhalten hat, und schon fühlt sie sich verantwortlich. Das ist doch nicht normal. Ein Bär tut, was Bären eben tun, und frisst, was ihm unterkommt. Aber sie fühlt sich verpflichtet herauszufinden, was dahintersteckt. Dabei ist es vielleicht nur ein grausames, seit Urzeiten bestehendes Naturgesetz.

Einmal war sie bei einer Psychologin. Alle haben ihr gesagt, dass das bei ihrer Vergangenheit unbedingt notwendig sei. Es war eine tüchtige und freundliche junge Diplompsychologin, aber sie war nicht lange hingegangen. Auch, weil die Sitzungen zu teuer waren. »Sie haben das Bedürfnis, sämtliche Verbrechen der Welt aufzuklären, weil Sie den Mord an Ihrer Mutter nicht verhindern konnten. Sie müssen sich von diesem sinnlosen Schuldgefühl befreien, Ilaria.« *Sinnloses Schuldgefühl.* Der Ausdruck geht ihr noch heute manchmal durch den Kopf.

Hätte sie den Mord an ihrer Mutter verhindern können? Natürlich nicht. Und aufklären schon gar nicht, als Sechsjährige. Dass der Täter ihr Vater war, war das Letzte, was sie sich hätte vorstellen können. Im Gegenteil, nach dem Verschwinden ihrer Mutter hat sie sich um ihn gekümmert, als sei er das eigentliche Opfer. Ist es das, was sie sich nicht verzeihen kann? Ist das der Knoten, den sie lösen muss?

Sie hat ihm die Wäsche gewaschen, obwohl sie noch ein Kind war. Sie konnte das. Mama hatte es ja auch getan. Und sie hatte es sich von ihrer Mutter abgeschaut, es war für sie wie ein Spiel gewesen. Vierzig Grad, richtig? Und hier drücken? Sie wusste auch mit dem Geschirrspüler umzugehen, oft hatte sie ihn eingeräumt. Es hatte ihr Freude bereitet. Da sind viele Töpfe drin, soll ich das Intensivprogramm einschalten? Einmal hatte sie sogar versucht zu bügeln und sich dabei die

Hand verbrannt. Die schmerzhafte Erfahrung hatte sie wieder zum Kind werden lassen: Sie weinte und brüllte. Mama, Mamaaaa. Doch der Schmerz über den Tod ihrer Mutter hatte sie von einem zum anderen Moment in eine Erwachsene von einem Meter dreiundzwanzig verwandelt. Die, in Abwesenheit des zuständigen Elternteils, die Wohnung sauber hielt, kochte, Wäsche wusch und den Geschirrspüler ein- und ausräumte. Damit sich der Vater nicht allein und vernachlässigt fühlte.

Ilaria schaut sich verwundert um, als ihr klar wird, was für ein Saustall ihre eigene Wohnung geworden ist. Im Grunde eine gesunde Reaktion für die Tochter einer vom eigenen Ehemann ermordeten Hausfrau.

19. Juli

»Habt ihr die Anruflisten überprüft?«, fragt Ilaria Commissario Ricci.

»Natürlich, aber da ist nichts Besonderes zu finden. Außer dass Marta Guerra an dem Tag, an dem sie ermordet wurde, neun Mal D'Ambrosios Frau angerufen hat. Wahrscheinlich wollte sie ihr ihr Beileid aussprechen.«

»Neun Mal?«

»Tja, sie war halt ein bisschen verrückt. Das sagen alle.«

»Und wo war Signora D'Ambrosio zu dem Zeitpunkt? War sie mit ihrem Mann in der Schweiz?«

»Nein, sie war am Meer, in Sizilien.«

Erneut studiert Ilaria aufmerksam die Anrufliste. Dann hebt sie den Kopf.

»Die Anrufe sind alle ganz kurz, alle nur vierzig, fünfzig Sekunden lang.«

»Vielleicht wollte die D'Ambrosio nicht gestört werden«, erwidert Ricci.

»Findest du das nicht ein bisschen aufdringlich?«

»Worauf willst du hinaus, Ilaria?«

»Ich weiß auch nicht.« Doch dann entschließt sie sich zu reden, damit der Kommissar ihr folgen kann. Sie erzählt ihm von ihrem Gespräch mit Marta Guerra.

Ricci hört ihr skeptisch zu, die Arme vor der Brust verschränkt. »Hör zu, die Frau war total durchgeknallt. Wenn du willst, zeig ich dir die Petition, die sie aufgesetzt hat, um gegen die Tötung des Bären zu protestieren. Dann verstehst du, wovon ich rede.«

Der Appell ist mehrere Seiten lang, Marta Guerra spricht von *Tiermord* und *Psychoterror* gegen Sohlengänger, von Hexenjagd. Sie gibt sich empört, behauptet, der Bär M18 sei nicht *problematisch*, man müsse lediglich *Methoden der Abschreckung* finden. Sie kommt von der Bedeutung der Biodiversität auf konfuse Argumente, die sich auf Paracelsus und das Licht der Natur beziehen, und schließt mit dem Zitat: »Alle Dinge sind Gift, und nichts ist ohne Gift. Allein die Dosis macht, dass ein Ding kein Gift ist.«

Für einen Moment ist Ilaria verblüfft, dann sieht sie den Kommissar an. »Siehst du, dass sie von Gift spricht?«

»Ja, aber sie redet von den Betäubungsmitteln, die den Bären töten können, wenn sie zu hoch dosiert sind.«

Ilaria nickt nicht sehr überzeugt. »Und den Ehemann von Marta Guerra, habt ihr ihn befragt?«

»Er ist tot.«

»Tja, dann hat er wohl ein wasserdichtes Alibi«, erwidert Ilaria und lacht nervös.

19. Juli

»Papa, meinst du, ich kann in meinem Vikings-T-Shirt gehen?«, fragt Jacopo. »Es bringt mir Glück, beim Kickern gewinne ich damit immer.«

Sie sind bei Marina, in wenigen Tagen hat Jacopo mündliche Abiturprüfung.

Besana reißt die Hand hoch, als wollte er ihn ohrfeigen. »Hast du sie noch alle? Du ziehst gefälligst ein Jackett an.«

»Aber Papa, das war *zu deiner Zeit*. Heute wird man damit ausgelacht. Unser Philosophielehrer unterrichtet in Bermudashorts und Birkenstocks.«

»Das interessiert mich nicht, ich möchte, dass du dich anständig anziehst. Du musst ja nicht unbedingt Krawatte tragen, aber wenigstens eine lange Hose und ein Hemd.«

»Aber Papa, es ist total heiß.«

»Du wirst es überleben. In ein paar Tagen hast du es hinter dir. Na komm, gehen wir es noch mal durch.«

Marco schlägt das Buch über italienische Literatur auf.

»Sag mir doch mal, wie Vergas Ideal der Auster aussieht.«

»Oh nein, bitte nicht Verga! Ich war gar nicht da, als wir den durchgenommen haben.«

»Spielt keine Rolle, er steht auf dem Lehrplan. Ich geb dir einen kleinen Tipp: Was fällt dir zu Austern ein?«

»Champagner?«

»Sehr witzig.«

»Ich sag doch, ich weiß es nicht.«

»Hast du die *Malavoglia* gelesen?«

»Nein, aber waren die nicht von D'Annunzio?«

»D'Annunzio? Ich bitte dich.«

»Aber natürlich. Der, der irgendwas mit Sport zu tun hatte. War er nicht Athlet oder so?«

»Er war *Ästhet*, Jacopo. Herrgott noch mal, ich geb's auf.« Besana erhebt sich.

»Jetzt werd doch nicht gleich sauer.«

»Schon gut. Versuchen wir's mit Lyrik. Warum wird Ungaretti als ›hermetischer‹ Dichter bezeichnet?«

»Weil man einen Scheiß von dem versteht, was er schreibt?«

»Du gibst dir wirklich überhaupt keine Mühe!« Besana platzt beinahe der Kragen, aber er bringt sich wieder unter Kontrolle und liest seinem Sohn die Definition von Hermetismus vor. »Hörst du mir überhaupt zu? Was gibt's denn jetzt auf deinem Handy zu sehen?«

»Nichts. Eine Freundin hat auf Instagram ein Foto gepostet.«

Besana seufzt und greift nach dem Geschichtsbuch. »Jetzt bleib mal bei der Sache. Wer war der erste Ministerpräsident des vereinten Italiens?«

»Das ist einfach. Giuseppe Mazzini.«

»Du blöder Esel. Mazzini?«

»Ich meinte Garibaldi.«

»Cavour. Camillo Benso, Graf von. Alles klar?«

»Ach ja, Cavour. Wie Piazza Cavour, wo das Kino ist.«

Besana fasst sich an die Stirn. »Versuchen wir es mit der Geschichte des zwanzigsten Jahrhunderts: In welches Land ist Hitler 1939 einmarschiert?«

»Das weiß ich. Italien.«

»Aber nein, Jacopo, Polen. Polen, verdammt noch mal!«

»Opa und Oma haben immer gesagt, dass während des Krieges die Deutschen hier waren.«

»Das war nach 1943. Heilige Scheiße, hast du überhaupt irgendwas gelernt?«

»Ich muss eben alles noch mal wiederholen.«

»Ich würde eher sagen, du musst bei null anfangen.«

In dem Augenblick kommt Marina mit einer Karaffe Eistee herein. »Und? Wie läuft's?«

»Papa meint, ich weiß nichts«, erwidert Jacopo und breitet die Arme aus.

»Marco, schikanier den Jungen nicht immer so. Keine Sorge, mein Schatz. Mama hilft dir jetzt.«

19. Juli

Gegen sieben Uhr abends ruft Ilaria Besana an. Sie gönnt ihm aber auch keine Verschnaufpause.

»Machst du mir einen Teller Nudeln?«

»Ich bin doch nicht deine Haushälterin.«

»Gehen wir dann was essen?«

»Piatti, wir haben erst gestern zusammen Mittag gegessen. Hast du schon wieder Sehnsucht nach mir? Du bist ja anhänglicher als eine Verlobte.«

»Ich muss mit dir reden«, beharrt sie.

»Hoffentlich nicht über Bären.«

»Sie ist mit einem Eispickel ermordet worden, Marco. Hast du schon mal erlebt, dass jemand mitten in der Stadt mit einem Eispickel für Bergsteiger überfallen wurde?«

»In meinen fünfunddreißig Berufsjahren hab ich schon alles Mögliche erlebt. Raubüberfälle mit einer Spritze, einem Sicherheitsschlüssel, einem kaputten Bierglas, sogar mit einem Nagelknipser. In Kalifornien haben die Verkäuferinnen eines Sexshops mal Vibratoren nach einem Räuber geworfen und ihn so in die Flucht geschlagen.«

Ilaria muss lachen. »Ach, Marco, ich kann nichts dafür, aber ich hab dich gern.«

»Ich dich aber nicht. Vor allem dann nicht, wenn ich mit dir irgendwelchen absurden Fährten nachgehen soll.«

»Also kein Abendessen?«

»Piatti, du hast Glück. Ich habe einen zu großen Steinbutt gekauft, der reicht für zwei. Ich erwarte dich um acht.«

Ilaria sieht auf die Uhr. Es ist halb acht. Sie stürzt nach draußen.

»Armer Becks«, sagt sie, als sie Besanas Wohnung betritt, »er geht hier ja ein bei der Hitze. Du hast nicht mal einen Balkon.«

Er hat bereits verstanden und schüttelt den Kopf. »Versuchst du mir etwa zu sagen, dass er in der Schweiz viel besser aufgehoben wäre?«

»Ich habe mit dem Gerichtsmediziner in Chur gesprochen, Rudi Hofer«, sagt sie mit schuldbewusstem Lächeln. »Er erwartet uns morgen Nachmittag um drei.«

»*Uns?* Wie zum Teufel soll ich dir klarmachen, dass mich dieser Scheißbär nicht interessiert.«

»Marco, er hat mir gesagt, dass er etwas entdeckt hat.« Sie hebt trotzig das Kinn und sieht ihm direkt in die Augen. »Etwas Merkwürdiges.«

»Seit wann verstehst du Deutsch?«

»Hab ich in der Schule gelernt. Außerdem spricht Hofer perfekt Italienisch. Jedenfalls hatte Marta Guerra recht, der Bär ist nicht allein schuld an D'Ambrosios Tod. Wir könnten es mit einem gerissenen Mörder zu tun haben.«

»Unterschätze niemals einen Bären«, erwidert Besana. Er nimmt die Backform aus dem Ofen und stellt sie auf den Tisch, dann sieht er Ilaria ernst an. »Bären sind sehr intelligente und komplexe Wesen. Und einige von ihnen haben eine dunkle Seite, genau wie Menschen. Auch sie können gerissene Mörder sein.«

19. Juli

Wie tief bin ich gesunken, denkt Besana, während er die Spülmaschine einräumt. Ilaria ist gegangen, ohne ihre Hilfe auch nur anzubieten. Sie sei müde, hat sie gesagt. Dabei ist sie erst siebenundzwanzig, verdammt noch mal. Mittlerweile bin ich schon zu ihrem Assistenten geworden, denkt er, als er den Spültab in die Dosierkammer einlegt.

Sei's drum, vielleicht hat alles seine Richtigkeit so. Als er angefangen hat, mit ihr zu arbeiten, war sie eine Katastrophe auf zwei Beinen. Wirklich alles musste er ihr beibringen. Sie war nicht mal in der Lage, ein Interview zu führen, und wenn sie nur eine halbe Stunde für einen Artikel hatte, geriet sie in Panik. Die interessanten Nachrichten hatte fast immer er aufgespürt. Jetzt dagegen haben sich die Rollen umgekehrt: Ilaria ist eine unerbittliche Kriminalreporterin geworden. Zwar geht manchmal die Fantasie mit ihr durch, und sie lässt sich von ihrer Begeisterung mitreißen, aber alles in allem ist sie eine brillante Journalistin geworden. Und der alte Besana dackelt ihr brav hinterher. Ohne die Piatti hätte man ihn längst entsorgt. Er ist zum Ersatzrad geworden, zum schwächeren Part eines Duos.

Er drückt auf den Startknopf. Und bleibt an den Küchentresen gelehnt stehen, um zu lauschen, wie das Wasser hereinrauscht. Vielleicht ist die Zeit gekommen, sich aus dem Berufsleben zurückzuziehen. Nicht mehr dauernd irgendwelchen neuen Nachrichten hinterherzujagen. Er könnte Bücher schreiben, wie viele andere in seinem Alter. Vielleicht sogar einen Roman. Bis gestern noch hat er sich stets lustig gemacht über die Journalisten-Schrägstrich-Schriftsteller, die die gesamte Redaktion mit ihren literarischen Ergüssen nerven, und dann muss man sie auch noch rezensieren – und wehe, du sparst mit Adjektiven, dann gibt's gleich einen Anpfiff vom Chefredakteur. Wir sind doch ein Haufen megalomaner Narzissten, denkt er. Mit dem Presseausweis geben wir uns nicht mehr zufrieden, nein, wir wollen auch noch den Premio Strega gewinnen.

Er muss an den ehemaligen Chefredakteur denken, der mal in einem Interview gesagt hat: Ich bin kein Journalist, ich bin Politologe. Oder ein anderer, der sich auf Wikipedia als »Philosoph und Erkenntnistheoretiker« bezeichnete. Als bezöge er Gehalt und Betriebsrente von der Universität oder der Italienischen Gesellschaft für Philosophie. Besana zündet sich eine Zigarette an und lässt den Blick über das Regal voller Bücher schweifen, die von Kollegen verfasst wurden. Da sind sie. So viel Papier für die Tonne: Aufsätze, Gedichte, Romane, Krimis. Wer gebietet ihnen Einhalt, den Journalisten? Fast scheint es ein ganz und gar naheliegender Schritt, schließlich ist Schreiben ihr Beruf, was macht es schon für einen Unterschied, ob man zwei Zeitungskolumnen füllt oder dreihundert Romanseiten? Und Journalisten sind einflussreich, und oft auch ziemlich nachtragend, also finden sie immer einen Verleger.

Besana nimmt ein Buch aus dem Regal. Der Autor war seinerzeit Herausgeber eines Magazins und hatte sich für eben dieses von einer seiner Mitarbeiterinnen (einer Ex-Geliebten, tuschelte man) interviewen lassen. Bohrende Fragen und kritische Anmerkungen waren also nicht zu erwarten gewesen. Ein anderer Kollege, Chef der Kulturbeilage, hatte schön sichtbar die Rezension zu seinem Buch platziert, geschrieben von einem der angesehensten Literaturkritiker Italiens, der mit den Worten schloss: Danke für dieses Buch, Filippo. Und sich nicht einmal dafür geschämt.

Nein, bevor er so endet, verschwindet er lieber einfach so von der Bildfläche. Das hat er sich geschworen. Er wird nie einen Roman schreiben. Niemals. Auch nicht als Greis, auch nicht im Angesicht des Todes. Auf seinem Grabstein sollen nur drei Worte stehen: *Nur ein Journalist.*

20. Juli

Chur ist eine gähnend leere und aufgeräumte Provinzstadt. Wo sind nur die Einwohner geblieben? Auf den Straßen ist keine Menschenseele zu sehen. Alles verströmt Langeweile und Wohlstand. Ilaria und Besana spazieren zur spätgotischen Kathedrale, die schrecklich düster wirkt und von Häusern aus dem sechzehnten Jahrhundert umgeben ist, in denen niemand freiwillig wohnen wollen würde. Vor den herrschaftlichen Häusern Stühle mit Schaffell und Papyruspflanzen, die irgendwie fehl am Platz wirken. Mittelalterliche Laternen und Holzhäuser, ebenfalls aus dem Mittelalter, aber mit neuen und hochmodernen Fenstern, leider nach schweizerischem Geschmack dekoriert (vor den Scheiben baumelnde Schmetterlinge, Windrädchen, akkurate Topfpflanzen und Kürbisse auf den Briefkästen).

Die Überdosis Steinböcke ist erdrückend. Brunnen mit Steinböcken, Wappen mit Steinböcken, die vergoldete Kirchturmuhr ringsum verziert mit Steinböcken, ein Obelisk mit Steinböcken. Steinböcke, wohin das Auge blickt. Auch in den Schaufenstern: Steinböcke aus Holz, Steinböcke auf Kissen, Stoffen, Tischdecken.

»Wir müssen unbedingt das berühmte Bärenloch sehen«, sagt Ilaria.

Sie betreten eine enge Gasse, eine Unterführung, die zwei schmale Höfe miteinander verbindet.

»Das ist alles?« Ilaria ist enttäuscht.

Wenigstens Becks ist begeistert: Er schnüffelt, pinkelt überall hin und markiert die Mauern. Unterdessen stimmen Glocken und Glöckchen eine Melodie an, eine Art kollektives, tieftrauriges Kuckuck. Nichts als Stille und Glockengeläut. Eine beklemmende Kombination. Nie sind mehr als zwei Menschen gleichzeitig auf den Straßen zu sehen. Eine Stadt wie geschaffen zum Fotografieren, weil man keine Angst haben muss, dass jemand durchs Bild läuft.

Die einzige Abwechslung zum Steinbock ist der Buddha. Und überall gibt es Geschäfte, die der Gesundheit gewidmet sind: Praxen, die Reha, Massagen, Physiotherapie anbieten, Naturkostläden, Heilkräuterläden, mit Schaufenstern im unpassenden Ostasien-Stil. Der Triumph der Naturheilkunde: Bachblüten, Geschäfte, die sich auf Steine spezialisiert haben, die Auslagen spärlich mit ein paar Kunstpflanzen dekoriert, daneben langatmige Erklärungen auf Deutsch. Drogerien, Apotheken und Läden, die sich der Wellness verschrieben haben – Allheilmittel gegen die Verzweiflung. Selbst in den Buchläden ausschließlich Bücher über Alternativmedizin und alternative Religionen, sonst nichts.

Anscheinend haben die Leute hier nur den einen Wunsch: sich mit irgendetwas zu betäuben. Und so schießen die Gegenmaßnahmen aus dem Boden – Placebostrategien an jeder Ecke. Bis hin zur modernsten Straße, in der wie ein Leuchtturm ein Cannabisladen emporragt. Ringsum nur Migranten. Von dem ein oder anderen durch und durch autochthonen Junkie oder Alkoholiker abgesehen.

»Ich brauche ein Bier«, verkündet Besana.

Die tiefe Schweiz macht selbst ihn fertig, der die letzten Kuhdörfer der italienischen Provinz gewohnt ist. Die auf ihre Weise noch einladend sind.

Sie kommen am x-ten Brunnen mit Steinbock vorbei, der gern ein Löwe wäre, an einem Renaissancehaus mit einem Zwerg als Karyatide, die x-te menschenleere Straße, durch die jemand auf dem Fahrrad rast, als wäre er auf der Flucht, die x-te blitzblanke Straße. Nicht eine Zigarettenkippe auf dem Boden, alle zwei Meter ein Mülleimer. Der einzige Hinweis, dass die Moderne auch vor diesem Ort nicht haltgemacht hat, ist ein libanesisches Restaurant im alten Haus zum Bären.

»Ich ertrage dieses verdammte Kaff nicht länger, ein Himmelreich für ein Bier«, sagt Besana immer wieder, fast wie ein Mantra.

Aber Ilaria hört gar nicht hin. Sie betrachtet fasziniert ein paar alte Schweizerinnen: alle etwas nachlässig gekleidet, aber gut in Schuss, vermutlich, weil sie viel zu

Fuß gehen und oft an der frischen Luft sind. Kein Lippenstift, kein Schmuck, kurz geschnittene weiße Haare, nicht gefärbt, burschikose Kleidung. Nicht der Hauch von Koketterie. Aber ihre Gesichter sind frisch, ihr Gang schwungvoll. Sie strahlen eine ganze eigene wunderbare, schlichte Frische aus.

»Sieh mal, wie toll sie aussehen.«

»Wer?« Besana kann an nichts anderes mehr als eine Kneipe denken. Irgendwo muss doch eine sein.

Endlich findet er eine und stürzt hinein. Was kein Fehler ist. Sie scheint das Epizentrum einer irgendwie gearteten Form menschlichen Lebens zu sein, sofern es hier überhaupt existieren kann. Endlich ansatzweise so etwas wie Wärme und Vergnügen, das sich wortreich manifestiert, mit Stift an die Wände geschrieben oder in die Tischplatten geritzt. Die Worte der Rolling Stones in gotischen Buchstaben wärmen ihm das Herz. Was für eine Erleichterung. Offensichtlich stammen die Kritzeleien von Leuten, die sich volllaufen lassen müssen, um zu spüren, dass sie am Leben sind, aber sei's drum. Eine Kuckucksuhr made in China, gesponsert von Calanda, mit einem Bier als Pendel, erinnert alle daran, dass es Mittag ist.

»Lass mich schnell was trinken, bevor wir zu dem Gerichtsmediziner gehen.«

20. Juli

Ilaria und Besana fahren in eine Parkgarage. Sie müssen Becks bei heruntergelassenem Fenster im Wagen lassen, er darf nicht mit ins Krankenhaus. Doktor Rudi Hofer erwartet sie in der Abteilung für Gerichtsmedizin. Er sieht erschöpft aus, doch seine Augen blicken hellwach und verleihen ihm etwas Ironisches, was nicht so recht zu seiner restlichen Erscheinung passen will. Vielleicht der Blick eines Menschen, der dieses Metier gut genug kennt, um zu wissen, dass man sich manchmal auch vor Leichen in Sicherheit bringen muss.

»Willkommen«, sagt er auf Deutsch.

Sie geben einander die Hand.

»Ich treffe mich eigentlich nicht gern mit Journalisten, die meisten sind oberflächlich.«

Ilaria und Besana wechseln einen traurigen Blick. Da ist es wieder, das alte Klischee. Ob es wohl eine Berufsgruppe gibt, über die mehr Vorurteile kursieren? Es ist müßig, immer wieder erklären zu müssen, dass es ja auch unter Ärzten welche gibt, die ihren Beruf anständig machen, und andere, die es nicht tun. Sie gehören nur zufällig derselben Berufsgruppe an und haben sonst nicht viel gemeinsam.

»Aber bei Ihnen ist das etwas anderes«, fährt der Arzt fort. »Ich habe Ihre Ermittlung über den Serienmörder in der Bergamasca verfolgt, das war wirklich faszinierend.«

»Danke«, antworten beide.

»Sie haben gute Arbeit geleistet.«

»Zum Glück.«

»Deshalb wollte ich persönlich mit Ihnen sprechen.«

Besana und Piatti bedanken sich erneut und seufzen erleichtert. Glück gehabt.

Der Gerichtsmediziner breitet ein paar Fotos auf dem Schreibtisch aus. Ilaria fällt es schwer hinzusehen, aber sie zwingt sich dennoch dazu. Besana setzt seine Brille auf.

»Wie Sie hier sehen, hat der Bär ihn ziemlich übel zugerichtet«, sagt Hofer. »Was mich allerdings überrascht hat, ist, dass er *so oder so gestorben wäre.*«

»Was wollen Sie damit sagen?«

»Er wäre innerhalb kürzester Zeit erstickt. Ein anaphylaktischer Schock aufgrund einer heftigen allergischen Reaktion.«

Er legt eine lange Pause ein.

»Ich habe in der Lunge, an den oberen Atemwegen einschließlich Kehlkopf und Kehldeckel, auf der Haut und an den inneren Organen oder dem, was davon übrig ist, Gewebsödeme festgestellt.«

»Was kann die allergische Reaktion hervorgerufen haben?«

»Noch kann ich nicht sagen, was das auslösende Antigen war. Ich kann lediglich Vermutungen anstellen, indem ich bestimmte Ursachen ausschließe. Es sind keine Insektenstiche festzustellen, allerdings muss man den Zustand des Leichnams und das Fehlen einiger Körperteile berücksichtigen. Der toxikologischen Untersuchung zufolge scheint er keine Medikamente genommen zu haben, das ist das Einzige, was wir mit Sicherheit sagen können. Bleiben die Lebensmittelallergien. Leider können wir den Darminhalt nicht überprüfen, ohne den Bären zu obduzieren.«

»Oh Gott.« Ilaria verzieht das Gesicht.

»Dafür haben wir an Lippen und Fingern Spuren von Schokolade gefunden, die unser Labor derzeit analysiert. Ich rechne jeden Moment mit dem Ergebnis.«

»Hat er denn nicht versucht, Hilfe zu rufen?«

»In dem Gebiet gibt es keinen Handyempfang, er konnte keinen Notruf absetzen. Man hätte ihm sofort Adrenalin spritzen oder eine Sauerstoffmaske aufsetzen und ein Antihistaminikum verabreichen müssen. Bei einem anaphylaktischen Schock geht alles sehr schnell, innerhalb kürzester Zeit treten Schluckbeschwerden auf, es kommt zu einer akuten Verkrampfung der Bronchialmuskulatur, der Betroffene kann nicht mehr sprechen, geschweige denn schreien. Ohne Hilfe überlebt man maximal sechzig Minuten. Und der Bär hatte ein erstaunlich gutes Timing, er ist genau zu dem Zeitpunkt aufgetaucht, als der Mann nicht mehr in der Lage war, wegzulaufen oder sich zu verteidigen.«

In diesem Moment kommt eine junge blonde Frau im Kittel herein und überreicht dem Arzt die Laborergebnisse.

»Eine seltsame Schokolade«, sagt Hofer nachdenklich, während er liest. »Man hat Spuren von Tropomyosin gefunden.«

»Was ist Tropomyosin?«

»Ein Eiweiß, das in Krusten- und Schalentieren enthalten ist. Aber normalerweise nicht in Schweizer Schokolade.« Er lacht. »Verzeihen Sie, aber in meinem Beruf darf man sich nun mal keine Gefühle erlauben. Ich muss mir immer wieder sagen, dass der Leichnam vor mir auf dem Tisch nicht ich bin, dass es nicht mein Schicksal ist.«

»Und könnte das Tropomyosin die allergische Reaktion ausgelöst haben?«

»Allerdings«, bestätigt er. »Es ist eine der unbekannteren Allergien, aber eine der gefährlichsten. Tropomyosin ist hitzestabil, übersteht also den Kochprozess. Und ist außerdem verdauungsresistent. Wer gegen Krusten- und Schalentiere allergisch ist, muss äußerst vorsichtig sein. Schon eine verschwindend geringe Menge kann Reaktionen auslösen. Mitunter genügt schon der Hautkontakt oder das Einatmen des Moleküls. Bestenfalls ruft es Nesselausschlag oder Asthma hervor, schlimmstenfalls führt es zum Tod.«

»Glauben Sie, die Kantonspolizei wird den Fall als Unfall zu den Akten legen?«

»In meinem Beruf geht es nicht darum herauszufinden, warum jemand gestorben ist, sondern woran«, erwidert der Arzt. »Die Frage, die ich mir stelle, lautet: Ist es ein natürlicher Tod oder nicht? In diesem Fall ist es ein natürlicher Tod. Er ist von einem Bären zerfleischt worden, bevor er an der Schokolade sterben konnte. Er hatte einfach doppelt Pech.«

20. Juli

Eingeschüchtert betrachten Besana und Piatti die Fassade des Kempinski Grand Hotel des Bains in St. Moritz.

»Dafür, dass er bis an den Hals verschuldet war, hat er es sich aber gut gehen lassen«, bemerkt Besana.

»Die haben hier Suiten für vier-, fünftausend Euro die Nacht. Ich habe nachgesehen«, erwidert Ilaria.

Als sie die Eingangshalle betreten, wedelt Becks aufgeregt mit dem Schwanz und schnüffelt an den Teppichen.

»Bitte nicht, Becks, mach hier bitte nicht Pipi.«

Sie gehen zur Rezeption, erklären, dass sie Journalisten sind und mit dem General Manager sprechen müssen. Dann warten sie eine Weile auf ihn. Schließlich kommt ein Schweizer in den Fünfzigern mit runder Brille und zu großem Krawattenknoten. Er ist sehr freundlich, aber auch ein wenig misstrauisch.

»Bitte, nehmen Sie doch Platz«, sagt er und deutet auf einen niedrigen Tisch mit Sesseln ringsum.

Sowie sie Achille D'Ambrosio erwähnen, hebt er abwehrend die Hände. »Ich sage Ihnen gleich, wir wollen keine negative Publicity für unser Hotel, und Bären kommen hier nicht rein. Darüber hinaus legen wir hier größten Wert auf Vertraulichkeit, wir geben keinerlei Auskünfte über unsere Gäste.«

»Wir haben soeben vom Gerichtsmediziner erfahren, dass Herr D'Ambrosio an einer Lebensmittelallergie litt«, kontert Besana. »Hat er das Hotel darüber in Kenntnis gesetzt?«

Das Gesicht des General Managers verhärtet sich, wahrscheinlich sieht er das Hotel bereits auf Schadensersatz in Millionenhöhe verklagt.

»Wir fragen unsere Gäste immer, ob sie Allergien haben. Ich lasse Ihnen seine Karteikarte bringen.« Er winkt eine Empfangsdame heran, die auf ihren hohen Absätzen sogleich herbeigestöckelt kommt, worauf er ihr auf Deutsch etwas ins Ohr flüstert. Wenig später kehrt die junge Frau mit einem Computerausdruck zurück.

»Herr D'Ambrosio hat angegeben, gegen Krusten- und Schalentiere allergisch zu sein. Unser Chefkoch hat für ihn ein individuelles Menü zusammengestellt, um jedes Risiko auszuschließen.«

»Vielen Dank«, sagt Besana und steht auf.

Bevor sie hinausgehen, schnappt Ilaria sich aus einer Schale auf dem Empfangstresen ein Täfelchen Hotelschokolade.

Sie beschließen, Becks nach dem Gespräch ein wenig Auslauf zu gewähren, der sofort ungeduldig zu den Bäumen vor dem Eingang zieht.

»Ich habe genau gesehen, dass du eine Tropomyosinschokolade stibitzt hast«, sagt Besana.

»Die war es mit Sicherheit nicht«, erwidert Ilaria. »Aber meinst du nicht auch, dass das ein perfektes Verbrechen wäre? Einfach das Allergen als Gift verwenden – eine geniale Idee.«

»Und wer sollte es ihm gegeben haben? Dazu braucht man ein Motiv, Piatti.«

»Wir müssen herausfinden, mit wem D'Ambrosio Kontakt hatte, als er hier gewohnt hat.«

»Im Hotel sind sie nicht sehr kooperativ.«

»Wir könnten einen Ausflug nach Zernez machen und uns mal mit dem Förster unterhalten, der die Leiche gefunden hat.«

»Aber bitte nicht mehr heute. Ich bin erschöpft. Jetzt habe ich mir erst mal ein Bier, ein Rösti und ein paar Würstel verdient.«

In dem Moment finden sie sich auf einmal vor einer Art kleinem Tempel wieder, über dessen Eingang *Forum Paracelsus* steht.

»Sieh mal, Besana«, sagt Ilaria, »lass uns doch kurz dort reinschauen.«

Auf Infotafeln wird erklärt, dass Philippus Aureolus Theophrastus von Hohenheim, genannt Paracelsus, 1535 hierhergekommen war und die positiven Eigenschaften der Thermalquellen entdeckt hatte. *Der desselbigen Trancks trinket, wie einer Artzney gebühret, der kan von Gesundheit sagen; und weist von keinem Stein (noch Sand nicht), er weist kein Podagra; kein Artherica; denn also wird der Magen dadurch bestärcket, coroboriert, dass er den Tartarum verdäuet, als ein Straus ein Eysen; als ein Amsel ein Spinnen; und nicht allein den Tartarum, sondern auch andere Ding, so Kranckheiten im Manschen machen, deren primae materia in der Speis und Tranck ligt.* 1836 wird ihm die zweite Quelle gewidmet. Dass dieses Wasser heilende Wirkung besitzt, ist seit Langem bekannt, bereits Papst Leo X. versprach mit der Bulle von 1519 allen Pilgern die völlige Absolution, die sich zur Quellenkirche des Heiligen Mauritius begaben, Ort des Martyriums des römischen Hauptmanns, der sich weigerte, die Christen zu verfolgen, und dessen Blut sich daraufhin mit dem eisenhaltigen Wasser vermischte.

Ilaria probiert das Wasser. »Schmeckt widerlich«, befindet sie.

»Alle Dinge sind Gift, und nichts ist ohne Gift«, erwidert Besana.

20. Juli

Das Handy gibt in einer Tour penetrante, nervtötende Pieptöne von sich. *Pling. Pling.* Während des gesamten Abendessens ist Ilaria damit beschäftigt, WhatsApp-Nachrichten zu beantworten.

»Danke für die Gesellschaft«, sagt Besana. »Du bist schlimmer als mein Sohn. So was nennt man *phubbing*: die ganze Zeit aufs Handy starren und sein Gegenüber ignorieren.«

Sie sieht hoch und lächelt. »Entschuldige, das ist Arbeit.«

»Du willst mich wohl für dumm verkaufen. Jetzt beleidigst du wirklich meine Intelligenz. Ich bin zwar mehr oder weniger raus aus dem Geschäft, aber komplett verkalkt bin ich noch nicht. Und jemand wie du muss um diese Uhrzeit keine beruflichen Anfragen mehr beantworten. Eines Tages vielleicht, ganz sicher sogar. Aber so weit sind wir noch nicht. Also, raus mit der Sprache: Wer ist es? Oder bevorzugst du eine richtige Ermittlung? Kannst du haben.«

Ilaria wird rot. »Ein Freund«, sagt sie.

»Ein Mistkerl also. Sonst hättest du gesagt *mein* Freund.«

»Marco, bitte. Das ist privat. Du hast kein Recht dazu, mich auszufragen.«

»Warum? Ist er verheiratet?«

Ilaria senkt den Blick. »Geh nie mit einem Kriminalreporter zum Essen.«

»Du bist selbst Kriminalreporterin, falls ich dich erinnern darf«, erwidert Besana. »Er hat dir erzählt, dass er seine Frau bald verlässt, stimmt's? Und du glaubst ihm?«

Ilaria wirft die Serviette auf den Tisch. »Es reicht, Marco. Das geht dich wirklich nichts an.«

»Ich bin nicht nur Kriminalreporter, ich bin auch dein einziger wirklicher Freund. Entscheide du, welcher von beiden dir jetzt lieber ist.«

Ilaria seufzt tief. Sie hat ihr Handy inzwischen auf lautlos geschaltet, auf dem Display werden jetzt vierzehn neue WhatsApp-Nachrichten angezeigt.

»Ich rieche Ungemach«, sagt Besana. »Aber ich bin ein seriöser Reporter. Oder ein seriöser Freund. Also los, erzähl.«

»Muss ich wirklich?«

»Wie hast du ihn kennengelernt?«

»Nicola?«

»Aha, so heißt er also.«

»Den Nachnamen sag ich dir nicht«, erwidert Ilaria, noch immer misstrauisch.

»Den finde ich schon noch raus. In fünf Minuten wirst du mir so viel erzählt haben, dass ich nur noch alles zusammenpuzzeln muss. Das ist schließlich mein Job. Also?«

»Ich hab ihn während einer meiner vielen Fahrprüfungen kennengelernt. Du weißt ja, ich bin immer so aufgeregt.«

»Sag nicht, du hast ihm den Wagen zu Schrott gefahren?«

»Doch, leider. Deshalb mussten wir Telefonnummern austauschen. Er war unglaublich nett, trotz des Schadens. Er hat mich zum Aperitif eingeladen, um über das *Missgeschick* zu sprechen.«

Besana schüttelt den Kopf. »Wofür gibt's eine Versicherung?«

Ilaria lacht nervös. »Ich bin ja nicht versichert. Aber die Fahrschule zum Glück.«

»Nur ist das keine Versicherung für dein Leben.«

»Nein, das ist keine Versicherung für mein Leben«, gibt sie zu.

Ilaria redet eine Stunde lang, ohne die Forelle, die der Kellner vor sie hingestellt hat, auch nur anzurühren, während Besana die Flasche Wein austrinkt und eine zweite bestellt.

»Hm, das hat ja nicht gut angefangen«, bemerkt Besana.

Ilaria senkt den Blick. Das kann sie nicht bestreiten.

»Na ja. Also …« Sie sieht ihn an. »Ich weiß auch nicht.«

»Mädchen, Mädchen, du bist wirklich verliebt, was?« Er legt seine Hand auf die ihre. »Du musst nicht antworten, Piattola. Das war eine rhetorische Frage.«

20. Juli

Um Mitternacht ist es am schwierigsten, mit einem verheirateten Mann zusammen zu sein. Gerade jetzt, wo Ilaria allein in ihrem Zimmer ist und Lust hätte, ihm von ihrem Tag zu erzählen, kann Nicola nicht mehr antworten.

Es erscheint ihr noch immer so unwirklich, dass ein derart faszinierender Mann sich ausgerechnet in sie verliebt hat. Sie hatte noch nicht viele Freunde. Genau genommen noch gar keinen. Wenn man die ein oder andere Urlaubsaffäre nicht mitrechnete.

Zu Unizeiten war sie immer mit drei Freundinnen um die Häuser gezogen. Sie hatten stets eine ganze Schar von Jungs um sich herum, aber die waren nicht ihretwegen dabei. Die Beliebteste von ihnen war Camilla, groß, dunkelhaarig und immer im Minirock. Bis sie sich einmal auf ihrer Geburtstagsfeier betrank und allen männlichen Gästen einen blies, woraufhin die als unnahbar geltende Sara auf der Beliebtheitsskala an ihr vorbeizog. Sara behauptete immer, mit einem Jungen aus Paris zusammen zu sein, den niemand je zu Gesicht bekommen hatte. Alle Jungs versuchten, sie dem Franzosen auszuspannen, es wurde zu einem regelrechten Wettstreit. Und sie gab sich mit schöner Regelmäßigkeit hin, um jedoch unmittelbar danach eine tränenreiche Tragödie aufzuführen und unter Schluchzen zu beteuern, dass sie den Ärmsten nicht verlassen könne. Das war ihre Methode, den jeweiligen Sieger abzuservieren, um das Spiel von Neuem beginnen zu lassen, das Einzige, was sie wirklich interessierte. Die unangefochtene Königin jedoch war Alessia, die offizielle Verlobte par excellence, aus Berufung. Sie besaß eine geradezu übernatürliche Begabung für eine symbiotische Beziehung, die allen Respekt abverlangte. Selbst wenn sie einen Jungen aus der Clique verließ, um sich mit einem anderen zusammenzutun, blieb ihre Überlegenheit unangetastet. Ilaria wurde nie auch nur in Betracht gezogen. Bestenfalls wurde sie um Rat gefragt. Nur Davide, vielleicht der Hübscheste von allen, hatte sie ein einziges Mal geküsst. Aber nur, weil sie ihn die ganze Nacht getröstet hatte. Wegen Camilla oder Sara oder Alessia, sie erinnerte sich nicht mehr. Jedenfalls hatte er sich, während sie Arm in Arm redeten, urplötzlich zu ihr gedreht und ihr in die Augen gesehen. Und dann war es geschehen. Im Morgengrauen hatte er sie fest umarmt, ein wenig zu fest. Entschuldige, ich bin so verwirrt. Unsere Freundschaft ist mir sehr wichtig. Versprich mir, dass sich zwischen uns nichts ändern wird. Ilaria hätte am liebsten mit Fäusten auf ihn eingetrommelt, aber sie war zu unsicher, es war ihr ohnehin unausweichlich erschienen, dass es so enden würde.

Unsicher ist sie auch jetzt noch, auch wenn sie inzwischen siebenundzwanzig ist. Sie kann sich kaum erklären, wieso Nicola ihretwegen den Kopf verloren hat. Vielleicht wird er seine Frau nie verlassen, aber daran, dass er wirklich in sie verliebt ist, zweifelt sie nicht. Sonst würde er ihr nicht fünfzig Nachrichten am Tag schicken und sich kein Bein ausreißen, um sie dreimal die Woche zu sehen. Und ihre Beziehung würde nicht schon ein Jahr dauern. Wie schön es sich anfühlt, geliebt zu werden. Ilaria kann es immer noch nicht glauben. Das ist ihr noch nie passiert. Sie hat sich noch nicht daran gewöhnt.

21. Juli

»Ja richtig, ich habe ihn gefunden«, sagt Michael Brenner. Er ist ein junger Mann mit sonnengerötetem Gesicht und noch röteren Haaren. Marco und Ilaria sind zu ihm nach Zernez gefahren, ins Informationszentrum des Schweizerischen Nationalparks.

»Zuerst habe ich einen Bartgeier und Raben gesehen, die über der Stelle kreisten«, erzählt er. »Als ich näher rangegangen bin, habe ich dann auch das Summen der Fliegen gehört. Tausende von Fliegen. Im ersten Moment dachte ich an den Kadaver einer Gämse. Es hat bestialisch gestunken. Aber zunächst konnte ich nur einen Haufen Zweige und Blätter ausmachen. Erst als ich um den Haufen herumgegangen bin, konnte ich sehen, dass eine Hand herausguckte. Nur Bären verstecken ihre Beute, um zu einem späteren Zeitpunkt weiterzufressen. Also habe ich nach Spuren gesucht und im Schlamm beim Bach auch welche gefunden.«

»Und was haben Sie dann gemacht?«

»Ich habe über Funk meine Position durchgegeben und auf die anderen gewartet.«

»Hatten Sie keine Angst, dass der Bär zurückkommt?«

»Ich kenne M18, wir haben ihn mehrere Monate lang überwacht, bis der Sender kein Signal mehr gegeben hat. Er ist scheu, er hat Angst vor Menschen und hält sich normalerweise von ihnen fern. Es wundert mich, dass er den Mann angegriffen hat. Wahrscheinlich hat er falsch reagiert, hat etwas nach ihm geworfen oder geschrien.«

»Wie können Sie so sicher sein, dass es M18 war, und kein anderer Bär?«

»Weil in letzter Zeit nur Fulvio in diesem Gebiet gesichtet wurde.«

»Ach, richtig, er heißt Fulvio.«

»Dann kamen meine Kollegen vom Forstkorps und die Kantonspolizei.«

»Zu Fuß?«

»Nein, mit dem Hubschrauber. Der Gerichtsmediziner kam auch gleich mit. Der Kopf der Leiche fehlte, und so haben wir uns alle auf die Suche gemacht, bis wir Haare entdeckt haben, an denen noch Kopfhaut klebte.«

»Der Bär hat ihn skalpiert?«

»Das ist ein typisches Verhalten«, erwidert Brenner. »Er hat den Kopf weit fortgebracht. Den Rucksack dagegen haben wir am Ort des Angriffs gefunden, neben dem Leichnam.«

»War im Rucksack etwas zu essen?«

»Davon gehen wir aus. Fulvio hat alles aufgefressen, der Rucksack war völlig zerfetzt. Aber wir haben die Papiere und Autoschlüssel gefunden, der Wagen stand am Ofenpass. So konnten wir die Leiche als den Mann identifizieren, der am Abend zuvor vermisst gemeldet worden war. Die Rettungsmannschaften haben nach ihm gesucht. Und ich habe ihn gefunden, aber nur durch Zufall. Das Gebiet ist riesig. Wissen Sie, wie viele Leute wir erst nach Jahren finden?«

»Nein, wie viele?«

»Jedes Jahr verschwinden hier in den Tälern fünf, sechs Personen. Erst letzte Woche haben wir die Leiche eines Mannes gefunden, der im November auf eine Fahrradtour gegangen war.«

»Und gibt es oft Bärenangriffe?«

»Aber nein. Lange Zeit gab es hier überhaupt keine Bären mehr. 1904 wurde der letzte Schweizer Bär getötet, und erst hundert Jahre später hat man wieder einen Bären gesichtet, und der kam nicht aus der Schweiz, sondern aus dem Trentino. Es war genau hier, im Juli 2005, ich erinnere mich noch gut daran. Ein deutscher Schüler, der auf Klassenfahrt hier war, hat ihn fotografiert. Und dann kamen weitere Bären. In der Regel haben sie aber nur andere Tiere angegriffen. Aber einmal, am Piz Bernina, hat ein Bär eine Frau angegriffen, die sich das Bein gebrochen hatte. Und im Val Poschiavo hat M13 mal zwei Wanderer verfolgt, aber ohne dass etwas passiert wäre. Der Bär wurde auch oft auf der Straße gesehen. Dann hat man versucht, den Ärmsten mit Schreckschuss- und Gummigeschossen zu vertreiben, aber er ist immer wieder gekommen. Offenbar suchte er Gesellschaft, ist einfach gern durch den Ort spaziert.«

»Ich schätze, die Einwohner waren darüber nicht so erfreut«, sagt Besana.

»Wissen Sie, oft sind die Leute selbst schuld, wenn die Bären zu nah an die Wohngebiete herankommen. Viele füttern sie. Aber sie sind nun mal keine Zirkustiere, man sollte den Respekt vor der Natur behalten.«

»Da stimme ich Ihnen zu.«

»Meine Freundin Ladina hat für Fulvio eine Facebook-Seite eingerichtet. Wir wollen nicht, dass der Bär abgeschossen wird wie M13. Fulvio ist nicht gefährlich. Aber so was, wie das hier, löst natürlich Diskussionen aus. Es haben sich richtige Lager gebildet. Ein Verband hat sogar schon vor dem Regierungssitz des Kantons demonstriert, sie haben vor dem Eingang Kadaver von Nutztieren abgeladen und Sprechchöre gegen die sogenannten ›Umweltlobbyisten‹ skandiert. Auf euch Italiener sind sie auch wütend, sie sagen, ihr hättet uns die Bären rübergeschickt.«

21. Juli

»Ich ziehe mich in den Wellnessbereich für Erwachsene zurück«, verkündet Besana, ein Handtuch um die Hüften geschlungen.

Er schüttelt den Kopf über Ilaria, die sich im großen Außenschwimmbecken des Ovaverva amüsiert wie ein kleines Mädchen: Sie taucht zwischen den Massagestrahlen unter und kommt lachend, den Mund voll Wasser, hustend und spuckend wieder hoch. Aber damit nicht genug, sie muss auch die Rutschen ausprobieren und saust mit ein paar Dreizehnjährigen kreischend die Kurven hinunter.

Besana will keine herumkrakeelenden Kinder, er geht lieber in den textilfreien Bereich. Welch eine himmlische Ruhe. Anfangs ist er ein wenig enttäuscht. Nichts zu gucken ringsum: nur Schwabbelbäuche und schlaffe Haut. Doch dann kommen zwei junge deutsche Frauen, gehen in die Sauna, legen ihre Handtücher ab und breiten sie aus. Besana macht es sich gemütlich, verschränkt die Arme unter dem Kopf und genießt den Anblick der glatten Schenkel. Aber das Vergnügen währt nicht lange.

Aus dem Augenwinkel bemerkt er einen Mann, der mit einer blonden Frau die Sauna betritt. Der Mann sieht haargenau so aus wie Armando, der Freund seiner Ex-Frau. Jetzt beginnt er wirklich zu schwitzen, und das liegt nicht nur an der Sauna. Es ist sein Gewissen. Er steht auf und trocknet sich ab. Für die jungen Frauen hat er keinen Blick mehr übrig.

Als er Marina das letzte Mal gesehen hat, hat sie ihn um Rat gefragt. Weißt du, hat sie gesagt, Armando will mich heiraten, aber ich bin mir nicht sicher, ob ich das noch mal will. Was meinst du, soll ich Ja sagen? Sie verstehen sich gerade ganz gut. Ab und zu gehen sie sogar abends zusammen essen, und das, ohne schon vor dem Nachtisch zu streiten. Besana versuchte also, sich nichts anmerken zu lassen. Das musst du selber wissen. Wenn es dich glücklich macht.

Als er nach Hause kam, war er stolz auf sich. Er war ganz brav geblieben, hatte wie ein Freund mit ihr gesprochen, sich nicht von seinen Gefühlen leiten lassen. Vorbildlich. Alles wäre perfekt gewesen, hätte er sich hinterher in der Bar nicht so vollaufen lassen. Bei der dritten Runde Amaro hatte er begonnen, sich mit einem pensionierten Eisenbahner zu unterhalten, der schon morgens immer einen Caffè corretto bestellte. Natürlich war auch der betrunken. Der Barmann, der sie beide kannte, schenkte immer weiter Braulio nach. Verstehst du? Meine Frau will ihn auch noch heiraten, dieses miese Stück Scheiße. Du musst der Scheidung ja nicht zustimmen, sagte der andere, dann soll sie mal sehen, wie sie das macht. Neein, lallte Besana, dann bin ich ja das Stück Scheiße. Es ist doch zu ihrem Besten, beharrte der Alte und schlug mit der flachen Hand auf den Tresen. Am Ende war Besana nach draußen getorkelt und hatte sich das Knie aufgeschlagen, weil er auf den Stufen vor der Eingangstür gestolpert war.

Zu Hause ließ er die Hose runter und begutachtete den blauen Fleck, sichtbares Zeichen seines Schmerzes. Man streitet ab und leugnet, vor allem vor sich selbst, bis man sich sichtbar verletzt. Verdammter Mist, fluchte er, während er nach einer Salbe suchte. Als er dann eine Tube Klebstoff anstelle von Voltaren in der Hand hielt, weil er so betrunken war, hätte er beinahe geheult. Aber seine verdammte Seele produzierte schon zu lange keine Tränen mehr, wie eine verkalkte Kaffeemaschine, die noch nie jemand gereinigt hat.

Als der Reporter, der er ist, lässt Besana seinen Blick flüchtig schweifen. Es ist tatsächlich Armando, und er küsst die Blondine, die eindeutig nicht nur irgendeine Freundin ist. Soll er es Marina sagen?

Ihm schwirrt der Kopf, vielleicht wegen der Hitze. Vielleicht auch nicht. Er wickelt sich das Handtuch um die Hüften und geht hinaus. Er bräuchte eine kalte Dusche, aber er will nicht riskieren, Armando zu begegnen, das wäre zu peinlich. Lieber schnell zurück in die Umkleide, ab in die Klamotten und nichts wie weg.

21. Juli

»Bündner Suppe?«

»Ich nehme lieber das Wildragout mit Polenta«, erwidert Besana, während er sein Brot mit Butter bestreicht.

»Fassen wir zusammen«, sagt Ilaria und legt ihr Tablet auf den Tisch.

»Jetzt? Aber die Stube ist voller Leute.«

»Das sind alles Ausländer.«

»Na schön. Also, wir haben einen Mann, der von einem Bären zerfleischt wurde, tatsächlich aber sowieso an einem anaphylaktischen Schock aufgrund einer Lebensmittelallergie gestorben wäre, und eine Frau, die bei einem Handtaschenraub mit einem Eispickel für Bergsteiger getötet wurde. Und jetzt?«

»Jetzt müssen wir herausfinden, was die beiden verbindet«, sagt Ilaria.

»Sicher eine ganze Menge, sie kannten sich. Und beide kamen in den Ferien hierher.«

»Ich gebe ihre Namen mal zusammen bei Google ein, mal sehen, was passiert.«

Ilaria tippt rasch, sieht auf den Bildschirm und schüttelt den Kopf. »Nichts. Nur Artikel über D'Ambrosios finanzielle Schwierigkeiten.«

»Aber es gibt bestimmt Traueranzeigen«, mutmaßt Besana. »Solche Leute legen viel Wert auf Traueranzeigen in den Zeitungen. Wir müssen sie nur miteinander vergleichen und schauen, welche Namen bei beiden auftauchen.«

»Du bist ein Genie!«, lobt Ilaria. »Ich gehe die Zeitungen der letzten Tage durch. Für ihn beginnen die Traueranzeigen am 18. Juli, für sie am 19.«

Auf die Idee wäre Ilaria niemals von allein gekommen. Traueranzeigen? So was hat sie noch nie aufgegeben. »Ich hab eine, eine Freundin von beiden: Vittoria Brivio.«

»Hier ist auch eine. Brunella Macchi.«

Sie fahren fort, nicht ohne ab und zu über rhetorische, schwülstige und bisweilen absurde Floskeln zu lachen.

»Warum tauchen in diesen Traueranzeigen eigentlich keine Ehemänner auf? Wo sind sie geblieben? Normalerweise setzt man so was doch als Paar auf.«

»Vermutlich vergiftet«, entgegnet Besana.

»Ich meine es ernst, Marco. Lass mich kurz nachsehen.«

»Was willst du denn da finden, Piattola?«, seufzt er.

»Da! Ich habe mehrere Artikel gefunden«, sagt Ilaria nach einer Weile, ihre Suppe ist ohnehin längst kalt. »Carlo Rigamonti, der Ehemann von Vittoria Brivio, ist vor zwei Jahren gestorben, und rate, wo: hier! Er ist mit seinem Privatjet abgestürzt. Und auch mit Giacomo Pallavacini, Ehemann von Brunella Macchi, hat es kein gutes Ende genommen. Er ist im Sommer desselben Jahres bei einer Gletscherwanderung spurlos verschwunden. Vermutlich in eine Gletscherspalte gestürzt, seine Leiche wurde nie gefunden.«

»Das tut mir sehr leid für die Damen, aber ich sehe nicht, was ihre Tragödien mit uns zu tun haben.«

»Die Polizei hat die Todesfälle als Unfälle zu den Akten gelegt, aber ein Detail gibt mir zu denken. Zumindest, was Vittoria Brivios Ehemann betrifft.«

»Und zwar?«

»Hier ist ein interessanter Artikel über den Flugzeugabsturz. Der Bericht eines Überlebenden. Einem Freund von Rigamonti, den er in letzter Minute mitgenommen hat und der noch rechtzeitig aus dem Flugzeug springen konnte, ehe es Feuer fing. Er ist mit einem gebrochenen Arm und ein paar Verbrennungen davongekommen. Im Interview erzählt er, dass Rigamonti sich plötzlich unwohl gefühlt und eine Notlandung versucht habe. Dabei ist ein Flügel in einen Reitstall gekracht. Glücklicherweise waren alle Pferde auf einem Ausritt.«

»Hast du gehört, Becks?«

Der Hund, der es sich unter dem Tisch bequem gemacht hat, hebt neugierig die Schnauze.

»Dem Freund zufolge war es ein Herzinfarkt. Er sagt, Rigamonti habe plötzlich Sehstörungen und Atemnot gehabt und konnte die Arme nicht mehr bewegen.«

»Fall abgeschlossen«, sagt Besana.

»Und wenn es kein Herzinfarkt war?«

»Piatti, hör endlich auf mit dieser Geschichte. Wir haben gerade ein Tuch über den Bären gebreitet, und morgen fahren wir wieder nach Hause.«

»Und das Tropomyosin?«

»Wie der Gerichtsmediziner schon sagte, der Mann hat einfach verdammtes Pech gehabt.«

Ilaria schüttelt den Kopf. »Für meinen Geschmack haben wir es mit ein paar zu vielen Unfällen zu tun.«

21. Juli

In der Nacht wälzt sich Ilaria im Bett hin und her. Sie findet nicht die richtige Schlafposition, ihre Gedanken kommen nicht zur Ruhe. Sie ist nass geschwitzt, und immer wieder tastet sie mit geschlossenen Augen nach der Wasserflasche. Sie hat schrecklichen Durst, ihre Kehle ist trocken. Wieder und wieder taucht die Szene mit dem Bären vor ihren Augen auf. Sie weiß nicht einmal, ob sie sie träumt oder sich einbildet. Sie weiß nur, dass es kaum zu ertragen ist, auch wenn sich alles nur in ihrem Kopf abspielt. Es ist, als wäre sie dort, bei diesem Mann und dem Tier.

Die Sonne beginnt zu sinken, er lässt sich auf einem Felsbrocken nieder. Plötzlich bekommt er keine Luft mehr. Vielleicht hätte er doch besser schon absteigen sollen. Ein jäher Schmerz durchfährt seine Brust. Kann das ein Herzinfarkt sein? Er hustet. Seine Zunge ist geschwollen. Doch dann springt vor ihm ein Hirsch über den Weg, und für einen Moment ist er abgelenkt. Wie schön. Er hat noch nie einen Hirsch aus solcher Nähe gesehen. Doch dann ist da auf einmal wieder dieses Gefühl zu ersticken. Ihm kommen Zweifel. Aber nein, unmöglich. Er hat das Hotel informiert, es können keine Verunreinigungen im Essen gewesen sein. Er kratzt sich, das Jucken macht ihn noch nervöser. Er schiebt einen Ärmel hoch und erschrickt. Der ganze Arm ist voller Quaddeln. Er muss sofort Hilfe rufen. Hastig wühlt er das Handy aus dem Rucksack. Nichts, kein Empfang. Er springt auf, er muss sofort runter, bevor es dunkel wird, und einen Ort finden, an dem es ein Funksignal gibt.

Aber sobald er aufsteht, dreht sich alles um ihn. Er stützt sich auf seine Stöcke, gerät ins Taumeln. Da hört er auf einmal einen schweren Galopp. Noch ein Hirsch? Einerlei, er darf jetzt keine Zeit mit Fotos verlieren, er muss sich auf den Abstieg konzentrieren, und zwar schnell. Er hustet erneut. Der Galopp kommt näher. Er dreht sich um. Es ist kein Hirsch. Er schreit, aber seine Stimme versagt, seine Kehle ist wie zugeschnürt. Er reckt die Stöcke in die Luft und beginnt damit zu rudern. *Geh weg*. Er will rennen, aber er hat keine Kraft mehr in den Beinen, er stolpert. Ein Bein nachziehend, eilt er weiter. Immer wieder blickt er sich um. Der Bär ist stehen geblieben und sieht ihn an. Er nimmt einen Stein und wirft ihn nach dem Tier. Hau ab, verschwinde. Er hört ein dreimaliges keuchendes, raues Luftholen, wie das Japsen eines großen Hundes. Stille, und dann ertönt ein grollendes Brummen, ohrenbetäubend, Furcht einflößend. Er versucht zu laufen, aber stürzt erneut. Mühsam hebt er den Kopf und sieht direkt vor sich einen Raben auffliegen. Noch ehe er sich umdrehen kann, spürt er schon einen fürchterlichen Schmerz im Bein. Mit dem wenigen Atem, der ihm noch bleibt, versucht er zu schreien, nach dem Bären zu schlagen, doch der Stock rutscht ihm aus den Händen und die Böschung hinunter. Jetzt ist der Bär über ihm. Er schließt die Augen, drückt sie fest zu. Es fühlt sich an wie ein Erdbeben, das Tier hat ihn mit seinen großen Tatzen gepackt und schüttelt ihn, er spürt die Krallen, die sich ihm in Brust und Rücken bohren. Staub wirbelt auf und dringt ihm in den Mund. Und dann zermalmt ihn ein furchtbares Gewicht. Sein Blick gleitet zum Sonnenuntergang, er sieht den weißen Streifen eines Flugzeugs. Das Brummen des Bären dringt nur noch wie aus weiter Ferne an sein Ohr. Der weiße Streifen ist lang, zart wie eine Feder zieht er sich diagonal über den endlosen Himmel.

22. Juli

»Wie kannst du bei dieser Hitze nur Hamburger essen?«

Jacopo zuckt die Schultern. Er hat das Restaurant gerade deshalb ausgewählt, weil sie gute Hamburger machen. Und die besten Pommes Mailands.

Besana schwitzt. Sie sitzen in einem Innenhof, aber das mildert sein Leid nicht. Er kann nur Weißwein trinken, der ihn noch mehr schwitzen lässt. »Hauptsache, du bist zufrieden«, sagt er. »Hast du dir überlegt, was du dir zum Abitur wünschst?«

»Ich hätte gern ein Mountainbike«, antwortet Jacopo.

»Wolltest du nicht nach Indien?«

»Weiß nicht, nicht jetzt jedenfalls. Erst mal sehen, was die anderen machen.«

»Welche anderen? Hast du eine Freundin?«

Aber Jacopo gibt sich zugeknöpft.

»Und was nimmst du?«

»Dorade, denke ich.« Resigniert schließt er die Speisekarte.

»Wir sind seit einer halben Stunde hier, und du hast mich noch gar nicht gefragt, was ich *danach* machen will.«

Überrascht hebt Besana den Kopf. »Warum? Hast du dich für einen Studiengang entschieden?«

»Nein.« Jacopo lacht. »Aber ich weiß, dass das deine eigentliche Frage ist. Und das macht mich ein bisschen nervös.«

Besana verschränkt die Arme vor der Brust. »Und? Soll ich die Frage jetzt stellen? Oder lieber gar nicht?«

»Hör zu, Papa, ich habe beschlossen, ein Sabbatjahr einzulegen.«

»Aber du hast doch in deinem ganzen Leben noch nichts gemacht!«

»Das stimmt nicht«, protestiert sein Sohn, »Lernen ist ganz schön anstrengend.«

»Das nennst du lernen.« Besana verliert allmählich die Geduld.

»Ich werde arbeiten, Papa. Du musst mich nicht aushalten, keine Sorge.«

»Warum hast du es so eilig zu arbeiten?«

»Ich wusste, dass du sauer wirst. Statt stolz auf mich zu sein. Alle meine Freunde bitten ihre Eltern um Geld. Ich nicht. Ich will es mir selbst verdienen. Ist das so verkehrt?«

»Willst du kellnern?«

»Warum nicht? Irgendwas. Ich meine ja nur, ich will mich nicht an der Uni einschreiben, nur um eingeschrieben zu sein. Ich weiß noch nicht, was mich interessiert. Da warte ich lieber, bis ich mich entschieden habe.«

»Und verlierst ein Jahr?«

»Papa, du hast studiert, und sieh *dich* an.«

»Was soll das heißen? Hältst du mich für einen Versager?«

Besana ist puterrot im Gesicht, er kann seine Wut und seine Enttäuschung nicht verbergen.

»Aber nein, natürlich nicht. Aber du hast kein Geld. Früher war Journalist vielleicht mal ein angesehener Beruf, ich weiß nicht …«

Was zu viel ist, ist zu viel. Er steht auf und hebt zum Gruß die Hand. »Zahl deinen Hamburger selbst. Du kannst ja Teller spülen. Ich geh jetzt in die Küche und bestell die Dorade ab. Weißt du, Dorade war mal ein angesehener Fisch, aber heute kommen die sowieso alle aus der Fischfarm.«

22. Juli

Das vor Kurzem in Kraft getretene neue Gesetz zum Schutz der Kinder von Opfern eines Femizids ist für Ilaria ein Wendepunkt. Der Schlüssel ist das Konzept der *Erbunwürdigkeit:* Im Falle einer Verurteilung wird der Täter vom Erbe ausgeschlossen. Nun also gehört das Elternhaus ihr allein, ihr Vater ist nicht länger der Eigentümer. Endlich kann Ilaria es verkaufen und sich in Mailand eine kleine Wohnung zulegen.

Zweifellos verändert das ihr Leben. Aber es bleibt ein schweres Erbe. Es bedeutet, dass sie in das Dorf zurückkehren muss, in dem sie aufgewachsen ist, in das Einfamilienhaus, in dem ihre Mutter ermordet wurde. Es bedeutet, dass sie den Ort nach zwanzig Jahren wiedersehen wird. Sie könnte den Verkauf delegieren, aber das möchte sie lieber nicht. Das Haus muss ausgeräumt werden, diese Aufgabe kann sie niemand anderem überlassen. Oder vielleicht doch, aber sie will es nicht. Sie fühlt sich wie von dunklen Mächten von diesen Mauern angezogen, als könnten sie ihr helfen, sich nach all den Jahren an etwas zu erinnern.

Es gibt keine direkte Verbindung, Ilaria muss zwei Regionalzüge nehmen und dann in den Bus umsteigen. Am Hauptplatz angekommen, sieht sie sich um. Einerseits wirkt alles unverändert, andererseits erkennt sie nicht ein Geschäft, nicht eine Bar wieder. Nicht ein bekanntes Gesicht.

Was ist aus Carlas Milchladen geworden? Ihre Mutter hat dort immer Cappuccino getrunken und ihr ein Brioche mit Nutella gekauft. Carlas Milchladen war nicht einfach nur ein Milchladen. Im hinteren Teil des Raumes wurde er zum Obst- und Gemüseladen, weil die Leute das Gemüse aus ihren Gärten herbrachten und ihr frisch gepflücktes Obst. Heute haben wir Kirschen von Maria, sagte Carla dann. Schau, wie dick sie sind. Der Milchladen war aber auch eine Imbissstube, denn Carla und ihre Schwester Marisa waren hervorragende Köchinnen. Sie lebten allein, direkt neben dem Geschäft, und verbrachten ihre Abende damit, Lasagne, Frikadellen, herzhafte Kuchen, Torten und Plätzchen für ihre Kunden zuzubereiten. Sie ruhten sich nie aus. Nur am Sonntag gingen sie aus, natürlich zusammen. Aber auch das war gewissermaßen Arbeit. Im Pelz und mit Schmuck behangen – denen geht es aber gut, sagten die Leute –, erschienen sie zur Messe, anschließend saßen sie stundenlang in der einzigen Pasticceria des Ortes, der

Pasticceria Europa, wo sie jedoch nie etwas bestellten. Zum einen aus Geiz, zum anderen als eindeutige Botschaft an alle anderen Gäste: Unsere Torten sind viel besser, diese hier essen wir nicht. Dort, wo Carlas Milchladen war, ist jetzt ein Handygeschäft. Selbst die Friseurin ihrer Mutter ist nicht mehr da. Die auch Kosmetikerin und Yogalehrerin war (wenn der Salon abends um sieben schloss, fingen die Kurse an). Als Kind hatte sich Ilaria in Giusys Laden stets amüsiert. Giusy hatte immer Liebeskummer und ließ es alle wissen. Jetzt ist das Schaufenster voller Pappbecher und Pappteller: *Kindergeburtstag* steht auf dem Schild. Aber es gibt auch Spielzeug, Rucksäcke, Füller und Schulhefte, Scherzartikel für Karneval, obwohl es nicht die passende Jahreszeit ist. Nein, es ist Sommer, also werden auch lauter aufblasbare Flamingos und Luftmatratzen in Form von Eiscremehörnchen angeboten. Zwar ist das Meer weit weg, aber auch auf dem platten Land gibt es inzwischen überall Freibäder. Lediglich die orangegelben und schlammbraunen Reihenhäuser aus den Siebzigern sind unverändert. Und mit ihnen hat auch die Pasticceria Europa überlebt, trotz des schlechten Kuchens. Heute machen sie ihr Geschäft sowieso vorwiegend mit dem Aperitif, neben der Tür hängt eine große Tafel: *Happy Hour – Spritz nur 2,90 Euro*. Der Optiker nebenan, der dem ganzen Dorf Brillen verkaufte und sämtliche Familienfotos druckte, ist nicht mehr da, stattdessen ein brasilianisches Restaurant, Carioca, das sich am Samstagabend in eine Disco verwandelt. Selbst die Filiale der Volksbank ist unter der ganzen Werbung für Kredite und Finanzierungen kaum wiederzuerkennen.

Ilaria erreicht das Gartentor und fühlt sich sofort elend. Sie meint, ihre Mutter rufen zu hören: Vergiss nicht, das Tor zuzumachen! Die Hunde laufen weg! Sie wurde fuchsteufelswild, wenn sie oder ihr Vater das Tor versehentlich offen ließ. Ugo entwischte dann immer sofort, er liebte es, über die Felder zu streifen. Bimba war gehorsamer, aber wenn sie ihren Bruder davonlaufen sah, konnte sie auch nicht widerstehen. Oft fand man die beiden bei der Feuerwehr wieder. Niemand wusste, warum, aber sie hatten eine Schwäche für die Wache. Manchmal aber fischte man sie, im wahrsten Sinne des Wortes, aus dem Goldfischteich eines Rentnerehepaars, in den die beiden Hunde mit Begeisterung hineinsprangen. Vor dem verrosteten Tor, das mit einer dicken Kette verschlossen ist, erwartet sie ein junger Mann im blauen Nadelstreifenanzug und mit einer Aktenmappe in der Hand. Selbst das Gesicht ist das eines Immobilienmaklers.

»Dottoressa Piatti?«

»Richtig.«

Ilaria atmet tief durch, dann zeigt sie ihm den Garten, in dem das Unkraut nur so wuchert und überall Müll liegt. Plastikplanen, Holzlatten, Gummireifen, verrostete Stühle, umgegrabene Erde. Schlimmer als in einem Roman von Dickens. Ein einziger Schrotthaufen ist auch der alte Panda, den ihr Vater vor der Tür abgestellt hatte, bevor er verhaftet wurde.

»Hier muss einiges gemacht werden«, sagt sie. »Aber ich habe schon jemanden gefunden, der die Entrümpelung übernimmt. Er hat mir zugesichert, dass er alles innerhalb der nächsten Woche wegbringen lässt.«

Unterdessen denkt sie: Ich weiß nur, dass meine Mutter hier nicht vergraben ist, denn die Polizei hat alles abgesucht.

»Ausgezeichnet.«

»Bitte, kommen Sie mit.«

Ilaria öffnet die Tür und ist zunächst etwas verstört. Es ist alles noch genau wie früher, nur sauberer, weil sie eine Reinigungsfirma geschickt hat. Dreihundert Euro, um das Haus auf Vordermann zu bringen.

»Das ist die Küche. Sie ist sehr hell und geräumig«, sagt sie. Die Küche, in der ihr Vater ihre Mutter getötet hat, vermutlich. Ilaria spürt ihre Beine nicht mehr. Sie greift nach einem Stuhl, sie muss sich setzen.

»Die Elektroinstallationen entsprechen natürlich nicht mehr dem heutigen Standard. Es muss alles erneuert werden«, stellt der Makler fest.

»Das fürchte ich auch«, antwortet sie.

»Ebenso die Wasseranschlüsse. Und die Fliesen sind hässlich, die Elektrogeräte veraltet. Wir müssen mit dem Preis noch etwas runtergehen.«

»Ich weiß.«

Unter enormer Kraftanstrengung steht sie auf und zeigt ihm das Wohnzimmer. Auf einem Regal sitzt noch ein Stoffbär, das letzte Geschenk ihrer Mutter. Ihr wird schlecht.

»Schön groß«, sagt der Makler. »Ausgezeichnet. Aber die Fenster sind nicht isoliert, die müssen ausgetauscht werden.«

Die Übelkeit wird übermächtig, Ilaria rennt ins Bad. Sie kann nicht mehr sprechen. Der Makler folgt ihr, in dem Glauben, sie wolle ihm etwas zeigen.

»Das Bad müssen wir herausreißen, davon kann man nichts mehr gebrauchen.«

Ilaria sinkt vor dem Klo auf den Boden, und als sie zu würgen beginnt, ergreift der Makler eilig die Flucht.

»Entschuldigen Sie, ich wollte Sie nicht aufregen«, sagt er durch die halb geöffnete Tür. »Im Grunde sind es nur Kleinigkeiten. Ich habe einen Freund, der sich mit so etwas auskennt, er kann ihnen einen guten Preis machen. Ich finde nur, man sollte hier und da etwas ausbessern, bevor man es anbietet.«

Aber Ilaria antwortet nicht, sie kann nicht mehr aufhören zu brechen.

23. Juli

»Wie alt ist ihr Sohn?«, fragt der Verkäufer bei Decathlon.

»Achtzehn«, erwidert Besana. »Es ist sein Abiturgeschenk.«

»Möchten Sie Cross Country, All Mountain oder Down Hill?«

»Hm, ich weiß nicht, was ist der Unterschied?«

»Das kommt darauf an, was ihr Sohn mit dem Rad vorhat. Wie lang die Touren sind und in welchem Gelände er fährt.«

Besana kratzt sich verwirrt am Kopf. Er hätte nicht gedacht, dass es so schwierig sein könnte, ein Fahrrad zu kaufen. Früher genügten eine gewisse Anzahl an

Gängen, Schlauchreifen und Rennradsattel. Um sich jetzt bei all den Mountainbike-Typen zurechtzufinden, braucht man ein abgeschlossenes Studium. Aber gut, da muss er jetzt durch. Gestern Abend war er ein wenig zu grob zu seinem Sohn, und in der Nacht konnte er deshalb nicht schlafen. Jacopo ist ja noch ein Junge, und er war in seinem Alter gar nicht mal so anders. Sein Vater wollte unbedingt, dass er nach dem Abitur Bauwesen studierte, so wie er, aber er hatte davon nichts wissen wollen. Nachdem er sich für Literaturwissenschaften eingeschrieben hatte, weil er davon träumte, Journalist zu werden, hatten sie monatelang nicht miteinander geredet. Zu Weihnachten aber hatte er unter dem Baum eine Uhr gefunden. Geschenk von Papa.

»Dieses Modell beispielsweise«, sagt der Verkäufer gerade, »hat einen ultraleichten Aluminiumrahmen, Scheibenbremsen und Luftfederung für eine bessere Stoßdämpfung auf sehr unebenem Gelände. Aber das Beste ist dies hier mit Carbonrahmen.«

Besana sieht auf den Preis: 1299 Euro. »Gibt es nicht was Günstigeres?«

Schließlich entscheidet er sich für ein Rockrider XC für achthundert Euro. Das Leben wird Jacopo sowieso noch zwingen, sich abzustrampeln, da fängt er am besten gleich damit an.

Auf dem Weg zur Kasse kommt er an der Abteilung für Trekking und Bergsteigen vorbei und bleibt stehen, um sich die Eispickel anzusehen. Es gibt viele verschiedene in unterschiedlichen Preislagen, von dreißig bis hundert Euro. Neben jedem Eispickel werden auf einem kleinen Schild die technischen Eigenschaften erläutert.

Der äußerst vielseitige Eispickel Nana Light unterstützt deinen Aufstieg an die Spitze, klassisch oder technisch. Vielseitiger Eispickel mit gebogenem Schaft und Handauflage, über die du vor allem bei technischen Durchgängen froh sein wirst. Daneben befindet sich das Modell »Hyperlight«: *Leicht und leistungsstark für Gletscherwanderungen. Dieser Pickel fasst sehr leicht auf hartem Schnee und Eis dank Stahlhaue.* Richtig, der spitze Teil eines Eispickelkopfes heißt die »Haue«. Vorsichtig fährt Besana mit der Hand darüber. Sie ist nach unten gebogen und gezahnt. *Fasst sehr leicht.* Auch in einem menschlichen Schädel. Man braucht nicht groß und stark zu sein, um damit den Schädelknochen des Opfers zu durchstoßen und die Haue tief ins Gehirn zu rammen. Man könnte auch die andere Seite des Pickels benutzen, die flache Seite mit der Schaufel, die dazu dient, Stufen ins Eis zu graben. Aber die wirkt wohl eher wie ein Knüppel oder ein Hammer, bietet keine Garantie für das Resultat. Mit der Haue geht man auf Nummer sicher. Wer auch immer es war, überlegt Besana, als er den Pickel zurücklegt, wusste, dass er eine hervorragende Waffe in der Hand hält.

23. Juli

Junge Frauen bewegen sich ungestraft durch die Zeit, als stünde alles zu ihrer Verfügung. Vor allem die intelligenten. Mit zwanzig können sie wie Fünfzigjährige reden, um dann wieder Sachen zu sagen wie ein Teenager und nach Bestätigung zu heischen. Heute Abend zum Beispiel würde niemand in dieser gewieften Liebhaberin das junge Mädchen erkennen, das gestern noch kreischend wie ein Schulkind eine Schwimmbadrutsche hinabgesaust ist.

»Du machst mich verrückt, Ilaria«, flüstert Nicola.

Zufrieden beißt sie sich auf die Lippe, lässt sich dann ins Bett zurücksinken und schmiegt sich tief in die Kissen.

»Und? Hast du dir überlegt, wohin du mich im Urlaub entführen willst?«

»Ich würde gern mal Kambodscha sehen. Wir könnten eine Rundreise zu den Tempeln machen und uns dann ein schönes Resort am Meer suchen.«

»Super Idee«, erwidert Ilaria. »Ich habe das ganze Jahr mit Leichen zu tun, da werde ich mit ein paar Roten Khmers schon fertig.«

»Entschuldige, daran hab ich nicht gedacht.«

»War ein Scherz. Ich war noch nirgends, für mich ist alles interessant. Manchmal denke ich, dass es ein Fehler war, mich für das Kriminalressort zu entscheiden. Ich hätte lieber Auslandskorrespondentin werden sollen, dann würde ich wenigstens was von der Welt zu sehen bekommen. Dumm von mir.«

»Du hast doch noch so viel Zeit, du kannst noch tausendmal den Job wechseln«, erwidert Nicola und streicht über ihre verschwitzte Stirn.

»Kann ich nicht. Es ist meine Berufung.« Sie dreht sich auf die Seite, um ihn besser ansehen zu können. Sie findet ihn so schön. »War die Finanzwelt deine Berufung?«

»Nicht wirklich. Mein Vater hat mich quasi auf die Bocconi gezwungen. Und nach der Uni habe ich sofort in seiner Firma angefangen. Ich hatte gar keine Zeit, mich zu fragen, ob ich das überhaupt will.«

Wie alle jungen Leute würde Ilaria am liebsten immer weiter Fragen stellen, aber Nicola ist bereits aufgestanden.

»Entschuldige, Schatz, aber ich muss jetzt wirklich gehen«, sagt er, während er sein Hemd vom Boden aufhebt.

»Meinst du, deine Frau ist schon zu Hause? Dann ist sie ja nicht lange mit ihren Freundinnen beim Essen.«

»Leider«, sagt Nicola und zieht seine Strümpfe an. »Sie sind alle in den letzten Jahren Mutter geworden, und ständig ist eines der Kinder krank. Sie können sie nie länger als ein paar Stunden den Omas oder Babysitterinnen überlassen, dann haben sie Ausgangssperre. Aschenbrödel ist heute keine Waise mehr, sondern Mutter. Ich versuche auch manchmal, mit Carlotta ins Restaurant zu gehen, aber wir schaffen meistens nicht mal den ersten Gang. Immer kommt etwas dazwischen. Greta kotzt, Pietro hat neununddreißig Fieber und, und, und. Es ist jedes Mal dasselbe.«

»Bist du sicher, dass wir nach Kambodscha fliegen können?«

»Aber natürlich, Schatz, natürlich.« Nicola küsst sie sanft auf die geschlossenen Lider. »Ich bin beruflich viel unterwegs, das weißt du doch. Das ist nichts Ungewöhnliches. Carlotta fährt mit ihren Eltern und den Kindern nach Elba, und an Ferragosto fahre ich hinterher, wie jedes Jahr. Kein Problem.«

Ilaria fühlt sich zu nackt, sie streift ein übergroßes T-Shirt über, das ihr fast bis zu den Knien reicht. »Ich kann es gar nicht mehr erwarten«, sagt sie und lächelt.

23. Juli

Ilaria isst vor dem Computer zu Abend. Ihr Abendessen besteht aus einem Eis. Sie schaut, was es in Phnom Penh zu sehen gibt, sucht nach Bildern der Tempel von Angkor Wat. Dann hält sie inne. Ihr ist plötzlich eingefallen, dass ihre Mutter kurz vor ihrem Tod oft von einer Reise gesprochen hatte. Eine Reise, die sie unternehmen wollte? Oder die sie schon unternommen hatte? Und wohin? Mit wem? Mit ihrem Ehemann? Ihrer Schwester? Allein?

Ilaria hat eine Erinnerungslücke. Sie schließt die Augen und versucht, sich zu konzentrieren. Vor ihrem geistigen Auge taucht ein Stapel Broschüren auf dem Küchentisch auf. Und ihre Mutter im Morgenmantel, die darin blättert. Sie selbst, auf dem Stuhl kniend, einen Lutscher im Mund, späht neugierig hinein. Angestrengt versucht sie, die Umschläge einiger Broschüren zu erkennen. Ein Schiff? Gut möglich.

Plötzlich erinnert sie sich an alles, ganz genau. Ihre Mutter hatte vom Großvater etwas Geld geerbt und es beiseitegelegt, um eine Kreuzfahrt zu machen. Allein. Warum hatte sie sie nicht mitgenommen? Kinder mögen Kreuzfahrten. Wahrscheinlich brauchte sie Zeit, um ungestört nachzudenken. Um zu entscheiden, ob sie ihren Mann verlassen sollte?

Ilarias Erregung wächst. Sie läuft schnell die alte Schachtel mit den Fotos ihrer Mutter holen. Vielleicht kann sie alles rekonstruieren. Sie findet eine rote Plastikhülle. Da ist sie, beim Essen, ganz elegant, neben ihr ein Offizier. Sie zwingt sich zu lächeln. Auf einem anderen Bild trägt sie einen lächerlichen Hut und wird von einem als Pirat verkleideten Animateur umarmt. Dahinter kann man den Swimmingpool sehen, voller alter Menschen und Kinder. Sie hat sogar das Büfett fotografiert. Dann eine Insel, von Weitem, vollkommen unscharf. Welche Insel ist das? Glücklicherweise hat sie eine Gruppe von Leuten vor einem Schild mit dem Ausflugsprogramm fotografiert, aus dem sich schließen lässt, dass es sich um eine Balearenkreuzfahrt handelte. Sie stellt sich ihre Mutter vor, allein, im Zuschauerraum, wie sie sich eine stumpfsinnige Aufführung ansieht. Wie sie Schlange steht, um sich den Teller mit Süßspeisen vollzuladen. Es ist All inclusive, da heißt es essen, so viel man kann. Und dann, wie sie melancholisch in der Bar sitzt und sich schnulzige Schlager anhört. Die Trostlosigkeit der letzten Reise ihrer Mutter ist niederschmetternd. Der einzigen Reise ihres Lebens.

Jetzt ist die Erinnerung wieder da, leider. Auch an ihre Begeisterung, als sie zurückkehrte. Sie hatte von dieser

Kreuzfahrt geschwärmt, als sei sie das Schönste gewesen, was sie in ihrem Leben erlebt hatte. Und sobald sie mit ihrem Mann alleine war – wenn sie, die Tochter, im Bett war –, fing sie an zu weinen. Doch Ilaria schlief nicht, sondern hörte zu. Auch sie weinte, ganz leise, um nur keinen Lärm zu machen. Weißt du, wenn ich auf der Brücke spazieren ging, dachte ich. Vielleicht wäre es besser, wenn. Ich habe auf das Meer hinausgesehen und mich gefragt. Wir haben eine Tochter, aber. Während dieses Sonnenuntergangs, da. Ihr Mann ließ sie die Sätze nicht zu Ende führen. Ihr Weinen irritierte ihn, und vielleicht auch ihre Worte.

Ilaria räumt die Fotos wieder weg und schaltet den Computer aus. Sie mag nicht mehr an Kambodscha denken. Sie weiß nur, dass sie niemals auf die Balearen fahren wird. Schon gar nicht auf Kreuzfahrt.

24. Juli

In der Schule herrscht eine stickige Hitze, die komplette Familie Besana – oder vielmehr die ehemalige Familie Besana – sitzt vor einem Klassenraum. Für viele Schüler ist die Abiturprüfung längst vorbei, nicht aber für Jacopo, weil man den Buchstaben B herausgenommen hat (»Ich hab halt immer Pech, Papa«). Nur Marina betrachtet es als Glücksfall (»Du hast erst im Juni mit dem Lernen angefangen, und dann beschwerst du dich?«). Jedenfalls sind in diesem Backofen mit den bröckelnden Wänden und den Toiletten ohne Klopapier Schüler übrig geblieben, deren Nachnamen mit B beginnen und die nun von einer Kommission aus Lehrern in die Mangel genommen werden, die wegen der gefühlten neununddreißig Grad ziemlich gereizt sind. Auf dem Korridor stinkt es nach ungewaschenen Teenagern und Turnschuhen ohne Socken, nach schwitzenden Lehrern, die keine Zeit haben, sich zwischen zwei Prüfungen mal eben unter den Achseln zu waschen, nach Eltern in Festtagskleidung, die seit Stunden vor der Tür lagern (»Scheiße, nicht mal der Wasserspender funktioniert«). Endlich sind sie an der Reihe. Ein glatzköpfiger Lehrer, dem das schweißnasse Hemd am Rücken klebt, kommt heraus und ruft Besana und Betti auf. Besorgt dreht Jacopo sich zu seinen Eltern um. Sein Vater klopft ihm auf die Schulter (»Zeig ihnen, wo's langgeht«), und Marina gibt ihm einen Kuss (»Lass das, Mama, ich bin fast achtzehn«). Jacopo will vor Francesca Betti, dem hübschesten Mädchen der Klasse, nicht wie ein Mamasöhnchen behandelt werden. Das ist aber auch so was von peinlich. Hals- und Beinbruch, sagt er zu ihr, als er mit lässig wiegendem Gang, als wäre das hier ein Western, den Klassenraum betritt wie einen Saloon. Zwölf Uhr mittags lässt grüßen. Schlimmer als die Prüfungsangst ist in diesem Moment die für Halbwüchsige ziemlich typische Furcht, nicht Alphamännchen genug zu sein in den Augen von Francesca, die ihrerseits unter Panikattacken leidet und sich schnell noch ein paar Tropfen Xanax reinschüttet. Diskret gehen Marco und Marina hinter ihm in den Klassenraum und lassen sich in der letzten Reihe nieder. Als Jacopo vor dem Prüfungsausschuss sitzt, reibt er so nervös die Fersen aneinander, dass er sich fast die Turnschuhe auszieht.

»Hoffentlich fragen sie ihn nicht nach dem Ersten Weltkrieg«, flüstert Marina Marco ins Ohr, »den hat er übersprungen.«

»Wie, den hat er übersprungen?«

»Er hatte keine Zeit mehr. Die russische Revolution hat er auch ausgelassen. Hoffentlich geht das alles gut.«

Neben ihnen hat sich Francesca Bettis Mutter niedergelassen, die sehr dick ist und sichtlich Mühe hat, eine bequeme Position auf diesen Stühlen zu finden, die selbst für spindeldürre und sehnige Teenager eine Zumutung sind. Erschöpft fächelt sie sich Luft zu, doch niemand beugt sich zu ihr, um ein wenig Wind abzubekommen, denn sie riecht streng nach rohen Zwiebeln und Frittiertem.

»Glaubst du, die sagenumwobene Francesca Betti wird mal wie ihre Mutter?«

»Hör auf, Marco«, zischt Marina ihm zu.

»Wusstest du, dass die ganzen Jungs ihrer Klasse sich zu den Selfies, die sie auf Instagram postet, einen runterholen?«

»Marco, ich bitte dich.«

»Sie nennen so was Bikini. In meinen Augen ist sie praktisch nackt.«

»Es reicht, Marco. Wie oft soll ich es dir noch sagen?«

In dem Moment geht die Tür auf, und Armando erscheint. Marina beginnt zu strahlen und winkt ihm zu, dass er hereinkommen soll. Marcos Gesicht verfinstert sich. Er senkt den Kopf und schielt von unten hoch auf den zarten, rasierten Nacken seines Sohnes.

»Nun, Besana, dann erzählen Sie mir doch mal was über Karfeit«, sagt die Geschichtslehrerin.

Oh Scheiße. Jacopos Schuhspitzen beginnen auf dem Boden auf und ab zu wippen, als versuche er im Sitzen zu tanzen.

»Also, Karfeit, ähm. Na ja, Karfeit. Jedenfalls ... Das war eine Niederlage, richtig?«

Die Lehrerin nickt, Hauptsache, er fängt endlich mal an. Derweil drückt Marina Armandos Hand, und Marco wendet sich ab, um das alles nicht mitansehen zu müssen. Sein Sohn in der Krise, seine Frau mit dem falschen Mann an ihrer Seite.

24. Juli

Besana ist noch nicht ganz in der Wohnung, als Anna schon über ihn herfällt und ihn in den Hals beißt.

»Nimm mich, gleich hier, im Stehen«, haucht sie ihm ins Ohr.

Sie kann es gar nicht erwarten. Vielleicht, weil sie Toxikologin ist und den ganzen Tag mit tödlichen Substanzen zu tun hat. Oder weil sie gerade eine leidenschaftslose Ehe hinter sich hat, die sie zu viele Jahre ihres Lebens gekostet hat. Für Besana jedenfalls ist es ideal, wenigstens im Moment. Er ist so verbittert. Und irgendwo muss er ja hin mit seiner Wut. Besser, er wandelt sie in Leidenschaft um.

Jedoch, die kleine Flucht – aus zwei Leben, in denen

sich zu viele Enttäuschungen und Niederlagen angehäuft haben – ist nicht von Dauer. Sie waren zu hastig, und wie sie nun an die orange Wand gelehnt in der Diele stehen, sind sie ein wenig verlegen. Das war es schon?

Anna zieht ihren Rock runter, Marco seine Hose hoch. Sie sehen sich an, lächeln. Sie streicht ihre Haare glatt, er steckt sich das Hemd in die Hose. Das mit ihnen geht erst seit ein paar Monaten, und es hat sich noch keine echte Vertrautheit eingestellt. Nur eben so viel, um sofort zum Orgasmus zu kommen. Was weniger mit Vertrautheit zu tun hat als mit Verzweiflung.

»Soll ich dich zum Essen einladen?«

»Keine schlechte Idee«, sagt Anna, »mein Kühlschrank ist leer.«

Aus Bequemlichkeit – oder vielleicht auch wieder aus Eile – entscheiden sie sich für das Restaurant gleich um die Ecke. Das nicht gerade berühmt ist für seine Küche, aber irgendwann macht einen die Mühsal des Lebens eben bei der Erfüllung der Grundbedürfnisse bequem.

»Kann ich dich was Berufliches fragen?«

»Hat es mit einem Fall zu tun, an dem du arbeitest?«, fragt Anna.

»Mehr oder weniger. Ich weiß noch nicht, ob es wirklich ein Fall ist. Offiziell gilt es als Flugzeugunglück und wurde zu den Akten gelegt.«

Marco sucht in seinem Handy das Interview heraus, in dem der Überlebende des Unglücks Carlo Rigamontis Symptome beschreibt, und liest vor.

»Gibt es irgendeine Substanz, die ähnliche Symptome hervorruft wie ein Herzinfarkt?«

»Du startest gleich mit der Millionen-Euro-Frage«, erwidert Anna. »Schwer zu sagen, da bräuchte man etwas mehr Informationen. Alles, was wir haben, ist die subjektive Wahrnehmung eines Zeugen, der sich weder mit Medizin noch mit Toxikologie auskennt. Und ein ausgebranntes Flugzeug, richtig? Bei einer verbrannten Leiche kann man keine komplexe toxikologische Untersuchung vornehmen. Viele Substanzen werden durch hohe Temperaturen rückstandslos zerstört.«

»Komm schon, versuch es wenigstens. Ich les dir noch mal die Symptome vor: Erbrechen, Verwirrung, verschwommenes Sehen, Sprechstörung und Atemnot, Lähmung der Arme und Beine.«

»Das klingt eigentlich eher nach einem Schlaganfall als nach einem Herzinfarkt. Gehen wir die einzelnen Gifte mal der Reihe nach durch: Arsen hat zwar Auswirkungen auf das Nervensystem, aber die fallen etwas anders aus, nämlich Taubheitsgefühl in den Händen, brennende Fußsohlen, Ödeme im Gesicht und an den Knöcheln. Dann haben wir Kaliumcyanid, vielen als Zyankali bekannt, das Übelkeit, Erbrechen und Atembeschwerden verursacht, jedoch keine Lähmung der Extremitäten. Strichnin würde ich ausschließen, denn es löst eine Art epileptischen Anfall aus, der an Wundstarrkrampf erinnert, aber davon hat der Zeuge ja nichts gesagt. Thalium erscheint mir ebenfalls eher unwahrscheinlich, auch da sind die Symptome anders. Ah, warte, eine Substanz gibt es, die exakt zu deiner Beschreibung passt. Botulinumtoxin.«

»Botulinumtoxin? Hattest du schon mal einen solchen Fall?«

»Ja, schon mehrmals. Einmal Vater und Sohn, aus der Nähe von Bergamo, die wegen Lebensmittelkonserven im Krankenhaus gelandet sind. Und drei Leute in Modena. Sie hatten in Öl eingelegten Stängelkohl gegessen. Einer von ihnen ist auch gestorben. Aber sie wurden nicht absichtlich vergiftet. Vermutlich waren einfach die Einmachgläser nicht richtig verschlossen.«

»Aber könnte man damit töten?«

»In der Fachliteratur gibt es noch keine gesicherten Fälle«, erwidert Anna, die in ihrem geschmacklosen Fisch herumstochert, der sicher aus der Tiefkühltruhe stammt. »Aber warum nicht? Es ist durchaus möglich, dass es schon jemand versucht hat. Schließlich ist es das tödlichste Gift, das in der Natur vorkommt. Sehr viel tödlicher als Arsen oder Kaliumcyanid. Es genügen schon fünfzig Nanogramm, also ein paar Milliardstel Gramm, eine mikroskopisch kleine Dosis, um einen Menschen zu töten. Es ist völlig geschmacksneutral, man merkt also nicht, wenn man es schluckt. Und bei der Obduktion ist auch nichts davon nachzuweisen, wenn man nicht gerade eine Blut- oder Urinprobe des Opfers nimmt oder den Darminhalt untersucht.«

»Und so was lassen Frauen sich in die Lippen oder um die Augen spritzen, als ob nichts wäre. Klärt sie denn niemand über die Risiken auf?«

»Natürlich nicht, mit Schönheitschirurgie werden Millionen damit verdient.« Anna schüttelt den Kopf. »Tatsächlich ist Clostridum botulinum höchst toxisch. Es ist ein Sporen bildendes, anaerobes Bodenbakterium, das an der Luft sehr lange überdauert, bis es geeignete Wachstumsbedingungen vorfindet.«

»Bring mir alles bei, was du weißt.«

Sie lacht sinnlich. Schon lange hat sie sich nicht mehr so zu einem Mann hingezogen gefühlt. »Herzchen, ich bringe dir alles bei, was du willst«, erwidert sie.

Verlegen kratzt sich Marco am Ohr.

»Botulinumtoxin wurde zum ersten Mal Ende des neunzehnten Jahrhunderts nach einer Lebensmittelvergiftungsepidemie in Belgien schriftlich erwähnt. Der Begriff leitet sich vom lateinischen *botulus*, also Wurst, ab, weil alles mit hausgemachter Wurst anfing. Heute findet man Botulinumtoxin allerdings häufiger in Konserven mit eingelegtem Gemüse als in Wurst.«

»Ist es ansteckend?«

»Es kann nicht von einer Person zur anderen weitergegeben werden. Du Dummerchen.« Anna lacht.

Marco geht nicht auf die neckische Spitze ein. »Und die Symptome?«

»Die treten in der Regel sehr schnell auf, im Schnitt zwölf bis sechsunddreißig Stunden nach der Aufnahme des Toxins, manchmal auch früher.«

»Aber es ist doch vermutlich gar nicht so einfach, es als Waffe einzusetzen, oder?«, sagt Marco.

»Nein, das ist es in der Tat nicht. Man muss schon sehr genau wissen, welchen Speisen oder Getränken man es beimischen kann. Im Wein beispielsweise funktioniert es nicht, denn Alkohol zerstört das Toxin, und in warmen Speisen ebenso wenig, weil es nicht hitzestabil ist.«

»Man muss also mindestens Chemiker sein.«

»Oder jemand, der beruflich mit Botulinumtoxin, also Botox, zu tun hat.«

24. Juli

Ilaria hat den ganzen Tag mit Nichtstun verbracht. Der Wäscheberg ist weiter gewachsen, aber sie hatte immer noch keine Lust zu waschen. Und eingekauft hat sie auch noch nicht, obwohl der Kühlschrank immer noch leer ist. Ein verlorener Tag, und sie hasst verlorene Tage. Sie steigern ihre Unruhe. Vor allem nachts. Denn nicht einmal schlafen kann sie. Wenn schon ineffizient, dann richtig.

Sie hat das Gefühl, in eine Sackgasse geraten zu sein, keine Möglichkeit abzubiegen, und zum Wenden ist es zu eng. Und Rückwärtsfahren ist zu gefährlich, sie könnte sich eine Beule in den Wagen fahren oder in die geparkten Autos. Sie kann einfach nur da stehen bleiben und wie ein Idiot die Mauer vor ihr anstarren. Die Mauer ist das Sinnbild ihres Lebens, zumindest ihres jetzigen Lebens. Es ist einer dieser leeren Tage. Die den Vorteil und den Nachteil zugleich haben, dass sie mit ihren Entscheidungen konfrontiert wird. Sie ist in einen verheirateten Mann verliebt, der sie früher oder später verlassen wird. In eine Arbeit, die ihre Liebe nicht erwidert. Und in einen Fall, der sie nirgendwohin führt.

Normalerweise ist sie zäh, bereit, Risiken einzugehen und es so lange immer wieder zu versuchen, bis eine Blockade sich löst. Aber manchmal gelingt es ihr eben nicht. Heute zum Beispiel ist sie nicht aus dem Bett gekommen. Und zum ersten Mal seit Monaten nicht zur Zeitung gegangen. Es beginnt sie zu ermüden, Tag für Tag vergeblich in die Redaktion zu gehen, in der Hoffnung, dass man ihr einen kleinen Auftrag überträgt. Sie hatte immer geglaubt, sie strotze vor Energie, mit der sie nur so um sich werfen könne, aber vielleicht hat sie sich geirrt. Auf einmal fühlt sie sich kraftlos.

Nicola hat ihr vorgeschlagen, sich zum Aperitif zu treffen, aber sie hat ihm gesagt, sie hätte zu tun. Entschuldige, ein dringender Job. In Wirklichkeit hatte sie keine Lust, sich die Haare zu waschen. Geschweige denn, in die U-Bahn zu steigen. Nicht mal, den Schlafanzug auszuziehen. Selbst ans Telefon ist sie nicht gegangen, als der Kommissar anrief. Vielleicht wollte er ihr etwas Wichtiges mitteilen, wer weiß. Sie saß den ganzen Tag wie hypnotisiert vor dem Fernseher, ohne wirklich hinzusehen. Wie eine depressive Hausfrau. Wie zuletzt ihre Mutter, bevor sie ermordet wurde.

Sie kann sich noch gut an die Zeit erinnern. Während sie sich morgens anzog, um zur Schule zu gehen, lief bereits der Fernseher. Frühstück gab es nicht, weil ihre Mutter vergessen hatte, Milch und Kekse zu kaufen. Entschuldige, sagte sie. Und gab ihr Geld, damit sie sich einen Imbiss für die Schule kaufen konnte. Der Fernseher lief auch, wenn sie nachmittags nach Hause kam. Ihre Mutter saß immer noch im Morgenmantel davor. Und er lief am Abend, wenn sie vor dem Abendessen saß, das sie in der Mikrowelle aufgewärmt hatte. Im Grunde hatte ihr Vater ihre Mutter schon lange vorher getötet, aber sie war noch zu klein, um das zu verstehen. Hätte ihr Vater es nicht getan, hätte sie sich vielleicht selbst umgebracht. Aber eigentlich weiß sie, dass das nicht stimmt, denn in dem Fall hätte ihre Mutter sich nicht wie sonst entschuldigen können.

Auch sie möchte sich jetzt entschuldigen. Wenigstens bei sich selbst. Doch selbst das schafft sie nicht. Die Mauer, die sie vor sich hat, ist zu gewaltig, sie verschluckt all ihre Gedanken und Worte, macht alles zunichte.

24. Juli

»Hast du sie kalibriert, Lukas?«, fragt Jan Kramer seinen Assistenten.

»Natürlich.«

»Hast du die Parameter der Videokamera eingestellt?«

»Erledigt.«

»Dann können wir loslegen.«

Lukas betätigt die Hebel der Fernbedienung. Ein Summen ertönt, und dann erhebt sich die Drohne von dem Felsen am Fuße des Morteratsch, auf dem die beiden Männer ihre Geräte eingerichtet haben. Jan, Glaziologe der Universität Zürich, erforscht seit Jahren die Gletscher der Alpen, bemisst, wie weit sie sich wegen der Klimaerwärmung mit jedem Sommer zurückziehen. Dieses Jahr hat er mit den Geldern der Hochschule eine hochmoderne Drohne gekauft, um das Innere der Gletscherspalten zu erkunden und die Veränderungen aus nächster Nähe zu begutachten. Eine Art Koloskopie der Berge.

Sich in eine Gletscherspalte hinunterzulassen, ist selbst für den erfahrensten Höhlenforscher gefährlich. Einmal den Fuß falsch aufgesetzt, schon rutschst du ab und stürzt in die Tiefe, das Eis schließt sich über dir, und es gibt kein Entrinnen mehr.

Da ist es sehr viel besser, eine Drohne einzusetzen. Die von Jan ist eine GimBall von Flyability, die speziell für Missionen wie diese entwickelt wurde. Ihre Form ist ungewöhnlich, sie ist von einer rotierenden Kugel aus Drahtnetz umgeben, die weich abfedert, wenn sie auf ein Hindernis trifft, und so die Kamera im Inneren des Drahtgestells vor dem Aufprall schützt, was es ihr erlaubt, im Slalom durch das Innere des Eises zu fliegen und bis tief in schmalste Spalten vorzudringen.

Die Sonne ist warm heute, die oberste Schneeschicht ist bereits geschmolzen. Ein idealer Tag, um in den Bauch des Morteratsch vorzudringen. Auf dem Display sausen die graublauen Falten des Eises vorbei, das Auge der Drohne filmt Séracs und Moränengeröll. Aber vielleicht fliegt sie zu tief.

»Vorsicht, sie kollidiert gleich, du musst sie stabilisieren!«, ruft Jan seinem Assistenten zu.

Lukas betätigt die Hebel.

»Okay, so ist es besser. Na bitte, die Spalte sieht mir interessant aus. Schick sie runter.«

Die Drohne beginnt, in den blauen Schlund hinabzusteigen, hüpft dabei von einer Wand zur anderen, fliegt unter Schneebrücken hindurch, stößt gegen Grate, Vorsprünge und Stalaktiten aus Eis.

»Cool!«, ruft Jan begeistert. »Lass sie mal einen Looping machen, dann haben wir eine 360-Grad-Sicht.«

Die Drohne ist mittlerweile mindestens zwanzig Meter unter der Erdoberfläche, die Bilder werden dunkler. Nun dreht sie sich um die eigene Achse, und das

Objektiv bekommt einen Sonnenstrahl von oben vor die Linse.

»He, Moment mal. Dreh sie noch mal. Ein bisschen mehr nach links. Da, siehst du das auch?«

»Was ist das?«

»Für mich sieht's aus wie ein Schneeschuh. Kannst du das Bild nicht schärfer stellen?«

»Scheiße, Jan! Ruf sofort die Bergrettung.«

25. Juli

»Piatti, pack deinen Koffer. Wir fahren noch mal in die Schweiz.«

»Hat der Bär wieder jemanden zerfleischt?«

»Nein, eine Drohne hat in einer Gletscherspalte eine Leiche gefunden. Rate mal, wen.«

»Den Ehemann von Brunella Macchi? Der Typ, der vor zwei Jahren auf dem Gletscher verschollen ist?«

»Genau der. Giacomo Pallavicini. Mach dich fertig, ich komm dich in einer Stunde abholen.«

»Und die Zeitung zahlt uns die Reise?«

»Es ist eine gute Story, Roberto war ganz begeistert. Leichen im Eis sind sehr gefragt«, erwidert Besana. »Natürlich schicken sie uns in ein Bed & Breakfast. Nicht wie früher. Ich hab neulich eine alte Spesenabrechnung gefunden. Es gab noch Posten wie *eigener Pkw*, und die Leute trugen sich hundert Kilometer ein für eine Fahrt von Mailand nach Abbiategrasso. Oder den Posten *Firmenwagen*. Ich kann mich gut an sie erinnern, sie waren alle blau und standen immer im Hof. Es gab sogar *Firmenw. m. Ch.*, also Firmenwagen mit Chauffeur. Das waren noch Zeiten, Piatti, damals hätte ich nicht deinen Chauffeur spielen müssen. Und dann gab es auch noch den Posten *Luxushotel*. Nicht ein normales Hotel mit läppischen drei Sternen. Oh nein, Luxus musste es sein!«

Es dauert eine Weile, bis sie Mailand hinter sich gelassen haben, aber auf der Autobahn Richtung Lecco fließt der Verkehr endlich.

»Was hat Pallavicini beruflich gemacht?«

»Er war Investor«, sagt Besana, »ein ziemlich großer. Der hatte seine Finger überall drin.«

»Und wird man ihn obduzieren?«

»Natürlich, das macht man in einem solchen Fall immer. Gletscher konservieren alles. Auch den Mageninhalt.«

»Auch noch nach zwei Jahren?«

»Denk mal an Ötzi. Der ist vor 5300 Jahren gestorben. Trotzdem wissen wir, was er an seinem Todestag gegessen hatte.«

»Wirklich?«

»Einkorn, Steinbock, Hirsch und Gemüse.«

»Ganz schön üppiges Mittagessen.«

»Die Analyse des Darminhalts hat außerdem ergeben, dass er Würmer hatte. Und zwar Trichocephalus. Das ist ein Parasit, der Durchfall und starke Schmerzen hervorrufen kann. Aber daran ist er nicht gestorben.«

»Sondern?«

»Tja, das ist ein ungelöster Mordfall aus der Kupferzeit.«

»Er wurde ermordet?«

»Nach der klinischen Untersuchung kam man zu dem Ergebnis, dass er bei guter Gesundheit war, auch wenn er gerade in seinen letzten Lebenswochen offensichtlich starkem psychischen und physischen Stress ausgesetzt war. In den Haaren konnte man eine große Menge Arsen nachweisen, aber das lässt sich auf die Verarbeitung von Mineralien wie Kupfer zurückführen. Vergiftet wurde er nicht.«

»Und woran ist er dann gestorben?«

»Auf neuesten Röntgenaufnahmen und Computertomografien ist eine Pfeilspitze in der linken Schulter zu sehen. Der Pfeil hat ein etwa zwei Zentimeter großes Loch ins Schulterblatt gerissen und eine Arterie beschädigt. Er muss sehr schnell verblutet sein. Auch wenn keine lebenswichtigen Organe betroffen waren, kann man davon ausgehen, dass diese Verletzung zu seinem Tod geführt hat.«

»Willst du damit sagen, dass man ein Verbrechen auch noch nach fünftausend Jahren aufklären kann?«

»Man soll die Hoffnung nie aufgeben, Piatti«, erwidert Besana. »2007 hat man noch weitere Untersuchungen gemacht und herausgefunden, dass er unmittelbar vor seinem Tod ein Schädeltrauma erlitten hat. Das legt nah, dass er einem Gewaltverbrechen zum Opfer gefallen ist, und wirft ein vollkommen neues Licht auf den Fall Ötzi. Das Motiv liegt bislang noch im Dunkeln. Eine ziemlich tiefe Schnittwunde in der rechten Hand lässt auf einen Kampf schließen. Er muss sich verteidigt haben.«

»Verrückt, es ist, als würde man über einen aktuellen Mordfall sprechen.«

»Fast. Wir wissen jedenfalls eine ganze Menge: Das Opfer ist männlichen Geschlechts, einen Meter sechzig groß. Zum Zeitpunkt seines Todes muss er etwa fünfundvierzig Jahre alt gewesen sein. Ein hübsches Alter für eine Zeit, in der die durchschnittliche Lebenserwartung dreißig, maximal fünfunddreißig Jahre betrug. Neben der Leiche hat man Überreste von Kleidung, Schuhe, Mantel und Beinlinge gefunden, außerdem einen Köcher und eine Axt.«

»Nationalität?«

»Heikles Thema. Es gab ein langes Tauziehen zwischen Österreich und Italien, bis man feststellte, dass er sein Leben auf italienischem Gebiet ausgehaucht hat, aber knapp, es ging um wenige Meter. Folglich wurde er dem Museum in Bozen zugesprochen.«

»Fehlt nur noch eine DNA-Analyse, um Vor- und Nachnamen herauszufinden.«

»Du machst Witze, aber tatsächlich behauptet ein Typ aus dem Tessin, Ötzi wäre sein Vater, der in den Siebzigerjahren auf den Tiroler Gletschern verschollen ist, er habe ihn auf den Fotos in der Zeitung wiedererkannt. Und eine Engländerin war überzeugt, mit ihm verwandt zu sein. Ein paar britische Wissenschaftler haben in ihrer DNA Gene entdeckt, die mit denen der Mumie von Similaun nahezu identisch sind. Leider hat man vergessen, ihr mitzuteilen, dass das auf Millionen von Menschen zutrifft. Die Frau war wahnsinnig stolz, eine Nachfahrin des berühmten Ötzi zu sein. ›Auch wenn zweihundert Generationen zwischen uns liegen, spüre ich eine tiefe Zuneigung zu ihm‹, hat sie gesagt.«

Ilaria lacht.

»Aber es wurde noch verrückter. Einige Frauen wollten sich sogar seinen Samen einpflanzen lassen. Leider war das nicht möglich, Spermien sind empfindlich, sie überleben im Eis nicht.«

25. Juli

Besana und Ilaria legen in Chiavenna eine Rast ein, um in einem typischen Crotto mittagzuessen. Becks starrt auf Ilarias Teller mit Bresaola, weil Besana von seinen Pizzoccheri mit Sciatt abgelenkt ist.

»Hör auf, ihn immer zu füttern. Er hat mir neulich schon in den Wagen gekotzt«, schimpft Besana.

»Der arme Becks, das ist doch nur Bresaola.«

»Alle Dinge sind Gift, und nichts ist ohne Gift.«

Aber Ilaria lacht nicht, sie wird nachdenklich.

»Was ist los, Piatti?«

»Ich muss an diese Leiche denken, die nach zwei Jahren im Gletscher gefunden wurde. Das ist doch verrückt.«

»Nicht wirklich. Mit der globalen Erwärmung und dem Rückzug der Gletscher tauchen immer mehr Leichen von Menschen auf, die in den Alpen verschwunden sind. Manche sind verirrte Wanderer, oder Soldaten aus dem Ersten Weltkrieg, wie die beiden, die kopfüber in fast viertausend Metern Tiefe in einer Spalte des Presena-Gletschers gefunden wurden. Das Einzige, was sie von den jungen Tirolern von heute unterscheidet, sind die Schnürstiefel und die Uniform der Kaiserschützen, der Gebirgstruppe des Habsburgerreiches. Einer der beiden hatte sogar noch den Löffel im Hosenbund stecken, den alle Soldaten bei sich trugen, die von einem Schützengraben zum nächsten mussten und aus Gemeinschaftstöpfen aßen.«

»Die Armen. Woran sind sie gestorben?«

»Durch Kopfschüsse. Bei ihrer Beisetzung hat man die italienische und die österreichische Nationalhymne gespielt, denn sie stammten aus dem Grenztal und waren vom feindlichen Heer rekrutiert worden. Es war keine Seltenheit, dass man mitten in der Schlacht die Stimme eines Bruders oder Cousins erkannte, der auf der Seite der Gegner kämpfte. Das war der sogenannte ›weiße Krieg‹, weil viele in den Schützengräben im Schnee erfroren sind. Im Winter können die Temperaturen da oben auf bis zu minus vierzig Grad fallen.«

»Furchtbar.«

»Ja, allerdings ist es den niedrigen Temperaturen der Gletscher zu verdanken, dass die Leichen konserviert wurden. Durch den Vereisungsprozess werden die Mikroorganismen abgetötet, die für die Zersetzung verantwortlich sind.«

Ilaria ist aufgewühlt. Die Leiche ihrer Mutter ist nie gefunden worden. Was würde sie nicht dafür geben, um sie zu finden! Vor allem so, wie sie war, unversehrt. Wie gern würde sie sie noch ein letztes Mal sehen, so wie sie sie in Erinnerung hat. Aber sie ist auf dem platten Land ermordet worden, nicht in den Alpen. Von ihr dürfte heute kaum mehr als ein Häufchen Knochen übrig sein, und wer weiß, wo das versteckt ist.

»Denk nur mal an das Ehepaar, das man vor Kurzem im Wallis auf 2600 Metern Höhe gefunden hat, in der Nähe eines Skilifts. Sie galten seit Mariä Himmelfahrt 1942 als vermisst«, fährt Besana fort. »Sie trugen Kleidung aus den Vierzigerjahren und Schuhe, die noch genagelt waren. In ihren Taschen fand man die Papiere, er war Schuhmacher, sie Lehrerin. Nachdem sie verschwunden waren, wurden ihre sieben Kinder in Pflegefamilien gegeben und wuchsen getrennt voneinander auf. Die Jüngste von ihnen, die heute neunundsiebzig ist, hat etwas gesagt, was mich sehr berührt hat: ›Es war das erste Mal, dass meine Mutter meinen Vater auf die Alm begleitet hat, um das Vieh zu füttern.‹«

25. Juli

Ilaria sieht sich um. Sie fahren immer noch durch das düstere, enge Tal, das vor dem Malojapass liegt. Draußen regnet es, und ein eisiger Wind beugt die Tannen und Lärchen. Sie passieren einen Felsbogen, dessen Umrisse an das Profil zweier Tiere erinnern, wie zwei Schnauzen, die sich berühren.

»Die sehen aus wie zwei Bären«, sagt Ilaria.

Besana schüttelt den Kopf. »Das sind Murmeltiere.«

»Bären.«

»Nein, Murmeltiere.«

Ilaria lässt das Fenster herunter, um den Geruch des Waldes einzuatmen. Sie braucht jetzt kühle Luft, um ihre finsteren Gedanken zu besänftigen. Was ist gefährlicher, ein Mensch oder ein Tier? Die Frage quält sie. Vielleicht weil sie, tief in ihrem Inneren, die Antwort kennt. Die Tiere kennen keinen Sadismus. Sie ergötzen sich nicht am Leid anderer. Menschen hingegen schon.

Als sie den Malojapass erreichen, ist es, als hätte der Nebel die Straße ausgelöscht. Man kann kaum die Hand vor Augen sehen, und sie müssen sich langsam an die Kurven herantasten. Nur hier und da wird für einen Moment der Blick auf den Abgrund frei.

»Das ist die sogenannte Malojaschlange«, erklärt Besana.

»Und was ist das?« Ilaria schaudert, schon der Name klingt unheimlich.

»Ein Wetterphänomen, das entsteht, wenn aus dem Val Bregaglia feuchte Luft aufsteigt und sich in Wolken und Nebel verwandelt, der sich dicht über dem Boden um die Berge zwischen Sils, Silvaplana und St. Moritz schlängelt. Daher die Bezeichnung Schlange.«

Schweigend durchqueren sie das Engadin. Das dunkelgrüne Wasser der Seen ist aufgewühlt, kräuselt sich an der Oberfläche. Ein bleigrauer Himmel hängt schwer über den leuchtenden Gipfeln der Gletscher, der Schnee auf den Hängen wirft unheilvolle Lichter zurück. Immer wieder entladen sich die Blitze an den Felswänden. Dann krachen unvermittelt Donner, um sich sogleich wieder in die Stille der Wälder zurückzuziehen wie Ausreißer. Der Himmel ist in Aufruhr, tut zürnend seinen Protest kund, das Wasser fügt sich, die Bäume neigen demütig die Kronen. Nur die Kühe bleiben ruhig.

25. Juli

»Du wirkst ein bisschen niedergeschlagen.« Besana fängt an, sich Sorgen zu machen, Ilaria hat während des gesamten Abendessens keinen Ton gesagt. »Freust du dich nicht, dass die Zeitung uns hergeschickt hat?«

Ilaria zuckt die Schultern, versucht zu lächeln. »Doch, sehr.«

»Warum glaube ich dir nicht? Sag schon, was ist los?«

»Ich weiß auch nicht.« Sie senkt den Blick.

»Ist dieser Typ dran schuld?«

»Aber nein. Oder vielleicht doch. Aber ich weiß es wirklich nicht.«

»Herrgott, du redest schon wie mein Sohn, wenn er sich keine Blöße geben will. Nicht ein einziger gerader Satz, es ist zum Aus-der-Haut-Fahren.«

Ilaria lacht nicht, sie sieht immer noch traurig aus. »Vielleicht baust du meinetwegen gerade großen Mist«, sagt sie schließlich.

Besana lacht laut auf. »Glaub mir, im Mistbauen macht mir so schnell keiner was vor. Dafür brauche ich niemand anderen.« Er nimmt einen Schluck Wein und sieht sie an. »Woher diese plötzlichen Zweifel?«

»Ich bin nur realistisch«, erwidert Ilaria tonlos. »Vielleicht ist einfach ein Mann in eine Gletscherspalte gefallen und sonst nichts. Vielleicht ist ein Mann von einem Bären zerfleischt worden und sonst nichts. Vielleicht ist ein Mann mit dem Flugzeug abgestürzt und sonst nichts. Ich habe Angst, Marco. Vor mir selbst.«

»Ich verstehe. Aber auch das gehört zum Beruf. Man muss nicht immer Angst vor einem Mörder haben. Man kann auch vor seinen eigenen Vermutungen Angst haben. So was kommt vor. Diese Angst darf dich nur nicht blockieren. Die Vermutungen können richtig oder falsch sein. Unsere Pflicht ist es nur, sie zu überprüfen, weiter nichts.«

»Ach, weiter nichts? Wir setzen unsere Karriere aufs Spiel.«

Besana lacht erneut. »Meine ist sowieso vorbei, vergiss das nicht. Ich hab nichts mehr zu verlieren, nicht mal meine Ehe. Und was dich betrifft: Wenn du mit Mitte zwanzig nicht bereit bist, ein Risiko einzugehen, wann dann?«

Ilaria braucht gerade viel Zuspruch. »Glaubst du denn, was wir tun, hat einen Sinn?«

»Willst du wissen, ob wir im Lotto gewinnen? Oder was ich über den Fall denke?«

Ilaria wird rot. Manchmal wird ihr bewusst, dass sie erst siebenundzwanzig ist. Und dass ihre Unsicherheit sie vielleicht ihr ganzes Leben begleiten wird. »Was du über den Fall denkst«, flüstert sie.

»Ich denke, dass wir Geduld haben müssen, Piatti. Ich weiß, es macht keinen Spaß, sich zu gedulden, es hat nichts Aufregendes. Aber es ist nun mal Teil des Jobs. Man kann nie vorhersehen, was passieren wird. Man kann einfach nur abwarten und beobachten. Aber das so aufmerksam wie möglich.«

26. Juli

Es ist mehr eine Gedenkfeier als eine Beerdigung. Nicht zuletzt, weil es derzeit noch keine Leiche gibt, denn die ist nach wie vor in den Händen der Gerichtsmedizin. Am Fuße des Morteratsch weht ein grimmiger Wind. Ein stiller Trauerzug schiebt sich die Straße entlang, die die Qual des Gletschers nachzeichnet, Schritt für Schritt seinem Rückzug folgt. Grau ist der Himmel, und grau ist das Eis, schmutzig von dem Geröll, das es in sich einschließt. Es ist kein Gipfel zu sehen, die Wolken hüllen die Berggipfel ein und drücken alles nieder. Ilaria und Marco halten ein paar Meter Abstand, sie fühlen sich wie Eindringlinge. Ein distinguierter, grau melierter Herr hält eine Rede. Er muss ein Verwandter sein. Vielleicht der Bruder? Er sagt banale Dinge, alles andere als banal dagegen ist die Gegenwart des Gletschers, und die Worte des Mannes klingen finster und tief wie eine Felsspalte.

Neben ihm hält sich eine junge Frau nur mit Mühe aufrecht, sie schwankt wie ein Halm im Wind, streicht sich immer wieder die Haare aus dem Gesicht. Ist sie die Witwe? Brunella Macchi?

Ihre Augen sind hinter einer Sonnenbrille mit großen Gläsern verborgen. Umso vielsagender sind ihre Gesten. Immer wieder wendet sie sich der blonden Frau an ihrer Seite zu – wetterfeste Kurzhaarfrisur und an die zwanzig Jahre älter als sie –, als suche sie ihren Beistand. Die Frau zeigt keine Regung. Ihre Eleganz ist eine Spur zu streng, ihre Haltung ein wenig zu aufrecht. Sie beschränkt sich darauf, der Trauernden hin und wieder die Hand zu drücken. Und das tut sie mit einer Bestimmtheit, die an Kontrolle grenzt. Die Art, auf die sie ihre Hand anbietet und wieder zurückzieht, wirkt beinahe einstudiert.

Besana schaut sich die blonde Frau genauer an. Sie hat eine große und sehr gerade Nase, die Respekt einflößt. Und er staunt über die Farbe, die sie gewählt hat: Windjacke und Hose sind elfenbeinfarben, der akkurat um den Hals gebundene Schal, damit er bei dem Wind nicht verrutscht, mit Goldfäden durchzogen. Sie trägt Trekkingschuhe, hält sich jedoch so gerade, als stünde sie auf hohen Absätzen, als wäre das hier eine Modenschau. Die drei kleinen Falten, die sich unter ihrem Kinn bilden, wenn sie den Blick senkt, wirken sehr anziehend auf ihn. Ganz anders als die Falten unter Brunella Macchis rundlichem Kinn, die insgesamt molliger, weicher wirkt. Eine sinnliche Witwe, den Busen in eine schwarze Windjacke gepresst, unter der sich runde Hüften abzeichnen, eine enge schwarze Hose, die über den Schenkeln spannt. Eine Witwe, die sich unter einer üppigen, glänzenden dunklen Haarmähne versteckt, die sie in diesem Augenblick als Vorhang benutzt, um nicht im Rampenlicht zu stehen.

Die Leute um sie herum lauschen schweigend. Viele sind sicher nur gekommen, weil der Anstand es gebietet, und wären in Gedanken ganz woanders, würden sie nicht das Erdrückende spüren, das von dem Gletscher ausgeht, dem wahren Zeremonienmeister dieser Veranstaltung. Niemand weint.

Dann löst sich die kleine Gruppe auf. Nachdem das obligatorische Geleit zur letzten Ruhe beendet ist, strömen die Trauergäste auseinander, und nachdem sie die

Witwe umarmt haben – nun besteht kein Zweifel mehr: Sie ist Brunella Macchi –, machen sie sich an den Abstieg. Anfangs noch verhalten und respektvoll, doch nach den ersten Metern heben die Gespräche und die Wangenküsse wieder an. Den Umständen angemessen, natürlich, aber auch mondän. Wer hätte das gedacht, der arme Giacomo, wo geht ihr morgen hin? Ich kann es immer noch nicht glauben, was macht ihr heute Abend? Was für eine Tragödie, kommt doch zum Essen zu mir.

Besana nutzt die Gelegenheit, um zu der blonden Frau aufzuschließen. Seine Neugier lässt ihm keine Ruhe, er muss herausfinden, wer sie ist. Tatsächlich hat auch sie ihn längst bemerkt und mit derselben Aufmerksamkeit beobachtet. Eine Weile gehen sie nebeneinander her, etwas abseits der anderen. Dann dreht sie sich zu ihm.

»Waren Sie ein Freund von Giacomo? Entschuldigen Sie, vielleicht trete ich jetzt ins Fettnäpfchen, aber ich erinnere mich nicht an Ihren Namen.«

Jetzt kann er ihre Augen sehen, sie sind grün und braun gesprenkelt.

»Nein, ich war kein Freund von Giacomo. Mein Name ist Marco Besana, ich bin Journalist.«

Die Frau lässt sich nichts anmerken, zieht nur ein wenig eine Augenbraue hoch. Aber sie wendet sich auch nicht zu ihm, um ihm die Hand zu geben. »Vittoria Brivio«, sagt sie nur knapp. Jedoch mit dem Lächeln der Dame von Welt.

»Ich bin hier, um einen Artikel zu schreiben«, fährt Besana ruhig fort. »Vielleicht können Sie mir helfen.«

»Für welche Zeitung?«

Besana nennt den Namen, und Vittoria dreht sich um, betont langsam, damit er nicht denkt, dass sie die Sache womöglich interessiert.

»Kommen Sie doch morgen Abend zum Essen zu mir, dann können wir in Ruhe reden«, sagt sie und nennt ihre Handynummer.

»Danke«, erwidert Besana und schreibt sich die Nummer auf. »Aber ich bin mit einer Kollegin hier.«

»Kein Problem, bringen Sie sie mit«, sagt sie und verabschiedet sich. Im Moment wollen zu viele Leute mit ihr reden. Fast als wäre sie die Witwe. Vittoria Brivio verteilt hier und da Küsschen, spricht mit diesem und jenem, aber immer wieder schaut sie sich um, um nachzusehen, ob Besana wirklich gegangen ist.

Unterdessen folgt Ilaria unauffällig Brunella Macchi. Und notiert sich im Geiste alles. Sobald sie wieder in ihrem Unterschlupf am Bahnhof ist, wird sie sich all ihre Eindrücke in ihr Notizbuch schreiben, um nur ja nichts zu vergessen. Jetzt aber muss sie unbemerkt bleiben, was ihr nicht schwerfällt.

Ungeschickt arbeitet sich Brunella Macchi den Hang hinunter. Sie versucht, Haltung zu bewahren, vor all den Leuten, die sie umarmen und ihr plump ihr Beileid ausdrücken, aber kaum dass sie jemanden an ihrer Seite hat, dem sie vertraut, wie der Herr, der die Rede gehalten hat, beginnt sie zu fluchen. Er bietet ihr immer wieder seinen Arm an, und sie nimmt ihn dankbar an.

Scheiße, tut mir der Knöchel weh, ich glaube, ich hab ihn mir verstaucht. Wer war denn der Alte mit der Brille? Dass diese Kuh sich hier überhaupt blicken lässt, eine Frechheit! Und halt mir bitte den Typen da vom Leib, er stinkt ja aus dem Mund, dass einem übel wird.

Obgleich sie sich frei fühlt, alles Mögliche zu sagen vor diesem Herrn, der sie immer wieder stützt, wirkt sie unruhig. Unentwegt sucht ihr Blick die Freundin, die blonde Frau, die ihre Hand gehalten hat. Als spiele sie verschiedene Rollen und ihre Ausbrüche wären Teil des Schauspiels, als könne sie es gar nicht abwarten, sich endlich die Perücke herunterzureißen und sich abzuschminken. Wo ist denn nur Vittoria? Die Frage rutscht ihr heraus, banal und menschlich, doch sie verrät zu viel Ungeduld. Und Ilaria registriert es. Sie registriert alles, auch wenn sie noch nicht weiß, wonach sie sucht.

26. Juli

»Was hältst du von der Witwe?«

Ilaria fühlt sich besser. Sie hat sogar Rösti mit Würstel bestellt statt der üblichen faden Suppe. Plötzlich glaubt sie wieder an ihre gemeinsame Sache.

»Ich fand sie ein bisschen seltsam«, sagt Besana. »Ich frage mich, ob sie etwas weiß, was wir nicht wissen.«

»Den Eindruck hatte ich auch. Sie hat immer zu dieser anderen Frau hingesehen, dieser Blonden. Warum wohl?«

»Vittoria Brivio«, präzisiert Besana. »Die war übrigens sehr kooperativ. Sie hat uns für morgen Abend zum Essen eingeladen, bei sich zu Hause. Vielleicht will sie uns etwas erzählen.«

»Ob sie einen Verdacht hat? Schön wär's.«

»Nicht so voreilig, Ilaria. Es ist eine Chance, und die müssen wir nutzen. Aber wir dürfen sie auf keinen Fall erschrecken.«

»Und was heißt das? Was soll ich tun?«

»Ganz einfach: Verhalte dich wie jemand, der zum Essen eingeladen ist.«

»Ich weiß nicht, wie man sich da verhält. Ich werde nie zum Essen eingeladen.«

»Nichts leichter als das, Piattola: Halt den Mund und lächle. Das ist alles.«

»Aber ich bin doch Journalistin«, sagt Ilaria irritiert.

»Eben«, fährt Besana fort. »Manchmal ist es besser, wenn die Leute nicht daran erinnert werden und es vergessen. Hauptsache, du vergisst es nicht. Du musst vor allem *harmlos* wirken und dich darauf beschränken zuzuhören.«

»Wirst du auch so tun, als wärst du kein Journalist?«

Manchmal traut sie ihm nicht über den Weg, hin und wieder kann er ein ganz schöner Macho sein.

»Natürlich. Ich weiß, wann ich aggressiv vorgehen muss und wann nicht. Bei diesem Essen wäre es der falsche Weg. Ich werde wahnsinnig sympathisch sein.«

»Dass du das so auf Kommando kannst …«

»Wenn ich mir Mühe gebe.« Er grinst angeberisch.

»Kann man das lernen?«

»Sympathisch zu wirken?« Besana lacht. »Theorie nützt da nicht viel, Piattola. Genauso wenig wie ein Kurs für Journalismus. Das Handwerk lernt man nur durch die Praxis. Man kann alles lernen, wenn man muss.«

»Ich fürchte, man braucht auch ein bisschen Talent.«

»Das mit Sicherheit. Dazu fällt mir ein Kollege aus Rom ein, der fast ein bisschen zu viel Talent dafür hatte. Er hat sogar seine Frau benutzt.«

»Was heißt das?«

»Nur ein Beispiel: Die Frau dieses Kollegen war mit der First Lady befreundet. Einmal wurden sie zu einem privaten Essen beim Premierminister eingeladen, und er hat versprochen, nichts darüber zu schreiben. Tatsächlich hat er auch nicht ein Wort über den Premier geschrieben. Doch am nächsten Tag erschien ein Artikel darüber, was die First Lady gekocht hatte. Er konnte nicht anders, die Versuchung war einfach zu groß.«

»Wir werden nur etwas schreiben, wenn das Essen morgen vergiftet ist. Versprochen.«

26. Juli

»Das ist ja eine Überraschung!«

Ilaria fährt herum. Einen Doppelkinderwagen vor sich herschiebend, kommt Alessia auf sie zu. Die jungen Frauen umarmen sich.

»Du hast ja Kinder! Und dann noch Zwillinge,

unglaublich«, ruft Ilaria. »Sind die hübsch. Wie heißen sie?«

»Arturo und Brando. Mein Mann geht gern nach dem Alphabet vor. Bleiben also noch neunzehn Buchstaben, und ich bin jetzt schon erschöpft.«

Natürlich ist Alessia, die mit einer übernatürlichen Begabung für eine symbiotische Beziehung ausgestattete Verlobte par excellence die Erste der Clique, die geheiratet hat. Ilaria kann sich mühelos vorstellen, wie es weitergeht: Am Ende wird die Bilanz sich auf mindestens fünf Ehemänner belaufen. Alessia ist eine, die in jedem Alter erneut wird heiraten können. Ilaria kann schon förmlich sehen, wie sie sich in fünfzig Jahren wiederbegegnen. Ich möchte dir Ettore vorstellen, meinen Ehemann. Wir haben vor zwei Wochen geheiratet. Ettore, wird der fünfte oder sechste Ehemann sein, vielleicht auch ein ganzes Stück jünger als sie.

»Hast du auch ein Haus im Engadin?«

Ilaria lacht und schüttelt den Kopf. »Nein, natürlich nicht. Ich bin beruflich hier.«

»Super. Ich hab die Uni vor der vorletzten Prüfung abgebrochen. Mein Mann ist ziemlich zeitintensiv, weißt du, er will, dass ich mich *nur ihm* widme.«

Sie redet, als sei Arbeiten etwas Unnatürliches und nichts, was alle tun müssen. Offenbar hat sie sich nicht nur einen besitzergreifenden, sondern auch einen reichen Mann ausgesucht. Aber das scheint für sie in Ordnung zu sein. Sie wird ihn ja sowieso irgendwann auswechseln.

»Komm doch morgen Abend zum Essen zu uns. Wir haben ein paar Freunde eingeladen.«

Sie fragt sie nicht einmal, was sie beruflich macht.

»Danke, ich würde gern kommen, aber ich bin schon eingeladen«, erwidert Ilaria.

»Bei wem denn?«

»Vittoria Brivio. Kennst du sie?«

»Natürlich, Vittoria ist eine Freundin meines Schwiegervaters. Dann wirst du morgen auch ihn kennenlernen. Er ist plastischer Chirurg. Toll, nicht? Wenn bei mir der erste Verfall einsetzt, macht er mich im Handumdrehen wie neu«, sagt sie und lacht.

Ilaria denkt: Wenn bei ihr der erste Verfall einsetzt, ist sie bereits drei Ehemänner weiter.

»Du musst uns auf jeden Fall besuchen kommen, unbedingt. Ich will dir das Haus zeigen, ich hab *Jahre* daran gearbeitet.«

Ilaria sieht sie neugierig an. Meint sie mit *arbeiten*, dass sie die Renovierung des Hauses überwacht hat, um die sich doch vermutlich ein Architekt gekümmert hat? Aber was sie noch mehr erstaunt, ist, wie sehr ihr daran liegt, ihr das Haus zu zeigen, und nicht etwa ihren Mann. Das Haus. Sie wird sie nicht besuchen, sie sind inzwischen Lichtjahre voneinander entfernt. Worüber sollten sie reden?

»Ich komme ganz bestimmt«, sagt sie.

27. Juli

Sie sind im Hotelgarten, Becks liegt glücklich auf dem Rasen und genießt das kühle Gras. Besana hat es sich auf einem Liegestuhl im Schatten bequem gemacht und raucht, während Ilaria vor dem Computer sitzt. Sie überprüft, ob es noch andere ungereimte Todesfälle gegeben hat. Die Schweizer Polizei gibt auf ihrer Homepage vermisste Personen bekannt, die wieder aufgefunden wurden. Die Fotos sind aus Gründen des Personenschutzes verpixelt.

»Wenn die Vermissten tot aufgefunden wurden, gibt es anstelle des Fotos eine Kerze«, sagt Ilaria.

»Ein virtueller Friedhof«, bemerkt Besana. »Sehr poetisch.«

»Ich hab die neuesten Kerzen angeklickt.«

»Dann lass hören.«

»Ein fünfzigjähriger Mann aus Samedan ist an einem Tag im Oktober mit dem Mountainbike auf eine Tour gegangen und nicht mehr zurückgekehrt. Er wurde im August des darauffolgenden Jahres oberhalb von Celerina tot aufgefunden. Ein Wanderer hat in unwegsamem Gelände zwischen den Felsen ein verlassenes Fahrrad bemerkt und die Polizei benachrichtigt. Die Leiche wurde ein Stück weiter entdeckt.«

»Weiter.«

»Dann ist hier ein sechsundneunzigjähriger Jagdaufseher aus Graubünden, der auf einem Höhenweg auf 2300 Metern unterwegs war. Vielleicht war er seines Lebens überdrüssig und wollte seine letzten Tage wie eine Gämse zwischen den Felsen verbringen. Wer weiß.

Nach tagelanger Suche hat man ihn dank der ›Mein iPhone suchen‹-App gefunden. Er hatte sein Handy im Wagen gelassen, den er in der Nähe geparkt hatte. Von dort hat der Hubschrauber die Leiche recht schnell ausfindig machen können.«

»Mit sechsundneunzig kraxelt der Typ noch in den Bergen herum?«

»Ich sag's dir. Ist hier anscheinend ziemlich verbreitet, zum Sterben in die Berge zu gehen. Hier ist noch so ein Fall: Ein alleinstehender, achtzigjähriger Zimmermann aus Scanfs ist an einem Novembertag mit unbekanntem Ziel von zu Hause aufgebrochen. Im Sommer darauf hat man seine sterblichen Überreste im Val Buera oberhalb von Zuoz gefunden. Niemand weiß, was er dort wollte, vielleicht Steinböcke beobachten. Die Polizei macht keine näheren Angaben zur Todesursache, schließt jedoch ›Fremdeinwirkung‹ aus.«

»Ich würde mal sagen, dass uns diese Fälle nicht betreffen«, stellt Besana fest.

»Es sieht so aus, als würden in der Schweiz eine ganze Menge Leute allein auf Tour gehen«, fährt Ilaria fort. »Eine Frau wollte von Chur aus durch ganz Graubünden wandern. Als man sie fand, trieb sie im Inn, im unteren Engadin. Außerdem geraten eine Menge Leute beim Snowboarden unter Lawinen oder stürzen im Sommer in eine Schlucht. Ein Typ ist nach einer Sauftour mit Kumpels um Mitternacht Schlitten gefahren und hat sich an einer Eiswand den Kopf aufgeschlagen, während der Rest der Gruppe feuchtfröhlich weiter bergab fuhr und erst unten im Tal gemerkt hat, dass einer fehlt, und Hilfe gerufen hat.«

»Sehr interessante Geschichten, Piatti. Danke.«

»Hier ist noch ein vierzigjähriger polnischer Tourist, der eines Morgens um fünf Uhr Joggen ging. Als er um acht immer noch nicht zurück war, hat seine Frau die Polizei alarmiert, die sofort mit der Suche gestartet hat, und nicht nur die, auch das Bergrettungskorps mit zwei Lawinenhunden. Am nächsten Morgen hat man ihn gefunden. Er hatte sich im Wald verirrt und die Nacht in einer verlassenen Almhütte verbracht. Auf der Webseite sind Fotos der beiden deutschen Schäferhunde, die ihn gerettet haben.«

Besana beugt sich vor, um Becks am Bauch zu kraulen. »Hast du gehört? Manche Hunde *arbeiten*. Es können nicht alle den ganzen Tag auf der faulen Haut liegen wie du.« Besana steht auf und streckt sich. »Komm, Becks, wir machen einen Spaziergang im Wald. Sonst wirst du noch so faul wie ich. Und bekommst auch so einen dicken Bauch.«

»Marco, warte! Hier ist noch ein Italiener«, hält Ilaria ihn zurück. »Seine Leiche wurde letztes Jahr im Sommer gefunden. Er ist vorletztes Jahr im Oktober verschwunden.«

»Eine Leiche zersetzt sich innerhalb einer Woche zu etwa sechzig Prozent. Was meinst du, wie viel nach über einem Jahr noch übrig ist? Sie können höchstens ein Skelett gefunden haben«, stellt Besana fest.

»Stimmt, es war ein Skelett. Und auch kein ganzes mehr«, erwidert Ilaria.

»So was kommt dauernd vor. Oft findet man hier ein Bein, dort einen Arm. Hier wimmelt es von wilden Tieren.«

»Kann man Knochen toxikologisch untersuchen?«

»Natürlich, aber damit sind wir wieder bei unserem Thema von vorhin: Du musst wissen, *wonach du suchst.* Wer war er?«

»Livio Moser, ein Galerist, der in der Schweiz und in Mailand gearbeitet hat.«

»Ich würde mal vermuten, dass er in denselben Kreisen verkehrte wie die anderen drei«, sagt Besana. »Reiche Leute investieren in zeitgenössische Kunst. Es gehört quasi zum guten Ton, Kunst zu sammeln. Abgesehen davon ist es eine ausgezeichnete Methode, um Geld zu waschen.«

»Wir könnten doch heute Abend Vittoria Brivio fragen, ob sie ihn kannte.«

»Piatti, lass uns jetzt nicht alles durcheinanderwerfen. Es ist sehr wahrscheinlich, dass sie ihn kannte, aber wieso sollten wir annehmen, dass er vergiftet wurde? Wenn man an seinen Knochen etwas Ungewöhnliches festgestellt hätte, hätte man ein Ermittlungsverfahren eröffnet.«

»Stimmt«, sagt Ilaria betrübt. »Der Fall ist abgeschlossen.«

»Bist du enttäuscht?«

»Ein bisschen. Dieser Serienmörder ist ein Profi, er hinterlässt keine Spuren.«

»Hör zu, Piatti. Momentan haben wir es lediglich mit einer Reihe von tragischen Unfällen zu tun. Der Fachbegriff dafür lautet *Pech.* Ein Mann verzehrt versehentlich mit Tropomyosin kontaminierte Schokolade und hat das Pech, einem sogenannten *Problembären* zu begegnen. Eine Frau hat das Pech, auf der Straße von jemandem überfallen zu werden, der einen Eispickel für Bergsteiger bei sich trägt. Ein Typ hat das Pech, einen Herzinfarkt zu bekommen, während er gerade ein Flugzeug fliegt, und kracht dann auch noch bei dem Versuch einer Notlandung in einen Stall. Wieder ein anderer hat im Hochgebirge das Pech, in einen Felsspalt zu stürzen. Und dieser Kerl hier hatte vermutlich einfach nur das Pech, dass ihm im Wald auf einmal unwohl wurde. Wo siehst du da jetzt einen Serienkiller?«

»Das ist ganz schön viel *Pech* auf einmal«, erwidert Ilaria. »Wenn man sich das alles mal genauer ansieht, ist er eben einfach kein typischer Serienmörder. Er hinterlässt keine Signatur, wechselt den Modus Operandi, benutzt verschiedene Substanzen. Er inszeniert die Morde nicht, legt es nicht darauf an, berühmt zu werden. Im Gegenteil, er entzieht sich uns.«

»Und er hat unglaublich Schwein«, fügt Besana hinzu. »Er konnte ja wohl kaum vorhersehen, dass ein Bär vorbeigetrottet kommt, ein Flugzeug in Flammen aufgeht oder jemand in eine Felsspalte stürzt.«

»Interessanter Einwand, Marco. Das bedeutet, dass wir uns auf die Umstände konzentrieren müssen, die er kalkulieren konnte, und alles andere nicht beachten.«

27. Juli

Ilaria sieht sich schweigend um. Die Stube ist vom Boden bis zur Decke holzgetäfelt, neben ihnen steht ein antiker Kachelofen. Sie befinden sich in einem frisch restaurierten Engadiner Haus aus dem siebzehnten Jahrhundert. Über ihr schwebt ein riesiger Lampenschirm mit Hirschgeweihen. Ein Kellner in weißem Jackett serviert Polenta und Braten, auch der vom Hirsch.

Als ihr Handy vibriert, öffnet sie die Tasche und wirft verstohlen einen Blick auf das Display. Es ist die Nachricht eines Immobilienmaklers. *Wir haben einen potenziellen Käufer, er würde sich das Objekt gern ansehen.* Das ist mal eine gute Nachricht.

Inzwischen hat Besana eine Flasche Burgunder fast im Alleingang geleert. Er sitzt zwischen einem jagdbegeisterten Steuerberater und einem Schönheitschirurgen und weiß nicht, was er sagen soll.

»Wie viele Frauen kommen in deine Praxis und wollen Körbchengröße D oder E?«, fragt der Hobbyjäger.

»D und E sind aus der Mode«, antwortet der Chirurg. »Der Trend geht heute wieder zu mehr Natürlichkeit. Momentan ist C am gefragtesten. Es gibt natürlich immer mal welche, die es übertreiben, aber die sind die Ausnahmen.«

Eine Dame, die schon länger aus dem Alter raus ist, in dem man sich einen neuen Busen wünscht, bemerkt schnippisch: »Einen falschen Busen erkennt man sofort.«

»Kommt drauf auf, wie man es macht«, entgegnet der Chirurg, der die Provokation übergeht. »Ich platziere die Prothese direkt über dem Muskel, damit die Brust natürlich zur Seite fällt, wenn die Frau sich auf den Rücken legt.«

Besana fragt forsch nach Botox, um zu sehen, ob jemand nervös wird, aber nichts dergleichen passiert.

»Botulinumtoxin war in der ästhetischen Chirurgie eine Revolution, denn es füllt die Falten nicht einfach nur auf, sondern setzt tiefer an, dort, wo die Falten entstehen«, erklärt der Arzt. »Man muss es jedoch sparsam einsetzen, um die Bildung von Falten zu verlangsamen, ohne die Mimik zu blockieren. Und man muss die richtigen Substanzen verwenden.«

»Und welche sind das?«, erkundigt sich Besana interessiert.

»In Italien sind nur drei Toxine zugelassen, und es gibt nur wenige Firmen, die sie herstellen. Leider gibt es eine Menge Scharlatane, die für Geld auch nicht zugelassene Substanzen spritzen.«

»Und was ist mit den Botox-Partys, gibt es die wirklich?«, fragt Vittoria amüsiert.

»Oh ja, die gibt es. Das sind exklusive Veranstaltungen für Anhänger von Botox- und Laserbehandlungen, Männer und Frauen, die nichts anderes zu tun haben, als sich Nase, Busen oder Hintern machen zu lassen. Aber das ist nicht meine Klientel«, erwidert der Chirurg lachend.

Ilaria betrachtet eine ausgestopfte Gämse mit einer Uhr zwischen den Hörnern.

»Die ist von einem Schweizer Künstler«, erklärt Vittoria.

»Hast du sie bei Livio gekauft?«, fragt eine Frau in

Tiroler Jacke mit Knöpfen aus Horn, die während des Essens keinen Ton gesagt hat.

»Ja«, bestätigt Vittoria, »bei dieser großen Ausstellung, die er vor fünf, sechs Jahren in seiner Galerie organisiert hat.«

»Ach, der arme Livio, er fehlt«, bemerkt eine Frau. »Jetzt ist alles in den Händen seiner furchtbaren Frau, die überhaupt nichts von Kunst versteht.«

»Wie sollte sie auch, sie war vorher Krankenschwester«, lästert eine andere.

»Sie bezahlt die Künstler nicht«, erzählt der Steuerberater. »Auf der Triennale neulich habe ich einen befreundeten Bildhauer getroffen. Er war stinksauer. Sie hat wohl vor einem Jahr drei seiner Werke verkauft, und er hat noch nicht einen Cent dafür gesehen.«

Besana beugt sich zu Vittoria, die neben ihm sitzt. »Was ist denn mit dem Galeristen passiert?«

Vittoria legt ihm eine Hand aufs Knie und flüstert ihm ins Ohr: »Das erzähle ich dir, wenn wir allein sind.«

»Klar«, sagt Besana, dem die Berührung unter dem Tisch die Sprache verschlägt.

Ilaria schweigt während des gesamten Essens. Zum einen, weil sie sich in dieser Umgebung unwohl fühlt. Sie findet diese Leute und ihr Society-Geplauder unerträglich. Was nichts mit Neid zu tun hat, sie würde sich lieber an diesem Lampenschirm mit den Hirschgeweihen erhängen, als so zu leben wie sie. Ihr Unbehagen hat einen anderen Grund. *Wir haben einen potenziellen Käufer, er würde sich das Objekt gern ansehen.* Vielleicht kann sie sich tatsächlich von diesem Haus befreien. Und mit ihm auch von ihrer Vergangenheit.

»Ich fühl mich nicht so gut«, flüstert sie.

Doch keiner hört sie. Sie reden jetzt von einer abgelegenen Hütte, die man nur mit einem kleinen Zug erreicht und wo man abends beim Aperitif wunderschöne Sonnenuntergänge sehen kann.

»Ich fühl mich nicht so gut«, wiederholt sie etwas lauter.

Lediglich die junge Frau neben ihr, die ebenfalls den ganzen Abend noch kein Wort gesagt hat, schenkt ihr Beachtung. »Soll ich dich zum Hotel zurückbringen?«

»Danke«, sagt Ilaria und hält sich mit der Hand den Mund zu, denn mittlerweile kommt es ihr schon hoch.

Vielleicht sollte sie ins Bad gehen, der Hirsch drängt nach oben. Sie steht auf, stößt den Stuhl dabei um, wankt. Sie ist kreidebleich. Endlich bemerken sie auch die anderen.

»Fühlst du dich nicht gut, Ilaria?«, erkundigt sich Vittoria.

Verdammt noch mal, das hat sie doch die ganze Zeit gesagt. Jetzt kann sie nichts mehr sagen. Hastig flüchtet sie Richtung Eingang, um das Bad zu suchen, doch zu spät. Sie kotzt auf das Parkett im Flur. Sofort kommt eine Haushälterin in blauer Schürze herbeigeeilt. »Keine Sorge, ich mach das sauber.«

Ilaria kann sich nicht einmal bedanken, sie würgt noch immer. Sie will etwas sagen, doch stattdessen hustet sie.

Dann spürt sie Marcos Hand auf ihrer Schulter und dreht sich um. »Ich bring dich weg hier«, sagt er.

Sie schüttelt den Kopf und holt tief Luft. »Keine Angst, sie haben mich nicht vergiftet«, erwidert sie und versucht zu lächeln. »Du musst hierbleiben, es ist wichtig.«

In dem Moment kommt die junge Frau, die angeboten hat, sie zum Hotel zu fahren. Sie ist anders als die anderen, was nicht nur an ihrer Art, sich zu kleiden, ihrer Fleece-Jacke von Vögele zu dreißig Franken und den groben schwarzen Stiefel mit Gummisohle liegt. »Ich fahre sie«, sagt sie.

Besana sieht Ilaria an.

»Geh wieder zurück«, sagt sie, »ich fahre mit ihr.«

27. Juli

»Endlich sind sie weg.« Vittoria lächelt. »Willst du was trinken?«

Besana lässt sich vor dem Kamin nieder, auf einem Sessel mit Wollfilzbezug, ein Designklassiker.

»Gern. Was hast du denn da?«

»Einen Cognac Lhéraud von 1983, einen Calvados Dupont Jahrgang 1977 oder einen Braulio von Coop.«

Besana lacht und breitet die Arme aus. »Ich gebe mich geschlagen, entscheide du.«

Vittoria öffnet ein mit Jagdszenen bemaltes Schränkchen aus dem neunzehnten Jahrhundert, stellt den Calvados auf den Tisch und zündet sich eine Zigarette an.

»Ich mache mir große Sorgen um Brunella. Ich muss die ganze Zeit an diesen Film mit Sean Connery denken. Wie heißt er doch gleich?«

»*Am Rande des Abgrunds*«, sagt Besana.

»Genau, den meine ich. Er wurde hier gedreht. Diese Szene, in der nach sechzig Jahren eine unversehrte Leiche im Eis zum Vorschein kommt, ist unvergesslich. So muss es sich für sie angefühlt haben. Ihr Mann sah genauso aus wie in dem Moment, in dem sie sich vor ihrer Reise nach New York von ihm verabschiedet hat.«

»Seid ihr gut befreundet?«

»Ja, vor allem, seit wir alleine sind. Diese Tragödien haben uns einander nähergebracht.«

»Das tut mir leid«, sagt Besana. »Wie ist dein Mann gestorben?«

»Er ist mit seinem Flugzeug abgestürzt. Offenbar hatte er während des Fluges einen Herzinfarkt. Er hat noch versucht notzulanden, aber er hat es nicht geschafft. Du kannst dir nicht vorstellen, wie schuldig ich mich fühle.«

»Warum das?«

»Er wollte mich hier besuchen. Wäre ich zu ihm gefahren, wäre das nicht passiert.«

Sie schweigen einen Moment, dann steht Vittoria auf und setzt sich auf die Lehne seines Sessels. Ihr Oberschenkel berührt seinen Arm.

»Aber erzähl mir lieber von dir. Bist du verheiratet?«

»Geschieden«, erwidert Besana, weicht ihrem Blick jedoch aus.

Vittoria lässt ihre Fingerspitzen sanft über seine Haare streichen. »Ich weiß, was es heißt, unglücklich zu sein. Und du weißt es auch. Das sehe ich an deinen Augen.« Ihre Hand wandert langsam an seinem Hals hinunter und beginnt, seinen Nacken zu streicheln, eine empfindsame, gefährliche Stelle. »Aber ich lass mich nicht unterkriegen. Ich habe noch Lust zu leben.«

Sie lässt sich von der Lehne auf seinen Schoß hinunter und sieht ihm in die Augen. Besana verspürt für einen kurzen Moment so etwas wie Angst, die er sich nicht erklären kann. An ihrer Schönheit liegt es nicht, und auch nicht an ihrer Eleganz. Es ist etwas an ihr, das zu viel für ihn ist, etwas, das er nicht greifen kann. Eine Art Distanz, die er jedoch nicht einschätzen kann, schon gar nicht jetzt, da ihr Gesicht direkt vor ihm ist.

»Darf ich dich küssen?«

Besana weiß nicht, was er darauf erwidern soll, und so nickt er.

28. Juli

Am nächsten Morgen klopft Besana an Ilarias Tür. Becks bellt, er spielt gern den Wachhund.

»Wer ist da?«

»Ich bin's.«

Noch im Schlafanzug öffnet Ilaria die Tür. Sie ist blass und hat Ringe unter den Augen.

»Geht's dir noch nicht besser?«

»Vielleicht hab ich Grippe.« Ihre Augen sind geschwollen und wirken müde.

»Sag nicht, du hast ihn in deinem Bett schlafen lassen.« Besana deutet mit dem Kinn auf den Hund, der sich nach der Begrüßung gleich wieder unter die Bettdecke verkrümelt hat.

Sie zuckt die Schultern und lächelt. »Ist doch ein Doppelbett.«

»Piattola, du verziehst ihn. Jetzt will er zu Hause bestimmt auch in mein Bett. Er stinkt. Er hat Regen abbekommen und sich in Kuhfladen gewälzt.«

»Du musst ihn halt ab und zu mal waschen, Marco. Ich hab dir doch ein Hundeshampoo geschenkt. Ich hoffe, du hast es nicht selbst benutzt.«

Er setzt sich aufs Bett und krault dem Hund, der nicht die Absicht hat, die warme Koje zu verlassen, den Kopf. »Ich fürchte, unsere Hypothese hält nicht stand, Ilaria. Roberto hat mich gerade angerufen. Wir sollen sofort nach Mailand zurückkommen.«

»Warum?«

»Es wurde ein Senegalese festgenommen, der allem Anschein nach Marta Guerra getötet hat.«

»Verdammt. Sind sie sicher?«

»Man hat ihre Handtasche bei ihm gefunden.«

»Vielleicht hat er sie gefunden.«

»Das glaube ich nicht. Er hat schon wegen Raubüberfall und versuchten Mordes gesessen. Er hat einen Tabakhändler mit dem Messer bedroht, weil der ihm seine Einnahmen nicht geben wollte.«

»Ja eben, mit dem Messer. Findest du es nicht merkwürdig, dass ein Senegalese mit einem Alpinisten-Eispickel herumspaziert?«

»Hör zu, Piatti, wir können nicht hierbleiben, sie zahlen uns das Hotel nicht mehr.«

»Wir könnten doch wenigstens noch auf die Ergebnisse der Obduktion warten«, wendet Ilaria ein.

»Es wird an allen Ecken und Enden gespart, alle naselang werden Zeitschriften und Onlineredaktionen geschlossen, und allen droht Kurzarbeit. Wer bitte soll uns da einen Urlaub im Engadin spendieren?«

»Das ist kein Urlaub.«

»Wir haben kaum Anhaltspunkte, Piatti. Dieser Serienkiller existiert momentan nur in unserer Fantasie.«

Ilaria nickt und beginnt, ihre Sachen zu falten und in den Koffer zu legen.

»Wer war das Mädel, das dich ins Hotel gebracht hat?«

»Sie heißt Dafne. Sie ist so was wie Vittorias Life-Coach.«

»Life-Coach? Was ist denn das für ein Quatsch?«

»Sie hat mir von einer Psychotherapie auf Basis von Atemübungen erzählt, die man an der frischen Luft im Wald macht. Irgendwas mit Achtsamkeit oder so. Aber ich konnte nicht ganz folgen, mir war so übel. Wir mussten dreimal anhalten, weil ich mich übergeben musste.«

»Was für ein Schwachsinn.«

»Sie war sehr nett«, erwidert Ilaria, während sie ein Oberteil in den Koffer legt. »Und ganz anders als die anderen. Und du? Hast du was rausgefunden?«

Besana wendet sich ab, um dem Hund die Ohren zu kraulen.

»Nichts«, sagt er dann.

28. Juli

Sobald sie wieder in Mailand sind, ruft Ilaria Marta Guerras Tochter an. Sie will sich noch nicht geschlagen geben. Da sie nicht offiziell an dem Fall arbeitet, muss sie sich eine Ausrede einfallen lassen, um sich mit Diletta zu verabreden.

»Ein Artikel über meine Mutter, wirklich?«

»Ja, für das Magazin. Wir dachten, wir gehen über die normale Kriminalberichtserstattung hinaus und erzählen, wer sie war und was sie so gemacht hat. Wofür sie brannte.«

»Das ist eine tolle Idee«, sagt Diletta. »Mama hätte sich sehr darüber gefreut. Danke.«

»Soweit ich weiß, war sie Künstlerin. Darf ich ihr Atelier mal sehen? Und vielleicht auch ihre Wohnung?«

»Natürlich. Das Atelier ist im gleichen Haus wie die Wohnung. Sagen Sie mir einfach, wann es Ihnen nächste Woche passt. Ich fahre ans Meer, aber ich muss sowieso zwischendurch nach Mailand.«

»Ehrlich gesagt soll ich den Artikel morgen abgeben«, lügt sie.

»Ah, ich verstehe. Kein Problem, ich muss noch Koffer packen.«

»Ich werde Ihnen nicht mehr als eine Stunde stehlen.«

»Einverstanden. Wir können uns gegen sechs treffen. Ich schicke Ihnen die Adresse über WhatsApp.«

In Martas Atelier, das für eine Künstlerin von ihrem Format viel zu groß geraten ist – allerdings gehörte ihr ohnehin das ganze Mehrfamilienhaus –, nicht die Spur von Wachsskulpturen. Ilaria hatte Büsten im Stile des achtzehnten Jahrhunderts erwartet, stattdessen lehnen an den Wänden Werke der Konzeptkunst. Wie erwartet nicht gerade von großer Qualität und obendrein viel zu sperrig für eine normale Wohnung, wenn man nicht gerade über Räume wie in einem Museum verfügt, geht von ihnen dennoch etwas Rätselhaftes aus. Vorwiegend sind es Drucke, Fotografien von Bergen, die über und über mit Zahlen bedeckt sind. Nur eines sticht hervor, eine Reproduktion von Füsslis *Rütlischwur*, und hier verlängern die dicht aneinandergesetzten Zahlen die vom Schwert gebildete Diagonale.

»Ich dachte, sie arbeitet in Wachs«, sagt Ilaria.

»Hat sie auch, sie nannte es immer ihre ›Honigperiode‹. Aber von einem Tag auf den anderen haben ihr plötzlich ihre Skulpturen nicht mehr gefallen, und sie hat sie alle auf den Müll geworfen. Sie hat ihren Stil radikal geändert. Mit diesen Werken hier hatte sie eine große Ausstellung geplant, sie wollte damit alle überraschen.«

»Was bedeuten diese Zahlen?«

»Das weiß ich nicht. Meine Mutter meinte, die Zahlen würden sprechen, und sie würden immer die Wahrheit sagen.«

»Darf ich ein paar Fotos machen?«

»Ja, natürlich«, erwidert Diletta. »Was soll man sonst damit anfangen? Nicht mal ihre Freundinnen wollten die Bilder kaufen.« Sie beißt sich auf die Lippe. »Aber bitte schreiben Sie das nicht.«

Dann steigen sie über eine Innentreppe ins obere Stockwerk hinauf. Nach einer Flucht aus mehreren

Wohnzimmern erreichen sie ein kleines, unordentliches Arbeitszimmer voller Bücher. Ilaria versucht einen Blick auf die Titel zu erhaschen: Monografien über Bären, Bücher über die Geschichte des Giftes, historische Abhandlungen über Botanik. Neben dem Computer liegt ein Heft, das mit Notizen vollgeschrieben ist, und sie beginnt, darin zu blättern.

»Hat sie an einem Roman geschrieben?«

»Nein, sie konnte ja kaum eine E-Mail schreiben, Mama war eine ziemliche Legasthenikerin. Sie hatte nur eine Obsession für Giovanna Bonanno, eine Giftmörderin aus dem achtzehnten Jahrhundert.«

»Die Alte mit dem Essig?«

»Haben Sie von ihr gehört?«

»Ihre Mutter hat sie auf ihrer Facebook-Seite oft erwähnt.«

»Natürlich. Das war noch so eine ihrer Marotten. Sie ist sogar nach Sizilien gefahren, um sich die Prozessakten anzusehen. Ich denke, sie musste sich einfach immer beschäftigen. Um nicht zu viel über den Tod meines Vaters nachzudenken.« Diletta seufzt tief.

»Sie haben auch Ihren Vater verloren?«

»Ja, beide Eltern in nur einem Jahr. Es ist ganz schön hart.«

»Das tut mir leid. Was ist mit ihm passiert?«

»Ein aggressiver Krebs. Er ist innerhalb weniger Monate gestorben.«

Palermo, 9. Oktober 1788

»Ich heiße Giovanna Bonanno, Witwe des verstorbenen Vincenzo, ich bin in Palermo geboren worden, ungefähr fünfundsechzig Jahre alt und bestreite meinen Lebensunterhalt mit Betteln.«

Mit diesen Worten beginnt die Erklärung der »Alten mit dem Essig« vor dem Königlichen Gerichtshof in Palermo.

Giovanna Bonanno berichtet, dass alles durch Zufall angefangen habe, zwei Jahre und ein paar Monate zuvor (»an welchem Tag, weiß ich nicht mehr«). Sie hörte jemand erzählen, eine *piccirilla*, ein kleines Gör, habe versehentlich »eine gewisse Flüssigkeit, einen sogenannten Essig zum Töten von Läusen« getrunken und entsetzlich zu brechen begonnen. Das kleine Mädchen wäre gestorben, hätte man ihr nicht Olivenöl zu trinken gegeben.

»Und da ich nichts gelernt habe, was mir erlaubt, meinen Unterhalt zu bestreiten«, erklärt Giovanna Bonanno, als sei es die natürlichste Sache der Welt, »beschloss ich, mit diesem Essig zu experimentieren, um mir ein paar Tari zu verdienen.«

Sie begreift, dass dieser Essig wie ein Gift wirkt und gegenüber den üblichen Giften einen Vorteil besitzt: Niemandem ist er bekannt, folglich würde niemand einen Mord vermuten. Es ist ja nur eine Tinktur gegen Läuse. Wer würde schon auf die Idee kommen, sie *ad hominem occidendum*, zur Tötung eines Menschen, zu benutzen?

Giovanna findet heraus, dass Don Saverio La Monica

sie verkauft, der Gewürzhändler in der Strada della Gioja Mia in der Nähe des Canale Papireto. Und beschließt, die Probe aufs Exempel zu machen. Eine grausame Probe.

Sie kauft »drei Gran in einem Glasflakon« und bindet einen Hundewelpen mit einer Kordel neben der Porta d'Ossuna fest. Dann träufelt sie den Essig auf ein Stück Brot und gibt es dem Tier zu essen. Als sie einige Stunden später zurückkehrt, findet sie das arme Geschöpf leblos in seinem eigenen Erbrochenen liegen. Doch Giovanna ist schlau. Sie weiß sehr wohl, dass man eine Vergiftung leicht daran erkennt, dass dem Opfer die Haare ausfallen. Also zieht sie am Fell des Hundes, doch es löst sich nicht. Und da begreift sie, dass sie den Schlüssel zu einem einträglichen Geschäft in den Händen hält. Sie muss den Essig nur als eine Mixtur ausgeben, die nach einem »geheimen Rezept« zubereitet wird.

»Ich machte alle glauben, ich sei im Besitz eines speziellen Wassers, welches, in Speisen und Getränke gemischt, denjenigen, der es zu sich nimmt, sich übergeben und dann sterben lasse, ohne dass man die Ursache dafür erkennen könne, weil es keine äußeren Anzeichen zurückließ, und bot fortan diesen Essig feil, welchen ich Wasser nannte, um mein Geheimnis nicht preiszugeben.«

Eines Tages kommt eine Nachbarin mit Namen Angela La Fata zu ihr und fragt sie, ob sie nicht jemanden wisse, der einen *Schadenszauber* kenne, mit dem sie ihren Mann töten könne. Sie will also einen Zaubertrank. Sie ist in einen gewissen Giuseppe Billotta verliebt (»in unrechtmäßiger Freundschaft verbunden«), der auf der Straße warme Mahlzeiten verkauft – Streetfood der damaligen Zeit – und sich bereit erklärt hat, sie zu heiraten, wenn sie erst einmal Witwe ist.

»Als ich das hörte«, gesteht Giovanna Bonanno, »erwiderte ich, dass ich keine *Hexe* kennen würde, jedoch ein spezielles Wasser besorgen könnte …«

Der Preis soll sechs Tari sein, doch die hat Angela nicht. Sie zahlt einen Tari an und verspricht, den Rest hinterher zu bezahlen. Doch anfangs funktioniert es nicht: Angelas Mann trinkt den Läuseessig in seinem Wein und übergibt sich, doch weiter geschieht nichts. Erschrocken sucht Angela erneut die Bonanno auf. Etwas stimmt nicht, er ist immer noch »auf den Beinen«. Sie erhöhen die Dosis.

Nach ein paar Tagen kommt Giovanna Bonanno am Haus Angela La Fatas vorbei und sieht, dass sie Trauer trägt. Sie begreift, dass der Ehemann gestorben ist, und verlangt ihre restlichen fünf Tari. Doch Angela weigert sich und sagt, dass »ein Flakon« übrig sei und sie ihr diesen zurückgeben könne.

»Jedenfalls wollte sie mir nicht einen Tari geben«, beklagt sich die Alte, »für ein Mittel, das so viel besser ist als manches Gebräu, für das man nur Geld zum Fenster rauswirft.«

28. Juli

»Einen Spritz?«

»Mit viel Eis«, sagt Ilaria. Sie ist völlig verschwitzt.

»Also, lass hören. Warum die Eile? Was hast du herausgefunden?«

»Marta Guerra war von einer Giftmörderin aus dem achtzehnten Jahrhundert besessen«, flüstert Ilaria, wobei sie sich nach allen Seiten umsieht.

»Na und?«

»Sie war eine Seriengiftmörderin, Marco. Ich glaube, sie hat nach Parallelen zu unserem Serienkiller gesucht.«

»Deine Fantasie geht mit dir durch, Piattola«, seufzt Besana.

»Deswegen wurde sie umgebracht. Sie hat etwas verstanden, was uns noch immer entgeht.«

Besana nimmt einen Schluck von seinem Spritz. »Ich habe auch eine Neuigkeit«, sagt er.

»Und zwar?«

»Der Senegalese, den man verhaftet hat, ist letzte Nacht im Knast gestorben.«

»Vergiftet?«

»Nein, tut mir leid. Er ist bei einer Auseinandersetzung erstochen worden.«

»Mist«, sagt Ilaria. »So werden wir seine Unschuld nie beweisen können.«

»Weißt du was? Ich glaube langsam, dass wir uns zu sehr auf einen Serienkiller eingeschossen haben. Vielleicht gibt es den gar nicht.«

»Ach nein?« Ilaria wird feuerrot vor Wut. »Und wie erklärst du dir dann diese Serie von Morden?«

»Es sind doch nur Vermutungen, die du in einem Moment der Langeweile oder Unzufriedenheit ausgebrütet hast.«

Ilaria schüttelt den Kopf. »Nein, das stimmt nicht. Außerdem ist auch Marta Guerras Mann gestorben. Wir haben es mit ein bisschen zu vielen Witwen zu tun.«

»Woran ist er gestorben?«

»Krebs. *Angeblich*«, erwidert Ilaria.

»Soweit ich weiß, ist es relativ schwierig, jemanden auf diese Weise umzubringen.«

»Schon, aber wie können wir sicher sein, dass er wirklich krank war?«

Marco holt sein Handy aus der Tasche und wählt eine Nummer. »Hallo, stör ich dich?«

Ilaria starrt ihn an, während er von Krankenhauskarteien und Lebertumoren redet.

»Alles klar. Danke, danke.«

»Mit wem hast du da gerade gesprochen?«

»Mit dem Onkologen, der Marta Guerras Mann behandelt hat«, erwidert Besana ruhig, »und der zufällig ein Freund von mir ist.«

»Woher wusstest du, dass er sein Arzt war?«

»Er ist der berühmteste Onkologe Italiens. Und reiche Leute gehen nicht zu unbekannten Ärzten.«

»Und was hat er gesagt?«

»Dass du Gespenster siehst. Willst du wissen, wie viele Metastasen er hatte?«

»Schon gut,« gibt Ilaria klein bei. »Aber was ist mit den anderen?«

»Mit *welchen* anderen?«

28. Juli

»Aber du hast es versprochen«, sagt Ilaria.

»Ich würde doch auch gern mit dir nach Kambodscha fahren, was denkst du denn«, erwidert Nicola gereizt. »Es ist nicht immer leicht, wenn man Kinder hat.«

Ilaria steigt aus dem Bett, zieht eine Schublade auf und streift sich ein verwaschenes kariertes Nachthemd über.

»In so was schläfst du normalerweise?« Nicola sieht sie an.

»Das gehörte Mama. Und ich ziehe an, was mir passt.«

»Entschuldige, Liebling, entschuldige.« Er greift nach ihrem Arm. »Ich kann doch nichts dafür.«

Sie sieht ihn kaum an. »Du hättest es mir nicht versprechen dürfen.«

»Ich habe eben gehofft, dass es klappt, Ilaria.«

»Das hab ich auch. Aber meine Hoffnung zählt ja nicht. Es liegt immer alles in deiner Hand. Und das ist unfair.«

»Ich weiß, dass es unfair ist, aber was soll ich denn machen? Meine Schwiegermutter hat sich den Knöchel gebrochen, und meine Frau ist mit den Kindern allein. Da kann ich doch nicht einfach nach Kambodscha verschwinden.«

»Du fliegst morgen nach Korea. Wo ist da der Unterschied?«

»Das ist ein gewaltiger Unterschied. Nach Korea muss ich beruflich, und ich bin nur vier Tage weg. Hin, Besprechung und zurück.«

Ilaria hat keine Lust, um Tage zu feilschen. Vier Tage würden ihr schon reichen, aber das sagt sie nicht. »Na ja, ist vielleicht sogar besser so«, sagt sie stattdessen. »Ich hab auch viel zu tun.«

Nicola lächelt erleichtert. Er tritt auf sie zu, um sie zu küssen, aber sie schiebt ihn weg.

»Du vergisst, dass ich Kriminalreporterin bin«, sagt sie. »Ich habe meine Quellen. Ich finde im Nullkommanichts heraus, ob in irgendeinem Krankenhaus dieser Stadt eine gewisse Antonia Righetti mit einem gebrochenen Knöchel aufgenommen wurde.«

Nicola wird blass. »Was soll das? Kontrollierst du mich jetzt, wie einen Verbrecher?«

»Nein, ich will nur wissen, ob du mich belügst. Ich möchte einfach, dass du es mir sagst, wenn du lieber mit deiner Frau ans Meer fahren willst.«

Mit energischen Schritten hastet Nicola zur Tür. »Wenn das so ist, gehe ich.«

»Wenn das so ist, kannst du auch gehen«, erwidert Ilaria.

29. Juli

Besana sucht in seiner Hosentasche nach dem Schlüssel. Die Hose klebt ihm an den Beinen, und unter den Achseln haben sich Schweißflecken gebildet. Er stinkt wie ein Bus im Juli und hat eine fürchterliche Bierfahne – etwas Gutes musste er sich ja tun nach all der Rennerei an diesem Scheißtag. Als er wieder hochsieht, entdeckt er sie. Was macht sie vor seiner Haustür?

Einen Moment lang schämt er sich. Für den Siebzigerjahre-Kasten, in dem er wohnt, für seine Straße – eine arabische Metzgerei, ein asiatischer Imbiss, eine Rentnerkneipe, eine rumänische Wäscherei, ein Vorstadtbarbier –, für die Balkone voller Wäscheständer und Plastikstühle, verrosteter Fahrräder und alter Frauen, die in Pantoffeln ihre Topfpflanzen gießen. Er betrachtet sie: von einem Innenstadtfriseur geschnittene blonde Haare, wunderschönes geblümtes Seidenkleid, Schuhe mit niedrigem, schmalem Absatz, nur einen Schritt von einem Gitter entfernt, in dem sie stecken bleiben könnten, Hände voller Ringe, zart und mit gepflegten Fingernägeln, und sie hält eine hochmodische Handtasche, die schon leer eine Versuchung für Handtaschendiebe darstellt. Sie lächelt. »Überraschung!«

Mit schleppendem Schritt geht Besana auf sie zu. »Na so was, sag bloß, du warst hier irgendwo shoppen.«

Vittoria lacht, auch sie fühlt sich nicht ganz wohl in ihrer Haut. »Ehrlich gesagt kenne ich die Gegend hier gar nicht«, erwidert sie.

»Wenn du willst, gleich nebenan ist eine Chinesin, die Kleider wie deines verkauft, zu zehn Euro das Stück.«

Sie sieht ihn schweigend an. Ihre Haut ist leicht gebräunt und straff dank Vitaminspritzen, die Lippen glänzen, die gebleichten Zähne sind strahlend weiß.

»Willst du was trinken? Bier habe ich immer im Haus«, sagt Besana.

Vittoria senkt den Blick, um ihr Lächeln zu verbergen,

das Lächeln eines von zu Hause weggelaufenen jungen Mädchens.

»Gern«, sagt sie, »es ist ganz schön heiß.«

»Ich muss nur kurz mit Becks raus, er hält schon seit fünf Stunden ein.«

»Natürlich. Ich begleite dich.«

»In Ordnung. Warte hier auf mich. Der Aufzug ist kaputt, es ist besser, wenn du nur einmal die sechs Stockwerke raufmusst.«

Sowie Besana die Wohnung betritt, springt Becks an ihm hoch, doch er schiebt ihn beiseite. Zuerst muss er etwas Ordnung schaffen. Der Boden ist mit schmutzigen Unterhosen übersät, hier und da liegen zusammengerollte Socken verteilt, in der Dusche hängen Hemden zum Trocknen – ist das Klo sauber? –, in der Spüle stapeln sich Teller, der Glaseimer quillt über mit leeren Flaschen, in jeder Ecke stehen kaffeeverkrustete Tassen. Die Wohnung ist widerlich, eine einzige Schande, wie soll er da eine Frau einladen? Becks trottet ihm, die Leine in der Schnauze, überall hinterher. Er darf weder Frau noch Hund zu lange warten lassen, es fehlt noch, dass der ihm in den Flur pinkelt.

Mittlerweile schweißgebadet, läuft er wieder nach unten. Becks zieht Richtung Grünanlage, ebenso trist wie das gesamte Viertel.

»Arbeitest du an einem wichtigen Fall?«

»Ach was, die sind mir nur heute alle auf den Sack gegangen. Als hätten wir nicht genug Probleme«, erwidert Besana. »Die mit ihrer beschissenen Weiterbildungspflicht. Die haben ein von der EU gefordertes Gesetz verabschiedet: Alle Journalisten, auch die pensionierten, müssen Fortbildungen besuchen. Ich kann dir gar nicht sagen, wie mich das nervt.«

»Und wenn man es nicht macht?«

»Können sie ein Disziplinarverfahren gegen dich einleiten. Es interessiert mich 'nen Scheiß, ob man mich aus dem Journalistenverband ausschließt, aber so hätten sie einen Vorwand, mich endgültig vor die Tür zu setzen und die Zusammenarbeit zu beenden.«

»Und worum geht's in den Kursen?«

»Die reinste Zeitverschwendung. Es wäre sinnvoller, wenn sie Italienischkurse anbieten würden. Ich kenne einige, die nicht vernünftig schreiben können.«

Vittoria lacht. Besana zieht ein zerknittertes Blatt Papier hervor. »Hör dir das mal an: ›Berufsethik und Diskriminierung‹. ›Geschlecht, ethnische Herkunft und sexuelle Orientierung: Diversität in den Medien‹. ›Suchmaschinenoptimierung und Marketingsuchmaschinen‹, oder ›Wie erhöhe ich die Sichtbarkeit meiner Homepage in den Suchmaschinen?‹. Und so weiter.«

»Und was hast du dir ausgesucht?«

»Viele Kurse sind kostenpflichtig, Fortbildung ist zum Geschäft geworden. Ich habe mich für ›Rechtliche Verantwortung der alten und neuen Medien‹ entschieden, das war wenigstens gratis.«

»Werdet ihr auch benotet?« Vittoria zwinkert ihm zu.

»So lustig ist das nicht, die haben uns wie die Schulkinder in einen heruntergekommenen Klassenraum gesteckt, ich saß neben unserem Auslandskorrespondenten aus Paris.«

»Ein kleiner Ausflug in die Vergangenheit. Da kann man sich doch mal wieder jung fühlen.«

Besana macht eine wegwerfende Handbewegung. »Ich bin um mindestens zehn Jahre gealtert. Der Dozent hat acht Stunden lang ohne Unterbrechung doziert, und das ohne Grafiken, Tabellen oder Bildschirme. Aber auf dem Pult lag ein Stapel Ausgaben seines eigenen frisch gedruckten Lehrwerks. Deshalb war der Kurs auch gratis.«

Vittoria lacht. Besana ist für sie so ungewöhnlich wie ein exotisches Tier.

»Er hat zwei Stunden gebraucht, um zu sagen, dass es kein Recht auf Vergessenwerden gibt. Und zwei weitere, um den neuen Einheitstext über die Pflichten des Journalisten zu erklären, der den sozialen Medien volle Autorität als journalistische Informationsquelle zuerkennt. Freie Bahn für Fake News. Das ist der Anfang vom Ende.«

Vittoria streichelt seine Wange. »Du hast es überstanden.«

»Immerhin gab es fünf Creditpoints für die Quälerei. Nächsten Monat mache ich noch einen Kurs: ›Instagram für Journalisten: Logik und Strategie, um sich einen digitalen Ruf aufzubauen‹. Dafür gibt es sechzehn Creditpoints. Dann kann ich mir endlich einen *digitalen Ruf* aufbauen.«

Sie sehen einander an. Besana fragt sich, warum er ihr das alles erzählt. Das kann eine Frau wie sie nicht interessieren. Aber ihm bleibt keine Zeit, den Gedanken zu vertiefen. Schon hat sich Vittoria auf die Zehenspitzen erhoben, um ihn zu küssen.

»Lass uns zu dir gehen, Marco.«

29. Juli

Aus Neugier sieht Ilaria sich die Webseite des Schönheitschirurgen an, den sie bei Vittoria getroffen hat. Ludovico Crivelli, der Schwiegervater von Alessia, ihrer Studienfreundin. Wie es der Zufall will, ist seine zwanzig Jahre jüngere zweite Ehefrau, die mit ihm in der Praxis arbeitet, Ernährungsberaterin und Allergologin. Sieh an. Leute also, die sich sowohl mit Botulinumtoxin als auch mit Tropomyosin auskennen. In welcher Beziehung stehen sie wohl zu den Opfern? Nach ein paar Stunden ruft sie Besana an.

»Ich hab ein bisschen über diesen plastischen Chirurgen recherchiert. Er ist Spezialist für BBL: Brasilian Butt Lift«, erklärt sie ihm. »Dazu wird mit hauchdünnen Mikrokanülen aus dem Bauch oder den Knien Fett entnommen und in die Pobacken gespritzt, um sie anzuheben.«

»Ich würde mir auch gern ein bisschen Bauch absaugen lassen. Nur wo soll ich den hintun?«

»Lass deine blöden Witze und hör mir lieber zu«, erwidert Ilaria. »Das Problem ist, dass das Fett nur in das Gewebe und nach Möglichkeit nicht in den Muskel gespritzt werden soll, weil da zu viele Blutgefäße verlaufen. Es ist eine sehr schwierige Operation: Wenn das Fett in den Blutkreislauf gerät, kann es zu einer Fettembolie kommen.«

»Du meinst Lungenembolie.«

»Nein, Fettembolie. Das ist eine spezielle Form der Embolie, die durch ein Fettklümpchen in einem der Gefäße verursacht wird, die das Blut zur Lunge transportieren.«

»Entschuldige, warum erzählst du mir das alles?«

»Weil es der gefährlichste Eingriff in der plastischen Chirurgie ist. Eine von dreitausend operierten Frauen stirbt daran.«

»Na und? Was hat das mit unserem Fall zu tun?«

»Hör mir doch erst mal zu«, sagt Ilaria. »Ich bin noch nicht fertig.«

»Willst du etwa sagen, er hat jemanden mit seinem eigenen Fett umgebracht?«

»Ganz genau. Gegen Crivelli wurde wegen fahrlässiger Tötung ermittelt. Eine Patientin ist nach einem *Lipofilling* am Po ins Koma gefallen und dann verstorben. Bei der Obduktion hat man in den Muskeln Fett gefunden.«

»Und die Patientin hatte eine Verbindung zu unseren Opfern?«

»Nein, hatte sie nicht. Ich hab's überprüft.«

»Also hast du mir eine völlig unnütze Lektion in Medizin erteilt. Danke, Piatti, du hast eine große Lücke in meiner Allgemeinbildung gefüllt.«

»Puh, du lässt mich nie ausreden …«

Besana seufzt.

»Der Vorfall hat sich in einer Klinik in Lugano ereignet, die Carlo Rigamonti gehörte«, fährt Ilaria fort. »Die Welt ist klein, was?«

Vittoria ist noch immer bei Besana, und so geht er in die Küche und stellt sich ans Fenster, damit sie ihn nicht hört. »Worauf willst du hinaus?«

»Crivelli wurde von jeder Schuld freigesprochen, man hat eine Krankenschwester beschuldigt. Die Klinik musste eine riesige Entschädigungssumme zahlen. Rigamonti hatte also noch eine Rechnung mit ihm offen.«

»Wenn das stimmt, warum sollte Vittoria ihn dann zum Essen einladen?«

»Vielleicht, weil Crivelli ihr einen Preisnachlass auf Schönheitsoperationen gewährt?«

»Sie hat nichts machen lassen«, protestiert er leise.

»Aber nein, das ist alles Natur. Ich bitte dich, Marco, da hab ich ja mehr Falten.«

»Piatti, ich habe Besuch. Also, war's das?«

»Fast.«

»Dann komm zum Punkt.«

»Hast du mir eigentlich zugehört? Crivellis Frau ist *Allergologin.*«

»Na und? Das ist eben heute in Mode. Mittlerweile ist doch jeder gegen irgendetwas allergisch.«

»Sag mal, willst du mich eigentlich nicht verstehen? Wer könnte denn auf die Idee kommen, jemanden mit Tropomyosin zu töten?«

Palermo, 1788

Während des Prozesses kommt auch ein Betrug ans Licht (oder ein Scherz, nach Aussage der beiden Angeklagten). Eines Tages kommt eine gewisse Agata Gemma zu Giovanna Bonanno und sagt, sie wolle ihr Hausmädchen aus dem Weg räumen, weil diese ein Verhältnis mit dem Schwager begonnen habe, weshalb der, blind vor Liebe, sich nicht mehr um seine Kinder kümmere.

»Wir beschlossen heimlich, sie hereinzulegen und uns ihr Geld zu teilen«, gesteht Giovanna Bonanno.

Wie üblich bittet die Frau also um einen Zauber, und Bonanno schlägt ihr vor, ein spezielles Wasser zu verwenden, dass sie auf die Treppe träufeln soll, die nur die junge Frau benutzt. Bonanno hat nicht die Absicht, Läuseessig zu verschwenden, gibt der Kundin ihr sogenanntes »Wasser der Gerberin« und kassiert acht Tari. Natürlich geschieht dem Hausmädchen nichts, und Agata Demma läuft zur Komplizin der Bonanno, um sich zu beschweren (»Ich habe mich beschwert, weil sie mich hereingelegt und um acht Tari betrogen hatten«).

Inzwischen verbreitet sich Giovanna Bonnanos Ruhm, und viele Frauen klopfen an ihre Tür und fragen sie nach ihrem berühmten *Zaubertrank*.

»Stimmt es, dass dein Wasser die Macht hat, denjenigen, der es trinkt, zu töten, ohne dass man die Ursache dafür erkennen kann?«

»Es entspricht der Wahrheit. Wer es trinkt, stirbt innerhalb weniger Tage«, sagt Giovanna zu allen. »Und es gibt keine sichtbaren Anzeichen für Gift. Er wird nicht schwarz, und wenn man an den Haaren zieht, bleiben sie nicht zwischen den Fingern. Erschrecke dich nicht, wenn er bricht, denn auch wenn der Arzt das Erbrochene sieht, kann er die Ursache dafür nicht erkennen.«

Eine gewisse Donna Rosalia will den berühmten Trank, um ihren Mann loszuwerden. Das Motiv? Don Agostino Caracciolo, Beamter der bourbonischen Regierung, hat nicht nur ihr ganzes Hab und Gut verschleudert, sondern verbietet ihr auch noch, sich zu prostituieren (»Er gestattet ihr nicht, sich zu betätigen«). So zumindest behauptet sie. In Wirklichkeit betreibt sie ein weit einträglicheres Geschäft: Sie ist eine Falschmünzerin. Sie gehört einer Bande an, die gefälschte Goldmünzen des Königreichs in Umlauf bringt. Als Regierungsbeamter darf Caracciolo nicht zulassen, dass seine Frau seinen Ruf ruiniert. Rosalia schreitet also zur Tat. Sie verabreicht ihm den Essig aus dem ersten Flakon und wartet ab, was passiert. Aber sie wird nervös, »denn als er sich übergab, schrie er laut, weil sein Magen sich schmerzhaft zusammenkrampfte«. Nun nimmt Rosalias Mutter, Donna Michela, die Sache in die Hand und geht zur Bonanno, um sie um Hilfe zu bitten.

»Wenn meine Tochter ihrem Mann das Wasser nicht mehr geben will«, sagt sie, »schlag ich sie mit dem Kopf gegen die Wand.«

»Wenn sie ihrem Mann das Wasser nicht mehr gibt«, erwidert die Bonanno, »bleibt er ein Krüppel, und ihr werdet ein elendes Leben führen, mich aber müsst ihr dennoch bezahlen.« Donna Michela gibt ihr recht, verkauft ein Silberbesteck zu einer Unze und fünfzehn Tari. Und Rosalia bezahlt die Bonanno mit sechs Tari und ein paar kaputten Kupferkerzenleuchtern.

Nach den Zeugenaussagen der Nachbarn betrat kein Arzt das Haus, als Agostino im Sterben lag. Seine Frau kam nur heraus, um zu rufen: »Zu Hilfe, zu Hilfe! Ruft einen Priester, mein Mann stirbt!« Doch der Geistliche kommt zu spät. Die Witwe wirkt alles andere als untröstlich, so die Nachbarn. Sie rechtfertigt sich: »Ich bin starr vor Schreck.« Doch niemand glaubt ihr, auch weil Rosalia in den darauffolgenden Tagen keine Trauer trägt. Im Gegenteil. Man sieht sie »in pompösem Putz« herumspazieren, frisiert nach der neuesten Mode mit vielen Locken und einem feuerroten Haarband. Sie hatte Don Agostino erst zwei Monate zuvor geheiratet.

Weder sie noch die Mutter werden je verhört.

30. Juli

Ilaria versucht den ganzen Tag, Besana zu erreichen, doch sein Handy ist ausgeschaltet. Sie hinterlässt ihm eine Sprachnachricht nach der anderen auf WhatsApp – ich hab dir was Wichtiges mitzuteilen, wo zum Teufel steckst du? –, doch er ruft nicht zurück. Ob sein Telefon kaputt ist? Sie beschließt, zu ihm zu fahren.

Als sie das Haus erreicht, parkt er gerade den Wagen ein, und er ist nicht allein. Kurz darauf öffnet Vittoria die Beifahrertür. Verlegen begrüßt Ilaria beide.

»Was machst du denn hier?«

»Ich muss mit dir sprechen. Ich versuche schon den ganzen Tag, dich zu erreichen.«

Besana schnaubt.

»Vicky, du hast einen Schlüssel. Ich komme in fünf Minuten nach.«

Sobald Vittoria verschwunden ist, sieht Ilaria ihn mit weit aufgerissenen Augen an. »Was hat das zu bedeuten? Bist du jetzt etwa mit ihr zusammen?«

»Piatti, kümmer dich um deine eigenen Angelegenheiten. Ich bin nicht dein Verlobter.«

»Sei vorsichtig, Marco. Du machst einen großen Fehler.«

»Warum?«

»Ihr seid zu verschieden. In ihrer Welt bist du nur ein Zirkusbär.«

»Sag mal, was erlaubst du dir hier eigentlich?« Besana versucht, sich zu beherrschen, und wendet sich zur Tür. »Entschuldige, ich muss jetzt los. Wir haben eine Einladung zum Essen.«

»Mein Gott, du redest ja schon wie sie«, erwidert Ilaria wie vom Donner gerührt. Nun wird Besana wirklich sauer.

»Hör mal, Piatti, du tickst doch allmählich nicht mehr ganz richtig. Du bist von Serienmördern besessen, die nur in deiner Fantasie existieren, und jetzt wirst du auch noch aggressiv. Vielleicht solltest du dir professionelle Hilfe suchen.«

Ilarias Augen werden noch größer. Jetzt ist er wirklich zu weit gegangen. Es dauert eine Weile, bis ihr die ganze Grausamkeit seiner Worte bewusst wird. »Ach, leck mich doch«, sagt sie endlich. »Du hast ja völlig den Verstand verloren. Diese Kuh hat dir wohl das Gehirn gewaschen.«

Besana fährt herum. »Wie bitte?«

»Ich hab gesagt, diese Kuh hat dir wohl das Gehirn gewaschen«, wiederholt Ilaria, das Kinn angriffslustig vorgereckt.

Besana hält inne und sieht sie an. Ilaria spürt seinen verächtlichen Blick förmlich. Was ist nur in ihn gefahren?

»Unsere Zusammenarbeit endet hier«, sagt er schließlich.

Ungläubig schüttelt Ilaria den Kopf. »Aber nicht unsere Freundschaft, hoffe ich«, erwidert sie.

Besana lächelt sarkastisch. »Piatti, ich bin alt geworden und du erwachsen. Es kann so nicht mehr weitergehen.«

Dann dreht er sich um und steckt den Schlüssel ins Türschloss. Doch Ilaria hält ihn am Ärmel zurück. »Warum? Warum kann es so nicht weitergehen?«

»Weil *wir beide* zu verschieden sind«, erwidert er, dreht sich um und drückt mit einer Hand die Haustür auf.

»Marco! Warte!«, ruft Ilaria ihm hinterher. »Hör dir doch wenigstens an, warum ich gekommen bin.«

»Interessiert mich nicht.«

Sie stellt einen Fuß in die Tür.

»Es interessiert dich wirklich nicht, dass die Größe des Senegalesen nicht mit der des Täters übereinstimmt, der von der Überwachungskamera gefilmt wurde?« Ilaria versucht zu lächeln. »Ich hab sogar geschafft, es dir in hundertfünfzig Zeichen zu sagen. Mehr oder weniger.«

Aber Besana hat ihr schon den Rücken gekehrt. »Nein, es interessiert mich nicht.«

30. Juli

Ein heftiger Sommerregen geht plötzlich auf Mailand nieder. Ilaria sprintet in die nächstbeste Bar. Wo sie jetzt darüber nachdenkt, fällt ihr auf, dass sie seit gestern Abend nichts mehr gegessen hat. Sie begutachtet die Vitrine, die einen deprimierenden Anblick bietet. Es liegen lediglich ein paar Toasts mit gekochtem Schinken und Scheiblettenkäse darin. In ihrem matten Weiß sehen sie aus wie Seife.

»Können Sie mir bitte einen davon warmmachen?«

Sie setzt sich an einen Tisch, das Lokal ist leer. Die rote Satintischdecke ist mit Krümeln übersät, in der Mitte liegt eine fettige, zerknitterte Papierserviette, die niemand weggeräumt hat.

»Zu trinken?«, ruft man ihr vom Tresen zu.

»Eine kleine Flasche stilles Wasser«, erwidert sie automatisch. Dann überlegt sie es sich anders. »Oder nein, einen Spritz. Danke.«

Es ist das erste Mal, dass sie allein einen Aperitif trinkt. Für einen Augenblick muss sie an Besana denken, der ihr diesen Moment des Tages, den man beinah wie ein religiöses Ritual begeht, nähergebracht hat, und daran, wie der Kellner ihr zusammen mit ihrem ersten Spritz ihr erstes Tablet gebracht hatte. Sie zieht es aus der Tasche, die Hülle ist mittlerweile etwas abgegriffen, und streichelt es. Es ist der einzige Weggefährte, der ihr geblieben ist. Und es war ein ganzes schönes Stück Weg, das sie und Besana gemeinsam zurückgelegt haben.

Dann kommt der Toast, er ist völlig verkohlt, aber sie isst ihn trotzdem. Der verwässerte Spritz schmeckt nach nichts, im Glas schaukelt ein Eiswürfel wie ein verirrter Eisberg, sie nimmt den Strohhalm zwischen die Zähne, beißt hinein. Sie hatte gedacht, sie hätte sich fast eine Existenz aufgebaut. Aber nein. Auf einmal steht sie wieder vor dem Nichts. Bei der Zeitung hat man sie nicht genommen – Kompliment, Piatti, Kompliment –, sie wird im August nicht mit dem Mann, den sie liebt, nach Kambodscha fliegen – ich reserviere uns ein Resort! –, und jetzt hat auch noch Besana sie abserviert. Das schmerzt am meisten, von ihm hätte sie einen solchen Verrat nicht erwartet. Sie beißt fester auf den Strohhalm.

Dann leuchtet auf dem Tablet etwas auf. Eine Erinnerung. Ein Eintrag im Kalender. *Morgen, 16:30 (zum Öffnen hier klicken)*. Sie braucht den Kalender nicht zu öffnen, sie weiß genau, dass sie morgen zusammen mit einem Immobilienmakler in das Haus zurückkehren wird, in dem ihre Mutter ermordet wurde, und sie zu den Interessenten sagen wird: Sehen Sie nur, wie hell es ist, so viele Fenster. Und einen Garten gibt es auch! Dann werden sie die Quadratmeter berechnen, über die Stromleitungen diskutieren, die nicht mehr der Norm entsprechen, und einen Preis festlegen für das, was sie darin erlebt hat. Kann sie sich überhaupt noch vor etwas fürchten?

Sie steht auf und geht stolz erhobenen Hauptes zur Kasse und bezahlt den verbrannten Toast und den verwässerten Spritz. Sie öffnet energisch ihr Portemonnaie und lässt sogar ein Trinkgeld da.

Teil zwei
August

8. August

»Was willst du?«, fragt Besana unfreundlich.

»Es gibt Neuigkeiten von einer gewissen Tragweite«, sagt Ilaria. »Ich muss dich sehen.«

»Das geht nicht. Ich bin im Ausland.«

»Und wo?«

»In der Schweiz«, erwidert er kurz angebunden.

»Ah, verstehe«, sagt Ilaria. »Sie hat dich in ihr Haus eingeladen.«

»Das geht dich nichts an.«

»Es geht mich sehr wohl was an. Kauf dir den *Blick*, wenn du schon mal da bist.«

»Dieses Käseblatt?«

»Lies die Schlagzeile auf der ersten Seite. Es hätte unsere Schlagzeile sein können. Soll ich es dir vorlesen? *Im Gletscher aufgefundener Italiener wurde vergiftet.*«

»Warte, ich ruf dich zurück.«

Besana nimmt Becks an die Leine und sagt Vittoria, dass er einen Moment rausmüsse. Ehe er Ilaria zurückruft, geht er am Bahnhof vorbei, um die Zeitung zu kaufen. Er wirft einen Blick auf die Titelseite und steckt sie in die Tasche. Dann holt er sein Handy heraus. »Du musst es mir übersetzen«, sagt er zu Ilaria.

»Es werden keine Namen genannt, aber es ist klar, von wem die Rede ist. Bei der toxikologischen Untersuchung hat man Spuren von Aconitin gefunden. Normalerweise wird danach gar nicht gesucht, aber vor einer Woche hat man seinen Rucksack gefunden, und da war anscheinend ein Arzneifläschchen Aconitum Remedy 201 drin, gegen Sinusitis und Trigeminusneuralgie. Die Kantonspolizei hat den Inhalt analysieren lassen: Es war keine homöopathische Dosis.«

»Also hat man eine zweite Obduktion angefordert?«

»Genau.«

»Scheiße«, sagt Besana. »Vittoria hat mir nichts davon erzählt, wahrscheinlich weiß Brunella es noch gar nicht.«

»Ich denke, ich werde auch mal einen Abstecher in die Schweiz machen«, sagt Ilaria. »Ich weiß, dass du sehr beschäftigt bist, aber einen Spritz wirst du mir doch nicht ausschlagen? Ich komme heute Abend an.«

»Becks wird sich freuen, dich zu sehen.«

»Du nicht?«

»Nach allem, was du mir an den Kopf geworfen hast …«

»Ich? Wenn überhaupt, warst du es doch, der …«

»Schon gut, Piattola.« Besana legt eine Pause ein. »Ich warte auf dich.«

Ilaria beendet die Verbindung und blickt versonnen auf ihr Handy, würde es am liebsten küssen. Es ist also nicht vorbei. Na also, sagt sie zur Wand gegenüber. Die Wand, an der sie ein Foto von Besanas Hund aufgehängt hat, den sie mittlerweile auch ein bisschen als den ihren betrachtet. Sie weiß, dass sie manchmal etwas kindisch ist. Aber das ist auch ihre Stärke. Sie ist nicht berechnend, sie boxt sich nicht durch. Sie fühlt. Das ist ihr eigentlicher Motor. Sie fühlt. Sie fühlt und macht einfach immer weiter. Sie fühlt und wird niemals aufhören.

8. August

Als Besana zurückkommt, steht Vittoria bereits mit umgehängter Handtasche in der Tür. »Ich muss sofort zu Brunella«, sagt sie, »die Polizei ist bei ihr und stellt ihr Fragen.«

»Ich hab schon gesehen«, erwidert er und zieht den *Blick* aus seiner Jackentasche. Vittoria greift nach der Zeitung und kramt aus ihrer Handtasche hektisch die Brille hervor, lehnt sich an die Wand und beginnt zu lesen. Mit jeder Zeile werden die Sorgenfalten auf ihrer Stirn tiefer. »Was für Schweine«, murmelt sie.

»Das ist unser Job«, erwidert Besana seelenruhig.

»Die tun ja so, als hätte sie ihn umgebracht«, zischt sie und schleudert ihm die Zeitung entgegen.

»He, *ich* hab das nicht geschrieben!«, protestiert Besana.

»Ich muss los.« Vittoria eilt zur Tür.

»Soll ich mitkommen?«

»Ich fahr lieber alleine«, erwidert Vittoria. »Brunella ist bestimmt völlig fertig.«

»Na gut, ich warte hier auf dich.«

Sobald er allein ist, sucht Besana auf seinem Handy die Nummer seiner Freundin, der Toxikologin, heraus.

»Hallo, Anna.«

»Wo steckst du denn die ganze Zeit? Du hast ja seit Wochen nichts von dir hören lassen.«

»Ich bin mit meinem Sohn im Urlaub«, lügt er. »Bist du noch in Mailand?«

»Bei der Hitze, bist du verrückt? Ich bin am Meer, mit Freundinnen in Sizilien.« Dann hält sie misstrauisch inne. »*Brauchst* du etwas?«

»Na ja, eigentlich schon«, beginnt Besana verlegen.

»Dann raus mit der Sprache.«

Rasch bringt er sie auf den neuesten Stand.

»Sieh an«, erwidert Anna. »Von Aconitin hab ich schon lange nicht mehr gehört. Zu Kaiser Trajans Zeit war es so verbreitet, dass er schließlich den Blauen Eisenhut in Privatgärten verbot. Man tränkte sogar Pfeilspitzen damit. Heute ist es etwas aus der Mode gekommen.«

»Ist es ein starkes Gift?«

»Allerdings«, erwidert Anna. »Schon weniger als sechs Milligramm können zum Tod führen.«

»Ist es geschmacklos?«

»Nein, ganz im Gegenteil, normalerweise merkt man es sofort. Es schmeckt bitter und brennt, und der Mund wird leicht taub.«

»Und was sind die Symptome?«

»Atmung und Herzschlag verlangsamen sich, der ganze Körper beginnt zu kribbeln. Schließlich kommt es zu Muskellähmung, Sehstörungen, Ohrensausen, Atemlähmung. Ein furchtbarer Tod.«

»Langsam?«

»Nein, es geht sehr schnell.«

»Scheiße«, sagt Besana, weil ihm nichts Besseres einfällt.

»War's das? Kann ich jetzt schwimmen gehen?«

8. August

Gegen sechs Uhr abends kommt Vittoria nach Hause. Sie zieht Jacke und Schuhe aus und lässt sich erschöpft aufs Sofa fallen.

»Wie war's?« Besana schenkt ihr ein Glas Pouilly-Fumé ein.

»Brunella ist am Boden zerstört«, erwidert Vittoria und trinkt einen Schluck Wein. Dann lässt sie den Kopf gegen die Sofalehne sinken und legt die Füße auf Marcos Schoß, der sie zu streicheln beginnt. Es sind die gepflegtesten Füße, die er je gesehen hat. Er lässt die Fingerkuppen über den roten Nagellack und über die weiche und nach Creme duftende Haut gleiten.

»Verdächtigt man sie?«

»Aber nein. Sie war in New York, als es passiert ist. Als man sie angerufen hat, um sie zu informieren, dass ihr Mann vermisst wird, ist sie in Panik geraten. Ich musste für sie den ersten Flug nach Zürich buchen, sie war zu nichts mehr in der Lage.«

»Also hat man sie als Zeugin befragt.«

»Ja, soweit sie überhaupt Auskunft geben konnte. In der Hinsicht war Mary hilfreicher.«

»Wer?«

»Die Haushälterin. Sie wusste noch, dass Giacomo eine Trigeminusneuralgie hatte und darüber geklagt hat, dass sein homöopathisches Mittel leer sei. Er ist noch am Tag vor seiner Bergtour in die Apotheke gegangen. Die Angestellten konnten sich noch gut an ihn erinnern, weil er damit geprahlt hat, dass er über den Gletscher auf den Munt Pers wandern wollte.«

»Nach zwei Jahren konnten sie sich noch daran erinnern?«

»Ja, weil zwei Tage später bekannt wurde, dass er verschwunden war. Das stand gleich auf der ersten Seite der *Endaginer Post*. Über solche Dinge redet man hier im Tal eben, es passiert ja sonst nichts.«

»Könnte es nicht auch Suggestion sein? Oft wird die Erinnerung von Zeugen unter dem Eindruck eines Verbrechens nachträglich verfälscht.«

»Die Polizei hat den Computer der Apotheke und Giacomos Kreditkartenabrechnungen überprüft. Im Moment haben sie den Inhaber der Apotheke in der Mangel.«

»Könnte der Fehler nicht auch beim Hersteller liegen?«

»Auch das hat man in Betracht gezogen. Zumindest behauptet der Apotheker das. Sie werden vermutlich auch das Werk überprüfen.«

»Was denkt Brunella darüber?«

Vittoria lächelt. »Brunella denkt nicht. Sie regt sich auf, und das hindert sie daran nachzudenken. Sie ist sensibel und impulsiv, sie dreht schon wegen einer Lappalie durch. Da kannst du dir vorstellen, was jetzt los ist.«

»Und was denkst du?«

»Dass es ein Unfall gewesen sein kann«, sagt Vittoria ruhig. »Und dass sich ein Pharmaunternehmen derartige Zwischenfälle nicht erlauben kann.«

»Und wenn ihn jemand absichtlich vergiftet hat?«

»Wie hätte er das machen sollen? Nur wenige Leute klettern da rauf. Giacomo war ein erfahrener Bergsteiger, kaum einer konnte mit ihm mithalten. Ehrlich gesagt war er ziemlich verrückt. Wenn er von seinen Touren erzählte, standen Brunella und mir die Haare zu Berge. Und er war leichtsinnig, er ging wirklich bei jedem Wetter in die Berge, egal ob es schneite oder stürmte.«

»Das mag ja alles sein«, beharrt Besana, »aber es hätte doch auch schon unten im Tal jemand das Arzneifläschchen manipulieren können. *Bevor* er losgegangen ist.«

»Und wer hätte das tun sollen?«

»Das frage ich dich. Hatte er Feinde?«

»In der Finanzwelt garantiert. Aber solche Leute haben andere Mittel, jemanden aus dem Weg zu räumen, das versichere ich dir.«

Besana hält inne, um auf sein Handy zu sehen, er hat gerade eine Nachricht bekommen.

»Wer ist das?«, fragt Vittoria misstrauisch.

»Mein Sohn.« Er hebt das Handy hoch, um ihr das Foto eines Jungen und eines Mädchens zu zeigen. »Ein Selfie mit seiner Freundin. Ich wusste nicht mal, dass er eine Freundin hat. Das ist seine Art, es mir mitzuteilen.«

»Hübsch, die zwei. Stellst du ihn mir irgendwann mal vor?«

»Natürlich«, sagt Besana, obwohl er es lieber nicht tun würde, und so wechselt er schnell das Thema. »Gehst du heute Abend wieder zu Brunella?«

»Wahrscheinlich. Sie ist nur noch ein Häufchen Elend.«

»Macht es dir etwas aus, wenn ich mich zum Essen mit Ilaria treffe?«

»Warum, ist sie hier?«

»Wir müssen auch etwas schreiben. Das weißt du doch, oder?«

»Also war das ein Interview?«

»Wofür hältst du mich? Ich werde mit der Polizei sprechen, dich werde ich gar nicht erwähnen.«

»Ich will den Artikel vorher sehen.« Vittoria nimmt ihre Füße von Besanas Schoß. Mit nur einer Geste kann sie anderen zu verstehen geben, ob sie mit etwas einverstanden ist oder nicht. Aber er lässt sich nicht einschüchtern, er greift mit beiden Händen nach ihren Füßen und hält sie daran fest wie einen Stallhasen.

Sie sehen sich in die Augen.

»Fordere mich nicht heraus«, sagt er.

Vittoria legt den Kopf in den Nacken und lacht laut auf. »Was für ein Mann.«

8. August

»Curryhühnchen? Bist du sicher?«, fragt Besana.

»Warum nicht, wir sind beim Thailänder«, erwidert Ilaria. »Meinst du, es schmeckt nicht?«

»Doch, doch, es ist bestimmt sehr gut. Ich musste nur gerade daran denken, dass eine Frau mal Aconitin ins Curry getan hat.«

»Aconitin ins Curry?« Die Gabel auf halbem Weg zum Mund, hält Ilaria inne. Vielleicht sollte sie sich doch lieber gebratenen Reis mit Gemüse bestellen.

»Genau«, entgegnet Besana seelenruhig, er hat ja auch Garnelen in Mangosauce vor sich stehen. »Die Curry-Killerin. Eine in London lebende Inderin, die ihren Ex-Freund vergiftet hat. Sie ist zu ihm nach Hause gegangen und hat Aconitin-Pulver in ein Curry getan, das er im Kühlschrank stehen hatte. Und dann hat sie abgewartet, dass er es mit seiner neuen Freundin isst.«

»Ist sie auch gestorben?«

»Nein, sie konnte gerade noch gerettet werden. Schmeckt es dir nicht?«

»Ich hasse dich. Immer verdirbst du mir den Appetit.«

»Möchtest du lieber meine Garnelen mit Tropomyosin?«

Mit einem Seufzen stützt Ilaria die Stirn in die Hand. Aber sie lacht.

»Ich habe mit Grace gesprochen«, verkündet Besana. »Erinnerst du dich noch an meine Freundin Grace, die Kriminologin?«

»Wie könnte ich sie je vergessen? Hat sie dir ein Profil erstellt? Das könnte uns weiterhelfen.«

Aufgeregt rutscht Ilaria auf ihrem Stuhl hin und her.

»Sie war gerade auf einer Tagung und hatte wenig Zeit, aber sie hat mir trotzdem eins gemacht.«

»Und? Was sagt sie?«

»Sie meint, dass du recht haben könntest, Piatti. Aber bild dir nicht zu viel drauf ein.«

»Sie denkt also auch, dass es ein Serienmörder sein könnte?«

»Richtig, mit Betonung auf *könnte*«, gibt Besana zu.

»Und das Profil?«

»Ehrlich gesagt hat sie mir gleich mehrere genannt. Wir haben noch zu wenig in der Hand. Giftmörder sind eine sehr komplexe Spezies.«

»Also? Schieß los.«

»Zunächst einmal unterscheidet man zwei Kategorien von Giftmördern. Typ S und Typ R.«

»Wofür steht das? Schlange und Ratte?«

»Du redest immer einen Unsinn, Piatti. S steht für *Specific Victim*, sprich, der Täter will jemand Spezielles vergiften, und R für *Random Victim*, er wählt seine Opfer zufällig aus. Zum Beispiel jemand, der Gift in Trinkwasseranlagen gibt. Allerdings lässt sich das nicht immer so leicht unterscheiden, denn es gibt auch noch den Giftmörder, der sich gewissermaßen tarnt und so tut, als gehöre er zur Gruppe *Random*, damit der Eindruck entsteht, es habe sein Opfer nur zufällig erwischt. Grace hat mir von einem Typen aus Texas erzählt, der seinen Sohn umgebracht hat, um die Lebensversicherung zu kassieren, die er für ihn abgeschlossen hatte. Er hat Halloweenbonbons mit Blausäure präpariert und sie auch an andere Kinder des Viertels verteilt. Sie sind alle im Krankenhaus gelandet, und sein Sohn ist gestorben.«

»Ach du liebe Güte.«

»Außerdem meint Grace, dass es gar nicht stimmt, dass die Mehrzahl der Giftmörder Frauen sind, wie man gemeinhin annimmt. Nach der Statistik der aufgeklärten Fälle sind es tatsächlich mehr Männer als Frauen. Aber vielleicht sind die Frauen auch einfach cleverer und lassen sich nicht so schnell erwischen.«

»Und wie sollten sie das anstellen?«

»Indem sie unbekanntere Gifte verwenden. Wenn man statt Arsen, Blausäure, Strichnin, Thallium oder anderen Schwermetallen gewisse andere Substanzen benutzt, wird man nicht zwingend entdeckt.«

»Also wie die Alte mit dem Essig.«

»Genau, wie die Alte mit dem Essig. Und weißt du, warum?«

»Nein.«

»Weil bei einer Obduktion nur eine toxikologische Routineuntersuchung durchgeführt wird. Wenn man also nicht gezielt nach etwas Bestimmtem sucht, sucht man lediglich nach Substanzen aus der Standardtabelle.«

»Und deshalb hat man nicht nach Aconitin gesucht, bevor man den Rucksack gefunden hat?«

»Exakt.«

»Wenn man also nicht nach etwas Speziellem sucht, findet man es auch nicht.«

»Es ist wie die Suche nach der Nadel im Heuhaufen.«

»Und was hat sie dir zum Profil des Giftmörders gesagt?«

»Der ist wie alle Mörder ein narzisstischer Psychopath bar jeglicher Empathie. Grace zufolge unterscheidet er sich nur durch zwei Dinge. Erstens: Er will mit seinem Opfer nicht körperlich in Kontakt treten. Wenn du jemandem ein Messer in den Bauch rammst, ihn erwürgst oder erschießt, hast du zwangsläufig unmittelbaren Kontakt zu dem Opfer. Der fällt hier weg. Oftmals sieht der Täter sein Opfer nicht einmal sterben.«

»Er ist also ein Feigling. Und das Zweite?«

»Giftmörder kommen für gewöhnlich aus dem Bereich der Medizin oder Chemie. Das heißt, sie sind bis zu einem gewissen Grad mit giftigen Substanzen vertraut. Sie wissen, wo sie sie herbekommen, wie sie sie einsetzen müssen, wie sie wirken.«

»Ich könnte das gar nicht.«

»Ich weiß, Piatti, aber du bist auch kein Maßstab. Du kannst vieles nicht. Du kannst nicht mal Auto fahren. Oder kochen.«

»Danke.«

»Was ich damit sagen will: Man braucht schon sehr spezielle Kenntnisse, fast ein Studium. Und, ganz wichtig, man muss die Gewohnheiten der Opfer sehr gut kennen. Wenn du jemanden mit Tropomyosin töten willst, musst du ja zunächst einmal wissen, dass die Person gegen Schalentiere allergisch ist. Das Gleiche gilt für Aconitin: Dir muss bekannt sein, dass der oder die Betreffende homöopathische Tropfen einnimmt.«

»So gesehen ist der einzige Mord, der nicht in diese Reihe passt, der an Marta Guerra.«

»Grace meint, dieser Mord sei gar nicht so weit weg vom Profil, denn immerhin hat der Täter sie von hinten überfallen, und es war dunkel. Sie sagt, der plötzliche Wechsel des Modus Operandi könne auf einen Wutausbruch zurückzuführen sein, oder er war schlicht nötig geworden, um einer unbequemen Zeugin den Mund zu stopfen.«

»Genau das habe ich doch gesagt«, erwidert Ilaria. »Noch was, um ihn einzugrenzen?«

»Ach ja, ich vergaß. Grace zufolge sind Giftmörder in der Regel infantil und unreif. Nicht zufällig ist Gift die bevorzugte Waffe Jugendlicher, die manchmal auch einfach nur einen Spaß machen wollen, der tragisch endet.«

Ilaria nickt. »Okay. Feige und infantil. Und vom Typ S. Die Opfer scheinen mir nicht zufällig ausgewählt.«

»Ich denke, du hast recht. Oder aber der Typ, der sich tarnt, also einer, der vorgibt, zur Kategorie *Random* zu gehören, tatsächlich aber zur Kategorie *Specific* gehört.«

»Du meinst, jemand, der es auf ein einziges Opfer abgesehen hat und die anderen nur tötet, um Verwirrung zu stiften?«

»Richtig. Wenn ich es mir allerdings recht überlege, haut das doch nicht hin.«

»Warum?«

»Weil mir scheint, dass unser Mörder alles daransetzt, damit diese Todesfälle eben nicht miteinander in Verbindung gebracht werden.«

8. August

»Bis morgen«, sagt Besana, als er Ilaria vor dem Hotel absetzt. Sie winkt noch einmal, ihre Augen lachen. Er ist glücklich. Die Gespräche mit Piatti haben ihm gefehlt. Im Grunde kann er über manche Dinge nur mit ihr reden. Die Kriminalreportage ist wie eine Krankheit: Wer nicht infiziert ist, kann es nicht verstehen. Nur Menschen wie sie können Stunden über Mordfälle reden, ohne je das Bedürfnis zu verspüren, das Thema zu wechseln.

Er bereut es, sie schlecht behandelt zu haben. Das hat sie nicht verdient. Wenn er nur mal ein bisschen ehrlich zu sich ist, muss er sich eingestehen, dass ihre Beziehung sich verändert hat. Es ist längst nicht mehr so eindeutig, wer wem hilft. Ohne Ilaria hat er sich sehr einsam gefühlt. Im Grunde genommen hat sie sehr viel mehr Möglichkeiten als er, andere Kollegen zu finden, mit denen sie diese Leidenschaft teilen kann. Zum ersten Mal wird ihm bewusst, dass er eifersüchtig ist. Er stellt sich Ilaria mit jemand anderem an ihrer Seite vor, vielleicht jünger als er. Und erkennt, dass ihm schon der Gedanke unerträglich ist. Im Geiste geht er die gesamte Redaktion durch, um mögliche Kandidaten der Reihe nach auszuschließen. Auch die Frauen. Die Martinelli? Nein. Zu selbstbezogen und ehrgeizig. Die würde ihrer eigenen Mutter Nachrichten stehlen. Völlig ungeeignet für jede Teamarbeit, zum Glück. Gavino? Dieser Idiot? Aber er sollte ihn nicht unterschätzen, er schmeichelt sich überall ein. Entgegenkommend, zu allen freundlich, wenn auch ohne Schneid und ohne Talent. Wenn der erst einmal merkt, dass Ilaria sehr viel begabter ist als er, wird er sie ihm wegschnappen. Oder nein, er ist viel zu dumm, um überhaupt zu bemerken, dass jemand anders intelligenter ist als er. Er kann ganz beruhigt sein. Milesi, der alte Fuchs, hat glücklicherweise zum Fernsehen gewechselt. Und um nicht Gefahr zu laufen, in Kurzarbeit geschickt zu werden, hat er sich gleich eine eigene Sendung geben lassen. Und wenn er sie in seine Redaktion holen würde? Herrje. Obwohl, Ilaria ist nicht fotogen. Brillant im Schreiben, aber vor der Kamera sprechen, nein, sie würde sofort zu stottern beginnen. Da ist Ferrucci schon gefährlicher. Er ist in Ilarias Alter, aber sehr viel selbstbewusster als sie. Und vor allem ist er der Sohn des ehemaligen Chefredakteurs. Er bekommt viel Unterstützung von zu Hause und ist gut gerüstet. Zum Glück fast zu gut. Dem Himmel sei Dank hat Ilaria null Glamour. Und auch keine Macht. Besana seufzt erleichtert. Vielleicht hat er sie doch noch eine Weile für sich allein. Dieses großartige Ausnahmetalent, das bisher noch niemandem aufgefallen ist. Fast fühlt er sich ein bisschen egoistisch. Doch selbst wenn er es nicht wäre, könnte er nicht viel für sie tun. Denn inzwischen ist er derjenige, der nicht mehr zählt. Glücklicherweise liebt er seine Arbeit, alles andere interessiert ihn nicht. Ohne je daran zu denken, was dabei herausspringt. Ilaria ist wie er, sie gehören beide einer anderen Spezies an. Ihnen bleibt gar nichts anderes übrig, als einander zu erkennen.

8. August

Ilaria kommt in ihr fast schon zu einladendes Zimmer. Die Bettdecke an einer Ecke zurückgeschlagen, auf dem Nachttisch ein Gute-Nacht-Schokoladentäfelchen, schon wieder frische Handtücher. Bei so viel Fürsorge fühlt sie sich nur noch einsamer.

Sie denkt an Nicola. Sie haben sich versöhnt, aber trotzdem ist er jetzt nicht hier bei ihr, sondern mit seiner Frau im Urlaub. Wo sie wohl sind? In einem Luxushotel, das sie jeden Abend mit den gleichen liebevollen und unpersönlichen Ritualen empfängt wie jedes Hotel? Essen sie gerade gemeinsam die Schokolade? Tauschen sie die frisch ausgerollten Handtücher? Schlagen sie sinnlich lachend das akkurat gemachte Bett auf, befreien es von den überzähligen Kissen?

Sie hat große Lust, diesen warmen Empfang zunichtezumachen. Sie nimmt die Kissen und schleudert sie zu Boden. Wirft ihre Portion Schokolade und Endorphine im hohen Bogen in den Mülleimer wie in einen Basketballkorb. Aus Trotz gegenüber sich selbst oder gegenüber den Regeln zerwühlt sie die Handtücher. Diese Art der Zuwendung braucht sie nicht. Da verzichtet sie lieber ganz. Wenn sie könnte, würde sie auch die Glühbirnen kaputtschlagen. Dieses gedämpfte Licht ist einfach unerträglich, wenn man niemanden hat, den man voller Liebe ansehen kann, ohne dass ein Scheinwerfer auf seine Fehler gerichtet wird. Sie wirft einen Blick auf ihr Handy, das auf dem Nachttisch liegt wie eine Provokation, eine Einladung, ein Schokoladentäfelchen. Nein, sie darf keine Nachricht schicken. *Tu es nicht. Tu es nicht*. Schnell schaltet sie den Fernseher ein, um sich abzulenken. Leider erwischt sie prompt die falsche Sendung.

Ein altes Ehepaar erzählt von seiner Liebe, sie halten sich an den Händen. Sie hat noch nie ein altes Liebespaar gesehen. Ihr Vater hat ihre Mutter umgebracht, bevor sie alt werden konnte. Ihre Großmütter waren Witwen, ihre Großväter hat sie nie kennengelernt, sie waren lediglich virtuelle Verwandte, die sie nie in den Arm genommen haben. Ihre Tante hat sich gerade scheiden lassen. Und sie selbst hat eine Beziehung mit ungewissem Ausgang. Zwischen ihnen ist etwas, was sie nicht benennen kann. Sie weiß nur, dass da Zärtlichkeit ist, das spürt sie.

Sie wird wütend. Es ist einfach nicht fair. Ganz und gar nicht. Sie dreht sich nach dem verlockenden Handy um. Auch das Telefon sieht sie an, mit der Unschuld eines Freundes, der dich niemals verraten wird. Sie weiß genau, dass sie in Teufels Küche kommen wird. Aber sie kann nicht widerstehen.

Fahr zur Hölle, schreibt sie wütend. Sie überlegt einen Moment, ihre Verwirrung steigt. Es ist aus mit uns, fügt sie dann schnell hinzu. Leider schickt sie die Nachricht ebenso schnell ab. Und bereut es sofort. Noch könnte sie sie löschen, aber nein, die Nachricht wird bereits gelesen. Und prompt kommt die Antwort. Warum soll ich zur Hölle fahren? Ilaria schließt die Augen und denkt nach. Die Erklärung, die sie im Sinn hat, ist zu lang, zu komplex. Sie müsste bei einem Schokoladentäfelchen auf dem Kissen anfangen und ihrer Mutter, die nicht alt geworden ist. Dann stellt sie fest, dass die

Nachricht von Besana ist. Und bricht in Gelächter aus. Sie hat dem Falschen geschrieben. Sie lacht und lacht, in ihrem Kopf erklingt ein Walzer, ein französisches Lied. *La valse d'amour* von Edith Piaf. Als sie in ihrem Zorn den Fernseher ausschalten wollte, hat sie versehentlich das Radio angemacht. Sie muss noch mehr lachen. Entschuldige, die Nachricht war nicht für dich, schreibt sie an Besana. Sie sieht, dass er schreibt. Innehält. Dann weiterschreibt. Dann aufhört. Noch immer ist die Reaktion ungewiss. Ilaria wartet, der Hals schon ganz steif vor Anspannung. Gute Entscheidung, antwortet Besana, aber heb dir diese Worte auf, bis du der Person, für die sie bestimmt sind, gegenüberstehst und ihr in die Augen siehst. Handys sind teuflische Instrumente, trau ihnen nicht. Vertrau nur mir.

9. August

Es sieht aus, als könnte es jeden Moment zu regnen beginnen. Der Himmel ist grau, die Wiesen und Wälder leuchten in einem intensiven Grün, der Wind kräuselt die Oberfläche der Seen, dunkel wie flüssiges Blei.

Ilaria, Marco und Vittoria spazieren am Silsersee entlang. Immer wieder springt Becks ins Wasser, kommt wieder angetrabt, schüttelt sich neben ihnen aus und spritzt dabei alle nass, worauf er abermals verschwindet und mit einem Ast im Maul zurückkehrt. Jetzt sehen sie, wie er sich mit einer alten Frau in langem Rock und

Stiefeln, auf dem Kopf ein Filzhut mit Fasanenfeder, unterhält. Er kläfft, während sie mit erhobenem Zeigefinger mit ihm spricht.

»Das ist ja Elsa«, sagt Vittoria, als sie sich ihnen nähern.

»Eine Freundin von dir?«

»Ja, Elsa Cattaneo. Sie ist ein bisschen verrückt.«

Als sie sie erreichen, redet die alte Frau immer noch auf Becks ein, der vor ihr sitzt und ihr mit hängenden Ohren zuhört.

»Pass schön auf, mit Wolfseisenhütli haben die Bauern Wölfe, Füchse und ungezogene Hunde wie dich getötet«, sagt sie und dreht sich um.

»Ist das Ihrer? Er wollte gerade im Blauen Eisenhut herumtoben. Ich hab versucht, ihm zu erklären, dass er das nicht tun soll. Es ist schon gefährlich, ihn nur zu berühren, auch wenn man nicht gleich daran stirbt, aber man kann sich vergiften.« Nun erst bemerkt sie Vittoria. »Ach, hallo, Vicky! Ich dachte schon, ich wäre die Einzige, die bei dem Wetter unterwegs ist.« Sie deutet mit dem Kinn zu den Gipfeln des Julierpasses, über denen sich Blitze entladen.

»Welcher ist denn der Blaue Eisenhut?«, erkundigt sich Ilaria.

»Diese herrliche lila Blume, Liebes«, erwidert Elsa. »Sieh mal, da drüben kannst du dir eine ganze Gruppe aus der Nähe ansehen. Aber nicht anfassen.«

Ilaria betrachtet die Blumen, die so groß sind wie sie.

»Siehst du? Die Blüten sehen aus wie Helme«, erklärt Elsa, wobei sie ihr eine Hand auf die Schulter legt. »Daher der Name. Die Engländer nennen ihn *Devil's*

Helmet, Teufelshelm, oder *Monk's Hood*, Mönchskapuze.«

»Sie sind wunderschön«, sagt Ilaria.

»Ich weiß«, erwidert die alte Frau. »Nach Ovid soll der Samen aus dem Speichel des Zerberus stammen. Der botanische Name ist Aconitum Napellus.«

»Und was bedeutet das Napellus?«, fragt Ilaria.

»Das ist abgeleitet lateinisch ›napus‹, Rübe. Sie werden wegen der Form der Wurzel so genannt, aus der im Übrigen das Gift gewonnen wird.«

Misstrauisch begutachtet Besana die Pflanze. »Ich kann eine Geranie nicht von einer Azalee unterscheiden«, murmelt er.

»Und diese zarte Blüte«, fährt Elsa fort und zeigt Ilaria eine weitere Pflanze, »ist eine Colchicum Autumnale, eine Herbstzeitlose. Aber sie blüht auch im Sommer. Sie ist ebenfalls tödlich.«

»Wirklich?«

»Interessierst du dich für Giftpflanzen, Schatz?«

»Nun ja, sie sind faszinierend.«

»Ganz deiner Meinung«, erwidert die alte Frau und verabschiedet sich. »Ich wünsche noch einen schönen Spaziergang.«

Vittoria tritt zu Marco und Ilaria.

»In ihrem Garten in Sils zieht sie Giftpflanzen«, flüstert sie. »Man nennt ihn auch den *Poison Garden* des Engadin. Aber sie zeigt ihn niemandem.«

9. August

»Essen wir in Isola? Falls es regnet, können wir mit dem Boot zurückfahren«, schlägt Vittoria vor.

Besana willigt sofort ein, er kann es kaum erwarten, ein großes Calanda zu trinken. Als die Kellnerin ein Brettchen mit Bündner Aufschnitt und Alpenkäse bringt, bricht Ilaria das Eis. Sie ist schließlich nicht zu ihrem Vergnügen hier.

»Und Ginevra Landi? Kennst du sie?«, fragt sie geradeheraus.

»Vom Sehen. Sie ist mir nicht besonders sympathisch. Warum fragst du?«

»Weil man letztes Jahr die Leiche ihres Mannes gefunden hat. Ich habe gehört, er soll schon ein Jahr zuvor verschwunden sein.«

»Ja, die Suche wurde nach ein paar Monaten eingestellt. Eigentlich wollte er nur ein bisschen wandern gehen, aber niemand wusste genau, wo. Nicht mal seine Frau. Sie lebten getrennt und sprachen nicht mehr miteinander.«

»Wie ist sie so?«

»Nur so viel: Sie ist zur Beerdigung ihres Mannes eine Stunde zu spät gekommen. Wir standen im strömenden Regen mit der Urne am Inn, aber Madame kam nicht. Wir waren völlig durchnässt, und es war unglaublich kalt. Fast hätten wir die Asche in den Fluss geworfen.«

»Schade«, sagt Ilaria.

»Was ist schade?«

»Dass man ihn eingeäschert hat. Dann kann man ihn nicht mehr exhumieren.«

»Wie schrecklich«, ruft Vittoria. »Warum sollte man denn so was tun wollen?«

»Für eine erneute toxikologische Untersuchung.«

»Ach, Piatti, du wieder mit deinen verrückten Ideen«, seufzt Besana.

Ilaria sieht ihn böse an. »Bitte, Marco.«

Vittoria erstarrt. »Du schreibst doch hoffentlich nicht, dass ich Ginevra Landi nicht leiden kann?«

»Aber nein, ich schreibe doch nicht für die Klatschspalte«, erwidert Ilaria. »Ich berichte über Verbrechen.«

»Livio litt an Bluthochdruck, die Ärzte haben ihm davon abgeraten herzukommen, die Höhenluft war nicht gut für ihn. Vom Bergsteigen ganz zu schweigen. Seine Freunde haben auch mit ihm geschimpft. Du solltest dich besser informieren, Ilaria.«

Als die ersten Tropfen auf die Tischdecke fallen, ist Vittoria bereits aufgestanden. »Wir sollten lieber gehen, das Boot kommt gleich.«

Sie greift nach Becks' Leine, der sofort aufspringt. Die Augen zu Schlitzen zusammengekniffen, und das nicht wegen des Lichts, sieht Ilaria sie an. Sie hasst sie. Jetzt hat sie sogar schon den Hund um den Finger gewickelt.

»Ich gehe zu Fuß zurück«, sagt sie.

9. August

Am späten Nachmittag bekommt Besana eine WhatsApp-Nachricht von Ilaria: *Ich war heimlich im Poison Garden. Ich hab Fotos gemacht. Wir müssen uns treffen, es ist dringend.* Zwanzig Minuten später ist er in der Eingangshalle von Ilarias Hotel, wo sie im Lesesaal auf ihn wartet.

»Bist du verrückt? Das ist Hausfriedensbruch.«

Ilaria zuckt grinsend die Schultern. »Keine Sorge.«

»Wie hast du das gemacht?«

»Der Garten ist von einer Mauer umgeben, auf dem schwarzen Tor sind zwei Totenköpfe und ein Schild: *Achtung! Diese Pflanzen sind tödlich.* Ich habe mich vergewissert, dass keiner zu Hause ist, und bin rübergeklettert.«

»Du bist doch vollkommen übergeschnappt«, schimpft Besana.

»Wenn hier einer übergeschnappt ist, dann sie, glaub mir. Sie hat sich einen Garten angelegt wie den von Alnwick Castle. Willst du die Fotos jetzt sehen oder nicht? Ich hab sogar die botanischen Namen herausgefunden, dank PlantNet, das ist eine Pflanzenbestimmungs-App.«

Besana lässt sich neben ihr nieder und setzt seine Brille auf.

»Das hier ist Ricinus Communis, also Rizinus oder auch Wunderbaum«, erklärt Ilaria, stolz auf ihre frisch erworbenen Giftpflanzenkenntnisse. »Sieh dir nur die schönen Blätter an. Aber sie enthalten Rizin, ein tödliches Gift, das man im Labor extrahieren kann. Schon ein paar winzige Samen genügen, um jemanden zu töten.«

»Ich weiß«, erwidert Besana. »Die bulgarischen Geheimdienste haben damit 1978 einen regimekritischen Journalisten ausgeschaltet, der nach London geflohen war. Man hat ihm eine Regenschirmspitze ins Bein gerammt. Da war eine mit Rizin gefüllte Kapsel drin. Drei Tage später war er tot.«

»Ist sie nicht zauberhaft? Schau mal, was für schöne Blüten sie im Sommer bekommt. Stachelige rote Kugeln. Sehen sie nicht niedlich aus?«

»Vergiss es, Piatti. Du hast doch nicht mal einen Balkon. Mach weiter.«

»Das hier ist Atropa Belladonna, die Schwarze Tollkirsche. Sie bringt diese schönen schwarzen Beeren hervor, siehst du sie? Schon vier Stück davon können ein Kind töten. Früher träufelten sich die Venezianerinnen ihren Saft in die Augen, um ihre Pupillen zu vergrößern. Es sollte ihnen einen verführerischen Blick verleihen, daher der Name Belladonna, schöne Frau. Das ist die Wirkung des Atropins, einer der Substanzen, die in den Beeren enthalten sind. Nur dass man irgendwann davon blind wird. Ich hätte die lila Blütenblätter so gern berührt, aber man sollte den Hautkontakt besser vermeiden. Schade.«

»Ich hoffe, du hast nichts angefasst.«

»Nein, natürlich nicht. Ich bin nur auf dem Rückweg beim Klettern gestürzt. Zum Glück bin ich auf den Kiesweg gefallen, ich hab nur ein paar kleine Schrammen.« Ilaria geht zum nächsten Foto über. »Das ist Ruta graveolens, Weinraute. Eine ziemlich verbreitete Pflanze.

Aber wenn man ihren Stempel berührt und dann in die Sonne kommt, bilden sich Blasen an den Händen. Man muss also Handschuhe anziehen, wenn man keine Verbrennungen dritten Grades will. Und das ist Lorbeer, erkennst du ihn?«

»Lorbeer ist auch giftig?«

»Natürlich nicht Laurus nobilis, unser Küchenlorbeer. Das hier ist Prunus laurocerasus, Kirschlorbeer, den man für Hecken verwendet. Die Blätter enthalten Cyanid. Damit hat man im neunzehnten Jahrhundert Schmetterlinge getötet. Man hat sie gefangen und mit ein paar Kirschlorbeerblättern in ein Marmeladenglas getan.«

»Das wusste ich nicht.«

»Ich war auch im Gewächshaus, wo sie die kälteempfindlichen Pflanzen züchtet, wie zum Beispiel Brugmansia. Sind das nicht fantastische Blüten? Sie werden auch Engelstrompeten genannt, obwohl sie mit Engeln wirklich nichts zu tun haben. Sie enthalten Scopolamin, ein halluzinogenes Alkaloid. Früher haben englische Ladys ihren Freundinnen ein bisschen Scopolamin in den Tee gegeben, um sie dazu zu bringen, ihnen ihre Geheimnisse anzuvertrauen.« Sie lacht.

»Du musst auch was davon eingeatmet haben, Piatti.«

»Schon möglich. Sieh mal, das ist Hyoscyamus, schwarzes Bilsenkraut. Sein beißender Geruch kann Übelkeit und sogar Ohnmacht hervorrufen. Ich kann dir nicht empfehlen, es zu essen, die Wirkungen sind noch schlimmer: Sehstörungen, Erbrechen, Halluzinationen, Krämpfe, manchmal sogar komatöse Zustände und im schlimmsten Fall Tod durch Atemlähmung. Shakespeare lässt Hamlets Vater so sterben. Jemand träufelt ihm im Schlaf Bilsenkraut ins Ohr. Und natürlich habe ich auch die Königin aller Giftpflanzen gefunden: Aconitum, der Blaue Eisenhut. Hier ist er. Aber den kennen wir ja bereits.«

9. August

Ilaria hat nicht die geringste Lust, bei Vittoria zu Abend zu essen, wie Besana ihr vorgeschlagen hat. Da isst sie lieber alleine. Sie erkundigt sich im Hotel nach einem preiswerten Restaurant, in dem Einheimische verkehren, und man empfiehlt ihr eine von Portugiesen geführte Pizzeria. Das Lokal ist voller lärmender Gruppen. Sie sucht mit dem Blick nach einem freien Tisch und entdeckt Dafne, die junge Frau, die sie ins Hotel gebracht hat, als ihr nicht gut war. Sie sitzt in einer Ecke vor einem Krug Bier. Ilaria geht zu ihr und begrüßt sie. »Wartest du auf jemanden?«

»Nein, ich esse immer alleine. Du kannst dich gern zu mir setzen.« Und mit den Worten reicht sie ihr die Karte. »Ich hab schon bestellt.«

»Was nimmst du?«

»Salamipizza, Rösti mit Ei, Wienerli und Pommes.«

»Wow.« Ilaria reißt die Augen auf. »Wie schaffst du es da, so schlank zu bleiben?«

»Ich wandere viel, jeden Tag frühmorgens und vor Sonnenuntergang.«

»Ich glaube, ich nehme einen Salat und eine Gerstensuppe.«

In diesem Moment bekommt Ilaria eine WhatsApp und wird blass. Sofort zittern ihr die Hände, auch wenn es nur ein banales *Du fehlst mir* ist.

»Fühlst du dich nicht gut?«

»Doch, doch, alles in Ordnung.«

»Komm schon, raus mit der Sprache. Ist es ein Mann?«

»Ja. Leider verheiratet.« Ilaria senkt den Blick.

»Und du kommst da nicht raus.«

»Ich hab es oft versucht.«

»Ich kann dir helfen«, sagt Dafne mit einem Lächeln.

»Und wie?«

»Mit Hypnose. Oder mit Bioenergetik, wenn dir das lieber ist. Oder mit kreativer Visualisierung und anderen Techniken der psychologischen Körperarbeit. Das ist mein Job.«

»Ach ja, richtig, du bist Life-Coach.« Ilaria lächelt.

»Was glaubst du, warum ich mit Vittoria und Brunella zu tun habe? Sonst habe ich mit Leuten wie denen herzlich wenig zu schaffen. Wir haben nichts gemeinsam.«

»Eindeutig. Du bist völlig anders, zum Glück.«

»Du auch. Du bist auch nicht wie diese arroganten Journalisten, die ich auf ihren Partys sonst so treffe.«

»Wie alt bist du, Dafne?«

»Siebenundzwanzig.«

»Genau wie ich!«

Plötzlich ist Ilaria ganz aufgeregt. Endlich jemand in ihrem Alter, der ihr auch noch ähnlich ist.

»Bist du wegen dieser Geschichte mit dem Aconitin zurückgekommen? Vittoria hat mir davon erzählt. Mit einem Verbrechen hat wirklich niemand gerechnet.«

»Und nicht nur eins!«, ruft Ilaria spontan aus. Und bereut es sofort. Aber es ist zu spät.

»Warum? Hab ich was verpasst?«

Ilaria weiß nicht, ob sie ihr vertrauen kann. »Versprichst du mir, es niemandem zu sagen?«

»Ich verspreche es.«

»Weißt du, ich hab da so eine Ahnung. Ich denke, dass es zwischen diesen ganzen Todesfällen eine Verbindung gibt.«

»Welche Todesfälle?«

Ilaria erklärt ihr ihre Theorie. Sie ist so voller Eifer, dass sie ihre Suppe kalt werden lässt. Sie hungert sehr viel mehr danach zu reden, so sehr, dass sie sogar die Nachricht vergessen hat, die sie gerade bekommen hat.

»Ein Serienmörder?« Dafne stößt einen Pfiff aus.

»Vielleicht kannst du mir helfen.«

»Gern. Aber wie?«

»Ich brauche Informationen über all diese Leute. Ich weiß zu wenig über sie. Du kennst sie besser.«

»Kommt drauf an. Versuchen wir's einfach. Frag mich was.«

»Kennst du Elsa Cattaneo?«

»Natürlich, jeder hier kennt sie. Zumindest vom Hörensagen. Angeblich hat sie sich einen ziemlich speziellen Garten angelegt.«

»Ich weiß. Ich war heute dort.«

»Sie hat dich reingelassen? Soweit ich weiß, zeigt sie ihn niemandem.«

»Sie hat mich auch nicht reingelassen. Ich bin über das Tor geklettert«, gesteht Ilaria.

»Unglaublich, du bist ja cool. Dann existiert er wirklich?«

»Ja, und er ist fantastisch. Weißt du, ich habe Pflanzen immer schon gemocht. Ich hab gerade entdeckt, dass sie ebenso böse sein können wie Menschen. Nur dass sie im Gegensatz zu Menschen nicht absichtlich Böses tun.«

»Wie die Tiere. Wie der Bär.« Dafnes Gesicht hellt sich auf. »Hoffentlich finden sie ihn nicht. Fulvio, meine ich. Es wäre schrecklich, wenn man ihn erschießen würde.«

»Das finde ich auch.« Ilaria seufzt. »Was weißt du über Elsa?«

»Sie ist Rentnerin, aber sie hat früher an der Universität unterrichtet. Geschichte, glaube ich.«

»Lebt sie allein?«

»Ja, jetzt schon. Sie ist Witwe und hat ihren einzigen Sohn verloren. Er hat sich mit neunzehn das Leben genommen, aus Liebeskummer.«

»Das ist ja eine furchtbare Geschichte.«

»Sie ist sogar noch furchtbarer, als du denkst. Seine Freundin ist einen Monat vor ihm gestorben, und das hat er nicht verkraftet. Das war vor ungefähr zwanzig Jahren. Sie ist bei einer Party auf einer Jacht an einer Überdosis gestorben. Und sie waren auch alle da.«

»Wer, sie?«

»Pallavicini, Rigamonti, D'Ambrosio und Moser.«

»Das ändert alles!« Ilaria würde Dafne am liebsten küssen. »Hat es einen Prozess gegeben?«

»Das weiß ich nicht, darüber hab ich nichts gehört. Aber es geht das Gerücht, sie seien am Tod des Mädchens schuld gewesen und hätten sich gegenseitig gedeckt.«

»Du meine Güte! Das ist ein wichtiger Hinweis.« Ilaria kriegt sich vor Aufregung kaum noch ein.

»Kanntest du Livio Moser auch?«

»Er wurde sofort eingeäschert«, erwidert Dafne. »Obwohl er immer allen gesagt hat, dass er auf dem Friedhof von Maloja beerdigt werden wollte, wo Segantinis Grab ist.«

»Und was ist mit seiner Frau?«

»Die lassen kein gutes Haar an ihr, niemand kann sie leiden. Aber wenn ich es richtig verstanden habe, war er noch viel unsympathischer als sie. Er hat sich geweigert, für seinen Sohn Unterhalt zu zahlen. Der leidet an einer degenerativen Erkrankung.«

»Und Giacomo Pallavicini?«

»Kann ich ehrlich sein? Das bleibt aber unter uns, ja?«

»Natürlich.«

»Ein richtiger Scheißkerl, und zwar in jeder Hinsicht. Gegenüber Frauen sowieso, aber auch wenn es um Geld, Geschäfte oder seine Freunde ging. Man konnte ihm nicht trauen. Er hat nie etwas umsonst getan. Das Einzige, was ihn interessierte, war seine Frau.«

»Haben sie sich sehr geliebt?«

»Im Gegenteil. Man könnte höchstens von einer Art Hassliebe sprechen. Es war eine ziemlich turbulente Beziehung. Vittoria hat Brunella sogar mal geraten, für eine Weile fortzugehen.«

»War sie deshalb in New York, als er gestorben ist?«

»Ganz genau. Ihre Beziehung war am Ende, ganz sicher.«

»Und Carlo Rigamonti?«

»Undurchschaubar.«

»Wie meinst du das?«

»Ich weiß auch nicht. In diesen Kreisen sind alle irgendwie so falsch, man weiß nie, wen man vor sich hat.« Dafne nimmt einen Schluck Bier. »Na ja, Carlo war … sehr kultiviert. Ein Gentleman, zweifellos. Immer herzlich, immer freundlich, immer ein Lächeln auf dem Gesicht. Aber auch er hatte eine dunkle Seite, die er gut kaschieren konnte. Sie waren keine guten Menschen, keiner von ihnen. Ich habe keinem von ihnen eine Träne nachgeweint.«

9. August

Dafne steht auf und schlägt Ilaria vor, zu Fuß zurückzukehren und die Abkürzung durch den Wald zu nehmen.

»Aber es ist dunkel«, erwidert Ilaria erschrocken.

»Hast du etwa Angst vor dem Bären?«

»Na ja, ehrlich gesagt …«

»Ich fänd's toll, ihm zu begegnen. So viel Glück ist nur wenigen Menschen beschert.«

»Auf das Glück verzichte ich lieber.«

»Aber sie tun einem doch nichts.«

»Ach nein? Du hast ja keine Ahnung, wie D'Ambrosios

Leiche zugerichtet war. Ich leider schon, ich hab die Fotos aus der Gerichtsmedizin gesehen.«

»Er hat ihn bestimmt provoziert, vielleicht hat er mit irgendwas nach ihm geworfen. Wenn man einem Bären begegnet, muss man vor allem Ruhe bewahren.«

»Das sagt sich so leicht.«

»Man muss einfach stehen bleiben und sich ganz ruhig verhalten, bis er wieder geht. Man darf ihn nicht stören und schon gar nicht erschrecken. Auf gar keinen Fall sollte man schreien, mit einem Stock herumfuchteln oder mit Steinen nach ihm werfen. Damit macht man ihn nur aggressiv, dann meint er, sich verteidigen zu müssen. Wenn du ruhig bleibst und langsam zurückweichst, schnaubt er nur, vielleicht knurrt er auch, falls er Angst vor dir hat.«

»Bist du wirklich sicher, dass du durch den Wald willst?«

»Komm schon, du Feigling. Ich hab eine Taschenlampe. Der Trick besteht darin, Lärm zu machen: laut zu reden, in die Hände zu klatschen und fest aufzutreten. Bären wollen vor allem ihre Ruhe haben. Regel Nummer eins: *Dringe niemals in den Raum anderer ein, ohne dich vorher anzukündigen.* In Amerika haben Grizzlys noch nie Gruppen von sechs oder mehr Personen angegriffen.«

»Aber wir sind nur zu zweit.«

»Dann unterhalten wir uns eben laut. Bären haben ein gutes Gehör, wenn auch nicht so fein wie Rehe.«

Als sie mitten im Wald sind, legt Dafne Ilaria eine Hand auf die Schulter. »Leise«, flüstert sie. »Da ist ein Tier. Ich kann es riechen.«

Entsetzt umklammert Ilaria ihren Arm. Unmittelbar in ihrer Nähe raschelt es. Ohne ein Wort weichen sie langsam zurück. Wieder ist das Rascheln von Blättern zu hören, dann das Knacken von Zweigen. Dafne hält den Lichtkegel der Taschenlampe auf den Boden gerichtet, um das Tier nicht zu erschrecken. Plötzlich ein dumpfes Geräusch auf dem Weg. Ilaria will schon aufschreien, aber Dafne hält ihr den Mund zu.

»Keine Angst«, raunt sie ihr ins Ohr, »es ist nur ein Reh.«

Sie sehen das Tier an, das Tier sieht sie an. Dann macht es zwei Sätze und ist fort.

Ilaria ist völlig aus dem Häuschen. »Ist das aufregend, oh mein Gott, ist das aufregend.«

»Siehst du, es hat sich gelohnt, durch den Wald zu gehen.«

9. August

Zurück im Hotel beginnt Ilaria, die Geschichte mit dem Mädchen zu recherchieren, das auf der Privatparty auf der Jacht gestorben ist. Ihr Nachname kommt ihr bekannt vor. Sie sucht weiter, und als sie schließlich fündig wird, schlägt sie die Hände vors Gesicht. Sie muss sofort Besana anrufen. Auch wenn es ein Uhr nachts ist.

»Du hast noch nicht geschlafen, oder?«

»Ich nicht, aber du hast Vittoria geweckt«, entgegnet er verärgert.

»Vittoria hier, Vittoria da … Gibt es noch was anderes? Vergiss nicht, dass du zum Arbeiten hier bist.«

»Nein, bin ich nicht. Ich bin hier mit einer Freundin im Urlaub. Jedenfalls bis du gekommen bist, um mir auf die Nerven zu gehen.«

»Dazu sage ich jetzt lieber nichts.«

»Du warst ihr gegenüber heute ziemlich aggressiv. Glaub nicht, dass sie das nicht gemerkt hat.«

»Aggressiv? Ich? Soll ich dir mal sagen, was ich …«

»Nein, sollst du nicht«, unterbricht sie Besana. »Erst mal die Nachricht, Piatti. Hast du das immer noch nicht gelernt?«

»Welche Nachricht?«

»Wenn nicht mal du es weißt … Warum hast du mich angerufen?«

»Es ist keine richtige Nachricht«, erwidert Ilaria, und auf einmal stottert sie wieder, wie früher, als sie noch Praktikantin war.

»Das fängt ja gut an«, seufzt Besana.

»Aber ich habe etwas herausgefunden, Marco. Kommt man nicht so an Nachrichten?«

»Versuch nicht, mit mir zu streiten, Piatti. Es ist ein Uhr nachts. Das ist jetzt nicht die Zeit für so was.«

»Okay.« Ilaria holt tief Luft. »Die Schlagzeile lautet *Junges Mädchen bei Sexparty auf Jacht an Costa Smeralda gestorben.* Und soll ich dir sagen, wer das Mädchen war? Ruth Vital. Tochter eines Apothekers namens Andreas Vital. Verstehst du? Unser Andreas Vital, der, der Pallavicini das Fläschchen Aconitum verkauft hat. Und weißt du, wer noch auf dieser Jacht war? Pallavicini, Rigamonti und Moser.«

»Sprich weiter.«

»Das war in den Neunzigerjahren. Ruth Vital, damals sechzehn, hat mit Freunden an der Costa Smeralda Urlaub gemacht. Eines Morgens wurde sie tot an Bord einer Jacht aufgefunden, die vor Porto Cervo ankerte. Der Besitzer des Bootes, ein Investor aus Brescia, hat behauptet, er wüsste von nichts. Als er schlafen gegangen sei, habe das Mädchen noch gelebt. Tatsächlich hat in der Nacht auf dieser Jacht eine Drogenparty mit vielen Gästen stattgefunden. Die Spurensicherung hat an Bord Dutzende leere Champagner-, Wodka- und Whiskyflaschen und große Mengen Kokain, Amphetamine und Sexspielzeuge sichergestellt. Einige Hafenarbeiter berichteten, die ganze Nacht sei es auf dem Kai hoch hergegangen, es habe ein ständiges Kommen und Gehen gegeben. Der Polizei zufolge wies der Leichnam keinerlei Anzeichen von Gewalteinwirkung auf, der Tod könne auf eine Vergiftung durch Drogen in Kombination mit Alkohol zurückzuführen sein. Doch die Zeitungen berichteten damals auch von seltsamen Blutspuren am Körper des Mädchens. Von den Partygästen fehlte zunächst jede Spur. Doch als ihm die Polizei auf den Zahn gefühlt hat, hat der Besitzer der Jacht die Namen einiger Männer aus der gehobenen Mailänder Gesellschaft genannt. Darunter auch unsere drei. Also wurde gegen sie und den Hausherrn wegen fahrlässiger Tötung ermittelt, und es kam zum Prozess. Aber sie wurden freigesprochen. Verurteilt wird ein junger Seemann, allerdings nur wegen Drogenhandels. Der Fall wurde als Unfall mit Todesfolge zu den Akten gelegt. Und weißt du, wer der Freund von Ruth Vital war?«

»Warum? Hat er ebenfalls mit unserem Fall zu tun?«

»Er hieß Federico Orlandi. Und war der Sohn von Elsa Cattaneo.«

»Die Irre mit dem *Poison Garden*?«

»Genau die. Ihr Sohn hat sich mit neunzehn aus Liebeskummer das Leben genommen.«

»Wegen Ruth Vital? Scheiße.«

»Einen Monat nach der Party.«

»Sieh mal einer an«, sagt Besana. »Das erklärt alles.«

»Nicht wirklich. Der Mord an D'Ambrosio passt nicht dazu. Dafne hat mir gesagt, er sei auch auf der Jacht gewesen, aber sie hat sich geirrt. Ich habe es überprüft: Achille D'Ambrosio kann damals nicht dabei gewesen sein. Zu der Zeit wohnte er in Brasilien und hat das Land jahrelang nicht verlassen. Unter anderem, um irgendwelchen finanziellen Schwierigkeiten aus dem Weg zu gehen. Trotzdem bin ich mir sicher, dass alles irgendwie zusammenhängt.«

»Vielleicht war das Tropomyosin in der Schokolade ja doch ein Versehen.«

»Das kann ich mir nicht vorstellen. Wir haben es mit einem Mörder zu tun, der alles bis ins kleinste Detail plant. Er ist sehr genau, und jedes Opfer bekommt sozusagen einen genau auf es zugeschnittenen Mord.«

»Dann haben wir ja schon mal die Schlagzeile: *Mord nach Maß*«, entgegnet Besana. »Fehlt nur noch der passende Artikel.«

»Sehr hübsch. Gefällt mir«, erwidert Ilaria.

»Und du gefällst mir, Piatti. Du bist eine Eins-a-Journalistin, lass dir das gesagt sein.«

Er muss sie gut behandeln, sie hegen und pflegen. Auch wenn sie ihn um ein Uhr nachts anruft und zickig zu seiner Freundin ist. Eine wie sie darf er nicht verlieren.

»War das jetzt ein Kompliment? Geht's dir nicht gut, Marco?« Ihr Ton ist jetzt ehrlich besorgt.

Stille. Besana fühlt sich ertappt. »Ich sage nur, dass es eine interessante Spur ist. Kann ich jetzt schlafen gehen?«

Palermo, Oktober 1788

Vielleicht wäre Giovanna Bonanno nie entdeckt worden, hätte nicht die Mutter eines der Opfer Klage erhoben und damit einen Prozess in Gang gesetzt.

»Ich heiße Maria Costanzo, Witwe von Lorenzo, ich verkaufe Wein in meinem Laden im Olivuzza-Bezirk, wo ich auch wohne. Ich hatte einen Sohn namens Francesco, der mit Rosa Mangano verheiratet war.«

Sie erzählt, dass ihr Sohn in einer Augustnacht gegen vier oder fünf Uhr morgens zu ihr nach Hause gekommen sei. Er sei wütend gewesen, weil er soeben seine Frau mit einem gewissen Emanuele Cascino im Bett vorgefunden und Letzterer ihn angegriffen habe. Nach diesem Vorfall versöhnen er und seine Frau sich, doch an einem Tag im September beginnt Francesco sich plötzlich unwohl zu fühlen. Er muss sich immerzu übergeben, spürt »eine fürchterliche Hitze im Magen« und ein

»Brennen in der Kehle«. Trotz der Behandlung durch Don Giuseppe Ciofalo, »Leibesarzt«, stirbt er am siebenundzwanzigsten desselben Monats.

Maria Costanzo ist untröstlich und überzeugt davon, dass ihr Sohn keines natürlichen Todes gestorben ist. »Ich hatte den Verdacht, dass meine Schwiegertochter ihm wegen der außerehelichen Beziehung zu Cascino, derentwegen es zwischen ihnen Zwietracht gab, einen *Zauber* hat anhexen lassen«, erzählt sie.

Sie spricht mit einer Freundin und mit dem Pfarrer darüber, der ihr rät, »alles der Justiz anzuzeigen«.

»So begab ich mich zu Don Matteo Fodale, dem Capitano Giustiziere dieser Stadt, vor dem ich die obige Aussage gemacht habe.«

Rosa Costanzo, Francescos Witwe, ist dreiundzwanzig Jahre alt. Sie hat mit fünfzehn geheiratet und mit zwanzig, zusammen mit ihrem Mann, die Bekanntschaft des Gärtners Emanuele Cascino gemacht. Im Laufe der Jahre, da Emanuele jeden Tag zu ihnen nach Hause kommt (»Wir haben zusammen gegessen, wir haben ebenso sein Geld wie auch das meines Mannes für Essen ausgegeben«), verlieben sich die beiden ineinander.

Eines Nachts wird der Ehemann fortgerufen, um Heu aufs Land zu bringen. Sogleich nutzt Cascino die Gelegenheit, um ins Haus zu gehen. Rosa und er beginnen zu reden: Sie auf dem Bett liegend (»das auf dem Boden war«) und er auf der untersten Treppenstufe sitzend. Da kehrt der Ehemann zurück und überrascht sie. In seiner Panik greift sich Cascino einen Stock und beginnt zu brüllen: »Du Hund! Fort mit dir!«

Einige Zeit später trifft Rosa Emanuele zufällig auf der Straße und erzählt ihm, ihr Mann habe sie geschlagen. »Ich weiß«, erwidert er. Und dann erzählt er ihr, dass er eine in Trauer gekleidete Bekannte getroffen habe, die ihm anvertraut habe, dass ihr Mann innerhalb von sieben Tagen an einem Wasser gestorben sei, welches sie ihm zu trinken gegeben habe. Ein Wasser, welches sie von Maria Pitarra bekommen habe, einer weiteren Bekannten Cascinos. »Willst du es deinem Mann geben?«, fragt er Rosa. Rosa sieht ihn an und antwortet: »Bring es mir.« Emanuele aber traut ihr nicht: »Und wenn du deinem Mann das Wasser doch nicht gibst und ich das Geld verliere?« Worauf sie prompt erwidert: »Und wenn mein Mann stirbt und ich allein auf der Straße stehe?« Auf diese Weise hat sie ihm das Versprechen abgenommen. »Ich gebe dir mein Wort, dass ich dich heiraten werde.« Rosa lächelt und beschließt, ihrem Mann das Wasser nicht sofort zu geben, sondern erst, wenn er sie wieder schlägt. Was leider geschieht.

Die Parole, um das Gift abzuholen, lautet: »Bei meiner Tante fällt der Granatapfel vom Baum.« Zuerst geschieht Rosa ein kleines Missgeschick: Sie füllt die Flüssigkeit in einen Tonkrug und verliert dadurch die Hälfte, weil der Ton sie aufsaugt. Aber Cascino besorgt ihr noch mehr. Und so gibt Rosa den Läuseessig in die Linsennudeln und den Wein, und schon bald beginnt ihr Mann zu erbrechen. Der Arzt behandelt ihn mit Rettich, den er in eine Hostie wickelt, doch vergeblich. Francesco hört nicht auf zu brechen. Am fünften Tag, gegen zwei Uhr nachts, stirbt er. Emanuele und Rosa können endlich heiraten. Am neunten Oktober sollen die Heiratsanzeigen erscheinen, doch in der Nacht zuvor, wiederum gegen zwei Uhr, erscheint plötzlich Don Matteo Fodale, der ehrwürdige Capitano Giustiziere von Palermo, mit seinen Beamten bei ihnen und verhaftet sie.

10. August

Im Val Roseg wimmelt es nur so von Moutainbikes und Elektrofahrrädern, Pferdekutschen und Kinderwagen. Eine Gruppe von Kindern füttert Eichhörnchen, während die Eltern sie dabei mit Teleobjektiv fotografieren. Becks dagegen jagt den kleinen Nagern hinterher, zieht jedoch jedes Mal den Kürzeren und sitzt am Ende unter einer Kiefer und blickt sehnsüchtig den buschigen Schwänzen zwischen den Zweigen nach.

»Piatti, was ist los? Du kommst ja kaum vorwärts«, sagt Besana, während er Becks wieder an die Leine nimmt.

»Ich bin müde, ich hab nur zwei Stunden geschlafen. Ich hab die ganze Nacht Informationen über Elsa Cattaneo gesucht.«

»Und hast du was Interessantes gefunden?«

»Allerdings. Ihr Mann war ein bedeutender Verleger. Er wurde tot in seinem Bett gefunden. Angeblich ein Herzinfarkt.«

»Du denkst, er wurde auch vergiftet?«

»Wer weiß. Es gab keine Ermittlung, wir werden es nie erfahren. Allerdings hat Elsa ein Vermögen geerbt. Eine Zeit lang hat sie den Verlag weitergeführt, vielleicht auch in Hinblick auf die Zukunft des Sohnes. Aber nach seinem Selbstmord hat sie an eine große Verlagsgruppe verkauft.«

»Das ist kein Verbrechen. Im Gegenteil, wenn man sich die Verlagslandschaft heute ansieht, ist es wohl das Vernünftigste, was man machen kann.«

»Sie hatte ja auch einen ganz anderen Beruf, in dem sie danach weitergearbeitet hat, bis sie letztes Jahr in Rente gegangen ist.«

»Was hat sie gemacht?«

»Sie war Hochschulprofessorin für Geschichte der Frühen Neuzeit. Sie hat sich mit Inquisition und Hexen beschäftigt.«

»Giftpflanzen, Inquisition, Hexen. Nicht schlecht. Hat sie auch Seminare über die Alte mit dem Essig gehalten?«

»Keine Ahnung. Aber sie hat mehrere Bücher geschrieben. Und stell dir vor: Sie hat in der Schweiz gerade ein neues Buch über Hexen herausgebracht, und zufällig präsentiert sie es heute Nachmittag im Waldhaus in Sils Maria.«

»Da müssen wir hin.«

»Sehe ich auch so.«

»Sonst noch was?«

»Sie hat ihren Sohn sehr geliebt. Sie hat ihm den *Poison Garden* gewidmet und in seinem Namen außerdem eine etwas eigenwillige Stiftung gegründet.«

»Was ist das für eine Stiftung?«

»Ein kleines Museum zur Geschichte des Giftes.«

»Ich wusste nicht mal, dass es so was gibt.«

»Ich auch nicht. Vielleicht sollten wir es uns mal ansehen. Der Besuch ist interaktiv. Zum Beispiel wird gezeigt, wie giftige Substanzen zum Heilen oder Töten eingesetzt werden. Und es werden eine Menge Giftpflanzen ausgestellt, aber auch giftige Tiere wie die Violinistenspinne aus Chile, die Schwarze Witwe oder der Schreckliche Pfeilgiftfrosch. Und natürlich gibt es eine Übersicht über die aufsehenerregendsten Giftmorde der Geschichte: von Sokrates' Schierlingsbecher und Kaiser Claudius über Cleopatras Viper und die obligatorische Lucrezia Borgia bis hin zum KGB und den bulgarischen Geheimdiensten, die politische Gegner mit Rizin, wie du ja neulich erzählt hast, Nervengas oder radioaktivem Polonium eliminierten.«

»Diese Frau ist tatsächlich besessen vom Thema Gift. Nette Art, an ihren Sohn zu erinnern.«

»Das habe ich mir auch gedacht. Ich war fast schon sicher, ihr Sohn hätte sich vergiftet. Aber falsch gedacht. Er hat sich erhängt. Gift hatte mit seinem Tod ausnahmsweise mal gar nichts zu tun.«

10. August

Als Ilaria und Besana im Hotel Waldhaus ankommen, hat die Veranstaltung bereits seit einer halben Stunde begonnen. Im großen Saal mit Fensterfront zum Wald ist nur noch ein kleiner Tisch frei, gleich neben Vittorias Tisch, die zur Begrüßung den Zeigefinger an die Lippen legt. Schwer zu erkennen, ob sie ihnen einen Kuss schickt oder sie auffordert, leise zu sein.

»Die Schweiz ist das Ursprungsland der Hexenverfolgung«, sagt Elsa Cattaneo gerade. »Innerhalb von drei Jahrhunderten wurden über zehntausend Menschen, die überwältigende Mehrheit davon Frauen, der Hexerei beschuldigt und auf dem Scheiterhaufen verbrannt. Dabei gingen nicht alle Kantone gleichermaßen hart vor, die grausamsten Blutbäder wurden im Waadt angerichtet, die Gerichte in Genf urteilten dagegen vergleichsweise milde. Auslöser für eine Verfolgung konnte alles Mögliche sein: Ein Nachbar war bestohlen worden, es hatte irgendwo gebrannt, oder jemand hatte ein Kind verloren, und schon machte er Hexerei für das Unglück verantwortlich. Aber auch eine Naturkatastrophe konnte den Ausschlag geben, eine Pestepidemie oder Hagelschlag. Mitte des sechzehnten Jahrhunderts vernichtete Hagel in einem Dorf in Graubünden einmal die gesamte Ernte. Die aufgebrachten Bauern durchkämmten mit Heugabeln bewaffnet Haus für Haus das Dorf, um die ortsansässigen Hexen herauszuholen, sie auf den Platz zu treiben und dort zu verbrennen. Sie mussten ja mit ihrer schwarzen Magie den Hagel herbeigerufen haben, wer sonst hätte es gewesen sein sollen? Natürlich hätten die Bauern auch den Himmel oder das Schicksal verantwortlich machen können, aber es war sehr viel einfacher, sich einen Sündenbock zu suchen.«

In dem Moment lässt Donnergrollen die Scheiben erzittern, im Saal lacht jemand. Elsa hält kurz inne.

»Wer aber waren diese Hexen? Wie ich schon sagte, sie waren fast immer weiblichen Geschlechts. Zu jener Zeit arbeiteten Frauen in der Regel als Köchinnen, Krankenschwestern oder Hebammen, in Berufen also, in denen man Kräuter verwendete, Heiltränke und Salben herstellte. Daher konnten sie schnell in den Verdacht geraten, schwarze Magie auszuüben. Nicht von ungefähr wurden Hexen oft mit dem Rührlöffel in der Hand vor einem Kochtopf dargestellt. Ihre Kunst war ein zweischneidiges Schwert: *Wer heilen kann, kann auch töten*, sagte einmal eine berühmte Hexe vor dem Inquisitionsgericht. Die typische Hexe war eine Frau fortgeschrittenen Alters, mindestens in den Fünfzigern oder Sechzigern, was für damalige Zeiten als alt galt. Das hatte zum einen damit zu tun, dass sie sich erst nach den Wechseljahren um Wöchnerinnen oder die Kinder anderer kümmern konnten, zum anderen, weil sie im Alter launenhafter und eigenbrötlerischer wurden und sie ihren Nachbarn oft schlicht lästig waren.«

Nachdem Elsa ihren Vortrag beendet hat, fragt der Moderator, ein rätoromanischer Dichter mit Rauschebart à la Segantini, ob noch jemand aus dem Publikum Fragen hat. Sofort hebt Ilaria die Hand.

»Ich habe ein interessantes Buch über eine Seriengiftmörderin des achtzehnten Jahrhunderts gelesen, Giovanna Bonanno, die ›Alte mit dem Essig‹. Sie haben sicher von ihr gehört. Kann man das auch als einen Fall von Hexerei betrachten?«

Elsa beginnt zu strahlen. »Gute Frage«, sagt sie. »Ich kenne den Prozess gut, es ist ein interessanter Fall, denn Giovanna Bonanno wurde wegen *Giftmord* zum Tode verurteilt, und nicht wegen *Hexerei*. Sie selbst antwortete jedem, der sie eine Zauberin nannte, dass sie sich nicht auf Magie verstehe und nicht hexen könne. Sie wurde als *Mörderin* behandelt, nicht als *Hexe*. 1789 gab es in Palermo keine Inquisition mehr. Vizekönig Domenico Caracciolo, der der Aufklärung und den französischen Philosophen nahestand, glaubte nicht an Magie und schaffte das Inquisitionsgericht 1783 ab. Und so bekam Giovanna Bonanno, die wenige Jahre zuvor noch als *magara*, also als Hexe behandelt worden wäre, einen ordentlichen Prozess wegen Giftmord, mit einem amtlich bestellten Verteidiger. Es war ein weltlicher, moderner Prozess. Natürlich bediente man sich noch der Folter, und es gab auch noch die Todesstrafe. Aber das zugrunde liegende Prinzip war ein anderes. Giovanna wurde schuldig gesprochen, weil sie getötet hatte.«

»Könnte man sie als Serienmörderin des achtzehnten Jahrhunderts bezeichnen?«

»Selbstverständlich«, erwidert Elsa. »Sie hat mindestens sechs Menschen vergiftet, wenn ich mich recht entsinne. Soweit ich weiß, genügen drei, um als Serienmörder bezeichnet zu werden.«

Als applaudiert wird, steht Besana auf. Er braucht

dringend eine Zigarette und geht nach draußen. Ilaria eilt ihm hinterher.

»*Giftmord* und nicht *Hexerei*«, sagt sie mit verschwörerischem Grinsen. Da donnert es, und gleich darauf geht ein heftiger, wütender Hagelschauer nieder.

10. August

Die Stube des Waldhauses ist voller Italiener, die zu Ehren von Elsa Cattaneo zum Sektempfang eingeladen sind. Ilaria endeckt Dafne in der Menge und umarmt sie. Besana hat sich bereits zum Tisch mit den Getränken begeben und kehrt mit zwei Sektgläsern zurück. Sofort gesellt sich Vittoria zu ihnen, auch sie mit einem Glas in der Hand.

»Was für ein schönes Hotel«, bemerkt Ilaria.

»Oh ja, es ist eine richtige Institution«, erwidert Vittoria. »Alle Großen des zwanzigsten Jahrhunderts sind schon hier gewesen: Einstein, Jung, Thomas Mann, Alberto Moravia und Elsa Morante, Richard Strauss, Luchino Visconti. Und Hermann Hesse jeden Sommer. Er sagte, Sils sei das Paradies auf Erden. Hast du das Welte-Mignon gesehen? Das ist ein automatisches Klavier mit Lochstreifen. Auf Festen spielte es Polkas, Walzer und Foxtrotte. Man hat es restauriert, und zu besonderen Anlässen wird es gelegentlich wieder benutzt.«

»Wirklich ein faszinierender Ort«, sagt Ilaria.

»Hat euch der Vortrag gefallen?«

»Ja, Elsa ist wirklich gut«, erwidert Besana. Dann fährt er überrascht herum. »Da ist ja Furlan! Wer hat den denn eingeladen?«

Mit dem Kinn deutet er auf einen schmächtigen Typen mit exzentrischer Brille im Samtjackett, der sich einen Weg um das Büfett herum bahnt und sich allen mit Namen vorstellt, ehe er beginnt, sich angeregt mit Brunella zu unterhalten.

»Du solltest deine Freundin lieber in Sicherheit bringen«, sagt er zu Vittoria.

»Warum? Wer ist er?«

»Ein Kollege, den ich leider nur zu gut kenne. Man kann ihm nicht über den Weg trauen. Er hat mit gefälschten Sensationsmeldungen und frei erfundenen Interviews traurige Berühmtheit erlangt.«

Vittoria lacht. »Du bist wirklich witzig.«

»Das ist nicht witzig, es ist mein voller Ernst. Als mal ein berühmter Musiker gestorben ist, sollten wir einen Artikel schreiben, ich für meine Zeitung, Furlan für seine. Natürlich habe ich als Erstes versucht, mit der Witwe des Verstorbenen zu sprechen, doch die hatte sich zu Hause eingeschlossen und weigerte sich, mit der Presse zu reden. Ich musste mich mit einem Interview mit einem alten Geiger begnügen. Ob du's glaubst oder nicht: Am nächsten Tag schreibt Furlan, die Frau des Musikers habe ihn mit offenen Armen empfangen und ihm einen Haufen Anekdoten über ihren Mann erzählt. Die Anekdoten entsprachen sogar der Wahrheit, aber dieses Interview hat es nie gegeben. So macht Furlan das immer. Er geht zur Pressekonferenz eines Schauspielers und verkauft es hinterher als Exklusivinterview. Er schnappt bei einem Abendessen die Bemerkung eines Politikers auf und verbreitet sie als offizielle Erklärung. Er benutzt alles, was ihm irgendwie zugetragen wird. Brunella sollte auf der Hut sein.«

»Ich kann ihr doch nicht verbieten, mit einem Journalisten zu sprechen.«

»Vielleicht weiß sie gar nicht, dass sie das gerade tut. Furlan stellt sich nie als Journalist vor. Er fängt einfach ein Gespräch an, und am nächsten Tag findet sich die Person, mit der er sich unterhalten hat, in der Zeitung wieder.«

Unterdessen holt sich Ilaria am Büfett noch ein paar Kanapees. Sie beobachtet, wie Elsa Cattaneo mit einem Mann anstößt, den sie Andreas nennt. Ob das wohl Andreas Vital ist, der Apotheker? Sie schaut schnell auf Facebook nach. Tatsächlich, er ist es. Unter dem Vorwand, sich vom Kellner das Glas nachfüllen zu lassen, nähert sie sich ihnen.

»Haben sie dich nach Ruth gefragt?«, flüstert Elsa.

»Die Polizei? Nein«, erwidert Vital.

Als Elsa Ilaria bemerkt, wechselt sie sofort das Thema. »Hat deine Frau immer noch Rückenschmerzen?«

»Seit sie Pilates macht, ist es etwas besser geworden.«

10. August

»Kuckuck, rat mal, wo ich heute eine Besprechung habe.«

»Wo denn?«

»In Zürich. Nur dass die Besprechung erfunden ist«, erwidert Nicola. »Ich bin in deinem Hotel.«

Das Erste, was Ilaria einfällt, ist, dass sie sich die Beine nicht rasiert hat. »Oh Gott«, sagt sie.

»Freust du dich nicht?«

»Doch, natürlich freu ich mich«, stammelt sie.

»Sag mir deine Zimmernummer, dann komm ich rauf.«

»Nein«, schreit Ilaria beinah. »Ich bin in einer Minute unten.«

»Warum denn das?«

Ilaria kann ihm nicht sagen, dass sie sich den Rasierer schnappen und schnell damit über ihre Beine gehen muss, einerlei, ob die Haare danach nur noch stärker nachwachsen.

»Lass uns unten in der Halle was zusammen trinken, wie ein Liebespaar im Urlaub«, improvisiert sie. »Wie ein kleines Ritual. Außerdem gibt's ja auch was zu feiern.«

Schweigen auf der anderen Seite. Ilaria hat unbeabsichtigt etwas Wichtiges gesagt, und Nicola ist es nicht entgangen. Er schämt sich ein wenig. Was ist er doch für ein Ignorant, sofort zu ihr aufs Zimmer. Noch dazu an einem Ort, wo niemand sie kennt und sie von der Anonymität profitieren können, um einmal ein offizielles Paar zu spielen.

»Du hast recht«, sagt er also. »Entschuldige. Ich werde so tun, als würde ich dich nicht kennen, und wenn ich dich in der Halle sehe, werde ich mich fragen, wer dieses schöne Mädchen ist. Und dann werde ich meinen ganzen Charme spielen lassen.«

Ilaria lacht. Wenn er wüsste, dass es nur eine Frage der Körperbehaarung ist. »Das wird nicht leicht für dich. Ich habe ja so viele Verehrer«, sagt sie sinnlich. Hoffentlich fällt ihm die Selbstironie nicht zu sehr auf.

»Ich warte auf dich«, sagt er erregt.

In der Hektik rasiert Ilaria sich ohne Schaum und schneidet sich prompt. Dann durchwühlt sie ihren Koffer, sie hat nicht einmal ein paar anständige Unterhosen eingepackt. Nur Synthetikzeug, das Fäden zieht. Und keine halterlosen Strümpfe, sondern nur dicke Strumpfhosen. Sie hasst Überraschungen. Sie wühlt in ihrem Kulturbeutel nach Schminke. Aber da ist nicht viel. Hastig legt sie sich Mascara auf, der sofort schwarze Flecken auf den Lidern hinterlässt. Dann kämmt sie das ungewaschene Haar, das ihr schwer um das Gesicht fällt. Lieber zusammenbinden? Da sie kein Parfüm hat, verreibt ein wenig von der Bodylotion des Hotels auf dem Dekolleté, damit sie wenigstens gut riecht, und eilt hinaus. Im Aufzug betrachtet sie ihr Spiegelbild. Versucht sich einzureden, dass sie ein schönes Mädchen ist. Ich bin ein schönes Mädchen. Alles in allem bin ich ein schönes Mädchen. Bin ich das? Herrje, die Selbsttherapie gegen ihre Ängste will einfach nicht wirken, und es sind nur noch zwei Stockwerke. Die Aufzugtüren öffnen sich, und ein Kellner fährt sie mit seinem Wägelchen fast um.

Ilaria gibt sich nicht geschlagen. Sie versucht, hoch erhobenen Kopfes die Eingangshalle zu erreichen, imitiert Vittorias Gang. Den Rücken immer schön gerade, Kinn hoch. Die Glückliche. Als sie ankommt, schwächelt sie kurz. Bleibt krumm wie ein Würstchen mit hängenden Schultern vor Nicola stehen. Die Aufregung ist zu groß, es kommt ihr so unwirklich vor, dass er da ist.

»Ilaria«, sagt er.

Und sie wartet. Wagt nicht, sich vorzustellen, wie es jetzt weitergeht, aus lauter Angst, alles zu ruinieren.

»Ilaria, meine große Liebe.«

Sie hält noch immer die Luft an.

»Aber verzeih mir, wir können nicht zusammen schlafen, meine Frau wird mich heute Abend oder morgen früh anrufen, ich habe ein eigenes Zimmer genommen.« Einfach so, ohne Punkt und Komma, ohne Zeit zum Luftholen.

11. August

Ilarias Handy klingelt, aber sie hat nicht die Kraft, die Augen zu öffnen. Bitte, nur noch fünf Minuten. Sie legt den Finger auf das Display und drückt den Anruf weg. Aber kurz darauf klingelt es erneut. Sie liest Besanas Namen und schaut auf die Uhr. Noch nicht mal acht.

»Was ist los?«

»Schon wieder ein Toter, Piatti.«

Ilaria setzt sich auf. »Was?«

»Gestern Nacht ist ein Wagen im Silvaplanersee gelandet. Und weißt du, wer am Steuer saß?«

»Nein, wer?«

»Roger Fuchs, Architekt.«

»Sagt mir nichts.«

»Rigamontis Freund. Der, der bei dem Unglück mit ihm im Flugzeug saß. Ich hab's von Vittoria erfahren.«

»Oh Mann, das ist ja mal Pech. Da überlebt er einen Flugzeugabsturz und stirbt ein paar Jahre später am selben Ort durch einen Autounfall. Falls es denn Pech war. Im Grunde war er ja ein Zeuge. Was, wenn es Mord war?«

»Das haben wir auch gedacht.«

»Wir?«

»Vittoria und ich.«

»Na, dann geht *ihr* doch zur Polizei.«

»Komm schon, Piatti, jetzt sei doch nicht gleich beleidigt. Du musst sofort Hofer anrufen, du kannst gut mit ihm. Wenn die Polizei die Fälle nicht miteinander in Verbindung bringt, werden sie keine vollständige toxikologische Untersuchung vornehmen. Wer weiß, welche abwegige Substanz er diesmal benutzt hat.«

»Zu Befehl.« Sie steht auf und zieht ein Sweatshirt über. Dieses *Wir* ist ihr unerträglich. Sie schaltet die Kaffeemaschine ein, die in ihrem Zimmer steht. Frühstücken wird sie später, jetzt braucht sie erst mal einen Espresso.

Ehe sie den Gerichtsmediziner anruft, sucht sie Informationen zu Fuchs heraus. Er verkehrte in denselben

Kreisen wie Vittoria und Brunella: Und er hat nicht nur ihre Häuser umgebaut, sondern auch das des plastischen Chirurgen Crivelli. All das entnimmt sie einem in einer Architekturzeitschrift erschienenen Artikel über Luxusdomizile in den Bergen. Wie sucht der Mörder seine Opfer aus? Gut, sie gehören derselben Gesellschaft an, aber warum ausgerechnet sie und nicht jemand anders? Warum Fuchs? Hat er ihn zum Schweigen bringen wollen, oder wollte er ihn bereits beim ersten Mal töten? Nein, unmöglich, er war erst im letzten Moment zu Rigamonti ins Flugzeug gestiegen. Es war nicht geplant gewesen, dass er mitflog. Sie und Besana haben einen schwerwiegenden Fehler gemacht. Sie hätten ihn ausfindig machen und mit ihm reden müssen. Jetzt ist es zu spät.

11. August

»Da ist es, dort drüben ist es passiert.« Besana zeigt auf einen Streifenwagen, der auf einer Lichtung am Silvaplanersee steht. Zwei Polizisten untersuchen gerade das Gelände.

»Siehst du? Hier waren Bauarbeiten, deshalb wurde die Leitplanke entfernt.«

»Hofer hat gesagt, dass er einen ziemlich hohen Alkoholpegel hatte«, erwidert Ilaria. »Außerdem war es Nacht, und es hat in Strömen geregnet. Er ist durch die Absperrung gebrochen und direkt im See gelandet.«

»Hat Hofer sonst noch was gesagt?«

»Ja, er meint, er ist ertrunken. Als er in den See gestürzt ist, hat er noch gelebt. Die Frau im Wagen hinter ihm hat sofort Hilfe gerufen, aber es ging alles zu schnell. Fuchs hat es noch geschafft, den Gurt zu lösen, aber er hat das Fenster nicht aufbekommen, es ist ja elektrisch, und im Wasser blockiert die Anlage innerhalb weniger Minuten. Offenbar hat er versucht, mit dem Schirm die Windschutzscheibe einzuschlagen. Jedenfalls hatte er einen Schirm in der Hand, als man ihn gefunden hat.«

»Das war jedenfalls keine gute Idee«, bemerkt Besana. »Eine Windschutzscheibe besteht aus Verbundsicherheitsglas. Er hätte es mal besser mit den Seitenfenstern versucht.«

»Warum hat er nicht einfach versucht, die Tür zu öffnen?«

»Geht nicht. Solange der Wagen noch nicht mit Wasser vollgelaufen ist, bekommt man die Tür nicht auf. Wegen des Drucks.«

»Entschuldige mal, woher weißt du so was?«

»Ich hab mal über ein Touristenpärchen geschrieben, das beim Verlassen einer Fähre mit dem Wagen im Meer gelandet ist. Sie sind beide gestorben. Waren noch nicht mal dreißig.«

»Wie konnte das denn passieren?«

»Die Fähre hat angelegt, und die Autos begannen nacheinander herunterzufahren. Zwei Wagen waren bereits an Land, als die beiden an der Reihe waren. Sie wollten im Rückwärtsgang runtersetzen und haben nicht gesehen, dass das Schiff sich bewegt und die

Rampe sich vom Kai gelöst hat. Die Frau war noch angeschnallt, als man sie fand.«

In dem Augenblick machen die Polizisten eine Geste, um sie fortzuschicken.

»Die hätten uns eh nichts erzählt«, sagt Besana lakonisch.

11. August

Die Apotheke ist voll, die Leute stehen, wie in der Schweiz üblich, gesittet in einer Schlange hinter einem gelben Streifen am Boden. Ilaria und Marco sind fast dran. Vor ihnen versucht eine blonde Frau, Medikamente zu kaufen, die man in Italien an jeder Straßenecke bekommt.

»Wie, Sie verkaufen kein Aspirin Cardio?«

»Dazu benötigen Sie ein ärztliches Rezept.«

»Dann eben nicht. Geben Sie mir bitte Melatonin.«

»Das darf ich Ihnen leider auch nicht verkaufen.«

»Sagen Sie nicht, dafür braucht man auch ein Rezept.« Die blonde Frau verliert fast die Geduld, sie klopft nervös mit ihrem Portemonnaie auf den Tresen. »Wie soll ich das denn machen, mein Arzt ist im Urlaub?«

»Tut mir leid, wir haben nun mal unsere Vorschriften.«

»Na gut, dann nehme ich eben eine Packung Cortison.«

Die Apothekerin schüttelt verlegen den Kopf. »Wenn

Sie möchten, kann ich Ihnen etwas auf pflanzlicher Basis anbieten, das ganz ähnlich wirkt«, erwidert sie, »aber ohne Cortison.«

Verzweifelt dreht die blonde Frau sich zu Piatti und Besana um. »Sind die hier denn verrückt?«

»Fragen Sie doch mal nach Gift«, erwidert Besana, »das gibt es hier ohne Rezept.«

Die blonde Frau lacht hysterisch auf, dreht sich um und geht.

»Na, die war ja fröhlich«, sagt die Apothekerin zur Begrüßung. »Wie kann ich Ihnen helfen?«

»Wir sind Journalisten, wir würden gern mit Herrn Andreas Vital sprechen.«

Die junge Frau zeigt auf einen Mann im weißen Kittel, der gerade mit einer Medikamentenschachtel in der Hand aus dem Hinterzimmer kommt.

»Das ist Herr Vital«, sagt sie. Dann geht sie zu dem Apotheker und sagt leise etwas zu ihm. Der sieht zu ihnen herüber, legt das Medikament auf den Tresen und kommt zu ihnen.

»Grüezi«, sagt er. »Sie wollten mich sprechen?«

»Wenn es möglich ist, irgendwo, wo wir ungestört sind«, erwidert Besana. »Es geht um Ruth.«

Der Apotheker nickt ernst. »Bitte, kommen Sie mit.«

Im Hinterzimmer bietet er Besana und Ilaria zwei Stühle an. Er selbst bleibt stehen.

»Ich bin froh, dass Sie gekommen sind. Niemand redet mehr von meiner Tochter. Es hat nie ein Urteil gegeben, niemand wurde für den Mord an ihr zur Rechenschaft gezogen.«

»Mord?«

»Ruth war ein anständiges Mädchen. Sie hat keine Drogen genommen. Sie hat nicht mal getrunken. Das *durfte* sie gar nicht.«

»Warum?«

»Weil sie ständig von ihrem Trainer kontrolliert wurde. Sie sollte in die Nationalmannschaft aufgenommen werden.«

»Für welche Sportart?«

»Skilanglauf. Im Profisport. Mit sechzehn war sie Zweite im Skimarathon. Zweite der Frauen natürlich. Sie war die große Hoffnung für den Langlauf.«

»Also ist sie Ihrer Meinung nach nicht an einer Überdosis gestorben?«

»Ich kann mit Sicherheit sagen, dass sie nicht freiwillig Drogen genommen hat«, entgegnet der Apotheker. »Meine Tochter hätte niemals ihre sportliche Karriere aufs Spiel gesetzt. Sie hat so viele Opfer gebracht. Der Sport war ihr Leben, er was das Wichtigste für sie.«

»Neben Federico, nehme ich an?«

Vital schüttelt traurig den Kopf. »Er war auch ein Opfer. Der arme Junge. Auch in ihn hat der Skiverband große Hoffnung gesetzt, allerdings im Alpinski. Er hat alle Wettkämpfe seiner Altersklasse gewonnen, er war großartig im Riesenslalom. Sie haben beide für den Sport gelebt.«

»Sehen Sie Frau Cattaneo oft?«

»Natürlich, sie wohnt ja hier. Wir sind befreundet.«

»Sprechen Sie oft über Ruth?«

»Jetzt nicht mehr, wir vermeiden es. Aber wir haben viel über sie gesprochen. Sie denkt genauso wie ich. Sie glaubt auch, dass sie ermordet wurde.«

»Warum wurden im Prozess alle freigesprochen?«

»Weil es keine Beweise gab.«

»Wie ist Ruth überhaupt auf diese Jacht geraten?«

»Nun ja, sie war im Urlaub, zu Gast bei einer ihrer Freundinnen. Und dort hat man sie eben zu einer Party eingeladen.«

»Sie wissen, dass auch Pallavicini an jenem Abend an Bord war. Denken Sie nicht, dass das Ihre Lage komplizieren könnte?«

»Sehen Sie, Pallavicini war seit Jahren Kunde meiner Apotheke. Und ich habe ihn behandelt wie jeden anderen auch. Er hat mich gar nicht erkannt.«

»Kamen auch Rigamonti und Moser zu Ihnen?«

»Nein. Vielleicht sind sie nach St. Moritz gefahren oder haben ihre Medikamente nicht selbst gekauft. Oft kommen die Ehefrauen und sagen: Mein Mann hat Schnupfen, oder: Mein Mann hat Rückenschmerzen. Wir wissen nicht mal, wie ihre Männer aussehen.«

»Aber Pallavicini hat sich seine Aconitum-Tropfen selbst gekauft.«

»Die Flasche war versiegelt«, entgegnet der Apotheker. »Und wenn ich ihn hätte vergiften wollen, hätte ich es schon vor Jahren getan. Das können Sie mir glauben.«

11. August

Besana öffnet die Tür, alle Lichter sind aus. »Ich bin wieder da«, ruft er. Keine Antwort. Vielleicht ist Vittoria noch unterwegs. Oder in der Badewanne. Er hängt die Jacke auf und geht in die Küche. Der Fußboden ist mit Glasscherben und zerbrochenem Geschirr übersät. Was ist passiert? Er zieht eine Schublade heraus und bewaffnet sich mit einem Messer. Dann schleicht er, mit dem Rücken an die Wand gedrückt, durch den dunklen Flur. Er erreicht das Wohnzimmer, niemand zu sehen. Er geht weiter. Stößt die Tür zu Vittorias Schlafzimmer auf und hört im Halbdunkel ein Husten. Mit einem Satz ist er am Bett.

»Bist du verletzt?«

»Was?«

Ihre Stimme ist belegt, als hätte sie Beruhigungsmittel genommen. Er bemerkt, dass sie weint. Ein unterdrücktes Weinen, wie ein Flüstern. Kurzes, stoßweises Atmen. Besana setzt sich neben sie und nimmt ihre Hand. »Alles in Ordnung?«

Sie schüttelt den Kopf.

»Was ist passiert?«

»Margherita … Meine Tochter …« Ihre Stimme ist angsterstickt, es fällt ihr merklich schwer zu sprechen. »Ich weiß nicht mehr, wie ich mich ihr gegenüber verhalten soll.«

Marco seufzt erleichtert. »Ich dachte schon, du wärst überfallen worden«, sagt er.

»Wie kommst du denn darauf?«

»Wegen des Chaos in der Küche.«

»Das war ich. Ich musste ein bisschen Dampf ablassen.«

Die Vittoria, die Marco vor sich hat, ist verändert, sie hat völlig die Kontrolle über sich verloren.

»Was ist mit deiner Tochter?«

»Sie ist schon wieder aus der Wohngruppe abgehauen.«

»Hat sie Drogenprobleme?«

»Ja, leider. Seit Jahren. Sie hört auf und fängt gleich wieder an. Sie kommt da einfach nicht raus.«

Besana streichelt ihr zärtlich übers Haar. »Das tut mir sehr leid.«

»Es ist alles meine Schuld. Ich hätte sie beschützen müssen.«

»Wovor?«

»Vor dem, der ihr wehgetan hat.«

»Einem Freund?«

»Frag nicht.«

»Warum hast du mir das nie erzählt?«

»Ich sprech nicht gern darüber«, erwidert Vittoria, ohne ihn dabei anzusehen.

»Wo ist die Wohngruppe?«

»In Brianza. Das ist schon die vierte. In den anderen haben sie nicht richtig auf sie aufgepasst. In der jetzigen hat man mir versichert, dass sie dort nicht herauskommen würde, dass alles ständig überwacht wird.«

»Soll ich meine Freunde bei der Polizei anrufen? Die könnten uns suchen helfen.«

»Danke«, sagt Vittoria beinah tonlos.

»Möchtest du etwas essen?«

»Nein. Ich will hierbleiben. Alleine. Ich muss schlafen.«

»Stört es dich, wenn ich da bin?«

»Ja.«

»Meinst du nicht, dass er dir guttun würde, darüber zu reden? Ich bring dir ein Glas Wein, und du erzählst mir alles.«

»Da gibt es nichts zu erzählen.«

Besana seufzt und steht auf. »Na gut. Ich lass dich in Ruhe.«

11. August

Alessia ist hartnäckig geblieben, bis Ilaria keine Ausflüchte mehr einfielen. Sie versteht gar nicht, warum ihr so sehr daran liegt, sie einzuladen, schließlich haben sie sich fünf Jahre nicht gesehen, was offensichtlich keine von ihnen in eine tiefere Krise gestürzt hat. Nicht eine Nachricht, nicht ein Anruf. Aber vielleicht will sie ihr einfach nur ihr Haus in der Schweiz zeigen, und zwar gerade ihr, weil nur sie verstehen kann, was für einen Sprung sie gemacht hat. Wer sonst könnte den Vergleich zu ihrem *früheren Leben* ziehen? Ilaria erinnert sich noch gut an die Wohnung, in der Alessia, Tochter eines Taxifahrers und einer Angestellten des Einwohnermeldeamtes, aufgewachsen ist. Eine dieser Wohnungen, in der man immer in der Küche sitzen muss, weil das Wohnzimmer nicht schmutzig werden darf. Das Schlafzimmer hatte sie sich mit ihrem Bruder geteilt, obwohl sie eigentlich schon zu alt dafür war. Das Badezimmer teilten sie zu viert.

Ilaria betritt ein riesiges Wohnzimmer, in dem antike Möbel im Alpenstil mit Designersofas kombiniert sind. Von einem hellen Holzbalken hängt ein riesiger moderner Leuchter in bunten Farben. Alessia nimmt sie bei der Hand und führt sie in die mit viel Holz und blitzendem Edelstahl eingerichtete Küche mit Kochinsel und Hightechgeräten einschließlich Weinkühlschrank. Dann zieht sie sie zu den Schlafzimmern, die alle gleich aussehen, über und über mit Decken und Kissen aus Biofell dekoriert. Sie besichtigen sogar die ganz in Stein und Holz gehaltenen Bäder, von denen eines über eine Sauna verfügt.

»Es ist fantastisch«, staunt Ilaria.

»Ja, nett, nicht? Ich kann dir sagen, dieses Haus hat mich ganz schön Nerven gekostet. Ich musste jede Woche raufkommen, ich konnte nicht mehr. Außerhalb der Saison ist hier niemand, da geht man förmlich ein. Wie kommt es eigentlich, dass du hier so oft Urlaub machst?«

Sie hat bereits vergessen, dass es Leute gibt, die arbeiten müssen.

»Ich hab dir doch gesagt, dass ich nicht im Urlaub bin. Ich bin Journalistin.«

»Sportjournalistin? Schreibst du auch über Polo? Mein Mann liebt Polo!«

»Nein, ich schreibe über Verbrechen.«

Alessia schreit begeistert auf. »Ich liebe Verbrechen!«, sagt sie. »Du Glückliche.«

Sie hat also auch vergessen, dass ihre Mutter ermordet wurde. Ilaria dagegen erinnert sich noch genau an die Sommernacht, in der sie beide mit ein paar Flaschen Bier in einem verlassenen Park auf der Wiese saßen und sie ihr ihre Geschichte erzählt hat.

»Ich kannte Giovanni Pallavicini gut. Wir waren natürlich nicht befreundet, er war ja viel älter als ich. Aber er verkehrte mit meinem Schwiegervater. Wer könnte ihn denn vergiftet haben?«

»Das wüsste ich auch gern, glaub mir.« Einen Augenblick lang ist Ilaria versucht, ihr Fragen zu stellen, um mehr über das Opfer zu erfahren. Aber der Drang, von diesem allzu perfekten Haus und von dieser jungen Frau wegzukommen, die nichts mehr mit dem Mädchen gemein hat, das sie kannte, ist übermächtig.

»Ich muss los. Freut mich, dich wiedergesehen zu haben. Du siehst gut aus.«

»Jetzt schon? Aber ich hab dir doch noch gar keinen Aperitif angeboten. Ich hab extra eine Flasche Champagner kalt gestellt.«

»Danke, aber ich habe es wirklich eilig. Ich muss heute Abend noch einen Artikel abgeben«, lügt sie.

Da schlurft ein Mann auf Socken gähnend durchs Wohnzimmer. Das einzige Zubehör des Hauses, das ihre Freundin versäumt hat, ihr vorzustellen: ihren Ehemann.

11. August

»Dafne? Was machst du heute Abend?«

»Was soll ich schon machen, ich esse allein zu Abend. Komm doch mit.«

Ilaria muss nicht lange überlegen. Sie findet Dafne großartig, die Einzige im ganzen Tal, die so ist wie sie. Die Adresse, die sie ihr auf WhatsApp geschickt hat, führt sie geradewegs zu einem weiteren portugiesischen Restaurant. *Regionale Küche* steht auf dem Schild. Womit allerdings weniger eine authentische portugiesische als eine engadinische Küche gemeint ist, von ein paar exotischen Ausnahmen einmal abgesehen (Pastéis de Bacalhau, Arroz de Polvo, Francesinha). Endlich kann Ilaria alles rauslassen, sie berichtet Dafne von Nicolas Überraschungsbesuch, dem Gefühlschaos, das er ausgelöst hat, von ihrer Angst und Enttäuschung. Und dass er sich wie üblich wieder in Luft aufgelöst hat.

»Leg ihn um«, kommentiert Dafne.

Ilaria lacht. »Mit ein bisschen Aconitin?«

»Warum nicht? Du weißt ja jetzt, wie du in Elsas Garten reinkommst«, lacht Dafne augenzwinkernd. »Aber wenn es dir lieber ist, können wir auch Fulvio herbeipfeifen. Schließlich ist er dressiert.«

Sie lachen wie verrückt. Irgendwie muss man ja die bösen Geister vertreiben. Wer sagt denn, dass man bei so ernsten Dingen wie Kriminalreportagen nicht auch ein bisschen Spaß haben darf.

Plötzlich fährt Dafne herum. Aus dem Augenwinkel hat sie soeben Brunella hereinkommen sehen.

»Was macht die denn hier?«, fragt Ilaria.

»Sicher will sie nur ihrem Reitlehrer Hallo sagen«, erwidert Dafne mit boshaftem Lächeln. »Brunella steht auf Lehrer. Tennis, Golf, Ski, völlig egal. Du musst nämlich wissen, sie ist sehr sportlich.«

Sie lachen erneut und winken ihr dann zu, worauf Brunella zu ihnen an den Tisch kommt. Sie quiekt, pfeift, wiehert. Wie Eichhörnchen, Murmeltier und Stute in Personalunion. Vor allem aber ist sie tief im Inneren ein junges Mädchen geblieben. Jedes Mal, wenn sie ein für ihre Begriffe außergewöhnliches Wort benutzt, malt sie mit den Fingern Anführungszeichen in die Luft und sagt Hashtag irgendwas.

»Hey, wen haben wir denn da! Ich bin gerade von einem stinklangweiligen Abendessen geflüchtet, Hashtag *undtschüss*«, wobei sie den Abschiedsgruß mit gestischen Anführungszeichen versieht. »Hier ist wenigstens ein bisschen was los. Und endlich mal etwas jüngere Leute, Gott sei Dank. *Cool*? *Fun*? Nicht die Bohne. Ging mir das auf die Nerven! Da hab ich mal schnell Kopfschmerzen erfunden. Ciao, ciao. Und da bin ich, Hashtag *bestoftheday*.«

Brunella lacht, Dafne und Ilaria lachen nicht. Sie schaffen es nicht.

»Na gut, Mädels, ich bin wieder weg. Sonst krieg ich Ärger mit meinen Freunden, ohne mich läuft da nichts.« Und mit einem erneuten Lachen, das das erste wiedergutmachen soll, oder auch einfach nur so, ein Lachen, um zu lachen, was soll man auch sonst tun, ruft sie im Gehen noch über die Schulter: »Viel Spaß noch.«

Dafne und Ilaria sehen sich an.

»Die Ärmste«, sagt Dafne.

»Ich war nicht mal mit vierzehn so«, entgegnet Ilaria.

»Sie ist überall fehl am Platz. In der Jetset-Welt genau wie hier, und sie merkt es nicht einmal. Sie nehmen sie nur deshalb nicht auf den Arm, weil sie stinkreich ist, man kann ja nie wissen. Das ist das Schlimmste daran.«

12. August

Es klingelt Sturm. Die Haushälterin muss einkaufen sein, also geht Besana an die Tür. Als er öffnet, steht eine vollkommen aufgelöste Brunella vor ihm.

»Schläft Vittoria noch?«

»Ich weiß nicht, sie ist in ihrem Zimmer und will nicht gestört werden. Sie fühlt sich nicht gut.«

»Ich muss dringend mit ihr reden, es ist etwas *Unfassbares* passiert«, beharrt Brunella und schlüpft an ihm vorbei ins Wohnzimmer, wo sie sich aufs Sofa wirft, ihr Handy aus der Handtasche holt, daran herumhantiert und es schließlich Besana reicht.

»Hier, lies mal das Interview hier«, sagt sie. »Ich habe nie ein Interview gegeben! Ich habe mit gar keinem Journalisten gesprochen! Er hat alles erfunden! Ich hab das alles nie gesagt.«

Besana überfliegt den Artikel rasch, auch wenn er längst begriffen hat. »Du hast dich im Waldhaus eine halbe Stunde mit ihm unterhalten.«

»Ich? Mit wem? Etwa der Typ mit Bart? Er hat mir nicht gesagt, dass er Journalist ist. Er hat sich als Freund von Elsa vorgestellt.«

»Er ist Journalist. Und ein unkorrekter dazu. Ich kenne ihn und weiß, wie er so drauf ist, deshalb habe ich Vittoria gesagt, sie soll dich warnen. Hat sie das nicht gemacht?«

Brunella schüttelt den Kopf. »Nein. Und ich bin auf ihn reingefallen, Hashtag *ichdussel.*«

Besana sieht sie stirnrunzelnd an. Brunella ist fast vierzig, aber sie benimmt sich wie ein kleines Mädchen.

»Was soll ich denn jetzt tun?«

»Du kannst eine Gegendarstellung verlangen.«

»Eine was?«

Besana verliert beinahe die Geduld. Es ist fast wie mit seinem Sohn, wenn er ihn dazu bringen will zu lernen. »Wenn du willst, schreib ich sie dir. Du musst nur unterzeichnen. Einverstanden?«

Brunella nickt.

Ihr Parfüm ist würzig und schwer, und Besana wird übel. Er erkennt es sofort, auch eine seiner Ex-Freundinnen hat es benutzt: Poison von Dior. Koriander, Piment, Pflaume, Anis, Rose, Tuberose, Nelke, Amber, Sandelholz, Moschus. Für seinen Geruchssinn wahrhaft das reinste Gift. Er steht auf und geht ans Fenster.

»Was hat Vittoria denn?« Brunella wühlt auf der Suche nach Zigaretten in ihrer Tasche, findet sie und steckt sich eine in den Mund. Jetzt fehlt das Feuerzeug, und sie beginnt erneut zu kramen. »Ist es wegen Meg? Ist sie wieder abgehauen?«

»Mit dir spricht sie darüber?«

Brunella schüttelt den Kopf, während sie den Rauch tief inhaliert. »Natürlich nicht. Sie redet mit niemandem darüber. Da erfindet sie eher Nierensteine. Aber ich weiß es.«

»Kennst du sie?«

»Margherita? Natürlich. Aber ich glaube kaum, dass sie mich kennt. Die paar Mal, die ich sie gesehen habe, war sie immer völlig weggetreten. Ich denke nicht, dass sie jemals davon loskommt.«

»Was nimmt sie? Kokain? Heroin? Pillen?«

»Alles. Am liebsten ganze Drogencocktails, vorzugsweise mit Alkohol gemischt.«

»Besucht Vittoria sie oft?«

»Sie darf nicht.«

»Wieso darf sie nicht?«

»Die Ärzte wollen es nicht. Sie sagen, wenn Meg sie sieht, stürzt es sie jedes Mal in eine Krise.«

»Das ist ja furchtbar«, sagt Besana.

»Allerdings«, erwidert Brunella. »Aber es ist noch schlimmer, wenn ihre Tochter plötzlich zu Hause auftaucht. Wenn sie auf Entzug ist, kann sie ganz schön gewalttätig werden.«

12. August

»Hallo, Ilaria?«

»Doktor Hofer! Danke, dass Sie zurückrufen. Also?«

»Es war tatsächlich ein Unfall, ganz zweifellos. Wir haben sämtliche toxikologischen Untersuchungen durchgeführt, die Kollegin hat nach den exotischsten Substanzen gesucht, aber sie hat nichts gefunden. Nur Alkohol. Mit 1,6 Promille ist man nicht mehr fahrtüchtig. Da kann man ja kaum noch gehen, geschweige denn fahren. Der Kerl muss mindestens eine Flasche Wein und ein paar Wodkas getrunken haben. Und er ist wahnsinnig schnell gefahren, mit über hundert Sachen, auf einer Straße mit so vielen Kurven und dann noch bei dem Regen.«

»Ach so, tja dann …«, sagt Ilaria enttäuscht.

»Er musste schon mal wegen einer Geschwindigkeitsübertretung für einige Monate den Führerschein abgeben«, fährt Hofer fort. »Wäre er in der Nacht angehalten worden, würde er jetzt vielleicht noch leben. Er wäre für ein paar Monate ins Gefängnis gewandert, hier in der Schweiz versteht man da keinen Spaß, was die Regeln betrifft.«

»Er war also nur betrunken, als er in den See gefahren ist? Ihm ist sicher nichts in den Wein gemischt worden?«

»Hundert Prozent. Das bestätigen auch die Ergebnisse der Obduktion. Die inneren Organe waren vollkommen unauffällig, abgesehen von einer leichten Vergrößerung der Leber, aber das ist normal bei Alkoholikern. Und einem beginnenden Lungenemphysem, ebenfalls typisch für Raucher. Im Magen haben wir Reste von Capuns und Wildgeschnetzeltem mit Polenta gefunden. Nichts Giftiges jedenfalls. Er war adipös, mit allen Problemen, die Übergewicht so mit sich bringt, einschließlich einer beträchtlichen Bewegungseinschränkung. An Händen und Stirn waren Hämatome. Er muss gekämpft haben, um aus dem Auto herauszukommen. Er war zu dick, um durch die Seitenfenster zu kommen, deshalb hat er versucht, die Windschutzscheibe einzuschlagen. Wenn man bedenkt, dass der See an der Stelle nur ein paar Meter tief ist ... Er hätte sich ohne Weiteres retten können.«

»Vielleicht waren die Rettungskräfte zu spät da.«

»Wir sind hier in der Schweiz. Innerhalb einer Viertelstunde waren die Taucher vor Ort. Aber da war Fuchs bereits tot. Bei jemandem wie ihm, über sechzig und mit Atemproblemen und Bluthochdruck, geht so was ganz schnell. Da kann man schon nach einer Minute das Bewusstsein verlieren. Ich kann Ihnen versichern, dass es sehr schnell gegangen ist. Ein kurzer Moment der Panik, dann war es schon vorbei. Er hat sicher nicht viel davon mitbekommen.«

»Tja, da hatten es D'Ambrosio und Pallavicini wohl weniger leicht. Sie müssen fürchterlich gelitten haben.«

»Mit Sicherheit. Aber, ich wiederhole, hier liegt der Fall anders. Selbst wenn ihm jemand etwas gewollt hätte, Fuchs ist definitiv durch eigenes Verschulden gestorben. Ohne dass irgendwer etwas dazu beigetragen hätte. Der Staatsanwalt hat die Sache bereits als Unfall zu den Akten gelegt. Die Ermittlung ist abgeschlossen.«

»Könnte nicht jemand den Wagen manipuliert haben?«, beharrt Ilaria.

»Die Kfz-Mechaniker der Polizei haben den Jaguar überprüft. Da war nicht ein Schräubchen am falschen Platz. Er war gerade erst zur Inspektion in einer Werkstatt in Samedan gewesen. Lassen Sie es gut sein, Ilaria. Diesmal gibt es kein Material für einen Artikel. Es ist ein so schöner Tag, machen Sie einen kleinen Ausflug, gehen Sie an die frische Luft. Das wird Ihnen guttun.«

12. August

»Essen wir zusammen?«

»Nein, danke. Ich esse lieber allein«, erwidert Ilaria.

»Also, Vittoria möchte heute lieber zu Hause bleiben.«

»Dann komm ich gerne.« Ilaria beginnt zu strahlen.

»Du kannst sie wirklich nicht leiden, was?«

»Nicht so richtig.«

»Bist du eifersüchtig?«

Ilaria lacht. »Spinnst du? Deinetwegen?«

Eine halbe Stunde später sind sie im Restaurant. Sie suchen sich eine ruhige Ecke und lassen sich auf der Holzbank nieder. Besana studiert die Weinkarte und schüttelt den Kopf. »Das ist ein Skandal«, sagt er. »Nicht eine Flasche unter dreißig Euro. Nicht zu glauben.«

Er bestellt den günstigsten Wein von der Karte und probiert das Brot. »Also, raus mit der Sprache. Was hast du eigentlich an ihr auszusetzen?«

»Sie ist versnobt und arrogant. Wenn sie nett zu einem ist, ist es nur Show, es kommt nicht von Herzen. Sie lebt in ihrer Blase und meint, es wäre die *ganze* Welt. Sie ist völlig weltfremd und interessiert sich überhaupt nicht für andere. Weißt du, sie hat mir nicht eine einzige Frage gestellt. Ich bin nicht Teil ihrer Welt, also existiere ich nicht. Total beschränkt, würde ich sagen.«

»Noch was?«

»Allerdings. Sie ist langweilig. Sie redet nur über Leute, die sie kennt, und wirft mit Namen um sich, als müsse sie jeder kennen. Aber was gehen mich diese Leute an? Das ist alles so was von öde.«

»Du hast nicht ganz unrecht, Piatti. Aber Vittoria ist mehr als das, glaub mir.« Besana verschränkt die Finger ineinander und stützt das Kinn darauf. »Sie leidet viel mehr, als es den Anschein hat.«

Ilaria verzieht das Gesicht. »Jetzt erzähl mir nicht, dass sie wegen dem Tod ihres Mannes am Boden zerstört ist. Sie spricht nie von ihm. Und wenn, dann nur wie von einem entfernten Verwandten. Kalt und vollkommen gleichgültig.«

»Von ihm rede ich auch gar nicht. Ihr ganzer Kummer hängt mit ihrer Tochter zusammen. Die ist zwanzig und lebt in einer Wohngruppe.«

»Hat sie psychische Probleme? Oder Probleme mit Drogen?«

»Drogen. Eigentlich beides. Sie haut öfter mal ab, und Vittoria wird dann schier verrückt vor Angst. Und dann bleibt von der stolzen, kontrollierten Frau nicht viel übrig, das kann ich dir sagen. Sie schlägt blind um sich. Als ich gestern nach Hause kam, lag alles voller Scherben. Mir ist fast das Herz stehen geblieben. Ich dachte sofort, das war's, jetzt haben sie auch sie umgebracht. Aber sie war es selbst gewesen, sie hatte einen Wutanfall.«

»Vielleicht hat sie Schuldgefühle«, vermutet Ilaria.

»Das kann ich nicht beurteilen, dazu kenne ich sie zu wenig. Ich hab versucht, ihr zu helfen, aber sie hat sich hinter einer Mauer verschanzt. Man darf ihr nicht zu nahe kommen. Sie lässt höchstens ein bisschen körperliche Nähe zu. Aber bloß nicht nachfragen. Wenn sie sich zu schwach fühlt, um Widerstand zu leisten, sagt sie, sie muss schlafen, und schließt sich in ihrem Zimmer ein. Und dann steht man da und kann nichts tun.«

»Ich weiß nicht, ich kann kein großes Mitleid für sie empfinden«, sagt Ilaria. »Ich hatte auch ein schwieriges Leben. Meine Mutter ist ermordet worden, und mein Vater sitzt im Gefängnis, weil er der Täter ist. Trotzdem bin ich nicht wie sie geworden.«

Nachdenklich trinkt Besana einen Schluck Wein. »Weißt du, mit zwanzig ist man oft sehr streng in seinen Urteilen. Mit zunehmendem Alter wird man milder, unsicherer. Manchmal trauere ich dieser Unnachgiebigkeit ein bisschen nach, es hatte durchaus etwas für sich. Aber dann empfinde ich es auch wieder als befreiend. Vielleicht ist es mir sogar fast lieber zu wissen, dass ich nichts weiß. Zum Beispiel darüber, wer die anderen wirklich sind.«

13. August

Am nächsten Morgen gehen Ilaria und Besana zur Polizeiwache von Samedan. *Polizia chantunala dal Grischun* steht auf Rätoromanisch auf dem Schild. Sie werden von Urs Ackermann, dem Leiter der Ermittlungen empfangen, dem Einzigen, der gut Italienisch spricht. Sofort klärt er sie über die Schweizer Regeln zum Schutz der Privatsphäre auf. Es ist verboten, die Namen der Personen, gegen die ermittelt wird, in der Zeitung zu nennen. Außerdem ist noch dies verboten und das verboten. Dann steht er auf, um einen wichtigen Anruf entgegenzunehmen, und lässt sie allein im Zimmer zurück.

»Wir können praktisch nichts schreiben«, sagt Besana.

»Vielleicht gilt das nur für die Schweizer Zeitungen«, wiegelt Ilaria ab.

»Was wollen wir wetten, dass er uns nichts sagt?«

»Wir haben ja noch andere Quellen.«

Feldwebel Ackermann kommt zu ihnen zurück und entschuldigt sich, dass sie warten mussten. Dann erzählt er, dass man derzeit gegen den Apotheker ermittle (dessen Namen er natürlich nicht nennen dürfe), der das Fläschchen mit dem homöopathischen Aconitum verkauft habe.

»Welches man hier in der Schweiz ohne Rezept bekommt. Bei Ihnen kann man in der Apotheke ja alles Mögliche kaufen. Hier müsste man auch mal strengere Regeln einführen, so wie bei uns.« Besana lacht.

Ackermann lacht nicht. Er fährt bierernst fort und erläutert, dass der Apotheker weiterhin steif und fest behaupte, es sei nicht seine Schuld, wenn der Inhalt des

Fläschchens nicht mit dem Etikett übereinstimme, sondern die der Pharmafirma. Schließlich würden in der Produktionsstätte der Firma, deren Namen er nicht nennen dürfe, stichprobenartige Kontrollen durchgeführt.

»Wenn also Andreas Vital unschuldig ist, muss man den Schuldigen bei der Natur-Pharm in Basel suchen«, provoziert ihn Besana.

»Wir sind nicht in Italien, Dottor Besana«, erwidert Ackermann eisig.

»Das hier ist nur ein Freundschaftsbesuch, wir wollen Sie nicht in Schwierigkeiten bringen. Keine Sorge, wir haben andere Quellen, auf die wir zurückgreifen können. Gestatten Sie mir nur eine Frage.«

»Bitte sehr.«

»Haben Sie überprüft, ob ein Zusammenhang mit dem Tod von Ruth Vital besteht?«

»Darauf darf ich nicht antworten, tut mir leid.«

»Dachte ich mir.«

Sie stehen auf und geben Ackermann zum Abschied die Hand. Doch bevor sie hinausgehen, dreht sich Besana noch einmal um. »Entschuldigen Sie, eine letzte Frage noch. In den vergangenen Jahren sind in Graubünden noch weitere Italiener ums Leben gekommen. Livio Moser, Carlo Rigamonti, Achille D'Ambrosio. Wäre es nicht möglich, dass eine Verbindung zwischen diesen Todesfällen besteht?«

»Ich weiß, worauf Sie hinauswollen. Aber das waren Unfälle. Mord hat man seinerzeit ausgeschlossen.«

»Verstehe. Danke, Feldwebel.«

13. August

Wütend stapft Besana zum Wagen, an dessen Windschutzscheibe zu allem Überfluss auch noch ein Strafzettel klebt. »Wie zum Henker soll man hier als Kriminalreporter arbeiten? Da kann man sich den Presseausweis ja gleich einrahmen lassen und an die Wand hängen. Sollen wir etwa nur auf Grundlage von Polizeimeldungen Zeitungen machen wie in den Fünfzigern? Da wechsle ich lieber den Job und werde Bärenforscher, das ist ja jetzt mein Hobby.«

»Wollen wir irgendwo eine heiße Schokolade trinken?«, schlägt Ilaria vor.

Besana sieht auf die Uhr. »Ich bitte dich, Piatti, es ist Mittag. Gönn mir wenigstens ein Bier.«

Sie setzen sich an einen Tisch vor einem Bäckerei-Café. Ilaria bestellt selig eine Brezel mit Butter. »Damit haben die Schweizer ja mal wirklich was Großartiges erfunden«, sagt sie und beißt herzhaft hinein.

»Ach«, erwidert Besana, »die gibt's auch in Wien und Bozen. Aber von Brezeln mal abgesehen, hat die Schweiz vermutlich sehr viel mehr Erfindungen hervorgebracht, als du dir vielleicht vorstellen kannst.«

»Spontan fällt mir Schokolade ein, und Uhren und dieses rote Messer.«

»Du unterschätzt die Schweiz, Piatti.« Besana nimmt einen Schluck von seinem Bernina. »Denk nur mal an den Klettverschluss. Die Idee ist einem Mann aus dem Waadt bei einem Waldspaziergang mit seinem Hund gekommen. Er hatte dauernd Kletten an der Hose. Irgendwann hat er sie unters Mikroskop gelegt und verstanden, dass er diese ärgerlichen Dinger in etwas Nützliches verwandeln kann. Ärgernisse und Langeweile bringen oft große Dinge hervor.«

»Und was noch?«

»Der Brühwürfel. Hat ein Halbitaliener erfunden, Julius Maggi. Oder Zellophan. Ein Züricher. Aluminiumfolie, die Staniolpapier abgelöst hat, um Schokolade einzuwickeln. Die elektrische Zahnbürste, Piatti! Der Fantasie eines Zahnarztes aus Genf entsprungen. Wer hätte gedacht, dass ein Zahnarzt aus Genf Fantasie haben kann?«

Ilaria lacht.

»Aber das Beste ist die WC-Ente. Den ersten Prototyp hat man in den Achtzigerjahren in Zürich entwickelt.«

»Eine echte Revolution. Die hat wirklich die Welt verändert.«

»Siehst du? Du warst voller Vorurteile«, entgegnet Besana und fährt fort: »Leider wurde in der Schweiz noch eine weitere Ente erfunden: der Ententanz. Den hat in den Sechzigern ein Schweizer Kellner komponiert.«

»Langeweile kann gefährlich sein.«

»Je nachdem«, sagt Besana. »Ohne die Schweizer gäbe es keinen Absinth, und ohne Absinth hätte es die Poesie eines Verlaine oder Mallarmé nie gegeben. Er wurde von einem Arzt aus Neuenburg zu therapeutischen Zwecken entwickelt. Glücklicherweise wusste man in Paris besseren Gebrauch davon zu machen.«

»Wirklich?«

»Das Gleiche gilt für LSD, das in den Laboratorien

der Baseler Firma Sandoz hergestellt wurde. Der geniale Chemiker Albert Hofmann hat es entdeckt, der, nebenbei bemerkt, hundertzwei Jahre alt geworden ist. So schlecht kann LSD also gar nicht sein.«

13. August

Ilaria fährt mit dem Bus zum Hotel zurück. Es ist ein schöner Tag, aber die Sonne hat einen Nachteil: Sie lockt die Touristen ins Freie. Und die sind für ihren Geschmack alle viel zu sportlich. Die Seen füllen sich mit Seglern, Wind- und mit Kitesurfern, die Straßen mit Elektro- und Mountainbikes, die Wiesen mit Reitern und Golfspielern. Die einen fahren Rollschuh, die anderen laufen. Wieder andere strömen in Funktionskleidung und mit Rucksack auf dem Rücken in Richtung der Wanderwege. So viel Aktionismus ist kaum auszuhalten. Da wäre ihr ein Unwetter fast lieber.

Während sie neben einem kleinen Jungen mit Helm sitzt, dem es nicht gelingt, sein Fahrrad festzuhalten, das immer wieder gegen ihre Beine kippt, erhält sie einen Anruf. Es geht um ein heikles Thema, und sie würde lieber woanders darüber sprechen, nicht ausgerechnet im Bus. Aber der Makler ist in Eile, wahrscheinlich will er alle seine Projekte bis Ferragosto abschließen und die Agentur zumachen und ans Meer fahren wie alle anderen.

»Verstehen Sie mich nicht falsch, Dottoressa Piatti. Aber jeder im Ort weiß, dass in dem Haus ein Mord geschehen ist. Und jemanden von außerhalb zu finden, ist nicht so einfach. Es kommen nur Migranten, die sich ein solches Haus natürlich nicht leisten können. Sehen Sie, ich habe es vielen Interessenten gezeigt, und am Anfang sind alle begeistert, aber sobald sie sich informiert haben, machen sie einen Rückzieher.«

»Und jetzt?«

»Wir müssen mit dem Preis runtergehen, Dottoressa. Dann sieht vielleicht jemand über den Mord hinweg. Ich weiß, wie die Leute ticken, vertrauen Sie mir. Sie zieren sich, aber wenn sie ein gutes Geschäft wittern, schlagen sie zu.«

Ilaria schließt einen Moment die Augen. Es ist schwierig für sie, so über ihr Leben zu reden.

»Wie viel?«

»Hundert«, sagt der Makler.

Auch Ilaria sollte bereit sein, über ihre Vergangenheit hinwegzusehen. Ihr bleibt gar nichts anderes übrig, wenn sie ihre Zukunft sichern will.

»Soll das ein Witz sein? Der Preis ist schon so niedrig. Damit kann ich mir in Mailand nicht mal ein Apartment kaufen.«

»Da könnte ich Ihnen helfen«, beharrt der Makler, »wir haben dort auch eine Niederlassung.«

»Sie haben mich gedrängt, das Haus zu einem Spottpreis zu verkaufen, und ich habe akzeptiert. Aber das ist jetzt wirklich übertrieben. Ich will es nicht verschenken.«

»Sie haben mir gesagt, dass Sie das Haus so schnell wie möglich loswerden wollen. Sie müssen sich eben damit abfinden, dass es niemand haben will.«

Der kleine Junge passt schon wieder nicht auf und lässt das Fahrrad zum x-ten Mal gegen ihre Beine fallen.

»Verdammt noch mal«, rutscht es ihr heraus.

Der Junge lacht. Ilaria dreht sich zu ihm und funkelt ihn böse an. »Wenn du das noch einmal machst, werfe ich es aus dem Fenster«, sagt sie.

»Wie bitte?«

»Ich meinte nicht Sie«, sagt sie zum Makler.

»Denken Sie darüber nach, Dottoressa.«

Seufzend willigt Ilaria ein. Sie legt auf und versetzt dem Fahrrad des Jungen einen Tritt, als Warnung. Er soll endlich begreifen, dass er sie besser nicht nerven sollte.

13. August

Marco hält an einer Tankstelle. Vor den Zapfsäulen hat sich eine Schlange gebildet, aber er hat keine Eile. Er schaut auf sein Handy, um nachzusehen, ob er Nachrichten bekommen hat. Nichts. Er blickt auf und entdeckt eine blonde Frau, die ungeschickt mit dem Zapfhahn hantiert. Seine Ex-Frau. Er steigt aus und geht zu ihr hinüber.

»Ich dachte, ich hätte dir gezeigt, wie's geht. Kleine Auffrischung gefällig?«, fragt er grinsend.

Marina umarmt ihn, den Zapfhahn noch in der Hand.

»Her mit der Waffe«, sagt er.

Sie fährt sich nervös durchs Haar.

»Ich hab wohl irgendwas falsch gemacht«, räumt sie ein.

»Kein Problem.«

Es war ein ganz alltäglicher Austausch, vielleicht sind sie deshalb jetzt so verlegen. Aber sie überstehen diesen Moment, so wie man alles im Leben übersteht. Nach dem Tanken finden sie sich in einer Kneipe wieder, mit einem flauen Gefühl im Magen, und das nicht aus Hunger.

Marina macht nicht mal Theater, als Marco ein Bier bestellt statt eines Brötchens. Im Gegenteil. Sie bestellt sich auch eins. Ihr ist heute danach, dass sich der Kopf ein wenig dreht. »Ich hab nicht damit gerechnet, dich hier zu treffen«, sagt sie.

»Ich hab auch nicht mit dir gerechnet.«

»Na ja, Armando hat doch das Haus in Celerina.« Marina hebt die Schultern. »Es gehört seinen Eltern. Ich hätte viel lieber eine richtige Reise gemacht, aber er möchte immer hierher, um Geld zu sparen. Und wo bist du?«

»Im Hotel«, erwidert Marco. »Ich arbeite an einem Fall.«

Das ist bereits die zweite Lüge, aber diese ist wichtiger, tiefer empfunden.

»Diese Geschichte mit dem Gift? Ist das interessant?«

Eine solche Frage hätte sie ihm nie gestellt, als sie noch verheiratet waren, und jetzt geht er darüber hinweg.

»Ziemlich. Ist Jacopo auch hier?«

»Er wollte eigentlich mitkommen, aber in letzter Sekunde hat er es sich anders überlegt. Er will lieber arbeiten.«

»Arbeiten? Jacopo?« Besana ist überrascht. »Muss ich mir Sorgen machen?«

Jacopo hat noch nie auch nur eine Woche Urlaub für einen Sommerjob geopfert. Was hat er verpasst?

»Nein, musst du nicht«, erwidert Marina. »Hat er dir von seiner Freundin erzählt?«

»Er hat mir Fotos geschickt. Ein hübsches Ding.«

»Er hat dir also nichts erzählt.«

»Wo ist das Problem?«

»Das Problem sind ihre Eltern. Sie haben einen Biobauernhof im Veltlin.«

»Na und? Da gibt es Schlimmeres. Sieh mich an.«

Marina lacht laut heraus. Dann schüttelt sie den Kopf. »Er hat beschlossen, zu ihnen zu ziehen und bei ihnen zu arbeiten. Sie sind gerade erst drei Monate zusammen, und er betrachtet sie schon als seine Schwiegereltern.«

Besana versucht, die Nachricht mit einem Schluck Bier runterzuspülen. »Deshalb will er nicht mehr studieren«, sagt er. »Scheiße, er ist doch erst achtzehn. Da will er allen Ernstes bei seinen Schwiegereltern wohnen?«

»Vielleicht ist es unsere Schuld«, flüstert Marina und senkt den Blick.

»Deine.« Besana verliert die Beherrschung. »Es ist deine Schuld.«

»Bitte.« Marina hebt die Hand und bedeutet ihm zu schweigen. »Es sind immer beide schuld.«

»Ach ja, seit wann denn das? Wenn ich mich recht erinnere, war es nur meine Schuld, dass wir uns getrennt haben.«

»Was hat das jetzt damit zu tun?«

»Eine Menge. Genauso viel wie die Entscheidung unseres Sohnes mit deinen Heiratsplänen.«

»Du bist gemein.«

»Nein, ich bin nur realistisch. Da muss man kein Genie in Psychologie sein. Jacopo ist gerade erst volljährig geworden und versucht, noch vor dir zu heiraten, verdammt noch mal.«

»Du musst ihn aufhalten, Marco.«

»Tut mir leid. Erst mal solltest du dich selbst aufhalten«, erwidert Besana.

Marina hebt besorgt den Kopf. »Wolltest du nicht so schnell wie möglich die Scheidung?«

Besana zündet sich eine Zigarette an, ihm zittern die Hände. »Doch. Das will ich«, sagt er. »Sobald die Frist rum ist.«

Marina sieht ihn verwirrt an, verwirrt und erleichtert.

»Aber ich habe Armando mit einer anderen gesehen«, fügt Besana hinzu. »Ich denke, du solltest das wissen.«

Er hätte nie an diesen Punkt kommen wollen, aber sie gehen hier gerade alle vor die Hunde. Keiner von ihnen hat mehr etwas zu verlieren.

13. August

»Wo bist du? Können wir uns kurz sehen? Ich hab etwas Beunruhigendes entdeckt.«

Ein wenig verlegen steht Besana vom Tisch auf, um zu telefonieren. »Ich bin mit meiner Frau zusammen«, sagt er. »Meiner Ex-Frau, meine ich.«

»Du hast Marina getroffen?«

»Aus Datenschutzgründen darf ich keine Namen nennen.«

»Blödmann. Kannst du in meinem Hotel vorbeikommen, wenn du fertig bist?«

»In Ordnung.«

Ilaria erwartet ihn bereits im Garten. Besana kann Becks' Leine nicht mehr halten, denn der Hund stürmt im Galopp auf sie zu und wirft auf dem Weg fast eine Frau um.

»Da bin ich«, sagt er, während er sich neben sie setzt.

»Wie war's?«

»Vergiss es.«

»Weiß Vittoria es?«

»Ich war den ganzen Tag mit dir zusammen. Wir haben gearbeitet.«

»Natürlich.«

»Und? Was ist das für eine sensationelle Neuigkeit?«

»Ich habe von Commissario Ricci eine wertvolle Information bekommen. Eine Information, die die Lage ein bisschen verändert. D'Ambrosios Frau hat das Erbe ausgeschlagen, weil sie nur Schulden geerbt hätte, aber sie kassiert die Lebensversicherung ihres Mannes, die sich auf mehrere Millionen Euro beläuft. Was, wenn es ein vollkommen separates Verbrechen ist, das nichts mit den anderen zu tun hat?«

»Tja, Lebensversicherungen haben in der Geschichte des Giftes eine lange Tradition«, doziert Besana. »Bis ins neunzehnte Jahrhundert war der Giftmord der gehobenen Gesellschaft vorbehalten, denk nur mal an die Königshöfe. Unter Adligen wurde fleißig gemordet. Die Alte mit dem Essig, eine Frau aus dem Volk, stellt da eine Ausnahme dar. Als die Lebensversicherungen aufkamen, änderte sich alles. Plötzlich wurde auch dem Leben einfacher Leute ein wirtschaftlicher Wert beigemessen. Und Gift wurde, vor allem innerhalb der Familie, zur sichersten, weil am schwierigsten zu entdeckenden Waffe. Und ich rede nicht nur von Arsen, Cyanid oder Strichnin. Es wurden die abwegigsten Substanzen eingesetzt.«

»Zum Beispiel?«

»Ein berühmter Fall ist der von Henri Girard, der im Paris des beginnenden zwanzigsten Jahrhunderts reiche Damen um den Finger wickelte und dazu brachte, eine Lebensversicherung zu seinen Gunsten abzuschließen. Er benutzte natürliche Toxine, die er aus dem Grünen Knollenblätterpilz und aus krankheitserregenden Bakterien gewann.«

»Und ich dachte, unser Mörder hätte so viel Fantasie. Also gibt es tatsächlich Seriengiftmörder?«

»Allerdings. Spontan fällt mir eine Hausfrau aus Oklahoma ein, die in den Fünfzigerjahren aufflog und unter anderem vier von ihren sechs Ehemännern, zwei Kinder, ihre Mutter, ihre Schwiegermutter und zwei Enkelkinder ermordet hat. Sie wurde als die ›romantische Giftmörderin‹ bekannt. Zehn Morde, alle als natürliche Todesfälle zu den Akten gelegt. Bis ein etwas pedantischerer Arzt bei Ehemann Nummer vier beschloss, eine Obduktion durchzuführen, und eine große Menge Arsen fand, die zwanzigfache Menge einer tödlichen Dosis. Bei ihrem Geständnis hat sie angegeben, sie habe ihre Männer getötet, weil sie sie *langweilten.*«

»Unglaublich«, lacht Ilaria.

»Sie hat leidenschaftlich gern Fotoromane gelesen und hatte wohl den Eindruck, ihr Leben könne da nicht mithalten. Sie habe nur den perfekten Mann gesucht, hat sie sich gerechtfertigt, die wahre große Liebe.«

13. August

Vittoria hatte ihm einen ruhigen Abend zu zweit versprochen, doch dann hat sie nicht widerstehen können und in letzter Minute zehn Leute zum Essen eingeladen.

»Schon wieder? Ich möchte mal Zeit mit dir allein verbringen. Ich weiß nicht, worüber ich mit ihnen reden soll.«

»Schatz, die Chicca war alleine. Dann hat mich Giulio angerufen, und wir können den Abend ja nicht mit den beiden allein verbringen. Die Crivellis laden mich andauernd ein, da war mal eine Gegeneinladung fällig.«

»Schöne Scheiße«, schimpft Besana. »Nie kann man mal seine Ruhe haben, verdammt.« In dem Moment vibriert sein Handy. Verdammt, seine Ex. Er muss drangehen, nachdem ihm das mit Armando rausgerutscht ist. Zum Glück klingelt es fast gleichzeitig an der Tür, und Vittoria geht weg, um sie zu öffnen. Schnell schließt Besana sich im Bad ein.

»Stör ich dich?« Es ist unschwer zu erkennen, dass Marina geweint hat.

Besana dreht den Wasserhahn auf, damit man ihn draußen nicht hört.

»Ich bitte dich«, sagt er. »Es tut mir leid, ich hätte das nicht sagen sollen.«

»Aber nein, das war gut so. Ich habe mir ein Zimmer im Hotel genommen, morgen früh fahr ich nach Mailand zurück. Ich kann nicht mehr bei ihm schlafen. Und du, wo bist du?«

»Auf einer Party.«

»Auf einer Party? Du hast Partys doch immer gehasst.«

»Es ist beruflich«, lügt er.

Da klopft es an die Tür. »Marco? Es sind alle da. Wir warten auf dich.«

»Ich komme«, ruft er durch die geschlossene Tür.

Marina zieht die Nase hoch, sie kann nicht aufhören zu weinen. »Musst du gehen?«

»Tut mir leid. Ich versuche, dich später zurückzurufen.«

»Ja, bitte. Lass mich heute Abend nicht allein. Ich bin total fertig. Am liebsten würde ich aus dem Fenster springen.«

»Red keinen Unsinn.«

Mit finsterem Gesicht geht Besana ins Wohnzimmer. Er gibt allen die Hand, Vittoria hakt ihn unter.

»Probleme?«

»Nein, ich hab mit Piatti telefoniert.«

Da vibriert sein Handy erneut. Marina will ihm offenbar keine Ruhe lassen. Er würde sich tausendmal lieber ihr Jammern anhören als das sinnlose Geschwätz seiner Tischnachbarin, aber er hat keine Wahl.

»Was machen Sie denn?«

»Ich bin pensionierter Journalist.«

»Interessant.«

»Pensioniert zu sein?«

»Journalist zu sein«, sagt die Frau lachend.

»Und Sie? Womit beschäftigen Sie sich?«

»Ich bemale Keramik. Wenn es Sie interessiert, am Sonntagnachmittag gibt es eine Benefizverkaufsveranstaltung bei der Laudomia zu Hause.«

Besana bringt es nicht fertig, *interessant* zu sagen. Eher würde er auch aus dem Fenster springen. Trostlos gießt er ihr etwas Wein nach.

»Kennen Sie die Laudomia?«

»Nein.« Er versucht, seiner Nachbarin zu entkommen, um zu hören, was Crivelli erzählt.

Der Schönheitschirurg spricht gerade über den Fall Fuchs. »Ich kannte Roger gut. Er hat mir das Haus umgebaut und ich ihm die Frau«, lacht er und bemerkt zu spät, dass die Bemerkung geschmacklos war. Er hat zu viel getrunken und verliert die Kontrolle.

»Kann es nicht auch Mord gewesen sein?«

»Wir haben mit dem Gerichtsmediziner gesprochen. Er schließt Mord kategorisch aus. Es war ein Unfall, da besteht kein Zweifel.«

Das Hausmädchen serviert Heublumensuppe, und

Crivelli, der inzwischen alle Hemmungen hat fallen lassen, hört nicht auf zu provozieren. »Wer will als Erstes kosten?«

Stille am Tisch. Niemand wagt, den Löffel zu nehmen. Vittoria wirft ihm einen vernichtenden Blick zu. »Morgen soll es schön werden«, sagt sie. »Gehen wir zur Segantinihütte rauf?«

13. August

»Brunella ist Kleptomanin«, erzählt Dafne, während sie eine Kartoffel in den Fonduetopf taucht. »Sie wurde sogar schon mal erwischt, als sie sich bei Coop eine Nagelschere und ein Deo in die Handtasche gesteckt hat. Zeug für ein paar Franken. Verstehst du? Obwohl sie so viel Geld hat.«

»Es ist eine Krankheit«, erwidert Ilaria.

»Sie hat auch schon mal auf einem Bauernhof frische Eier mitgenommen, ohne Geld in die Kassette zu werfen. Hier kaufen die Leute sogar ihr Fleisch so ein, und es würde niemandem einfallen, einfach abzuhauen, ohne zu bezahlen.«

»Hat sie einen Job? Oder macht sie den ganzen Tag lang gar nichts?«

»Momentan spielt sie nur die Dame. Bevor sie geheiratet hat, hat sie als Hostess auf Kongressen und so gearbeitet. Ich glaube nicht, dass sie auf der Uni war.«

»Sie wirkt irgendwie zerbrechlich«, sagt Ilaria, »als

würde es sie eine ungeheure Anstrengung kosten, mit den anderen mitzuhalten, und es gelingt ihr nicht.«

»Ich denke, sie ist einfach nur unsicher. Sie hat Minderwertigkeitskomplexe. Weißt du, ihr Vater war Eisenbahner. Durch die Heirat hat sie sich plötzlich in der gehobenen Gesellschaft wiedergefunden, aber ihr fehlt der familiäre Hintergrund. In diesen Kreisen ist jeder Sohn oder Tochter von jemandem. Sie hat natürlich gelernt, sich in diesem Dschungel zu bewegen, nicht zuletzt dank Vittoria, aber es hat Jahre gedauert.«

»Man merkt, dass sie sich sehr nahestehen, obwohl sie so verschieden sind.«

»Vittoria muss immer Menschen um sich haben, es hat schon etwas Zwanghaftes. Es vergeht kein Abend, an dem sie nicht irgendetwas organisiert. Im Grunde ist Brunella ihre einzige echte Freundin. Alles andere sind nur oberflächliche Bekanntschaften. Weißt du, für sich genommen ist Vittoria ein toller Mensch, sie ist sehr großzügig, aber sie umgibt sich immer mit furchtbaren Leuten.«

»Ich kann sehr gut allein sein. Wenn ich so leben müsste wie sie, würde ich verrückt werden.«

»Wem sagst du das. Ich könnte monatelang abtauchen, ohne jemanden zu sehen.«

»Am unbeliebtesten scheint Ginevra Landi zu sein.«

»Stimmt, die kann niemand leiden. Sie ist auch eine Außenseiterin. Als sie sich von Livio Moser getrennt hat, haben sich alle auf seine Seite geschlagen. Aber jetzt sind plötzlich alle furchtbar freundlich zu ihr, weil sie die Galerie geerbt hat. Auf einmal ist sie nützlich, falls sie mal ein Werk verkaufen oder etwas Bargeld in zeitgenössische Kunst investieren wollen. Es gibt hier nicht so viele Galerien.«

»Nicoletta D'Ambrosio habe ich noch gar nicht kennengelernt. Wie ist sie?«

»Da hast du nichts verpasst. Sie ist eine Wichtigtuerin vor dem Herrn. Sie ist eine Adelige, eine Marchesa oder Contessa von und zu, an den Namen erinnere ich mich nicht. Kaum Kohle, aber einen Familiensitz im Veneto, den sie verzweifelt zu unterhalten versucht. Sie hält sich für was Besseres und behandelt alle von oben herab.«

»Marta Guerra fand ich sympathisch«, sagt Ilaria.

Dafne beißt sich auf die Lippe, ihre Augen füllen sich mit Tränen. »Entschuldige«, sagt sie, schüttelt den Kopf und putzt sich mit der Papierserviette die Nase.

»Marta war anders. Es tut mir so leid um sie. Wir hatten viel gemeinsam, die Liebe zu Tieren zum Beispiel. Sie war überhaupt nicht hochnäsig, im Gegenteil, sie war die Einzige, die sich wirklich für andere interessiert hat. Sie war nur ein bisschen verrückt.«

In dem Moment kommt ein hochgewachsener junger Mann mit Vollbart und langen, zu einem Zopf gebundenen Haaren zu ihnen an den Tisch. Er trägt ein kariertes Holzfällerhemd, die hochgekrempelten Ärmel lassen braun gebrannte Arme sehen. Er beugt sich herunter, um Dafne auf die Wange zu küssen.

»Das ist mein Freund Simone. Simone kommt aus dem Trentino. Ich hab ihn eingeladen, damit ihr euch mal kennenlernt. Er ist Zoologe und Experte für Bären.«

»Freut mich«, sagt er und gibt Ilaria die Hand. »Dafne hat mir viel von dir erzählt.«

»Bist du hier, um Fulvio zu sehen?«, fragt Ilaria.

»Das wäre schön, da würde ich einiges für geben. Aber Bären wandern bis zu fünfzig Kilometer am Tag, wer weiß, wo er sich gerade aufhält.«

»Wirklich?«

»Natürlich. Bären sind echte Athleten, trotz ihrer Körpermasse. Sie laufen Abhänge hinunter und Steigungen hoch, und sie können ziemlich schnell werden. Manche Bären klettern innerhalb weniger Stunden tausend Meter hohe Felswände mit Passagen zweiten und dritten Grades hoch oder überqueren Gletscher, um von einem Tal zum anderen zu kommen. Sie sind auch gute Schwimmer, und sie können auf Bäume klettern und durch meterhohen Schnee laufen.«

»Du hast einen tollen Beruf«, sagt Ilaria.

»Ja, ich liebe Bären. Sie sind sehr intelligent. Von allen Fleischfressern haben sie in der Relation zum Körper das größte Gehirn. Sie lernen sehr schnell. Auch, uns zum Narren zu halten. Sie graben sich unter Elektrozäunen durch oder werfen sie einfach um, indem sie sich mit den Vorderpfoten gegen die Pfähle stemmen. Wir haben mal einen Bären dabei gefilmt, wie er auf einen Baum an einem Zaun geklettert ist und auf die andere Seite in das Schafgehege gesprungen ist.«

»Hast du schon viele Bären gesehen?«

»Dazu braucht man eine Menge Glück. Manchmal wartet man tagelang und bekommt nur ein Murmeltier vor die Linse.«

»Simone ist gut«, schaltet sich Dafne ein.

»Was macht ihr an Ferragosto, Mädels?«

»Ich muss nach Mailand zurück, die Zeitung zahlt

mir nicht noch mehr Tage. Ich steig morgen in den Bus oder den Zug. Total blöd.«

»Wenn du willst, kann ich dich nach Chiavenna mitnehmen, ich muss eh hin, um eine Kletterausrüstung zu kaufen.«

»Gerne«, sagt Ilaria. »Danke.«

13. August

Großer Gott, wo bin ich hier? Alles, was Giacomo weiß, ist, dass es kalt und dunkel ist und dass er kopfüber feststeckt, seine Beine eingeklemmt sind und er sich nicht rühren kann. Jedes Mal, wenn er es versucht, rutscht er nur noch etwas tiefer. Seine linke Schulter schmerzt, er muss sich bei dem Sturz gestoßen haben, vielleicht ist sie gebrochen. Und er blutet an der Wange. Seine Hände sind blau und geschwollen, vielleicht hat er im Fallen versucht, sich festzuklammern. Er berührt die Eiswand. Die Wand *seines* Gletschers. Wie oft ist er zum Wandern hergekommen, mit Steigeisen an den Füßen. Gletscherwanderung, ein beliebter Freizeitsport der Schweizer. Selbst Kinder kommen hier rauf. Wie zum Henker konnte ihm das passieren? Dabei hat er in seinem Leben schon viel gefährlichere Dinge gemacht. Sicher, er bleibt nie auf dem Weg, aber das Risiko hier ist ja auch lächerlich, verglichen mit dem in Nepal oder in den Anden. Tausende Male war er schon hier, um sich zu entspannen, fernab der echten Adrenalinkicks.

Um die Einsamkeit und Stille des Hochgebirges zu genießen, nur den Wind pfeifen zu hören, das dumpfe Grollen abrutschender Moränen, den Flug der Bartgeier rings um die Gipfel des Berninamassivs zu beobachten.

Aber heute Morgen hat er sich nicht gut gefühlt, das hat er schon gemerkt, als er an der Hütte aufgebrochen ist. Ein heftiger Kopfschmerz. Wieder diese verdammte Neuralgie. Aber davon hat er sich nicht beirren lassen. Er ist trotzdem losmarschiert. Auch von den ersten Wolken über dem Piz Palü hat er sich nicht aufhalten lassen. Kurz darauf fing es an zu schneien. Das Pochen in der Stirn wurde unerträglich, und er ist stehen geblieben, um seine Tropfen zu nehmen. Sofort fingen seine Lippen und seine Zunge so seltsam an zu jucken. Dann kribbelte auf einmal sein Gesicht, dann die Fingerspitzen und schließlich der ganze Körper. Wie betäubt. Zum Schnee kam nun auch noch Nebel hinzu. Aber war das wirklich Nebel, oder sah er nur einfach alles verschwommen? Und dann war da diese Hitze, wie ein plötzlicher Fieberschub. Auf einmal raste sein Herz wie verrückt, er bekam keine Luft mehr. Dabei ist er doch durchtrainiert. Komisch, komisch. Verfluchte Sinusitis.

Er geht weiter, immer weiter, er kennt den Weg schließlich in- und auswendig. Und doch hat er das Gefühl, ihn überhaupt nicht mehr zu kennen. Er kann nicht mal mehr sehen, wo er die Füße hinsetzt, der Schnee löscht alle Spuren aus, der Nebel wird immer dichter. Nein, nicht hier entlang, das ist nicht der richtige Weg, vielleicht etwas weiter nach rechts? Falsch, da sind die Séracs. Er hat keine Kraft in den Beinen, bei jedem Schritt strauchelt er.

Dann ist plötzlich Leere unter ihm, er hört seinen eigenen Schrei, der von den Felsen des Munt Pers zurückgeworfen wird. Er stößt sich das Knie und kippt vornüber, schlägt sich den Kopf an, zwei, drei, vier Mal, er weiß nicht, wie oft. Er rutscht immer tiefer und tiefer, ein endloser Fall, und immer wieder fragt er sich, wann er den Grund erreichen wird. Wo ist das Ende? Und dann verliert er das Bewusstsein.

Als er aufwacht, ist nicht mal mehr ein Fleckchen Himmel zu sehen. Nur Stalaktiten und Mäander aus grünem Eis. Er versucht, um Hilfe zu rufen, doch seine Stimme verhallt in diesem Labyrinth. Wer weiß, wie viele Stunden er schon hier unten ist. Zwei, drei? Vielleicht mehr.

Die Uhr hat den Sturz nicht überstanden. Aber das Licht, das von oben herabsickert, wird schwächer. Er zittert vor Kälte, klebriger Schweiß tränkt seinen Pullover. Plötzlich überkommt ihn eine heftige Übelkeit, er muss sich übergeben, das Erbrochene dringt ihm in die Augen, läuft ihm über die Stirn, in die Haare. Er boxt und tritt in den Schnee, es fühlt sich an wie Elektrostöße, die durch seinen ganzen Körper gehen. Er hat das Gefühl zu ersticken. Luft, Luft, Hilfe. Hilf mir doch jemand. Scheiße, kann es denn wirklich sein, dass da oben niemand ist? Ihm kommt ein Lied in den Sinn, das seine Großeltern ihm vorgesungen haben, als er ein Kind war. *Schöpfer des Himmels, der schneebedeckten Zinnen, nahmst unsern Bruder heut zu dir von hinnen.* Er übergibt sich erneut. Er hat nie einen Bruder gehabt, und auch keinen Freund. Er hat nie an irgendetwas geglaubt. Aber wenn es einen Herrn über die Zinnen gibt, hat er ihn vielleicht gesehen. Er lacht verzweifelt. Aber er ist sogar zum Lachen zu müde. Und zu sehr mit Kotzen beschäftigt. Schließlich gibt er auf. Vielleicht sollte er ein bisschen schlafen.

Ilaria wacht mit Herzrasen auf. Sie macht das Licht an, geht ins Bad und trinkt einen Schluck Wasser aus dem Wasserhahn. Jetzt träumt sie schon von Morden. Sie ist müde, hoffentlich ist dieser ganze Albtraum bald vorbei.

13. August

»Hast du schlecht geträumt?«, fragt Vittoria, die den neben ihr liegenden Marco sanft an der Schulter berührt.

»Was? Wieso?«, erwidert er verschlafen.

»Du hast so seltsames Zeug geredet, so was wie *Es ist also wirklich vorbei! Dann springe ich jetzt*!«

»Ach ja, stimmt. Ein völlig absurder Traum.«

»Erzähl.« Vittoria setzt sich auf und schaltet das Licht ein.

Marco reibt sich gähnend die Augen. »Ich war in einer großen Villa irgendwo in der Toskana oder so. Vielleicht das Haus im Chianti, das einer deiner Freundinnen gehört, und da war eine Party mit vielen Leuten, von der Sorte Italiener, der im Engadin Urlaub macht. Mittleres Alter, elegant, ein bisschen versnobt. In einem Raum wird ein Buch vorgestellt, das mich nicht interessiert, in einem anderen wird getrunken, was ich schon interessanter finde.«

»Bis jetzt klingt es noch nicht nach einem Albtraum.« Vittoria lacht.

»Wart ab. Also: Es ist Sommer, ein schöner sonniger Tag. Ich langweile mich, also gehe ich hinaus in den Garten. Dort herrscht ein reges Kommen und Gehen, und plötzlich rennt, völlig außer Atem, eine Frau vorbei, die die ganze Zeit über ihren Mann schimpft: Habt ihr Mario gesehen? Ich kann ihn nicht finden. Wieso hab ich bloß diesen alten Trottel geheiratet.«

»Ein ganz schön realistischer Traum«, bemerkt Vittoria. »Und dann? Was passiert dann?«

»Der Garten ist groß, fast wie ein Park, und er ist von einem schmiedeeisernen Zaun umgeben. Auf der anderen Seite des Zauns steht ein eleganter Typ und liest Zeitung, vielleicht meine Zeitung. Irgendwann schlägt er die Zeitung verärgert zu und sagt: Müssen die uns immer mit diesem Unsinn langweilen? Das ist ja nicht auszuhalten! Und dann wirft er die Zeitung über den Zaun auf meine Seite. Ich bin beleidigt und sage: Ich habe fünfunddreißig Jahre lang in diesem Beruf gearbeitet, ich weiß, dass viele Leute keine Zeitung mehr lesen. Aber wenn jetzt auch noch Menschen wie Sie damit aufhören, ein gebildeter und gewiss nicht mittelloser Mann, bleibt mir nur noch, mich in die Schlucht zu stürzen.«

»In die Schlucht?«

»Die Villa steht auf einem Hügel, und ein Stück weiter kann man eine Felsschlucht erkennen. Jedenfalls habe ich in dem Moment plötzlich den Impuls, mich dort hineinzustürzen. Aber der Typ, der einen Freund dabei hat, fängt an zu lachen, und dann lachen sie alle beide und haken mich unter, wie um mich zu beruhigen. Und dann sagen sie: Aber nein, bitte, tun Sie das nicht.«

»Das ist alles?«

»Ja. Das ist alles.« Er schämt sich. Er ist es nicht gewohnt, anderen seine Träume zu erzählen.

»Dieser Beruf ist dir wirklich in Fleisch und Blut übergegangen. Es macht dir ganz schön zu schaffen, dass du am Ende deines Berufslebens stehst, nicht wahr?«

»Ein bisschen«, sagt er und macht das Licht aus.

14. August

Vor der Abreise will Ilaria noch rasch auf dem kleinen Friedhof vorbei, auf dem Giacomo Pallavicini bestattet wurde. Besana ist nicht gerade begeistert von der Idee, aber er fährt sie hin.

»Im Recyceln sind die Schweizer ganz vorn«, erzählt er unterwegs. »Und ich rede nicht vom Geld, das hier in den Banken gewaschen wird, ich rede vom Müll. Der wird hier schon sehr viel länger getrennt als bei uns. Die Supermärkte nehmen gebrauchte Glühbirnen und Batterien, Plastikflaschen und sogar kaputte Staubsauger und Toaster zurück. In jedem Ort stehen Container für Glas, Plastik und Papier. Und wehe, du machst einen Fehler, die Überwachungskameras zeichnen alles auf, und zack, musst du ein Bußgeld bezahlen. Aber die extremste Form des Recyclings in der Schweiz sind für mich die Gräber.«

»Ach du liebe Güte, was soll das denn heißen?«

»Schau dir mal einen Friedhof genau an, dann siehst du, dass die meisten Gräber noch keine fünfundzwanzig Jahre alt sind. Abgesehen von den Familiengräbern, die man kauft, werden Gräber in der Regel für zwanzig oder fünfundzwanzig Jahre gepachtet. Danach geht es an die nächste Generation über. Selbst der Grabstein wird wiederverwendet, und wenn ihn keiner mehr will, wird er zerkleinert und als Kies für die Wege benutzt. Ich weiß, das klingt fast ein bisschen brutal, aber die Schweiz ist ein kleines Land und kann es sich nicht erlauben, wertvollen Boden an die Toten zu verschwenden.«

»Und wie hat dann Pallavacini hier einen Platz bekommen? Er war Italiener, war nicht hier gemeldet, und mit Sicherheit hatte er auch keine Verwandten in der Schweiz. Wie hat er das gemacht?«

»Tja, alles hat seinen Preis. Vielleicht hat ihm jemand das Grab seiner Großeltern vermietet.«

Sie binden Becks vor dem Eingang zum Friedhof an, der sich lustlos unter eine Steinbank in den Schatten legt.

Ilaria und Besana gehen durch die Gräberreihen. Als sie Giacomo Pallavicinis Grab finden, verschlägt es ihnen die Sprache. Jemand hat eine riesige Vase mit Blauem Eisenhut auf die Grabplatte gestellt. Taufrisch.

»Da schau her, das ist ja mal ein Geschenk«, kommentiert Besana.

»Geschenk oder Botschaft?«

Er schüttelt den Kopf, noch immer fassungslos. »Wer kann das gewesen sein?«

»Da fällt mir nur eine Person ein«, sagt Ilaria.

»Elsa?«

»Elsa. Wer sonst würde auf eine solche Idee kommen?«

»Der Mörder«, antwortet Besana.

14. August

Neben dem Friedhof steht eine kleine weiße Kapelle. Auf einem Schild vor dem Eingang wird ihre Geschichte erläutert. Sie stammt aus karolingischer Zeit und gehörte ursprünglich zu einem Frauenkloster. Für die Schweizer ist sie ein Ort der »Energie«, voller Magie und Spiritualität.

»Gehen wir rein?«, schlägt Ilaria vor.

»Wenn du unbedingt willst.«

Die Wände im Inneren der Kapelle sind mit Szenen bemalt, in denen Jesus seinen Segen spendet und der Heilige Georg den Drachen tötet. Auf einer Seite befindet sich im Mauerwerk eine von einem hölzernen Türchen versperrte Nische. Ilaria späht hinein und macht sofort einen Satz zurück.

»Das ist ja ein Beinhaus!«

Besana tritt näher. In der Nische sind Hunderte von Schienbeinknochen und Schädeln wie zu einem Scheiterhaufen aufgetürmt. Darüber informiert eine Inschrift den Besucher neckisch: *Was wir sind, werdet ihr sein. Was ihr seid, waren wir*. Unwillkürlich legt er sich schützend die Hand vor den Schritt.

»Das sind bestimmt die Knochen der Nonnen«, sagt Ilaria.

»Die von Verbrechern wären mir lieber.«

»Was sollten denn Knochen von Verbrechern an einem solchen heiligen Ort?«

»So was ist gar nicht mal so ungewöhnlich. Nachdem Giovanna Bonanno in Palermo am Galgen hingerichtet wurde, hat man ihr den Kopf abgetrennt. Der Körper wurde auf dem Friedhof Lo Sicco vor der Stadt beerdigt, aber ihr Kopf kam auf die Pyramide aus Verbrecherschädeln vor der Chiesa della Madonna del Fiume, der Beschützerin der Seelen von Enthaupteten. Das erinnert mich an dieses Ossarium.«

»Na, ich weiß nicht. Die armen Nonnen.«

»Die Gebeine von Verbrechern genossen großes Ansehen. Die Palermitaner sind noch lange zu Giovanna Bonannos Schädel gepilgert und haben ihn wie ein Orakel zurate gezogen. Dieses Ritual nannte sich *ascuta*, also ›höre‹. Dann wartete man schweigend auf ein Zeichen des Schädels, und wenn man ein Läuten vernahm, bedeutete das, dass die Gnade erwiesen worden war.«

»Und worum haben die Leute sie gebeten?«

»Um alles Mögliche: darum, Krankheiten oder den bösen Blick fernzuhalten, in der Lotterie zu gewinnen, den Sohn auf einer Reise zu beschützen. Junge Mädchen baten darum, einen Ehemann zu finden, um Glück in der Liebe. Warum versuchst du es nicht auch mal?«

»Machst du Witze?«

»Komm schon, du hättest genug, worum du bitten könntest.«

Ilaria beschließt, das Spielchen mitzuspielen, und schließt die Augen, als wolle sie sich konzentrieren. Keine zehn Sekunden später blickt sie erschrocken auf. »Was war das für ein Geräusch?«

Für einen winzigen Moment hat der Knochenhaufen kaum merklich gezittert. Entsetzt packt Ilaria Marcos Arm.

»Das war nur eine Maus, Piatti.«

»Und ich dachte, es wäre ein Zeichen der Gnade.«

14. August

»Im Juli war ich hier, um über den Mann zu schreiben, der von dem Bären bei lebendigem Leib zerfleischt wurde«, erzählt Ilaria Simone Bertoldi, während sie die Serpentinen des Malojapasses hinabfahren. »Wenn ich dich früher kennengelernt hätte, hätte ich dich interviewt. Gibt es häufiger solche Angriffe?«

»Nein, so was kommt äußerst selten vor. In der Regel greifen Bären nur aus Notwehr an. Ein Bär frisst, was er findet. Er ist nicht so wählerisch wie der Luchs, der nur frisches Fleisch nimmt. Er ernährt sich von allem, Wurzeln, Früchte, Beeren und Knollen, aber er frisst auch Gras, Blumen, Knospen, Ameisen, Bienen, Lachs oder auch Rehe und Gämsen, je nachdem, in welcher Region er unterwegs ist. Wie jeder weiß, lieben Bären Honig, aber sie verputzen auch locker einen Kadaver voller Würmer. Viel lieber als Menschen mag er alles, was der Mensch anbaut oder züchtet. Äpfel, Birnen, Trauben, Pflaumen, Hühner, Kaninchen, Esel, Schafe, Kühe. Außerdem ist es im Juli passiert, also hat er es sicher nicht aus Hunger getan.«

»Warum?«

»Weil Bären erst im Herbst, kurz vor dem Winterschlaf, von der Fresssucht, der sogenannten Hyperphagie, gepackt werden. Da sie mindestens drei, vier Monate, in der Regel von November bis März, Winterschlaf halten und fasten, müssen sie sich vorher eine dicke Fettschicht anfuttern.«

»Und sie sind die ganze Zeit im Winterschlaf?«

»Tendenziell ja. Sie fressen nicht, sie trinken nicht, sie kacken nicht, sie pinkeln nicht. Sie machen gar nichts. Sie schlafen die ganze Zeit. Aber wehe, wenn man sie stört. Dann werden sie wach, das kann ich dir versichern. Und dann sind sie nicht gut gelaunt. Auch andere Säugetiere machen einen Winterschlaf, wie der Siebenschläfer oder das Murmeltier, aber sie werden dann eiskalt, fast wie tot. Der Bär nicht. Seine Körpertemperatur geht nur leicht runter, Herzschlag und Atmung verlangsamen sich, aber nur minimal. Er dämmert also nicht völlig weg, deshalb dauert es auch nicht lang, bis er reagiert.«

»Also stört man ihn besser nicht«, sagt Ilaria.

»Genau das ist der Punkt. Wenn man sie in Ruhe lässt, greifen sie nicht an. Bären sind ungesellige Einzelgänger, sie gehen Menschen aus dem Weg. Und das gelingt ihnen in der Regel sehr gut. Sie können uns von Weitem riechen. Ein indianisches Sprichwort lautet: ›Eine kleine Tannennadel fällt. Der Adler sieht sie; der Hirsch hört sie; der Bär riecht sie.‹ Sie haben einen unglaublichen Geruchssinn, sie wittern einen verwesenden Kadaver aus Kilometern Entfernung. Und sie sehen nachts sehr viel besser als wir. Nur verlassen sie sich im Gegensatz zum Menschen nicht auf das, was sie sehen, wenn ihre Nase es ihnen nicht bestätigt.«

»Glaubst du, dass Fulvio besonders aggressiv ist?«

»Soweit wir wissen, nicht. Solange wir ihn mit dem Halsband überwacht haben, hat er nie Probleme gemacht. Ich bin sicher, dass er angegriffen wurde. Weißt du, kein Bär ist wie der andere. Sie sind Individuen, jeder hat einen ganz eigenen Charakter. Genau wie wir Menschen: Und manche sind eben gefährlich.«

»Das habe ich bemerkt«, stellt Ilaria fest.

14. August

»Musst du wirklich heute Abend nach Mailand zurück?«

Ilaria schüttelt den Kopf. Mit der Frage hat sie nicht gerechnet. »Warum fragst du?«

»Ich mag dich, Ilaria«, erwidert Simone. »Ich würde dich gern zum Essen einladen. Hier im Tal gibt es sehr gute Restaurants. Wir könnten uns einen netten Landgasthof suchen, und morgen nehme ich dich mit auf eine Wanderung durch die Wälder. Vielleicht sehen wir sogar den Bären.«

Ilaria wird knallrot. Simone ist ein gut aussehender Typ, aber es geht nicht. »Ich kann nicht, tut mir leid.«

»Bist du verlobt?«

»Schlimmer. Ich bin verliebt.«

»Was für ein Glückspilz«, sagt Simone, während er aus dem Wagen steigt, um ihren Koffer herauszuholen.

Meint er das ernst? So etwas ist sie nicht gewohnt. Sie geht um den Wagen herum zu Simone, der bereits den Kofferraum geöffnet hat. »Lass nur, ich nehme ihn.«

Aber schon greift er den Trolley und stellt ihn auf dem Boden ab.

Unverwandt starrt Ilaria auf den Eispickel, der im Kofferraum liegt. Er sieht haargenau so aus wie der, mit dem Marta getötet wurde. Und es sind Blutspuren daran. Sie hält den Atem an. Sie beschließt, ihn in die Hand zu nehmen, um zu sehen, wie Simone reagiert. »Hast du einem Jäger den Schädel eingeschlagen?«

Simone lacht. »Das würde ich manchmal gern«, erwidert er. »Aber damit hat mich eine Freundin aus Versehen am Fuß verletzt. Mit der klettere ich nie wieder.« Er zieht ein Hosenbein hoch und zeigt ihr seinen verbundenen Knöchel.

»*Deine* Freundin?«

»Willst du wissen, ob sie es absichtlich gemacht hat?« Er lacht erneut. »Ich hatte auch schon den Verdacht, dass es kein Unfall war. Es hat verdammt wehgetan.«

»Ganz schön nachtragend.«

»Man sollte Frauen eben nicht unterschätzen.«

Unterdessen gehen sie auf das Bahnhofsgebäude zu, Ilaria will ihren Zug nicht verpassen.

»Bist du sicher, dass du keinen Bären sehen willst?«

»Bist du sicher, dass du einen findest?«

»Natürlich nicht, aber ich weiß, wie man suchen muss. Sagen wir es mal so, mit mir sind deine Chancen größer.«

Ilaria umarmt ihn. »Danke fürs Fahren.«

Simone hebt zum Gruß die Hand. »Du machst einen Fehler. Eine solche Begegnung verändert dein Leben.«

14. August

»Was machst du heute Abend?«

»Hast du schon vergessen, dass ich wieder in Mailand bin? Sie bezahlen mir doch das Hotel nicht mehr.«

Ilaria ist wütend. Seit Besana mit Vittoria zusammen ist, benimmt er sich wie sie. Unerträglich. Schließlich hat nicht jeder ein Haus in der Schweiz.

»Dann wiederhole ich meine Frage«, entgegnet er amüsiert. »Was machst du heute Abend?«

»Wo soll ich an Ferragosto schon hingehen?« Langsam verliert Ilaria die Geduld.

»Du bist also frei?«

»Wozu?«

»Um mit mir zu essen.«

Ilaria ist überrascht. »Bist du auch wieder in Mailand?«

»Ich komm dich um acht abholen, Piattola«, beendet Besana auf seine gewohnt herzliche Art das Gespräch.

Eine Stunde später sitzen sie in einem Restaurant unter freiem Himmel an den mückenumschwirrten Navigli in einem der wenigen Restaurants, die geöffnet sind. Mailand ist völlig verlassen, lediglich ein paar Migranten sind unterwegs.

»Ich hab es nicht mehr ausgehalten«, gesteht Besana. »Du hattest recht. In ihrer Welt komme ich mir vor wie ein Zirkusbär. Am Anfang machen alle ein Riesenbohei, dann verlieren sie das Interesse an dir und lassen dich stehen. Da muss ich an einen Bären im Mailänder Zoo denken, der sich vor lauter Langeweile einen runtergeholt hat.«

»Und wie hat Vittoria reagiert?«

»Ich bin darin geübt abzuhauen. Der Trick besteht darin, es den anderen nicht merken zu lassen. Du musst nur den Käfig offen lassen und ein Schild dranhängen, auf dem ›Bin gleich wieder da‹ steht. Was ich nicht vorhabe, aber so gewinnt man Zeit.«

Ilaria lacht. Zwischendurch schlägt sie sich immer wieder mit der flachen Hand auf den Arm, denn trotz Autan machen sich die Mücken über sie her. »Ich konnte sie von Anfang an nicht leiden.«

»Ach, wirklich? Wär mir gar nicht aufgefallen.«

»Verarsch mich nicht.« Aber ihre Augen lächeln.

»In Wirklichkeit ist sie einfach nur unglücklich.«

»Du bist verliebt in sie, stimmt's?«

Besana beginnt zu lachen. »Piatti, ich bin über zwanzig Jahre älter als du«, sagt er. »In meinem Alter verliebt man sich nicht mehr so leicht.«

»Na, dann hast du den verknallten Trottel aber gut gespielt«, sagt Ilaria mit einem Zwinkern.

Er lacht erneut. »Das ist nur das Alter. Der körperliche Verfall lässt sich nicht aufhalten. Leider kann es nur schlimmer werden.« Dann schüttelt er den Kopf und sagt freundschaftlich: »Und jetzt iss lieber, Piatti.«

»Ich krieg irgendwie nichts runter.« Sie senkt den Blick.

»Wegen des Mannes oder wegen des Hauses?«

»Wegen beidem. Er ist mit seiner Frau im Urlaub, und das Haus will niemand haben. Sobald sie rauskriegen, dass es darin einen Mord gegeben hat, wollen sie den Preis drücken.«

Besana seufzt und schenkt ihr Wein nach. »Lass uns anstoßen. Ein bisschen Alkohol auf nüchternen Magen wird uns guttun.« Er hebt sein Glas. »Auf den Serienmörder. Den wir *um jeden Preis* finden müssen, wenn wir nicht in eine Depression verfallen wollen.«

14. August

»Wenn man dir nicht die Story über den Bären aufs Auge gedrückt hätte, wären wir doch im Grunde niemals an diesen Punkt gelangt. Und wenn Marta sich nicht neben mich gesetzt hätte, hätte mich dieser Raubüberfall wahrscheinlich auch nicht so sehr berührt. Bei dermaßen seltsamen Zufällen muss man doch an das Schicksal glauben.«

Ilaria ist betrunken. Wozu es nicht viel braucht, sie trinkt so gut wie nie Alkohol.

»Piatti, du bist heute Abend viel zu romantisch. Die Wirklichkeit ist sehr viel prosaischer. Wir sind an diesen

Punkt gelangt, weil vor sechs Monaten N.N. gestorben ist.«

»Wer?«

»N.N. Der vorher bei der Zeitung über Tiere geschrieben hat. Niemand sonst hätte über Bären berichten dürfen. Und ich versichere dir, ihm hätte man auch einen ganzen Monat in der Schweiz bezahlt. Er war schon seit einer Ewigkeit in Rente, aber sie haben ihn bis zu seinem neunzigsten Lebensjahr beschäftigt. Und die Neunzig hat man ihm nicht angesehen. Er war ein Unberührbarer.«

»Warum? War er so mächtig?«

»In gewisser Weise schon«, erwidert Besana und klopft auf Holz, um jegliches Unheil abzuwenden. »Es brachte schon Unglück, ihn auch nur zu erwähnen. Ich glaube nicht an so was, aber man kann ja nie wissen.«

Ilaria lacht und sucht auf dem Tisch nach irgendetwas aus Eisen, denn auch das bringt Glück. Leider ist das Besteck aus Aluminium. Vielleicht der Salzstreuer?

»Jedes Mal, wenn wir eine Nachricht über einen Hund reinbekamen, der am Grab seines verstorbenen Herrchens wachte, oder über eine Katze, die aus Hunderten von Kilometern Entfernung nach Hause zurückgefunden hatte, kam er in die Redaktion gestürzt. Und sobald die Kollegen ihn am Ende des Korridors auftauchen sahen, gerieten sie in Panik, schlossen sich auf der Toilette ein und murmelten Beschwörungsformeln.«

»Der Ärmste. Was hat er denn nur getan, dass er einen so schlechten Ruf hatte?«

»Er ist während des Krieges fast ertrunken.«

»Und was ist daran so schlimm?«

»Das erklär ich dir. Er war bei der Marine, und eines Tages wurde er auf einem Zerstörer eingeschifft, der den Auftrag hatte, zusammen mit zwei anderen Schiffen ein italienisches Handelsschiff zu eskortieren, das Waffen nach Libyen transportieren sollte. Er hatte eine seltsame Vorahnung und warnte seine Kameraden. ›Ich glaube, heute Nacht greifen sie uns an.‹ Und tatsächlich, kurz nach Mitternacht eröffnete eine englische Fliegerstaffel das Feuer und versenkte alle Schiffe bis auf seins.«

»Er hat einfach nur Glück gehabt.«

»Stimmt. Aber den anderen hat er Unglück gebracht. Tausendsiebenhundert Männer sind gestorben. Aber das war noch nicht alles. In Friedenszeiten ging es weiter. Ich erzähl dir mal ein paar Episoden. Einmal hat er einen Artikel über einen jungen Jockey geschrieben, der irgendeinen Preis gewonnen hatte, und hat ihn mit den Worten beendet: ›Bleibt nur noch, ihm eine lange und glänzende Karriere zu wünschen.‹ Eine Woche später fiel der Jockey vom Pferd und war auf der Stelle tot.«

Ilaria lacht.

»Da gibt es nichts zu lachen, Piatti. Ein anderes Mal ist er mit dem Chefredakteur Ski fahren gegangen. Während einer kurzen Erholungspause sagt er zu ihm: ›Stell dich da drüben hin, ich mach ein Foto.‹ Als er auf den Auslöser drückt, rutscht der Chefredakteur aus und bricht sich ein Bein. Einfach so, aus dem Nichts heraus. Und soll ich dir von dem Kollegen erzählen, der ihn einmal abends nach Hause gefahren hat und auf dem Rückweg mit einem Auto zusammengekracht ist, das über Rot gefahren war?«

»Trotzdem, es ist furchtbar«, sagt Ilaria. »Es muss schrecklich sein, wenn die Leute jedes Mal weglaufen oder auf Holz klopfen, sobald du irgendwohin kommst.«

»Das stimmt, aber er hat es auch ausgenutzt. Um sich gut mit ihm zu stellen und den bösen Blick abzuwenden, hat der Chefredakteur ihn die verrücktesten Artikel schreiben lassen: über das Massaker an Kaninchen in Patagonien, die Zukunft des Mufflons, die Mönchsrobbe in Sardinien – und das alles auf Kosten sehr viel wichtigerer Nachrichten.«

Ilaria schüttelt den Kopf. »Aber Journalisten sind doch gebildete Leute, wie kann man denn derart abergläubisch sein?«

»Wenn man Dinge immer wieder hört, glaubt man sie irgendwann, zumindest ein bisschen. Kennst du noch Niels Bohr? Er war ein großer dänischer Wissenschaftler und einer der Väter der Quantenphysik, er hat sogar den Nobelpreis bekommen. Er hatte über der Tür seines Landhauses ein Hufeisen hängen. Als einer seiner Schüler das eines Tages sah, sagte er erstaunt: ›Aber, Herr Professor, Sie glauben doch wohl nicht an Glücksbringer?‹ Woraufhin er antwortete: ›Natürlich nicht. Aber es heißt, sie bringen auch denen Glück, die nicht daran glauben.‹«

»Und warum erzählst du mir das alles? Glaubst du, es ist N.N.s Schuld, dass wir jetzt in dieser Lage sind?«

»Ich hätte eben nicht seinen Job übernehmen und mich um den Bären kümmern sollen«, erwidert Besana.

15. August

Es ist elf Uhr abends, und der letzte rote Zug ist so gut wie leer, nicht einmal betrunkene Jugendliche auf dem Rückweg von einer Kneipentour im unteren Engadin sind an Bord (die fahren Auto, zumindest bis die Kantonspolizei sie erwischt). Der Kontrolleur, der vielleicht einzige Passagier, macht in einem verlassenen Waggon gerade ein Nickerchen, als ihn urplötzlich eine Vollbremsung gegen den Vordersitz schleudert.

Sofort läuft er nach vorn zum Führerraum. »Was ist los, Daniel?«

»Wir haben gerade ein großes Tier überfahren.«

»Scheiße.«

Die Windschutzscheibe ist voller Blut.

»Verdammt, dass das immer mir passieren muss«, flucht der Lokführer.

»Lass uns nachsehen.«

Nach zwanzig ehrenvollen Dienstjahren bei der Rhätischen Bahn verfügt Lokführer Daniel Rüegg bereits über eine ganze Sammlung wilder Tiere – Hirsche, Gämsen, Füchse, Rehe –, deren Trophäen seine Stube schmücken. In dieser Gegend ist es nichts Ungewöhnliches, dass Waldbewohner unter die Räder kommen. Nach offiziellen Erhebungen der Rhätischen Bahn sind es mehr als zweihundert pro Jahr in der gesamten Schweiz. Aber jetzt ist er sprachlos. »Grundgütiger, das ist ja ein Bär.«

Der Bernina Express war soeben mit sechzig Stundenkilometern aus dem Tunnel gekommen, als das Tier unvermittelt auf der Geraden vor Cinuos-chel aufgetaucht war. Daniel hatte gerade noch die von den Scheinwerfen angestrahlte dunkle Gestalt, die in der Dunkelheit leuchtenden Augen sehen können, doch als er die Notbremse zog, war es bereits zu spät. Der Zusammenstoß war entsetzlich, die Schnauze der Lok bohrte sich in einen Doppelzentner Muskeln, Knochen und Fell. Der Maschinist wäre fast mit dem Kopf gegen die Scheibe geknallt, aber dem Bären ist es schlimmer ergangen.

Nun liegt er im Licht der Taschenlampe reglos auf den Gleisen, der Bauch aufgerissen, die großen Tatzen in der Luft, die geweiteten Pupillen erloschen. Er gibt kein Lebenszeichen mehr von sich.

»Ich rufe sofort Thomas an.«

Keine halbe Stunde später ist Thomas Keller vor Ort, der Jagdaufseher von Zernez. Ihm genügt ein Blick, um das Opfer zu erkennen, mit seinem nutzlosen Senderhalsband, das seit Monaten nicht mehr funktioniert. »Er ist es, ohne jeden Zweifel«, sagt er. »M18.«

»Der, der den Italiener getötet hat?«, fragt Daniel.

Aber Thomas antwortet nicht. Er kniet sich neben das Tier und nimmt die Mütze mit dem Wappen des Nationalparks ab. »Warum in aller Welt bist du nur auf den Gleisen herumspaziert?« Er schüttelt den Kopf und streichelt das blutverschmierte Fell. »Warum, Fulvio?«

Dann steht er auf, atmet tief durch und versucht, seine Professionalität zurückzugewinnen.

»Auch sein Bruder ist unter einen Regionalzug geraten«, sagt er. »Aber er ist noch mal mit dem Leben davongekommen. Um wenig später abgeschossen zu werden, weil er angeblich problematisch wurde. Leider betrachten Bären die Gleise manchmal als den bequemsten Weg, um von einem Teil des Waldes zum anderen zu gelangen. Wir rufen besser den Bundesveterinär in Bern an. Er will sich den Leichnam sicher ansehen.«

15. August

Es ist Ferragosto, und die Stadt ist wie leergefegt. Ilaria läuft die ebenso verlassenen Treppen des Mietshauses hoch und klingelt Sturm. Als Besana die Tür öffnet, steht ein in Tränen aufgelöstes Häufchen Elend vor ihm.

»Wer ist tot?«

»Fulvio.«

»Nein.«

»Er ist unter einen Zug geraten.«

Marco nimmt sie in die Arme und streichelt ihre Haare, ganz langsam.

Aber Ilaria hört nicht auf zu schluchzen. »Verstehst du das? Ich weine um einen Bären, aber nicht um all diese Menschen, die ermordet wurden. Ich bin ein Monster.«

Becks beobachtet sie, vielleicht versteht er es. Er weiß nicht, ob er zu ihnen gehen soll oder lieber nicht. Er weiß auch nicht, was passiert ist. Er ist angespannt, all seine Sinne sind in Alarmbereitschaft.

Ilaria bemerkt es und beugt sich zu ihm hinunter, schlingt die Arme um seinen Hals und küsst ihn auf die

Schnauze. Es beruhigt sie, seinen warmen Körper, seinen Atem zu spüren. Dann wischt sie sich die Tränen ab und richtet sich wieder auf. »Wir kriegen ihn«, sagt sie. »Den wahren Mörder, meine ich.«

»Natürlich.« Besana wagt es nicht, ihr zu widersprechen. Nicht jetzt. Auch ihm tut es leid um den Bären. Und noch mehr tut es ihm leid, dass weitaus gefährlichere Kreaturen als er frei herumlaufen, ohne dass sich jemand fürchtet.

Ilaria lässt sich aufs Sofa fallen und sagt nichts mehr. Sie starrt die Wand an und streichelt Becks, der mit einem Satz bei ihr ist.

»Woran denkst du?«

»An das Schicksal des Bären«, erwidert Ilaria. »Er war so traurig und einsam.«

»Ich weiß.«

»Sie haben ihn beschuldigt, Menschen zu töten, und dann wird er von den Menschen getötet. Das ist wie eine Botschaft.«

»Wir wollen nicht übertreiben. Es war ein Unfall, man hat ihn nicht erschossen.«

Ilaria schüttelt den Kopf. »Schon wieder ein *Unfall*«, sagt sie. »Ich weiß, dass sie es nicht absichtlich getan haben, aber es kommt mir trotzdem so vor. Sein Tod sagt mir, dass wir noch einmal ganz von vorne anfangen müssen. *Für ihn.*«

Teil drei
Dezember

8. Dezember

Es ist der Brückentag nach Sant'Ambrogio, in der Redaktion sehen sich alle die Fotos von der Premierenfeier in der Scala an und kommentieren die Abendkleider. Ilaria erscheint in Gummistiefeln und dem Mantel, den Besana den *Begossenen Pudel* getauft hat. Sie grüßt in die Runde und sucht sich einen freien Schreibtisch, um an ihrem Artikel über eine Vergewaltigung in einer Diskothek zu arbeiten. Sie schaltet den Rechner ein und sieht die Meldungen der Presseagenturen durch. »Roberto«, ruft sie, »da ist wieder einer!«

»Wieder ein was?«, fragt der Ressortleiter gähnend.

»Wieder ein Mord in der Schweiz. Hör dir das an: ›Ein italienischer Unternehmer wurde heute Morgen im Garten seiner Villa in Pontresina tot aufgefunden. Die Todesursache ist bislang unbekannt. Die Kantonspolizei und die Staatsanwaltschaft in Chur ermitteln.‹.«

»Und wer ist es?«

»Das sagen die nie. Schon mal von den Schweizer Gesetzen zum Schutz der Privatsphäre gehört?«

»Aber von Mord ist doch gar nicht die Rede.«

»Davon ist nie die Rede. Ich rufe auf dem Polizeipräsidium an, vielleicht wissen die in Mailand mehr.«

Ilaria steht auf und zieht sich in den leeren Konferenzraum zurück, um in Ruhe mit Commissario Ricci zu sprechen. Nach zehn Minuten kommt sie zurück.

»Diego Padovani, ein Weinproduzent. Viel mehr wissen sie momentan auch nicht. Das einzig interessante Detail, das sie mir verraten haben, ist, dass er nackt im Schnee gefunden wurde.«

»Wow«, sagt Roberto. »Da könnte ein Sexskandal dahinterstecken.«

Ilaria sieht ihn mit dem gleichen flehenden Blick an, den Becks aufsetzt, wenn er ein Stück Fleisch vom Tisch will.

»Schon gut, ich habe verstanden«, seufzt Roberto. »Aber nimm wenigstens ein Hotel, das nicht so teuer ist. Falls ich dich erinnern darf, wir stecken immer noch in der Krise.«

Doch Ilaria rührt sich nicht.

»Okay«, sagt der Ressortleiter, »meinetwegen auch Besana.«

Ilaria springt auf vor Freude, beugt sich über den Schreibtisch und umarmt ihn. »Danke, danke, danke.« Und weg ist sie.

Eine Stunde später steht sie, gerüstet für die Berge, vor Besanas Haus. Auf dem Kopf eine mit Kunstfell gefütterte Fliegermütze in schockfarbenem Pink, die sie für elf Euro neunundfünfzig bei Amazon ergattert hat, an den Füßen giftgrüne Moonboots (runtergesetzt auf zweiundsechzig Euro).

»Piattola, willst du allen Ernstes in der Aufmachung ins Engadin?«

»Es liegen anderthalb Meter Schnee«, erwidert sie, während sie Becks' Ohren krault. »Hast du eine Daunenjacke für ihn?«

»Ich weigere mich, dem Hund etwas anzuziehen. Es ist peinlich genug, mit dir gesehen zu werden.«

Begeistert springt Becks in den Kofferraum. Er hat verstanden, dass es wieder auf Reisen geht.

»Wir müssen noch mal ganz von vorn anfangen«, verkündet Ilaria, als sie ins Auto steigen. »Diego Padovani hatte mit Ruth Vital nichts zu tun, ich hab es überprüft.«

»Immer langsam mit den jungen Pferden, Piatti«, sagt Besana, während er einen Lastwagen überholt. »Sie sind noch bei der Obduktion, wir wissen noch gar nichts. Wie sagt der Gerichtsmediziner so schön? Es gibt mindestens fünf Todesursachen: natürlicher Tod, Unfalltod, Selbstmord, und erst, wenn diese Möglichkeiten ausgeschlossen sind, kann man anfangen, an Totschlag oder Mord zu denken.«

»Und was ist die fünfte Todesursache?«

»Ungeklärt. Wenn keiner irgendwas begreift.«

»Die Ehefrau hat jedenfalls ein hieb- und stichfestes Alibi. Sieh sie dir an, hier, auf der Premierenfeier, von Kopf bis Fuß mit Schmuck behängt.« Sie zeigt ihm eines der vielen Fotos, die auf der Webseite der Zeitung veröffentlicht sind.

Besana dreht sich einen Moment zur Seite, ohne dabei

den blinkenden Audi hinter ihnen aus den Augen zu lassen. »Was für eine Frau«, sagt er und stößt einen anerkennenden Pfiff aus. »Wer ist das?«

»Veronica Ballarin. Ihr Vater hat das Weingut gegründet, das jetzt ihr Mann führt. Das ihr Mann *führte*, wollte ich sagen. Fünfhundert Hektar im Veneto. Zwanzig Millionen Flaschen im Jahr, die in die ganze Welt exportiert werden. Mit einem Jahresumsatz von hundertachtundsechzig Millionen Euro.«

»Heilige Scheiße. Was meinst du, wenn wir den Mörder finden, gönnen wir uns eine Kiste Merlot?«

»Hast du nicht eben gesagt, es gibt fünf Todesursachen?«

»Ich hab meine Meinung geändert, Piattola. Wie viel Liter ist ein Serienmörder wert?«

»Läuseessig gegen Wein? Scheint mir ein ausgezeichneter Deal.«

9. Dezember

Rudi Hofer, der Gerichtsmediziner aus Chur, ist wie üblich der Einzige, der sich bereit erklärt, mit ihnen zu sprechen. Ihn nerven die strengen Schweizer Regeln mindestens so sehr wie sie. »Als ich gesehen habe, in welchem Zersetzungsstadium sich der Leichnam befand, war mir klar, dass die Obduktion so schnell wie möglich erfolgen muss.«

»Zersetzungsstadium?«

»Ja. Das war nach so wenigen Stunden nicht normal. Das durchschlagende Venennetz und der süßliche Geruch kamen mir gleich verdächtig vor. Bei minus zehn Grad im Schnee kann sich eine Leiche nicht derart verändern. Dann habe ich mir die Videos aus den Überwachungskameras der Nachbarn angesehen und begriffen. Dieser Mörder ist äußerst gerissen. Wäre dieser Mann nicht aus dem Haus gelaufen, wäre es das perfekte Verbrechen gewesen.«

»Also war es Mord?«

»Daran besteht kein Zweifel. Und zwar ein teuflischer Mord. Ich zeige Ihnen das Video. Aber das ist nichts für Zartbesaitete. Schaffen Sie das?«

Besana nickt, dann dreht er sich zu Ilaria. »Wenn du willst, schau ich es mir alleine an.«

Sie schüttelt den Kopf. »Nein, nein. Ich will es verstehen.«

Hofer schaltet den Computer ein und löscht das Licht. »Es war dunkel. und es hat geschneit, die Bilder sind nicht sehr deutlich. Und es dauert fast drei Stunden, ich spule vor, um Ihnen die verschiedenen Stadien zu zeigen.«

Man sieht einen Mann, der sich durch den Schnee zum Nachbarhaus schleppt. Sein Körper wird von Krämpfen geschüttelt, er schlägt um sich, versucht, sich um die eigene Achse zu drehen, bricht dabei jedoch mit ausgestreckten Armen zusammen. Er kann nur noch eine Hand bewegen, dann wird er steif und bleibt reglos liegen. Hofer lässt den Film vorlaufen. »Und schauen Sie sich an, was jetzt passiert. Das ist eine Stunde später.«

Der Leichnam bläht sich auf wie eine Gummipuppe

aus einem Horrorfilm. Der Kopf sieht aus wie ein Ball, die dünnen Beine schwellen an wie die eines Fettsüchtigen, die Bauchdecke berührt nun fast den untersten Zweig einer Kiefer.

»Entschuldigt mich, ich kann nicht mehr«, sagt Ilaria und erhebt sich. »Wo ist die Toilette?«

»Geh nur, ich bleibe«, sagt Besana.

Hofer spult weiter vor. »Jetzt sind noch mal zwei Stunden vergangen.«

Nun geht dem Leichnam die Luft aus, als hätte jemand mit einer Nadel ein Loch hineingestochen.

»Großer Gott, was ist das?«, fragt Besana.

»Urethan«, erwidert Hofer. »Hätte ich den Staatsanwalt nicht überzeugt, ihn sofort obduzieren zu lassen, hätten wir nichts gefunden. Ethylcarbamat ist eine flüchtige Substanz, die keine Spuren hinterlässt. Sie verschwindet innerhalb weniger Stunden und verwandelt sich zu 95 Prozent in Kohlendioxid und Ethanol. Aber bei der Leichenschau haben wir Kohlendioxidbläschen und polyviszerale hämorrhagische Nekrosen entdeckt, die eine Urethanvergiftung nahelegen. Damit wussten wir, wonach wir suchen müssen, und der Toxikologe hat es uns bestätigt.«

»Ich habe noch nie gehört, dass jemand Urethan als Gift verwendet hat«, sagt Besana.

»Tatsächlich gibt es in der Fachliteratur auch keine Präzedenzfälle«, erwidert Hofer. »Oder doch, einen Fall gab es sehr wohl. Und zwar hat bei Ihnen in Italien, im Veneto, vor ein paar Jahren ein Arzt auf diese Weise seine Frau getötet. Hätte nicht ein Kollege Verdacht geschöpft, wäre es nie herausgekommen. Der Staatsanwalt wollte den Fall schon als natürlichen Tod zu den Akten legen, doch der Gerichtsmediziner ließ nicht locker: Einiges hat ihm zu denken gegeben, wie etwa die Aufblähung des Leichnams oder das durchschlagende Venennetz nur wenige Stunden nach Eintritt des Todes. Und so haben sie noch am selben Abend eine Obduktion durchgeführt und anschließend in Rekordzeit die toxikologische Untersuchung. Man fand Spuren von Urethan oder Ethylcarbamat. Wenn die Kollegen nur ein paar Stunden länger gewartet hätten, wäre von dem Gift keine Spur mehr zu finden gewesen.«

»An diese Geschichte erinnere ich mich gar nicht«, gesteht Besana, ein wenig in seiner Journalistenehre gekränkt.

»Um noch mal auf Signor Padovani zurückzukommen, ich glaube nicht, dass die Wahl des Giftes zufällig war«, fährt Hofer fort. »Der Bezug zum Beruf des Opfers ist offensichtlich. Ethylcarbamat kommt in alkoholischen Getränken wie zum Beispiel Wein ganz natürlich vor. Es entsteht als Nebenprodukt, wenn Ethanol und Harnstoff während des Gärprozesses miteinander reagieren.«

»Das ist ja wie eine Botschaft, die sich selbst zerstört«, überlegt Besana.

9. Dezember

»Hör dir das mal an. Ich hab ein paar sehr interessante Dinge über unseren Padovani gefunden«, sagt Ilaria, als sie wieder im Auto Richtung Engadin sitzen. »Vor ungefähr zehn Jahren hatte er Probleme mit der NAS, der Lebensmittelaufsichtsbehörde der Carabinieri, nachdem sein Betrieb in Treviso kontrolliert wurde, wo er Prosecco und Grappa produziert. Dabei wurden siebentausend Hektoliter Most und Federweißer sichergestellt sowie eine Tonne Zucker ›ausländischer Herkunft, den die Carabinieri in einem Geräteraum auf einer Palette mit vierzig Säcken zu je fünfundzwanzig Kilo ohne die vorgeschriebene Kennzeichnung zur Rückverfolgbarkeit gefunden haben‹, außerdem tausend Hektoliter ›Weinerzeugnisse, die dem zuständigen Zentralinspektorat für Qualitätsschutz und Betrugsbekämpfung im Lebensmittelbereich‹ nicht gemeldet worden waren, plus dreißig Kilo Weinsäure und drei Liter Schwefelsäure, also zwei verbotene Substanzen. Alles in allem Zeug für fast drei Millionen Euro.«

»Ein hübscher Schaden«, bemerkt Besana. »Aber weißt du, wie viele Hersteller Zucker in den Wein mischen? Damit kann man den Alkoholgehalt erhöhen. Und wenn es wenigstens nur Zucker wäre. Mittlerweile wird alles Mögliche reingeworfen: Holzspäne, Gummi arabicum, Sulfate, Milch- und Eiproteine, Blei, Zusatzstoffe, Hilfsmittel, Glyzerin, Salz- und Schwefelsäure, Ammoniumsulfat, Diammoniumphosphat. Teilweise natürliche Zusätze, aber auch ziemlich viel widerliches Zeug.«

»Wie ich sehe, kennst du dich mit Weinherstellung gut aus«, scherzt Ilaria. »Aber ich bin noch nicht fertig. Die NAS hat Padovani auch erhöhte Ethylcarbamat-Werte im Grappa nachgewiesen.«

»Sieh an: Urethan. Das Gift, mit dem man ihn getötet hat. Das sieht ja fast nach einem Vergeltungsschlag aus.«

»Ja, vielleicht ist es kein Zufall.«

»Es stimmt, dass Urethan, wie Hofer gesagt hat, eine natürliche Substanz ist, die entsteht, wenn Ethanol und Harnsäure während der Gärung miteinander reagieren. Aber dennoch ist es eine giftige, potenziell krebserregende Substanz, und ich habe gelesen, dass die Europäische Union empfiehlt, weniger Stickstoffdünger oder Hefen einzusetzen, weil die die Entstehung von Urethan begünstigen.«

»Aber wenn du einen Wein bestellst, lässt du dir dann immer erst die Laborergebnisse zeigen?«, fragt Ilaria.

»Ich denke nicht über so was nach und trinke lieber darauf. Apropos, wie wär's mit einem Gläschen Prosecco?«

9. Dezember

Es schneit kräftig, und am Nachmittag beschließen Ilaria und Besana, im Hotel zu bleiben. Becks liegt in der Kaminstube vor dem knisternden Feuer auf dem Teppich und kaut auf einer Gummikuh herum, die Ilaria ihm im Supermarkt gekauft hat.

»Bei dem Gequieke kann ich mich nicht konzentrieren«, brummt Besana. »Hättest du ihm nicht einen stinknormalen Ball schenken können?«

Ilaria sieht vom Computer hoch. »Worüber beklagst du dich? Wer schreibt denn hier den Artikel?«

Er reibt sich die Augen. »Ich bin noch ganz verstört von diesen Bildern. Ich habe in meiner Laufbahn schon viele Tote gesehen, aber ich habe noch nie dabei zugesehen, wie jemand stirbt.«

»Genau. Und wir sollten bedenken, dass der Mörder nicht gesehen hat, was du gesehen hast.«

»Du hast recht.« Besana springt auf und beginnt, im Zimmer auf und ab zu gehen. »Ich habe irgendwie im Gefühl, dass genau das der Knackpunkt ist.«

»In welcher Hinsicht?«

»Es ist das, was einen Giftmörder von anderen Mördern unterscheidet! Warum haben wir nicht eher daran gedacht? Der Giftmörder agiert hinter den Kulissen, im Verborgenen, er geht nie auf die Bühne. Sondern lässt den Tod für sich arbeiten.«

»Stimmt.«

»Wir haben Achille D'Ambrosios Kopf gesehen, der weit entfernt von seinem Körper lag. Der Mörder nicht«, fährt er fort. »Wer auch immer ihn getötet hat, war nicht da, als er gelitten hat, und auch nicht, als der Bär ihn zerfleischte. Er war nicht auf dem Gletscher, als Giacomo Pallavicini stürzte, und er war auch nicht in der Gletscherspalte während seines Todeskampfes. Er saß nicht mit Carlo Rigamonti im Flugzeug, als es Feuer fing. Und ich bin sicher, dass auch Livio Moser allein im Wald gestorben ist. Das ist der übereinstimmende Modus Operandi. Alle Morde haben in Abwesenheit des Mörders stattgefunden. Der Tod ist zeitversetzt eingetreten.«

»Bei Marta Guerra trifft das nicht zu«, gibt Ilaria zu bedenken.

»Du hast recht. Warum hat er sie nicht auch vergiftet?«

»Vielleicht sollte sie nicht sterben. Die anderen Verbrechen haben noch etwas gemeinsam: Sie wurden mit extremer Sorgfalt geplant, bis ins letzte Detail. Und sind alle so konstruiert, dass sie wie Unfälle wirken.«

»Unser Mörder hat jahrelang Glück gehabt«, überlegt Besana. »Aber das ist jetzt wohl vorbei. Überleg mal, was für ein Zufall das war: Eine dämliche Drohne fliegt ausgerechnet in diese Gletscherspalte und stößt auf eine Leiche, die sonst niemals entdeckt worden wäre. Und wäre dieser Bär nicht zur falschen Zeit am falschen Ort aufgetaucht, meinst du, der Tod eines Mannes, der an einer starken Allergie litt, hätte für solches Aufsehen gesorgt? Natürlich hätte man trotzdem das Tropomyosin in seinem Magen gefunden, aber man hätte es für einen fatalen Irrtum gehalten. So war es am Anfang ja auch. Der Gerichtsmediziner durfte es nicht als Mord behandeln.«

»Vielleicht hat der Mörder gehofft, dass man ihn erst sehr viel später findet, so wie Moser«, mutmaßt Piatti.

»Zumindest war er es so gewohnt. Aber diesmal hat der Mörder einen großen Fehler gemacht. Das Urethan löst sich auf, ohne Spuren zu hinterlassen, aber er hat nicht mit den Kameras der Nachbarn gerechnet.«

»Er hat garantiert überprüft, ob es im Haus Kameras gibt, aber er hat nicht an die anderen Häuser gedacht. Bestimmt konnte er sich nicht vorstellen, dass es seinem Opfer gelingen würde, sich bis zum Nachbargrundstück zu schleppen.«

9. Dezember

Draußen herrscht ein regelrechter Schneesturm, und sie beschließen, an der Bar ein Club-Sandwich zu bestellen. Die anderen Gäste, die Halbpension gebucht haben, sitzen im Speisesaal, in der kleinen Kaminstube sind sie ungestört.

»Ich begreife immer noch nicht, was die Opfer miteinander verbindet«, sagt Ilaria.

»Gib noch mal ihre Namen im Internet ein, es ist ja jetzt noch ein neuer dazugekommen«, schlägt Besana vor.

Ilaria sieht konzentriert auf den Bildschirm, und Besana geht kurz mit Becks raus, der schon Zeichen der Ungeduld an den Tag legt. Als sie wieder reinkommen, sind sie komplett weiß. Becks' Rücken ist voller Schneeflocken, und die Barthaare um seine Schnauze sind gefroren. Sofort wälzt er sich auf dem Teppich, um sich zu trocknen.

»Scheiße, ist das kalt«, schimpft Besana. »Hast du was gefunden?«

»Vor ein paar Jahren gab es eine Schwarzgeldaffäre. D'Ambrosio, Pallavicini und Padovani hatten zusammen eine Firma, die wegen eines Finanzskandals krachend gescheitert ist. Sie sind noch mal mit einem blauen Auge davongekommen, wer den Kopf hat hinhalten müssen, war der Geschäftsführer. Er hat eine Gefängnisstrafe aufgebrummt bekommen, mit anschließendem Hausarrest. Anscheinend hat er die gesamte Schuld auf sich genommen.«

»Bestimmt haben sie sich sein Schweigen erkauft und ihre Anwälte mobilisiert, um ihn rauszuholen. Ist über ihn irgendetwas bekannt?«

»Das überprüfe ich gerade«, erwidert Ilaria. »Ich hab ihn. Das gute alte LinkedIn ist manchmal sehr nützlich. Arturo Zago. Er wohnt jetzt in Lugano und ist inzwischen selbstständiger Finanzberater.«

»Quasi nebenan«, stellt Besana fest. »Und er hätte ein verdammt gutes Motiv.«

»Schon, aber was ist mit den anderen?«

»Die anderen existieren vielleicht nur in unseren Köpfen, Piatti. Es ist durchaus möglich, dass Rigamonti im Flugzeug tatsächlich einen Herzinfarkt hatte. Und woran Livio Moser gestorben ist, weiß niemand.«

Gedankenverloren trinkt Ilaria einen Schluck Bier. »Und wenn sie alle Kunden von ihm waren?«

»Kunden von wem?«

»Moser. Zeitgenössische Kunst ist ein beliebtes Mittel, um Geld zu waschen oder vor dem Finanzamt zu verstecken. Hier ist ja offenbar jeder Kunstsammler. Denk doch nur mal an die Werke, die bei Vittoria oder Brunella zu Hause hängen.«

»Vittoria mag ihre Fehler haben, aber sie ist sehr kunstaffin«, entgegnet Besana.

»Sind sie das nicht alle?«, sagt Ilaria, während sie auf Google weitersucht. »Sieh dir das an.«

Sie hat Fotos von Diego Padovanis und Veronica Ballarins Haus in den Bergen gefunden, die in einer Design-Zeitschrift veröffentlicht wurden.

Besana wirft einen Blick darauf. »Es ist kein Verbrechen, sich für zeitgenössische Kunst zu interessieren.«

»Nein, es ist kein Verbrechen. Aber vielleicht führt es uns trotzdem zum Verbrecher.«

10. Dezember

Jeden Moment beginnt die Pressekonferenz in der Polizeidienststelle von St. Moritz. Die Journalisten nehmen im gut gefüllten Saal Platz. Ilaria und Marco erkennen ein paar Kollegen und heben zum Gruß die Hand. Vor dem langen Tisch, hinter dem der Staatsanwalt und der Hauptkommissar der Bündnerischen Kriminalpolizei sitzen, reihen sich die Mikrofone aneinander. Die Fotografen drücken pausenlos auf den Auslöser, die Fernsehkameras sind startklar.

»Guten Tag, meine sehr verehrten Damen und Herren«, begrüßt sie der Staatsanwalt auf Deutsch, für die Simultanübersetzung sind Kopfhörer verteilt worden. »Im Fall Padovani bestätigen die Obduktionsergebnisse den Verdacht, dass es sich um einen Mord handelt. Die verwendete tödliche Substanz ist Urethan oder Ethylcarbamat, eine flüchtige organische Verbindung, die keine Spuren hinterlässt. Das Opfer hat sich jedoch noch bis zum Garten des Nachbargrundstücks geschleppt, vor dem eine Überwachungskamera installiert war, die den Todeskampf und die Veränderung des Körpers post mortem aufgenommen hat. Das rasche Aufblähen und Abschwellen des Leichnams hat die Ermittler stutzig gemacht, und ich habe sofort den zuständigen Gerichtsmediziner Doktor Rudi Hofer damit beauftragt, unverzüglich eine Obduktion vorzunehmen. Hätten wir nicht so schnell gehandelt, wäre es äußerst schwierig gewesen, Ursache und Umstände des Todes zu rekonstruieren. Aus der toxikologischen Untersuchung geht überdies hervor, dass das Opfer zuvor mit Alkohol und Barbituraten betäubt wurde. Dann hat der unbekannte Täter dem Opfer eine massive Dosis flüssiges Urethan injiziert. Das Opfer war allein zu Hause, die Ehefrau befand sich zum Tatzeitpunkt in Mailand, die Haushälterin gab in der Befragung an, ihr Arbeitgeber habe ihr den Brückentag freigegeben, damit sie ihre Verwandten in Brescia besuchen könne. Der Leichnam wurde gegen vier Uhr morgens vom Fahrer eines Schneepflugs gefunden. Da keinerlei Hinweise auf einen Einbruch vorliegen, gehen wir davon aus, dass Opfer und Täter sich kannten. Selbstverständlich werden wir sämtlichen Spuren nachgehen. Und nun gebe ich weiter an Kommissar Reto Schwab.«

»Guten Tag allerseits. Die Bündnerische Kriminalpolizei arbeitet mit Hochdruck an dem Fall. Die Spurensicherung ist noch dabei, verschiedene Untersuchungen durchzuführen. Leider ist es nicht ganz einfach, die DNA des Täters zu isolieren, da am Vorabend, am Abend des sechsten Dezember, im Haus ein großes Fest stattgefunden hat und, da die Haushälterin nicht da war, anschließend nicht aufgeräumt wurde. Wegen des Schneefalls in der Nacht konnten auf dem Grundstück keine Spuren gesichert werden. Das Handy des Opfers war nicht aufzufinden, vermutlich hat der Täter es mitgenommen und den Akku entfernt, damit es nicht geortet werden kann. Falls Sie Fragen haben, stehe ich Ihnen jetzt zur Verfügung.«

Ein Schweizer Journalist erhebt sich, sagt seinen Namen und den Namen der Zeitung, für die er arbeitet, und fragt auf Deutsch: »Warum war das Opfer nackt?«

»Wir gehen davon aus, dass der Täter das Opfer entkleidet hat, um zu vermeiden, dass die Kleidung in der Phase, in der der Leichnam sich aufbläht, zerreißt.«

Nun steht ein Journalist auf, der Französisch spricht. »Haben die Nachbarn nichts mitbekommen?«

»Sie waren im Ausland. Aber sie waren sehr kooperativ und haben uns sofort Zugriff auf ihre Überwachungskamera gewährt, die den Garten gefilmt hat.«

Ilaria steht auf. »Haben Sie an der Leiche DNA-Spuren gefunden, die sich dem Täter zuordnen lassen?«

»Da ermitteln wir noch. Wenn wir Übereinstimmungen finden, geben wir es bekannt.«

»Ich habe noch eine andere Frage, Herr Kommissar.«

Reto Schwab nickt aufmunternd.

»Glauben Sie, dass es einen Zusammenhang gibt zwischen diesem Mord und dem Mord an Giacomo Pallavicini? Er ist schließlich auch vergiftet worden.«

»Derzeit haben wir nicht genügend Anhaltspunkte, die auf eine Verbindung zwischen den beiden Fällen hindeuten würden.«

»Danke, Herr Kommissar.«

10. Dezember

Nach der Pressekonferenz kehren Ilaria und Besana ins Hotel zurück, um sich die Nachrichten anzuschauen. Becks erwartet sie in Ilarias Zimmer auf dem Bett, im Fernsehen läuft eine Talkshow auf Deutsch. Er hat die Papierkörbe umgeworfen und kaut nun genüsslich auf der Fernbedienung herum. An der Holztür hat er Kratzspuren hinterlassen.

»Ach du Scheiße«, sagt Besana. »Das müssen wir mit Sicherheit bezahlen.«

»Er hält sich eben auf dem Laufenden«, bemerkt Ilaria lakonisch und nimmt Becks die Fernbedienung aus der Schnauze. Becks knurrt, er lässt sich nicht gern sein Spielzeug wegnehmen. Beim Zappen durch die Kanäle wird schnell deutlich, dass die Sender sich bereits überschlagen. Alle reden vom Seriengiftmörder und bringen den Urethan-Fall mit dem Aconitin-Fall in Zusammenhang.

»Schönen Dank, Piattola«, bemerkt Besana. »Wenn unser Artikel morgen erscheint, sind wir die Letzten.«

»Stimmt doch gar nicht, wir haben einen Vorsprung«, kontert Ilaria.

»Ach ja? Wo denn bitte«, nimmt Besana ihr den Wind aus den Segeln. »Wir haben nur Vermutungen. Wenn wir schreiben, was wir denken, haben wir ganz schnell eine Klage am Hals.«

»Ist dir das schon mal passiert?«

»Einmal. Dabei habe ich immer penibel darauf geachtet, nur Dinge zu schreiben, die ich belegen konnte. Aber einmal ist es mit mir durchgegangen. Es ging um einen Arzt, der Dauergast in Talkshows war und dort Wunderheilmethoden gegen verschiedene Krankheiten anpries. Ich habe ihn mit diesen Marktschreiern auf Verkaufssendern verglichen, und er hat mich wegen Verleumdung verklagt. Wir kamen zu keiner gütlichen Einigung, und schneller, als ich gucken konnte, habe ich mich vor Gericht wiedergefunden. Nach mir war ein wegen Drogenhandel angeklagter Marokkaner an der Reihe. Am demütigendsten war für mich, dass sie diesen Ganoven mit Samthandschuhen angepackt und hofiert haben, während sie mich wie einen Verbrecher behandelt haben. Ich wurde auf einen saftigen Schadensersatz verklagt, und die Zeitung musste zahlen. Was meinst du, wie ich mich gefreut habe, als man diesen Scharlatan zwanzig Jahre später wegen eines Korruptionsskandals verknackt hat, in den mehrere Pharmaunternehmen verwickelt waren. War das eine Genugtuung. Ich habe natürlich sofort darüber berichtet, aber so eine Klage bleibt für immer an einem hängen.«

»So weit lassen wir es gar nicht erst kommen«, wirft Ilaria ein.

»Ach weißt du, es gibt so einige Kollegen, die auf diese Weise Karriere gemacht haben. Ich nenne sie immer die Stammkunden der Gerichte, namhafte Journalisten, die ihre Recherchen gern mit übertriebenen bis hin zu frei erfundenen Details ergänzen. Ihre Artikel sind brillant, die Titel fallen ins Auge, die Leser empören sich, und die Leute, die sie ins Visier nehmen, sind für immer bloßgestellt. Ein paar Tage später wird auf Seite siebzehn eine Gegendarstellung von ein paar Zeilen abgedruckt. So läuft das. Es wird geklagt, was das Zeug hält, die Zeitung muss tief in die Tasche greifen, und die einzige Folge für die Superstars unter den Reportern ist, dass sie in noch mehr Fernsehsendungen eingeladen werden.«

10. Dezember

Die Halle des Grand Hotel Kronenhof in Pontresina ist prachtvoll. Rote Samtsofas, ein ausladender Kerzenleuchter, Säulen, Fresken an den Decken, Teppiche, Mobiliar aus dem neunzehnten Jahrhundert, Gemälde mit Landschaften, Spiegel in üppigen Goldrahmen, geschmackvoll arrangierte Blumenbouquets, ein Flügel und schwere Brokatvorhänge. Und vor dieser Kulisse nur ausgesprochen elegante Menschen.

Veronica Ballarin sitzt vor dem Panoramafenster mit Blick auf die Berninagruppe. Ihr Haus wurde versiegelt, die Arbeit der Spurensicherung ist noch in vollem Gange. Sie ist hergekommen, weil sie ihren Mann identifizieren und der Polizei Fragen beantworten musste. Neben ihr sitzt ihr Anwalt, Gualtiero Lanza, einer der berühmtesten Strafverteidiger Mailands. Der Anwalt bietet ihnen einen Platz an, die Witwe sieht kaum auf.

»Bevor wir anfangen, möchte ich vorwegschicken, dass gegen Signora Ballarin nicht ermittelt wird. Sie wurde lediglich als Zeugin befragt. Sie hat den Ermittlern bereits alles gesagt und möchte nicht, dass ihr Name im Zusammenhang mit diesem Fall genannt wird. Für Sie beide macht Sie eine Ausnahme.«

»Danke, Signora«, erwidert Besana.

Sie reagiert nicht, bewegt nicht einen Gesichtsmuskel. Sie wendet ihnen nicht einmal den Blick zu.

»Haben Sie eine Ahnung, wer es gewesen sein könnte? Hatte Ihr Mann Feinde?«, fragt Besana.

»Die Signora hat die Polizei gestern darauf hingewiesen«, antwortet an ihrer Stelle der Anwalt, »dass Urethan als natürlicher Bestandteil in Wein vorkommt, und in höherer Konzentration in Schnaps. Die Wahl des Giftes ist also ihrer Ansicht nach nicht zufällig. Sie hat vorgeschlagen, in der Branche zu ermitteln und Konkurrenten oder Angestellte zu befragen.«

»Denken Sie da an jemand Bestimmtes, Signora?«

Sie schüttelt müde den Kopf.

»Meine Mandantin möchte niemanden verdächtigen«, erwidert Lanza. »Das ist ausschließlich die Aufgabe der Ermittler.«

»Wie sehen Sie die Parallele zum Fall Pallavicini? Kannten Sie ihn?«

»Wir kannten uns hier alle vom Sehen«, erwidert Veronica Ballarin mit gelangweilter Miene. Es ist das erste Mal, dass sie den Mund aufmacht.

»Aber glauben Sie, dass es einen Zusammenhang zwischen den beiden Morden gibt?«

Sie sieht zu ihrem Anwalt.

»Meine Mandantin ist skeptisch, was das betrifft«, antwortet der. »Wie im Übrigen auch die Ermittler. Das Ganze ist doch vor allem eine Erfindung der Presse. Unserer Meinung nach.«

»Ihrer Meinung nach oder nach Meinung der Signora?«, hakt Besana gereizt nach.

»Unserer beider Meinung nach«, entgegnet Lanzi ruhig.

Als sie das Hotel verlassen, ist Besana stinksauer. Ilaria eilt ihm hinterher.

»Wie zum Teufel soll ich ein Interview schreiben? In der Schweiz kann man einfach nicht arbeiten. Diese Kuh hat kein einziges Wort gesagt, sie hat die ganze Zeit ihren Anwalt reden lassen. Schlimmer als die Polizei. Am liebsten hätte ich sie genommen und geschüttelt. Da hätte sie doch gleich sagen können, dass sie nicht mit uns reden will, und fertig. Aber uns so zu demütigen …«

»Hat sie auf dich betroffen gewirkt?«, fragt Ilaria.

»Eher genervt. Als ob etwas schiefgegangen wäre. Wie jemand, dem man die Tour vermasselt hat. Oder beleidigt, weil sie nicht nach Hause kann und jetzt in einem Fünf-Sterne-Hotel festsitzt. Verdammt noch mal.«

10. Dezember

»Sieh dir das an! Das scheint ja das Ereignis der Saison zu sein.« Ilaria zeigt Besana einen Online-Artikel mit einem Foto des plastinierten Fulvio, dessen Kopf eine Krone ziert. Das Kunstwerk, so steht in dem Artikel zu lesen, wurde bereits an ein Museum verkauft. In der Galerie Moser wird die neue Ausstopfer-Ausstellung eröffnet.

»Wann ist die Vernissage?«

»Heute Abend. Um sieben.«

»Dann lass uns vorbeischauen. Der Mord wird sicher *das* Gesprächsthema sein. Wollen wir doch mal hören, was die Leute sich darüber so erzählen.«

Es herrscht großer Andrang, vor allem am Büfett. Es gibt schlechten Sekt und mager belegte Schnittchen mit Ziegenkäse und Bündnerfleisch.

»Künstlerische Taxidermie, hm«, murrt Besana.

»Ich finde es obszön«, sagt Ilaria, während sie ein Murmeltier mit Brille auf einem Snowboard begutachtet. »Am liebsten würde ich dem, der das gemacht hat, eine runterhauen.«

»Ja, es ist einfach nur grausam und hirnverbrannt«, pflichtet Besana ihr bei.

Vor einem Nebenraum stehen die Besucher Schlange, um den Bären zu sehen. Er ist die Attraktion der Ausstellung, es geht fast zu wie auf dem Jahrmarkt. Als sie an der Reihe sind und den dunklen Raum hinter dem Vorhang betreten, beginnt Becks zu knurren. Es ist ein tieferes und ernsteres Knurren als sonst.

»Er hat den Bären gewittert. Dieser Instinkt ist unglaublich«, sagt Ilaria. Dann betrachtet sie Fulvio, der, von einem Scheinwerfer angestrahlt, auf einem mit rotem Samt bezogenen Podest steht. Diese Krone, die man ihm auf den Kopf gesetzt hat, ist wahrhaft eine Beleidigung.

»Armes Geschöpf«, sagt sie.

Becks ist kaum zu bändigen, und Besana geht sofort in den Hauptraum zurück, wo er, ein Glas in der Hand, am Büfett auf Ilaria wartet.

»Ich kann gar nicht sagen, was schlimmer ist, dieser billige Fusel oder die Ausstellung.«

Aber Ilaria bedeutet ihm zu schweigen. Sie belauscht gerade ein interessantes Gespräch.

»Wirklich geschmacklos«, sagt eine Dame gerade. »Achille war ein lieber Freund. Nicoletta ist empört.«

»Alle sind empört, aber das Spektakel lässt sich trotzdem keiner entgehen«, erwidert ein Herr.

»Armer Livio, wenn er sehen könnte, was aus seiner Galerie geworden ist«, bemerkt eine andere Frau. »Sie waren gerade dabei, sich zu trennen, und jetzt sieh sie dir an, wie sie Hof hält. Als er noch lebte, durfte sie die Künstler nie aussuchen. Sie war eher wie eine Sekretärin.«

»Was erwartet ihr, sie war ja ursprünglich Krankenschwester«, erinnert jemand anders. »Was kann sie schon von Kunst verstehen.«

»Sie hat sogar Miriam entlassen, dabei war die sehr viel versierter als sie.«

»Kein Wunder. Miriam war ja auch nicht nur die Assistentin ihres Mannes.« Allgemeines höhnisches Gelächter.

In dem Moment kommt der Künstler herein, untergehakt bei Ginevra Landi, und dieselben Leute, die eben noch gelästert haben, überschlagen sich mit Komplimenten. »Eine wundervolle Ausstellung! Ginevra, Schatz, was du da auf die Beine gestellt hast! Du hast dich wirklich selbst übertroffen.«

Ilaria und Marco werfen einander einen amüsierten Blick zu. Unterdessen gibt der Künstler, der seine Werke als »Ausstopfer« signiert, den jedoch alle Fritz nennen, einen Haufen dummes Zeug von sich, um die goldene Krone auf Flavios Kopf zu erklären, die er als Protest gegen den Speziesismus verstanden wissen will (»Der Mensch ist nicht die Krone der Schöpfung!«).

Ginevra unterhält sich derweil mit einer der Damen, sie gestikuliert, wedelt mit den Händen, wirkt bekümmert.

»Es tut mir so leid, dass Nicoletta verärgert ist. Ich habe so oft versucht, sie anzurufen, aber sie geht nicht ans Telefon. Am Anfang war ich auch skeptisch, ich habe monatelang mit Fritz diskutiert. Aber ein großes Museum hat das Werk gekauft, es wird bis zur Art Basel reisen. Viele Kritiker betrachten es als sein Meisterwerk, da konnte ich es doch bei einer Einzelausstellung nicht außen vor lassen.«

In dem Moment entdeckt Besana Vittoria, die gerade hereingekommen ist. Sie sieht umwerfend aus mit ihren perfekt frisierten blonden Haaren, denen auch der Schnee nichts hat anhaben können. Sie trägt Reiterstiefel und hält sich auch so gerade wie eine Dressurreiterin. Vielleicht ist ihr ganzes Leben ein einziges Dressurreiten, und der Gedanke macht ihn für einen Moment traurig.

Doch dann stutzt er. In ihren gesprenkelten Augen blitzt so etwas wie Scheu auf, und es versetzt ihm einen Stich.

Zunächst tut Vittoria so, als hätte sie ihn nicht bemerkt – dabei hat sie ihn sehr wohl gesehen –, und geht wie alle anderen in den dunklen Raum mit dem Bären, kommt jedoch sofort wieder heraus, wobei sie verärgert den Vorhang beiseitewirft. Nachdem sie kurz überlegt hat – oder ihr Ärger verflogen ist –, gestattet sie sich einen Rundblick. Ein keineswegs unschuldiger Blick: Sie sucht ihn. Ihn und sonst niemanden. Sie hebt den Arm und winkt ihm zu, gibt sich überrascht. Und kommt elegant ausschreitend – Dressurreiten wie aus dem Lehrbuch – auf ihn zu.

»Wie geht es dir, Marco?« Sie küsst ihn mondän auf beide Wangen, um Distanz vorzutäuschen.

»Gut siehst du aus, Vittoria«, erwidert Marco im gleichen Tonfall. »Wunderschön.«

Sie lacht und verwuschelt ein wenig ihre Haare, sie will nicht zu perfekt wirken, fürchtet zu sehr ihre wahre Unvollkommenheit.

»Wie findest du die Skulptur?«

»Statt einer Krone hätte ich ihm eine Dienstmarke verpasst.«

»Eine Dienstmarke?«

»Bären sind ausgezeichnete Detektive.«

Vittoria lacht.

»Das war kein Witz«, fährt Marco fort. »Vor Jahren hat ein Bär der Polizei mal dabei geholfen, einen Mord aufzuklären. In Österreich, in der Nähe von Spiss, einem Tiroler Dorf nur ein paar Hundert Meter vor der Schweizer Grenze, hat ein Bär einen Baum umgestürzt.

Der Baum ist auf die Stromleitungen gefallen und hat einen Brand ausgelöst. Als die Feuerwehr versuchte, das Feuer zu löschen, fand sie eine Leiche. Es war die Leiche eines etwa vierzig Jahre alten Mannes, der keines natürlichen Todes gestorben war, und auch nicht wegen des Feuers. Jemand hatte ihn ermordet.«

Ilaria versucht schon seit mindestens fünf Minuten, Vittoria zu begrüßen, schon allein wegen ihrer guten Erziehung, doch die schenkt ihr keine Beachtung, behandelt sie wie Luft.

»Vittoria, entschuldige, aber ich habe tausendmal versucht, Dafne anzurufen, aber ihr Handy ist die ganze Zeit ausgeschaltet. Weißt du, ob irgendwas mit ihr ist?«

Vittoria fährt herum. Es kostet sie sichtlich Mühe, nett zu Ilaria zu sein. Ihr Gesicht spannt sich an und verzerrt sich, als brodele eine unterdrückte innere Wut in ihr, die sie nur unzureichend zu beherrschen vermag.

»Hallo, Ilaria«, sagt sie kühl. »Von Dafne höre ich momentan auch nichts. Weißt du, sie leidet an Depressionen. Vor ein paar Jahren war sie deswegen schon mal in der Klinik. Wenn es ihr nicht gut geht, verschwindet sie einfach von der Bildfläche.« Dann wendet sie sich wieder Besana zu. »Gehen wir was essen, Marco?«

Die Einladung schließt Ilaria natürlich nicht mit ein. Inständig hofft sie, dass er ablehnt. *Sag Nein, Nein, Nein.*

»Gern«, sagt Besana.

Vittoria lächelt zufrieden, hakt ihn unter, zieht ihn grußlos fort und lässt eine sprachlose Ilaria zurück. Die nichts, aber auch gar nichts dagegen tun kann, außer ihnen einfach nur nachzublicken, wie sie gemeinsam davongehen. Sie steht da wie ein begossener Pudel, Becks' Leine in der Hand. Ihn haben sie ihr gelassen. Sie beugt sich zu ihm hinunter, streichelt ihn und flüstert ihm ins Ohr. »Was meinst du, sollen wir von diesem furchtbaren Ort verschwinden?«

Der Hund wedelt mit dem Schwanz und leckt ihr übers Gesicht. Er scheint einverstanden.

»Hier sind mir zu viele tote Tiere und zu viele halb tote Menschen.«

10. Dezember

Der gewünschte Teilnehmer ist zurzeit nicht erreichbar, bitte versuchen Sie es zu einem späteren Zeitpunkt. Eigentlich überrascht es Ilaria nicht. Dafne ist ohnehin oft nicht erreichbar: Ihr Handy ist meistens ausgeschaltet, oder sie vergisst, es mitzunehmen, sie ist nicht in den sozialen Netzwerken aktiv und hat nicht einmal eine E-Mail-Adresse. Die einzige Möglichkeit herauszufinden, ob es ihr gut geht, ist vermutlich, bei ihr zu Hause vorbeizugehen. »Becks, hast du Lust auf einen Spaziergang durch den Schnee?«

Vor einer Reihe von Sozialbauten, die alle gleich aussehen, fühlt Ilaria sich ein wenig verloren. Sie kann sich nicht erinnern, welche Haustür es war, und überprüft die Klingelschilder. Auf fast allen stehen Schweizer oder portugiesische Namen, aber nirgends Dafne Bernabò. Doch sie erkennt Dafnes alten Citroën mit dem kaputten Scheibenwischer wieder, der vor einem der Häuser geparkt ist.

In dem Moment geht eine dicke Frau ins Haus, und Ilaria nutzt ihre Chance, um in den Hausflur zu schlüpfen, in dem es nach Schweißfüßen riecht, weil alle Bewohner ihre Schuhe vor der Wohnungstür stehen lassen. Als sie gerade glaubt, die richtige Wohnung gefunden zu haben, stutzt sie, weil neben einem Paar Springerstiefeln, die Dafne gehören könnten, rosa Kinderstiefelchen stehen. Auf der Türklingel steht nichts, dennoch beschließt sie, einen Versuch zu wagen.

Die Tür öffnet sich, und vor ihr steht Dafne im Schlafanzug und sieht sie überrascht an. »Nanu, wen haben wir denn da«, sagt sie. »Ich wusste gar nicht, dass du wieder hier bist. Komm rein.«

»Ich wollte dir nur Hallo sagen, aber ich bleib lieber draußen, Becks hat ganz nasse Pfoten.«

»Das macht nichts, ich hol ein Handtuch.«

Unterdessen zieht Ilaria ihre Moonboots aus. Dafne kommt mit einem kleinen Mädchen zurück, das den Hund neugierig betrachtet, sich jedoch nicht traut, zu ihm zu gehen, sondern sich hinter Dafnes Beinen versteckt.

»Er ist ganz lieb«, sagt Ilaria, während sie dem Hund das Fell abrubbelt. »Er heißt Becks. Und du? Wie heißt du?«

»De Santos, Raquel«, flüstert die Kleine.

»Sie ist die Tochter meiner Nachbarn, sie kommt mich oft besuchen«, erklärt Dafne. Dann dreht sie sich zu Raquel: »Deinen Nachnamen brauchst du nicht zu sagen, du bist ja nicht in der Schule.«

Raquel lacht hell auf und lässt dabei eine Zahnlücke sehen. Dann streckt sie den Zeigefinger aus, berührt Becks' Fell und zieht den Finger gleich wieder zurück, als hätte sie sich verbrannt. Dann lacht sie erneut.

»Störe ich euch beim Essen?«

»Nein, ich esse nichts«, erwidert Dafne und hebt eine Tasse. »Mir reicht ein Tee.«

»Sie hat mir gerade das Märchen von Flurina erzählt«, sagt Raquel, ein wenig trotzig wegen der Unterbrechung.

Ilaria betritt das Wohnzimmer und hält Becks kurz an der Leine, weil er vor Begeisterung über die vielen Schaffelle, die überall herumliegen, auf Sesseln und Sofa und sogar als Teppich auf dem Fußboden, schier durchdreht.

»Und wer ist Flurina?«

»Eine Fee«, erklärt das Mädchen, das inzwischen seine Schüchternheit abgelegt hat. »Sie schenkt den Bewohnern des Tals *trais fluors*, drei Zauberblumen: Die erste heißt *Pigna* und wärmt wie ein Ofen, die zweite heißt *Vivanda* und zaubert leckere Sachen wie zum Beispiel Chips herbei, und die dritte heißt *Allegria* und bringt dich zum Lachen. Aber dann passiert etwas ganz Schreckliches.«

»Oh nein! Was denn?«

»Auf einmal werden alle Menschen im Tal ganz reich und böse.« Raquel runzelt die Stirn. »Da wird die Fee wütend und verwandelt die drei Zauberblumen in giftige Blumen: die erste, *Sfradur*, lässt einen erfrieren, *Fom*, die zweite, lässt einen alles, was man isst, wieder ausbrechen, und die dritte, *Disgrazia*, bringt einen für immer zum Weinen.«

»Du erzählst dem Kind ja tolle Geschichten«, lacht Ilaria.

»Ich hab das traditionelle Märchen ein bisschen abgeändert«, erwidert Dafne schulterzuckend.

Da klingelt es an der Tür, und Raquels Mutter steht in Pantoffeln davor. Sie bedankt sich bei Dafne und ruft nach ihrer Tochter. »È hora de ir para a cama, fofa.«

»Neeeiin«, jammert das Mädchen, »ich will noch hierbleiben.«

»Es ist schon spät, du musst in die Heia«, sagt Dafne. »Komm morgen wieder, ich bin ja immer da.«

10. Dezember

Als sie allein sind, steht Dafne auf und holt zwei Flaschen Bier aus dem Kühlschrank. »Leider hab ich nichts zu essen im Haus.«

»Wir könnten doch rausgehen.«

»Lieber nicht, es schneit, und ich bin schon im Schlafanzug. Ich geh im Moment nicht viel raus, es ist saukalt.« Sie nimmt einen Schluck aus der Flasche.

»Geht's dir gut, Dafne?«

»Sehr gut. Ich bin nur einfach lieber zu Hause.« Sie krault Becks, der sich heimlich, still und leise aufs Sofa geschlichen und es sich auf dem Schaffell bequem gemacht hat. »Und du? Wie kommt's, dass du wieder in der Schweiz bist?«

»Sag bloß, du weißt noch nichts von dem neuen Mord!«

»Welcher Mord? Nein, ich habe nichts mitbekommen. Ich habe keinen Fernseher, gehe nie ins Internet und lese keine Zeitung.«

»Du bist ja wirklich ein komischer Mensch«, erwidert Ilaria ungläubig. Dann berichtet sie haarklein vom Urethan-Mord.

»Das ist ja eine furchtbare Geschichte.«

»Kanntest du ihn?«

»Nicht persönlich. Aber seine Partys waren berüchtigt. Ein Mädchen aus dem Ort war mal da. Die Gäste waren sturzbetrunken und zugekokst, und am Ende saßen sie alle nackt im Whirlpool.«

»Ehrlich? Diese Art Partys war das?«

»Ja, wenn du mich fragst, ging da wirklich alles rum. Jedenfalls nicht nur Wein.«

»Seine Frau fand ich ziemlich unsympathisch«, sagt Ilaria.

»Das kannst du laut sagen. Sie ist eine Freundin von Vittoria, sie hat sie mal zu mir geschickt. Sie wollte eine Therapie machen wegen ihres mangelnden Selbstbewusstseins, dabei hat sie eher zu viel davon. Ich wusste gar nicht, wie ich ihr das diplomatisch beibringen soll. Wir haben im Wald ein paar Atemübungen gemacht, aber sie hat die ganze Zeit nur rumgenörgelt. Zu viele Ameisen, die Kiefernnadeln pieken, die Kuhfladen stinken. Nach drei Sitzungen hat sie abgebrochen.«

»Dafne, du musst mir helfen.« Ilaria nimmt ihre Hand. »Ich bin sicher, dass wir es mit einem Serienmörder zu tun haben. Glaub mir, ich halluziniere nicht. Aber ich kann ihn nicht richtig einordnen. Was glaubst du, an welcher Stelle ich mich irre?«

Dafne überlegt schweigend. Sie nimmt die Frage sehr ernst.

»Ich mag die rätoromanischen Inschriften über den Haustüren hier. Du solltest mal einen Spaziergang machen und sie dir ansehen, das könnte dich auf eine Idee bringen. In Guarda zum Beispiel gibt es eine, die geht so: *Scha tü nu poust portar il crap, schi rodla'l.* Wer den Stein nicht heben kann, muss ihn wälzen.«

»Ich sollte also meine Herangehensweise ändern?«, überlegt Ilaria. »Stimmt.«

»Du brauchst einen anderen Blickwinkel, eine andere Sicht auf die Dinge. Versuche, anders zu denken. Zum Beispiel durch freie Assoziation. Mach deinen Geist leer und konzentriere dich nur auf diesen Serienmörder.«

»Du hast wirklich recht.«

»Geh und sieh dir die Inschriften an den Häusern an. Da wirst du den Schlüssel finden. Diese alten Mauern sind wie Orakel.«

10. Dezember

Es herrscht ein regelrechtes Schneetreiben, im Lichtschein der Laternen sind tanzende weiße Wirbel zu sehen. Doch Ilaria bleibt stehen und sieht sich die Inschriften an den Fassaden der Häuser an. *Chi ha prescha perda seis temp.* »Wer eilt, verliert Zeit.« Inzwischen hat sie gelernt, dass die Landschaften sprechen und dass man, will man herausfinden, was hinter einem Verbrechen steckt, sich auf sie einlassen muss. Manchmal ist es schwieriger, die Landschaften zu verstehen als die Menschen, die darin leben, doch wenn man es versteht, ihnen zuzuhören, sind sie die zuverlässigere Quelle. Dafne hat recht.

Es ist sehr kalt, und Ilaria wäre nur zu gern auf der anderen Seite dieser kleinen, tief eingelassenen Fenster, die man im sechzehnten Jahrhundert entwickelt hat, um die Wärme im Inneren zu halten. Aber das geht nicht. Sie muss draußen bleiben, sie muss sich der Kälte aussetzen, sie muss schauen. *Der Mensch kommt allein zur Welt, der Mensch geht allein von der Welt. Der Mensch ist allein auf dieser Welt.* Da, die Einsamkeit, das könnte ein Hinweis sein. Sie spürt es förmlich. Aber sie kann nicht sagen, warum. Sie schließt die Augen und versucht sich ihrer Fantasie hinzugeben. Fühlt der Mörder sich einsam? Und möchte er sich nicht einsam fühlen? Was will ihr diese Inschrift sagen?

Sie setzt ihren Weg fort. Da ist wieder eine. Sie bleibt stehen und sieht hoch. *Nicht der ist arm, der wenig hat, sondern der, der zu viel will.* Sie denkt an die Leute, die ihr begegnet sind. Wer weiß, was sie wirklich wollen. Sie wirken alle so ruhelos, trotz ihres Reichtums. Was ist das Motiv?

Dann bleibt sie vor einer Inschrift stehen, die sie noch mehr beeindruckt als die anderen beiden. Sie weiß nicht einmal, warum. Aber sie beeindruckt sie wirklich. Es ist geradezu wie eine Erleuchtung. *Per il bön sforz cumön. Ed al mel cuolp mortel.* »Gemeinsam stark für das Gute, gemeinsam gegen das Böse.« Sie starrt auf die Buchstaben, der Schnee fällt ihr in die Augen. Sie spürt, dass dieser Satz der Schlüssel ist, auch wenn es ihr nicht gelingt, ihn zu interpretieren. Sie denkt fieberhaft nach. Gut und Böse. Lassen sich klar voneinander abgrenzen, wenn man es mit einem Serienmörder zu tun hat. Na großartig, was für eine Erkenntnis! Gemeinsam stark? Gegen das Böse? Das sind Worte, die an eine Mission denken lassen. Im Namen irgendeines Ideals. Oder ist sie jetzt völlig auf dem Holzweg?

Vor dem Brunnen auf dem Platz bleibt sie stehen. Oberhalb des Wasserstrahls ragt ein steinerner Bär auf, die Vorderpfoten erhoben. Sie muss sich konzentrieren und die Assoziationen frei fließen lassen. Ein Bär, damit hat alles angefangen. Und woran erinnert sie das? An Gift. An Gift und damit an die Alte mit dem Essig. Wer war die Alte mit dem Essig? Eine Frau. Eine Frau von fünfundsiebzig Jahren. Eine Giftmörderin. Eine *Serien*giftmörderin. Und warum muss sie an sie denken? Irgendetwas ist da, aber was? Sie muss sich noch stärker konzentrieren. Ilaria schließt die Augen. Marta. Marta war auf Giovanna Bonanno fixiert. Aber das ist es nicht. Das ist es nicht. Sie muss noch mal von vorne anfangen. Wenn sie an die Alte mit dem Essig denkt, was fällt ihr dazu ein? Die Läuse. Die Alte ist gar nicht der Punkt. Sondern der Essig. Sie hat mit einer Tinktur gegen Läuse getötet. Eine vollkommen unverdächtige Substanz.

Das ist es. Das ist das, was diese Morde eint. Der Täter benutzt keine traditionellen Gifte, denn die würde man sofort erkennen. Er weiß ganz genau, wonach bei einer toxikologischen Standarduntersuchung gesucht wird. Und er setzt Substanzen ein, die sehr viel schwieriger nachzuweisen sind.

Die Verbrechen sind so unterschiedlich, dass erst einmal niemand auf die Idee kommt, sie miteinander in Verbindung zu bringen. Doch in Wirklichkeit ist es ein sehr kohärenter Modus Operandi, nur das Gift wechselt. Der erste Schritt ist getan. Als Nächstes muss sie verstehen, wie er seine Opfer aussucht.

Doch ihr dreht sich der Kopf, vielleicht wegen des Bieres, das sie auf nüchternen Magen getrunken hat. Becks zieht Richtung Hotel, nicht mal er hat noch Lust, länger draußen in der Kälte zu bleiben. Ab und zu lässt er sich verlocken und schnuppert an einer Mauer, doch dann schüttelt er sich den Schnee vom Fell und überlegt es sich anders. An Mauern schnuppern. Richtig. Die Mauern haben etwas zu erzählen. Nicht nur dem Hund. Die Mauern erzählen Geschichten. Nur sind sie zu rätselhaft. Ilaria rutscht auf dem Eis aus und stürzt. Becks sieht sie fragend an, als wollte er wissen, ob sie sich wehgetan hat. Die Hüfte schmerzt, das gibt bestimmt einen fetten blauen Fleck. Sie rappelt sich hoch und nimmt die Leine. Jetzt reicht's mir, sagt sie sich, als sie davonhinkt. Ich gebe auf.

10. Dezember

Der Kamin brennt, Marco starrt in die Flammen, die flattern und züngeln, ohne je stillzuhalten. Er hat Feuer noch nie gemocht. Vittoria steht hinter ihm und betrachtet ihn. In den Händen hält sie zwei Gläser, umklammert sie wie ein Lenkrad. »Woran denkst du?«

»Ich sage nie, woran ich denke«, erwidert Marco. »Berufsgeheimnis.«

Vittoria lacht, was soll sie auch sonst tun. Sie tritt näher an ihn heran, versucht, seinen Nacken zu küssen, doch er duckt sich weg. Als er sie dabei anrempelt, wackeln die Gläser, und etwas Wein spritzt auf den Boden. Sie weicht einen Schritt zurück und umklammert die Gläser noch ein wenig fester. Marco dreht sich um und sieht sie an. »Irgendetwas an dir ist zu viel für mich. Ich weiß nur noch nicht, was.«

Vittoria legt den Kopf schief und lächelt wissend. Allzu wissend. »Man muss auch mal ein Risiko eingehen«, erwidert sie, »wenn man wirklich leben will.«

Marco würde sie gern so nehmen, wie man ein Risiko nimmt: sie einfach bei ihrer Jacke packen, die sie noch nicht ausgezogen hat, und sie hochheben. Doch Feuer ist das Einzige, wovor er Angst hat. Sie hätte es niemals anmachen dürfen.

»Vittoria«, sagt er und macht einen Schritt auf sie zu, »ich bin verrückt nach dir, aber wir sind zu verschieden. Irgendetwas steht zwischen uns, und ich wäre bereit, meinen Presseausweis da rein zu werfen«, er deutet mit dem Kinn auf den Kamin, »um herauszufinden, was es ist.«

Vittoria streichelt ihm langsam übers Gesicht, ihre Finger berühren ihn kaum. »Ganz ruhig.«

Aber Besana kann sich nicht beruhigen, diese Berührung geht ihm durch und durch. »Ich weiß immer noch nicht, wer du bist«, sagt er.

Plötzlich gibt sie ihre stolze Haltung auf und lässt ihrer wilden Natur die Zügel schießen. Sie packt seinen Kopf und zieht ihn zu sich. »Was spielt das für eine Rolle?«, sagt sie und küsst ihn. »Wir wissen doch selbst nicht, wer wir sind.«

Marco spürt ihre Lippen, spürt, wie sie ihn davontragen, doch er späht immer wieder zum Kamin hin. Fast als flehe er seine Ängste um Hilfe an, damit sie ihn beschützen.

»Herz«, sagt er, als er seine Lippen einen kurzen Moment von den ihren löst. Eigentlich hatte er *Hilfe* sagen wollen. Er lacht in sich hinein und denkt: Vielleicht war das die Autokorrektur. Doch die Ironie verflüchtigt sich sogleich. Sie ist nicht mit der Leidenschaft vereinbar.

Palermo, 1788

Unter den Angeklagten im Prozess Bonanno ist nur ein einziger Mann: Giuseppe D'Ancona, Bäcker. Er ist fünfunddreißig Jahre alt und seit Juli 1788 in zweiter Ehe mit Emanuela Porcello verheiratet. Was ist aus seiner ersten Ehefrau Rosa Caschera geworden, mit der er vierzehn Jahre zusammengelebt hat?

»An welcher Krankheit ist besagte Rosa, Ihre erste Ehefrau, gestorben?«, fragt der Richter.

»An Faulfieber, Erbrechen und Magenschmerzen«, antwortet Giuseppe D'Ancona.

»Fing die Krankheit vor oder nach dem Essen an?«

»Das weiß ich nicht mehr«, erwidert Giuseppe und berichtet von einer Hühnerbrühe mit Reis, die er stets fürsorglich für sie gekocht habe. Ferner gibt er an, Giovanna Bonanno sei ihm unbekannt. »Alles, was ich gesagt habe, ist die Wahrheit und nichts als die Wahrheit«, schwört er.

Dumm nur, dass er regen Umgang mit der Komplizin von Giovanna Bonanno, Rosa Billotta, genannt Cantalanotte, hat, die »Vergnügungen mit Frauenzimmern« organisiert. Die ihm also gegen Geld Frauen zuführt, mit anderen Worten – eine Kupplerin. Eine dieser Frauen ist eine gewisse Maria Anna Zuccaro (»mit der ich fleischlich verkehrte«, gibt er zu). Doch seine Beziehung zu Maria Anna droht zu zerbrechen, als sich der Koch des königlichen Palastes ausgerechnet in sie verliebt und beschließt, sie zu seiner Geliebten zu machen. In seiner Panik erklärt sich Giuseppe D'Ancona bereit zu verhandeln. Er bietet der Mutter des Mädchens vier Tari pro Tag und erscheint nun jeden Abend bei der Zuccaro. Doch seiner Ehefrau Rosa bleibt das nicht verborgen, und damit gehen die Streitereien wieder los.

Giuseppe hatte bereits im Gefängnis gesessen, weil er seine Frau geschlagen hat (»Ich wurde wiederholte Male eingesperrt, weil ich besagte Rosa, meine erste Frau, geprügelt habe«, gesteht er vor dem Richter). Schon 1782 hatte ein Gericht verfügt, dass die Eheleute sich vom Haus des jeweils anderen fernhalten sollten, und hatte sie vorübergehend getrennt. Doch es läuft immer gleich ab: Giuseppe prahlt vor der Ehefrau mit seinen Abenteuern, Rosa wird wütend, und er verliert die Beherrschung (»Irgendwann bringe ich dich mit meinen eigenen Händen um, denn du verdienst es nicht, als Eheweib behandelt zu werden, sondern als Hure!«, sagt er zu ihr).

Ein Nachbar berichtet, Giuseppe habe seiner Ehefrau einmal einen Teller auf den Kopf geschlagen und dabei ihren Kamm zerbrochen. Und dann hatte er noch die Stirn, zu ihm zu sagen: »Meine Frau macht Theater, weil ich ein Liebchen habe. Eines Tages vergiftet sie mich noch.«

Auch die Wäscherin der D'Anconas bestätigt, dass das Paar fortwährend gestritten habe, und gibt vor Gericht an, die beiden Eheleute hätten die sonderbare Angewohnheit gehabt, aus zwei Schüsseln zu essen statt aus einer gemeinsamen, wie es sonst alle tun. Das habe ihr zu denken gegeben. Warum benutzt man zwei Schüsseln? Dazu hätte es keinen Anlass gegeben, es sei denn, das Essen sei »verhext« gewesen.

D'Anconas Bäckergeselle erklärt, dass Speisen und Medizin direkt im Laden unter der Aufsicht seines Arbeitgebers zubereitet wurden. Folglich war es für Giuseppe ein Leichtes, in unbeobachteten Momenten etwas in die Töpfe zu geben.

Die Schwägerin erzählt, Rosa habe am Tag, bevor sie starb, begonnen, »Blut und Würmer« zu verlieren, und über Herz- und Schulterschmerzen geklagt. Ein jeder, wirklich jeder, vom Metzger bis zum benachbarten Ladenbesitzer, kann bestätigen, dass das Gerücht umging, Rosa sei keines »natürlichen« Todes gestorben. Ein jeder, wirklich jeder, ist überzeugt, dass es sich um Hexerei handele. Doch mit *Hexerei* hat es in Wirklichkeit nichts zu tun. Es ist ein *Giftmord*. Und die mysteriöse Substanz, die sie getötet hat, ist – mal wieder – Läuseessig.

11. Dezember

Mit kleiner Verspätung kommt Besana zur Verabredung.

»Gut geschlafen?«, fragt Ilaria provokant.

»Ausgezeichnet, Piatti«, erwidert Besana, »und ich will jetzt kein böses Erwachen.«

»Keine Sorge, ich werde dir keine Standpauke halten.«

»Sehr großzügig von dir. Neuigkeiten?«

»Also, heute Morgen habe ich mit Hofer gesprochen. Ich wollte wissen, ob er damals Livio Mosers Leiche untersucht hatte. Aber ein Kollege von ihm hat sich mit dem Fall befasst. Er hat mir versprochen, dass er sich schlau macht und mich zurückruft, sobald er mehr weiß.«

»Und hat er zurückgerufen?«

»Natürlich. Vor einer Stunde. Moser, oder das, was von ihm übrig war, hatte keine Papiere bei sich. Um ihn zu identifizieren, musste man also einen forensischen Odontologen hinzuziehen. Er hat schließlich ein Jahr lang an einem schwer zugänglichen Ort gelegen, am Fuß einer Böschung, fernab befestigter Wege. An ihm war sozusagen nicht mehr alles dran.«

»Igitt.«

»Allerdings. Wilde Tiere sind da nicht zimperlich. Bevor man den Leichnam entdeckt hat, wurde auf einer Felswand in der Nähe ein Stück vom linken Schienbeinknochen gefunden.«

»Und wie ist es dahin gekommen?«

»Es lag im Nest eines Bartgeiers. Ein Bergsteiger hat es entdeckt, ein Medizinstudent. Ihm war sofort klar, dass es sich um menschliche Überreste handelte. Bartgeier sind Aasfresser, sie ernähren sich von toten Murmeltieren und Gämsen. Und sie haben die Angewohnheit, Knochen aus der Höhe auf die Felsen fallen zu lassen, um sie zu zerkleinern, damit sie an das Mark kommen.«

»Dann hat er an dem Tag wohl sein halbes Mittagessen liegen lassen.«

»Marco, bitte. Aber pass auf, das Wichtigste kommt ja erst. Hofer hat mir von einer Besonderheit erzählt, die ihm erst jetzt aufgefallen ist, als er sich die Fotos angesehen hat.«

»Nämlich?«

»Der Fuß.«

»Der Fuß?«

»Ja, der rechte Fuß. Der, der noch übrig war. Er steckte noch im Wanderschuh und war wie mumifiziert. Hofer hat sofort an Formaldehyd gedacht. Er war am Telefon richtig verzweifelt, er kann ja seine Intuition nun nicht mehr überprüfen, weil Moser eingeäschert wurde.«

»Wurde denn keine toxikologische Untersuchung gemacht?«

»Nur die Standarduntersuchung, leider. Es ist niemand auf die Idee gekommen, nach Formaldehyd zu suchen. Verstehst du?«

»Bei lebendigem Leibe mumifiziert«, murmelt Besana. »Furchtbar. Das erinnert mich an einen anderen Fall.«

»Und an welchen?«

»Vor vielen Jahren ist in Russland eine Siebenundzwanzigjährige wegen eines absurden Behandlungsfehlers im Krankenhaus gestorben. Sie hat zwei Tage lang um ihr Leben gekämpft. Es war ein vollkommen banaler Eingriff, eine Zyste an den Eierstöcken, die entfernt werden sollte. Doch statt der physiologischen Kochsalzlösung hat man ihr Formaldehyd in den Tropf getan, dieses Zeug, mit dem man Tierkadaver einbalsamiert. Als die Mutter sie besuchen kam, klagte Ekaterina über furchtbare Schmerzen und musste sich ständig übergeben. Dann fing sie an zu zittern, und die Mutter packte sie warm ein, doch ihr wurde schnell klar, dass sie gar nicht fror, sondern unter schrecklichen Krämpfen litt. Sie rief nach den Ärzten, doch die zuckten nur mit den Schultern und meinten, man könne nichts tun. Vielleicht wussten sie bereits, dass jemand die Infusionsflüssigkeit verwechselt hatte, und wollten es nicht zugeben. Die junge Frau wurde in eine Klinik in Moskau gebracht, wo sie ins Koma fiel und zwei Tage später verstarb. Das Formaldehyd hatte ihre inneren Organe zerstört, Herz, Lunge und Leber hatten aufgehört zu arbeiten. Sie haben das arme Mädchen noch an eine Eiserne Lunge angeschlossen, aber das hat nichts mehr genützt. Sie wurde bei lebendigem Leib mumifiziert. Kannst du dir das vorstellen?«

»Oh Gott, was für ein grausamer Tod.«

»Wenn man mich schon einbalsamieren will, dann bitte erst, wenn ich tot bin. Wie Lenin. Der sieht dank Formaldehyd nach einem Jahrhundert immer noch so aus, als wäre er erst gestern gestorben. Oder die ganzen anderen berühmten Kommunistenführer, die Nordkoreaner Kim Il-Sung und Kim Jong-Il, und der Vietnamese Ho Chi Min. Oder Fulvio. Das Schicksal des Bären, das Fritz sozusagen in ein Kunstwerk verwandelt hat. Auch Fulvio war glücklicherweise bereits tot. Das hatte ja schon der Zug erledigt.«

»Moser wurde also bei lebendigem Leibe einbalsamiert? Furchtbar, ich darf gar nicht darüber nachdenken.«

»Da hätte man ihn doch eigentlich auch in der Galerie ausstellen können«, erwidert Besana.

11. Dezember

»Journalisten sollten den Lesern und der Wahrheit dienen, aber in Wirklichkeit dienen sie oft nur ihrem eigenen Ego. Und ihrer Karriere. Selbst lebende Legenden des Journalismus haben gelegentlich Nachrichten erfunden. Oder, wie die Engländer sagen, sie haben sich eine gute Story nicht von der Wahrheit ruinieren lassen.«

Besana hält Hof. Die versammelte Tischgesellschaft hängt an seinen Lippen, mit Ausnahme von Ilaria. Die ist immer noch wütend über seinen Hinterhalt. Als sie vor dem Restaurant auf ihn gewartet hat, war er plötzlich mit Vittoria und sieben anderen Leuten im Schlepptau aufgetaucht.

»Wir wollen Namen hören«, stachelt ihn eine blonde Frau an.

»Hier werden keine Namen genannt. Aber ihr dürft gern raten«, erwidert Besana. »Einer der hochehrwürdigen Väter unserer Kaste, mehr verrate ich nicht, erzählte gern, er hätte auf der Seite der Wehrmacht die Invasion in Polen beobachtet. So weit, so gut. Aber dann behauptete er, Hitler persönlich sei, als er ihn mit dem Notizblock in der Hand am Straßenrand erblickt habe, von seinem Panzer gestiegen und habe ihm auf Deutsch einen Vortrag gehalten, von dem er natürlich kein Wort verstanden habe. Na klar. Wenn es sonst nichts ist. Es gab schließlich keine Zeugen, die ihn hätten Lügen strafen können, und Fernsehen gab es damals auch noch nicht. Du konntest deine Artikel ausschmücken wie du wolltest. Einer der beliebtesten Sprüche in den Redaktionen lautete: *Wenn es nicht wahr ist, ist es gut erfunden.*«

»Das waren eben noch andere Zeiten. Heute würde man sofort entlarvt«, bemerkt Vittoria.

»Nicht unbedingt. Vor Jahren hat mal ein Auslandskorrespondent in Afghanistan mit einem Exklusivinterview mit dem Anführer der Taliban die Konkurrenz ausgeschaltet. Es war eine Weltsensation, sein Chefredakteur überschlug sich mit Lob. Bis zu dem Zeitpunkt war es noch keinem Journalisten gelungen, diesen Mullah zum Reden zu bringen, man wusste nicht einmal, wo er sich versteckt hielt. Wie also hat unser Held es geschafft? Ganz einfach: Der Artikel war frei erfunden, ein reines Produkt seiner Fantasie. Der Interviewte wusste von nichts.«

Ilaria kann darüber nicht lachen. Auch sie wusste von nichts, dieses Essen hat er hinter ihrem Rücken organisiert. Das war nicht korrekt von ihm. Ganz und gar nicht korrekt.

»Aber er ist nicht der Einzige. Ich erinnere mich noch an einen Reporter der *New York Times*, der zu Beginn des neuen Jahrtausends für seine investigativen Artikel für den Pulitzer Preis nominiert werden sollte. Er hatte unter anderem über den Heckenschützen berichtet, der in Washington, Virginia und Maryland zehn Menschen getötet hat. In seinen Artikeln behauptete er, vor Ort gewesen zu sein, obwohl er in Wirklichkeit New York nie verlassen hatte, oder er zitierte Zeugen, die, wie sich später herausstellte, gar nicht existierten. In einigen seiner Artikel hat er sogar aus Konkurrenzblättern oder Lokalzeitungen abgeschrieben. Und es ist noch gar nicht lange her, da hat man einen deutschen Journalisten, der für seine Reportagen sogar von CNN ausgezeichnet worden war, der Lüge überführt. Unter anderem hat er ein Interview mit einem jemenitischen Gefangenen in Guantanamo veröffentlicht, den es, wie man später herausfand, nie gegeben hat, und er hat eine brillante Reportage über die illegalen Einwanderer an der Grenze zwischen Mexiko und den Vereinigten Staaten geschrieben, in der er Zeugen und Polizisten zu Wort kommen ließ. Das Problem war nur, dass er sie nie getroffen hatte. Und auch den Schriftzug ›Mexicans keep out‹, der angeblich auf einem Schild gestanden haben soll, gab es nur in seiner Fantasie.«

»Und dann schimpfen immer alle auf die Blogger oder die unabhängigen Quellen im Netz«, bemerkt ein glatzköpfiger Typ. »Dabei sind es oft gerade die angesehenen Blätter, die Fake News verbreiten.«

»Ja, aber der Unterschied ist, dass solche Fälle bei seriösen Zeitungen glücklicherweise die Ausnahme sind«, erwidert Besana. »Wer solchen Bockmist schreibt, wird früher oder später bloßgestellt und kriegt die Kündigung. Im Netz dagegen tut so was der Karriere der Märchenerzähler keinen Abbruch. Im Gegenteil, je mehr Falschmeldungen sie veröffentlichen, desto mehr Likes bekommen sie.«

Und bei den Worten sieht er Ilaria an. Doch die wendet sich ab, um den Hund zu streicheln.

11. Dezember

Ilaria hat Becks mit auf ihr Zimmer genommen. Sie liegen zusammen auf dem Bett, und während sie ihm den Bauch krault, klagt sie ihm ihr Leid. »Besana war unmöglich heute Abend. Du hättest ihn daran hindern sollen, sich wieder mit dieser Frau einzulassen. Sie will dich nicht mal im Haus haben, weil du haarst. Ich hoffe, wenigstens du hast verstanden, was sie für eine ist.«

Becks kratzt mit den Pfoten an der Bettdecke, um darunterzuschlüpfen. Nur bei Ilaria darf er im Bett schlafen, und die Gelegenheit lässt er sich nicht entgehen. Er dreht sich ein paar Mal um sich selbst, lässt sich nieder und bettet zum Schluss seinen Kopf auf das Kissen.

»Und dann beißt du Nicola, der es wirklich nicht verdient hat. Er hat dir sogar mal ein Spielzeug gekauft, du undankbares Ding. Aber Vittoria mal ins Bein beißen, nein, so was machst du ja nicht. Ich hasse sie, du kannst dir nicht vorstellen, wie sehr ich sie hasse. Die kann es doch gar nicht erwarten, uns loszuwerden. Lass dir das gesagt sein!«

Becks öffnet ein Auge, er fühlt sich schuldig, weil er schwach geworden ist. Es ist aber auch mühsam, sich um zwei Journalisten zu kümmern. Er leckt ihr die Hand.

»Du willst doch wohl nicht ein zweites Mal verlassen werden, oder? Dann tu was, verdammt noch mal. Zerfleisch sie, bevor es zu spät ist.« Bei diesen Worten streichelt Ilaria seine Ohren und klappt sie nach oben, um ganz sicherzugehen, dass er sie hört.

»Du würdest natürlich zu mir ziehen. Aber du hast Marco gern. Wenn du ein Wachhund bist, der etwas auf sich hält, musst du ihn beschützen. Vor allem vor sich selbst. Diese Frau wird ihm wehtun, das fühle ich. Solltest du nicht auch so was wie Instinkt haben? Warum wedelst du dann vor ihr mit dem Schwanz wie ein Idiot? Hat sie dich auch verhext?«

Becks bewegt seinen Schwanz auf und ab und klopft auf die Matratze. Etwas von dem, was sie gesagt hat, hat ihn aufhorchen lassen, was auch immer es war.

»Aber ich lasse mich nicht von ihr bezirzen. Ich habe eine schreckliche Vorahnung, Becks. Diese Geschichte wird Marco noch teuer zu stehen kommen.«

Becks ist dieses Gerede leid und schiebt die Schnauze unter das Kissen. Wäre es nicht an der Zeit zu schlafen? Kann nicht endlich mal jemand das Licht ausmachen? Ilaria sieht ihn an und streichelt ihn erneut, ganz sachte. Was weiß er schon über die Liebe der Menschen? Für ihn ist die Liebe ein einfaches, geradliniges Gefühl. Sie besteht in gegenseitigem Vertrauen, und davon nicht zu knapp.

12. Dezember

Besana steht der Schreck ins Gesicht geschrieben, sein Kinn zittert sogar. »Ich muss sofort nach Mailand zurück«, stammelt er, »mein Sohn ist im Krankenhaus. Er hatte einen Unfall.«

Ilaria weiß, dass man in bestimmten Situationen die Ruhe bewahren muss. Vielleicht ist es auch einfach ihr Instinkt, der es ihr sagt. »Ich komme mit«, sagt sie und beginnt, ihre Sachen in den Koffer zu werfen.

»Das ist nicht nötig.«

»Keine Widerrede, ich komme mit«, erwidert sie entschlossen. »In fünf Minuten checke ich aus. Du brauchst nicht alleine zu fahren.« Sie spricht jedes Wort überdeutlich aus, um ihn zu beruhigen.

Besana staunt über dieses junge Mädchen, das sonst immer so aufgeregt ist, wenn es sein muss, jedoch tatsächlich in der Lage ist, die Ruhe zu bewahren. Er sieht sie an, und endlich entspannt er sich.

»Ich bin so weit«, sagt Ilaria mit einem Lächeln auf dem Gesicht und dem Koffer in der Hand. Sie hat tatsächlich nur ein paar Minuten gebraucht.

Nachdem sie das Hotel bezahlt haben, steigen sie sofort ins Auto. Dichter Schnee wird gegen die Windschutzscheibe getrieben, der Scheibenwischer kreischt vor Anstrengung.

»Fahr langsam, bitte«, sagt Ilaria.

»Er ist im Krankenhaus, sie machen gerade ein CT, ich muss da hin.« Besanas Hände auf dem Lenkrad zittern.

»Ich weiß. Aber wenn du einen Unfall baust, nützt du ihm nichts.«

Er verzieht das Gesicht, sein ganzer Schmerz konzentriert sich in seinen Gesichtsmuskeln, tritt in den Falten seiner Haut offen zutage.

Sein Handy klingelt, und er geht sofort ran, seine Finger zittern. Es ist Marina.

»Ich bin unterwegs«, kann er gerade noch sagen, als Ilaria ihm das Handy aus der Hand nimmt. Sie ist jetzt die Notfallmanagerin. Das hat sie von ihrer Großmutter gelernt, aus ihren Erzählungen über den Krieg. Sie war eine Frau, die aus einer Mücke einen Elefanten machen konnte, aber wenn es ernst wurde, übernahm sie mit erstaunlicher Besonnenheit die Führung. Ein wenig hat sie es auch in ihrem Beruf gelernt, der im Kleinen ja auch immer mit Notfällen zu tun hat. Zum Glück gewöhnt man sich daran.

»Marina? Hallo, hier ist Ilaria Piatti. Sie können mit mir reden, Marco fährt gerade.«

Marina ist viel zu durcheinander und zu panisch, um zu begreifen, aber instinktiv gehorcht sie dieser ruhigen Stimme. Sie ist beinah dankbar für diesen Tonfall. »Er ist auf der Intensivstation«, bringt sie mühsam, mit angsterstickter Stimme hervor. »Aber sie sagen, dass ... dass ...« Weiter kommt sie nicht.

»Dass er es schaffen kann?«, hilft ihr Ilaria.

»Vielleicht. Wir wollen es hoffen. Das sagen sie zumindest. Ich weiß es noch nicht.«

»Danke, Signora«, beendet Ilaria das Gespräch. »Marco wird Sie zurückrufen, sobald wir anhalten. Wir müssen tanken, in ein paar Kilometern kommt eine Tankstelle, machen Sie sich keine Sorgen.«

12. Dezember

Jacopo ist wach, doch er blinzelt verwirrt und streckt einen Arm aus, um nach der Hand seines Vaters zu greifen. Im fehlt der Mut, etwas zu sagen. Er weiß, dass die Ärzte seinen Eltern von den Unmengen an Alkohol in seinem Blut berichtet haben.

»Entschuldige«, flüstert er.

»Ach, weißt du, wie oft ich besoffen war?«, erwidert Besana. »Und wie viele Unfälle ich gebaut habe?«

»Ich hab dich lieb, Papa.« Jacopo lächelt.

»Aber man sollte dann natürlich nicht mehr Auto fahren. Das nächste Mal zahle ich dir ein Taxi.«

»Versprochen. Ist Mama sauer?«

»Sie trinkt nicht, sie kann das nicht verstehen. Egal, Hauptsache, dir ist nichts Schlimmes passiert. Sie wird sich wieder beruhigen. Du hast uns einen ganz schönen Schreck eingejagt, den muss sie erst mal verdauen.«

»Ich hab auch einen Schreck bekommen«, sagt der Junge. »Als plötzlich das Moped vor mir rausgeschossen kam, dachte ich, das war's jetzt. Zum Glück habe ich niemanden getötet.«

»Ein Mörder in der Familie? Das fehlt noch«, lacht Besana, um der Situation den Ernst zu nehmen. »Mit denen muss ich mich schon den ganzen Tag herumschlagen, da kann ich zu Hause nicht auch noch einen gebrauchen.«

Mithilfe eines Strohhalms trinkt Jacopo einen Schluck Wasser. Sein Gesicht ist geschwollen und mit blauen Flecken übersät. »Tut mir leid, ich habe alles kaputt gemacht«, sagt er kleinlaut.

»Was hast du kaputt gemacht?«

»Deine Ermittlung über den Typen, der sich aufgebläht hat. Und den anderen, der in die Gletscherspalte gestürzt ist.«

»Seit wann liest du denn die Zeitung?«

»Tu ich nicht. Ich lese deine Artikel, wenn sie online erscheinen. Das kostet nichts. Mann, du bist echt gut.«

Besana kommen fast die Tränen. »Danke.«

»Meiner Meinung nach habt ihr recht, du und Piatti: Der Typ ist ein Serienmörder.«

»Und wie kommst du da drauf?«

»Ach, na ja«, macht Jacopo schulterzuckend.

»Komm schon, hilf mir. Ich blicke nämlich nicht durch.«

»Ich?«

»Natürlich du. Oder ist hier noch jemand anders?«

Jacopo zieht die Decke über den Kopf, aber er lacht.

»Ich meine es ernst«, beharrt Besana. »Es interessiert mich wirklich, was du darüber denkst. Ich brauche jemanden, der das Ganze von außen betrachtet, jemand Unvoreingenommenen. Jemanden wie dich.«

»Du brauchst mich?«

»Ja.«

Jacopo richtet sich auf und schiebt sich die Kissen in den Rücken. »Ich denke, es könnte eine Frau sein.«

»Und warum?«

»Weil nur Frauen so kompliziert sind. Die sind alle auf so komische Weise ermordet worden. Welcher Mann würde auf solche Ideen kommen?«

Besana packt ihn an den Armen und küsst ihn auf die Stirn. »Junge, du hast recht.«

»Du tust mir weh, Papa.«

12. Dezember

»Da steckt ein anderes Problem hinter«, sagt Marina gerade. »Mittlerweile betrinkt er sich jeden Abend. Er wird es nicht zugeben wollen, aber er ist nicht glücklich mit diesem Mädchen.«

Es ist acht Uhr abends, die Besuchszeit ist zu Ende. Besana und seine Ex-Frau gehen durch den Krankenhausflur zum Ausgang.

»Natürlich nicht. Findest du es nicht auch ein bisschen früh für einen Jungen seines Alters, sich auf dem Biobauernhof ihrer Eltern am Arsch der Welt zu verschanzen? Die Welt ist groß, sie wartet nur auf ihn. Wenn er alles stehen und liegen gelassen hätte, um mit seiner Freundin ins Ausland zu gehen, hätte ich es ja noch verstanden. Aber eine derart klaustrophobische Entscheidung ist nicht nachvollziehbar.«

»Das habe ich ihm auch gesagt. Aber Jacopo meinte, es würde sie vor den Kopf stoßen, wenn er weggehen würde.«

»Wieso redet er im Plural? Er hat sich für das Mädchen entschieden, nicht für ihre Familie.«

»Er sagt, *sie sind* eben so.«

»Aha, wieder Plural«, stellt Besana fest. »Das ist doch nicht normal.«

»Und jetzt hat er sogar ein schlechtes Gewissen, weil er eine Weile nicht arbeiten kann. Ist das nicht verrückt? Die manipulieren ihn total.«

»Hier im Krankenhaus hat er genug Zeit, sich ein paar Gedanken zu machen. Wer weiß, vielleicht bekommt er ja doch wieder Lust zu studieren. Schließlich hat er hier nichts anderes zu tun.«

»Wollen wir's hoffen. Jedenfalls hat er mich gebeten, ihm Bücher mitzubringen. Ich konnte es kaum glauben. Außerdem liest er deine Artikel. Als ich das gesehen habe, hat es mir fast die Sprache verschlagen.«

»Kann ich mir vorstellen. Das hast nicht mal du getan.«

»Jetzt fang nicht an zu streiten, Marco.«

»Keine Sorge.«

»Was machst du heute Abend noch? Essen wir einen Happen zusammen?«

»Ist Armando unterwegs, oder hast du ihn endlich in die Wüste geschickt?«

Marina lacht. »Ich habe einen Umzugswagen gerufen und alles zu seiner Mutter bringen lassen. Es ist nicht mal mehr ein T-Shirt von ihm da.«

»Gratuliere. Das war aber auch Zeit. Ich will nur hoffen, dass du seiner Mutter nicht aus Versehen auch Sachen von mir geschickt hast.«

Marina wird blass. »Warum? War da noch was?«

Besana boxt gegen die Aufzugwand. »Scheiße, Marina, ich bin mit einem Koffer weggegangen. Du hast immer gesagt, es eilt nicht.«

Sie schlägt die Hand vor den Mund. »Mist, das hab ich vergessen. Entschuldige, entschuldige.«

13. Dezember

Ilaria ruft Marco an, sie macht sich ein wenig Sorgen um ihn. Er hat ihr nur kurz geschrieben, dass Jacopo außer Gefahr ist, und sonst nichts. »Wie geht es deinem Sohn?«

»Gut, ich war heute Morgen bei ihm. Vielleicht bringt ihn der Krankenhausaufenthalt mal zum Nachdenken. Zum Beispiel darüber, wie wertvoll das Leben ist. Und dass man es besser nicht verschwenden sollte. Und du?«

»Ich habe mich erholt, ich habe bis heute Mittag

geschlafen. Man glaubt es gar nicht, aber Morde machen ganz schon müde. Ab und zu muss man mal ausspannen. Heute Nachmittag gehe ich zur Kosmetikerin und zum Friseur.«

»Hast du's gut. Ich muss einen Nachruf schreiben.«

»Welch Freude.«

»Ich habe es immer schon gehasst«, sagt Besana, während er untröstlich auf den Computerbildschirm starrt, in einer Hand eine Zigarette, in der anderen ein Glas Wein. »Ich bin sogar fest davon überzeugt, dass es Unglück bringt.«

»Wer ist denn gestorben?«

»Luciano Fenis.«

»Nie gehört. Wer war das?«

»Du bist noch zu jung, Piattola. Er war in den Siebzigern ein großer Ganove. Er hat bestimmt fünfhundert Coups gelandet, war sogar zum Staatsfeind Nummer eins erklärt worden. Aber er war ein echter Gentleman, er hat nie jemanden getötet. Man nannte ihn den Gitarrenspieler, weil er sein Maschinengewehr in einem Gitarrenkoffer versteckte. Er war zu dreißig Jahren Haft verurteilt worden, aber irgendein Präsident, welcher, weiß ich nicht mehr, das muss ich noch nachprüfen, hat ihn begnadigt. Zuletzt hat er als Maler gearbeitet.«

»Interessanter Typ. Da kann man doch einen tollen Artikel draus machen.«

»Es ist ja auch mehr der Nachruf an sich, der mir die Laune verdirbt. Bald könnte ich an der Reihe sein, wer weiß, wer dann meinen Nachruf schreibt. Kannst du das nicht machen?«

Ilaria lacht und bekreuzigt sich. »Gott bewahre.«

»Früher lebten die Chefredakteure in der ständigen Angst, abends um elf einen Anruf zu bekommen, dass jemand gestorben war, und dann auf die Schnelle keinen würdevollen Text mehr zustande zu bringen. Deshalb hatten sie sich eine richtige Sammlung vorgeschriebener Nachrufe angelegt, vorwiegend für Persönlichkeiten, die die Achtzig überschritten hatten. Diese Nachrufe wurden sogar schon bei Lieferung bezahlt, um den Mitarbeitern, die natürlich überhaupt keine Lust dazu hatten, sie zu schreiben, einen Anreiz zu bieten. Ich hab mal gehört – ob das stimmt, weiß ich nicht –, dass ein berühmter Dichter in einer Schublade unserer Redaktion seinen eigenen Nachruf gefunden und ihn persönlich redigiert und korrigiert hat. Doch dann ist der Autor des Nachrufs noch vor dem Dichter gestorben, obwohl er sehr viel jünger war. Und so ist der bereits bezahlte Artikel im Müll gelandet. Man kann ja schließlich nicht den Nachruf eines Toten für einen anderen Toten veröffentlichen.«

»Dann schreib mal schnell zu Ende. Und danach brauche ich dich, wir müssen weiter an unseren Toten arbeiten. Vergiss nicht, dass da draußen immer noch ein Mörder putzmunter herumläuft.«

13. Dezember

Das Päckchen ist sehr elegant, Ilaria zieht langsam an der Satinschleife und schiebt den Fingernagel unter das Klebeband, um das Papier nicht zu zerreißen. Wie ihre Großmutter, die Geschenke immer mit übertriebener Sorgfalt ausgepackt hat, um Schleifen und Geschenkpapier fürs nächste Jahr aufzubewahren. Sie selbst wird alles in den Mülleimer werfen, ihre Langsamkeit entspringt mehr ihrer Befangenheit, sie ist es nicht gewohnt, Geschenke zu bekommen. Und nun fehlt ihr der Mut, die Schachtel zu öffnen.

»Danke«, sagt sie, noch bevor sie gesehen hat, was darin ist.

»Es ist kein Ring«, erwidert Nicola mit angespanntem Lachen. Auch Ilaria versucht zu lachen, aber sie findet die Bemerkung geschmacklos. Es gibt keinen Grund vorzugreifen. Schon ist ihr der Spaß verdorben.

»Wenn sie dir nicht gefallen, kannst du sie umtauschen«, fügt er mit gepresster Stimme hinzu.

Also sind es Ohrringe. Ilaria atmet tief durch, ehe sie die Schachtel öffnet. Sie weiß, dass Nicola ihr deshalb am dreizehnten Dezember ein Geschenk mitgebracht hat, weil er danach keine Zeit mehr für sie haben wird, wegen all der Weihnachtsessen mit Kollegen und Verwandten. Das Weihnachten der Liebenden wird immer im Voraus gefeiert. Einen Moment fragt sie sich, ob es ihr gefallen würde, in diesen Tagen so viele Verpflichtungen zu haben. Wohl eher nicht.

»Komm, mach endlich auf«, spornt er sie an.

Ilaria blickt hoch. Seine Eile ärgert sie ein bisschen.

Oder ist es Angst? Fürchtet er, etwas falsch zu machen, in einer Zeit, in der er gar nicht anders kann, als alles falsch zu machen? Glaubt er wirklich, dass ein paar Ohrringe seine Abwesenheit zu Silvester kompensieren können? Sie lächelt ihn an, manchmal ist er wirklich naiv. Sie öffnet die Schachtel und nimmt ein Paar wunderschöne Ohrringe heraus, in der Form langer Spiralen aus Gold. Er hat nicht bemerkt, dass sie gar keine Ohrlöcher hat.

Als Kind hatte sie welche, doch dann sind sie zugewachsen. Sie erinnert sich noch an den Tag, an dem sie, zusammen mit der Mama, zum Juwelier gegangen war. Es war ihr Geheimnis, denn ihr Vater meinte, sie sei noch zu klein. Keine Sorge, er wird es nicht bemerken, sagte ihre Mutter, Männer merken nie etwas.

»Sie sehen toll aus«, sagt Ilaria.

Nicola entspannt sich. Er hat sogar seine Haltung geändert. Sein Rücken ist plötzlich weniger steif, die Knie fallen nun lässig auseinander.

»Freut mich, dass sie dir gefallen«, sagt er immer wieder, im zufriedenen Tonfall eines Studenten, der eine Prüfung bestanden hat.

»Wundervoll«, sagt Ilaria und schwenkt die Ohrringe durch die Luft, »wundervoll.«

Und das meint sie auch so. Im Grunde sind sie genau wie ihre Beziehung: schön und nutzlos. Sie wird sie auf den Nachttisch legen, um sie vor dem Einschlafen anzusehen. Und sie niemals tragen.

13. Dezember

»Bist du meinetwegen nach Mailand zurückgekommen?«

»Die Schweiz ist langweilig.«

Marco umarmt Vittoria. Mit dieser Überraschung hat er nicht gerechnet. Diesmal stört es ihn nicht, dass seine Wohnung unordentlich ist. Er fühlt sich so angenommen, wie er ist.

»Essen wir hier? Ich hab nichts im Haus. Es war nicht geplant, dass ich zurückkomme, es hat niemand eingekauft«, sagt Vittoria.

Marco breitet die Arme aus. »In meinem Kühlschrank sind nur ein paar Flaschen Bier. Wenn du willst, lade ich dich ins Restaurant ein.«

Sie schüttelt den Kopf. »Ich hab keine Lust rauszugehen, lass uns lieber was bestellen.«

Vittoria setzt sich auf das kleine IKEA-Sofa und sieht sich um. Es ist ein völlig anderes Wohnzimmer als die, in denen sie sonst verkehrt, und doch leuchten ihre Augen. Vielleicht fühlt sie sich hier freier. Wenigstens muss sie nicht sagen: Was für ein schönes Sofa, ich liebe diesen Teppich, von wem ist das Bild? Sie kann all diese Rituale überspringen und küssen, wen sie mag. Was sie auch sofort tut.

So klein das IKEA-Sofa auch ist, ist es doch ziemlich bequem, so eng umschlungen. Sie haben nur vergessen, Essen zu bestellen.

»Vietnamesisch? Indisch? Japanisch? Was möchtest du?«

»Eine Pizza«, sagt Vittoria, während sie seinen Rücken streichelt. »Nie lädt mich jemand zu einer Pizza ein.«

»Wie hältst du das aus?«

»Das frage ich mich auch manchmal.«

»Was für eine Pizza willst du?«

»Mit Zwiebeln? Geht das?«

Marco ist verzaubert: eine Frau, die alles hat, vielleicht sogar zu viel, und sich einfach nur eine Pizza mit Zwiebeln wünscht. Vielleicht haben sie beide ja tief in ihren jämmerlichen kleinen Seelen, die das Leben geformt hat – natürlich jedes nach seiner Art –, tief drin, dort, wo nie jemand hinschaut, doch etwas gemeinsam. Wie wenn man die obersten Regale in der Küche aufräumt und unter all den Dingen, die man wegwerfen will, ein Stück von sich selbst findet.

Vittoria sieht sich um. Ihr Blick fällt auf ein Foto von Marco und Marina in jungen Jahren, mit Jacopo als kleinem Buben. Sie deutet mit dem Kinn auf das Bild. »Bist du noch verliebt in sie?«

Marco hebt den Kopf wie eine Schildkröte. »In wen?«

»In deine Ex-Frau.«

Er lacht. Ein Lachen, das er sich jetzt gönnen muss, so wie sie eine Pizza mit Zwiebeln.

»Das war ich, bis vor ein paar Monaten«, sagt er. »Viel zu lange, obwohl sie mich verlassen hat. Aber jetzt nicht mehr. Ich hab sie nur noch gern, trotz allem. Warum fragst du? Bist du eifersüchtig?«

»Ich hab nur den Eindruck, dass du sofort losrennst, sobald sie den Mund aufmacht«, gibt Vittoria zu.

»Ich renne immer sofort los«, erwidert Marco. »Auch für die Toten, die den Mund bestimmt nicht mehr aufmachen.«

14. Dezember

Als Ilaria am Nachmittag in die Redaktion kommt, bittet sie der Ressortleiter mit einer Kopfbewegung in sein Büro.

»Piatti, ich brauche einen Artikel über das Mädchen, das auf einem Schulausflug bei einem Selfie aus dem siebten Stock gefallen ist.«

»Ich kann nicht, ich arbeite an dem Serienmörder.«

»Serienmörder, ich bitte dich! Apropos, ein paar Kollegen haben sich beschwert, weil wir euch teure Reisen bezahlen, während wir unsere Auslandsbüros schließen müssen. Der Chefredakteur hat die Nase voll.«

»Wovon?«

»Piatti, du hast Wahnvorstellungen. Wir sind Journalisten, keine Romanautoren. Es ist langsam genug mit Bären, Aconitin und Urethan. Wir haben dir schon zu viel durchgehen lassen.«

»Aber ein Serienmörder ist eine große Story! Dieser Fall wird Geschichte schreiben.«

»Überlass das mal den Ermittlern. Wir müssen vor allem überleben. Heute und vielleicht auch noch morgen und übermorgen. Dann sehen wir weiter.«

Ilaria blickt zu Boden. »Einverstanden. Wie viele Zeichen für das tödliche Selfie?«

»Sechzig Zeilen. Und schau dir bitte die Reaktionen in den Social Media an.«

In dem Moment kommt, mit tiefem Ausschnitt und eine Parfümwolke hinter sich lassend, die Bulgarelli hereinstolziert. Sie hat Ilaria nicht einmal bemerkt und geht an ihr vorbei, als wäre sie unsichtbar.

»Ich musste mit der Sekretärin rumstreiten: Da will die mir doch in Monte Carlo tatsächlich so eine billige Absteige buchen. Dabei wird *tout le monde* im Hermitage sein. Wollt ihr eine giftige Reportage über die Hochzeit des Jahres oder nicht? Wie steh ich denn zwischen all den Celebritys da? Wie Aschenbrödel!«

»Keine Sorge, Lucrezia, ich kümmer mich drum«, erwidert Roberto und versucht, Ilaria dabei nicht anzusehen.

Die Bulgarelli bedankt sich nicht einmal, sondern wirft ihm nur einem Luftkuss zu und rauscht wieder ab.

»Die Hochzeit der Influencerin mit dem Schauspieler?«, fragt Ilaria.

»Der Chef will eine Seite pro Tag«, seufzt Roberto und zuckt untröstlich die Schultern.

»Natürlich«, sagt Ilaria und hebt zum Gruß die Hand.

Sie sieht zu, dass sie so schnell wie möglich hinauskommt. Da sie ohnehin keine feste Stelle hat, arbeitet sie lieber zu Hause. Sie schnappt sich Tasche und Mantel und hastet, ohne auf den Aufzug zu warten, die Treppen hinunter. Sie braucht dringend frische Luft, Feinstaub hin oder her. In der Redaktion erstickt man. Mittlerweile stinken alle Zeitungsredaktionen nach Tod und Verderben. Der Gestank, den Ilaria von Tatorten oder aus Obduktionssälen nur zu gut kennt.

Vor dem Eingang stößt sie fast mit Besana zusammen. Stürmisch umarmt sie ihn. »Was machst du denn hier?«

»Ab und zu muss ich mich doch auch mal blicken lassen.« Er sieht sie an. »Und du bist schon wieder auf der Flucht.«

Ilaria zuckt die Schultern und erzählt ihm, was vorgefallen ist.

»Unser Beruf stirbt langsam aus, Piatti, du musst dich damit abfinden«, sagt er. »Wie Kutscher oder Scherenschleifer, oder wie die, die nachts die Gaslaternen gelöscht haben. Wir sind nutzlos geworden, und die Leute hassen uns.«

»Das habe ich bemerkt.«

»Sie nennen uns Journaille, Schmierfinken, Aasgeier. Und manchmal haben sie nicht ganz unrecht. Wir sind so sehr damit beschäftigt, den Promis hinterherzurennen, dass wir darüber die wahren Probleme vergessen. Oder schlimmer noch: Wir tun so, als würden wir uns anhören, was das Volk zu sagen hat, und geben die Mikrofone denen, die am lautesten schreien, den Wutbürgern, die keine Schwarzen und keine Migrantenkinder in den Schulen haben wollen. Vorbei die Zeiten des investigativen Journalismus und der unbequemen Interviews. Wir sitzen nur noch vor dem Computer und kopieren die Fake News aus den sozialen Medien, ohne auch nur einen einzigen Anruf zur Überprüfung zu tätigen. Geben wir's doch wenigstens zu.«

»Das ist ja eine deprimierende Bilanz«, stellt Ilaria fest.

»Und wir Kriminalreporter können uns nicht beklagen. Sieh dir mal die Kollegen vom Politikressort an. Die Minister halten in Talkshows Monologe, ohne dass ihnen jemand widerspricht. Oder sie interviewen sich auf Facebook gleich selbst. Manche wollen die Fragen nur noch schriftlich und beantworten sie per E-Mail. Was für einen Wert hat ein E-Mail-Interview? Man weiß doch gar nicht, wer die Antworten tippt. Ist es der Minister selbst oder sein Pressesprecher? Vielleicht sogar jemand, der in Realityshows Karriere gemacht hat? Und wenn er auf eine deiner Fragen ausweichend antwortet, kannst du nicht gleich nachhaken und ihn festnageln. Du bist nur noch ein passives Medium, eine Sekretärin, die nach Diktat schreibt. Wenn Journalismus heute so aussieht, kann man gleich den Beruf wechseln.«

»Ich hab doch gerade erst angefangen«, sagt Ilaria bekümmert.

»Für Menschen wie uns ist kein Platz mehr. Stell dich schon mal darauf ein. Und es wird immer weniger Platz geben. Leute wie uns betrachtet man als Störenfriede.«

»Wenn ich noch mal geboren werde, mach ich's wie die Bulgarelli, das schwör ich.«

»Tut mir leid, dir das sagen zu müssen, Piattola, aber du hast nicht die entsprechende *physique du rôle.*«

»Leck mich, Marco.« Aber wenigstens lacht sie jetzt.

»Ich hab es mir anders überlegt«, erwidert Besana. »Ich hab doch keine Lust, in die Redaktion zu gehen. Lass uns zu mir fahren, dann können wir wenigstens richtig arbeiten.«

14. Dezember

Es ist Zeit für den Aperitif, auf den Besana nicht zu verzichten gedenkt. Er schenkt Ilaria ein Glas Weißwein ein.

»Oh ja«, ruft sie, »ein bisschen Urethan ist heute Abend genau das Richtige.«

»Lass dich nicht entmutigen, Piatti. Auch wenn die Zeitung nicht dran glaubt, ich bin auf deiner Seite. Hast du was von der Schweizer Polizei gehört?«

»Wo denkst du hin. Selbst wenn es Neuigkeiten gäbe, würden sie es uns sicher nicht sagen.«

»Dämliche Privatsphäre«, schimpft Besana.

»Wenn du mich fragst, sind die auch nicht schlauer als wir.«

»Vielleicht sollten wir alles mal unter einem anderen Blickwinkel betrachten.«

»Das hat Dafne auch gesagt. Sie hat mir von einem rätoromanischen Sprichwort erzählt: *Wer den Stein nicht heben kann, der muss ihn wälzen.*«

»Gehen wir noch mal die verschiedenen Typen von Serienmördern durch«, schlägt Besana vor, »und schließen sie nacheinander aus. *Random*? Eher nicht.«

»Schließe ich auch aus«, sagt Ilaria. »Die Taten sind sorgfältig geplant und sehr komplex, der Täter schlägt nicht nach dem Zufallsprinzip zu. Er hat ja nicht auf einer Party den Wein für alle mit Strichnin versetzt, sondern seine Opfer bewusst ausgesucht und auf spezielle, höchst raffinierte Art ermordet.«

»Außerdem kannten die Opfer sich. Sie verkehrten alle in denselben Kreisen.«

»Und sie waren alle Männer und allesamt reich.«

»Leute, die Urlaub in der Schweiz machen.«

»Wenn er also vom Typ S, *Specific*, ist, müssen wir nach einem gemeinsamen Motiv suchen. Gibt es eine Verbindung zwischen ihnen, die uns bisher entgangen ist?«

»Schon möglich«, überlegt Besana.

»Bleibt noch der Täter, der sich tarnt, also so tut, als sei er *Random*, in Wirklichkeit aber *Specific* ist.«

»Nein, das haut auch nicht hin«, erklärt Marco. »Dieser hier versucht ja, seine Morde zu vertuschen. Er will nicht, dass man sie miteinander in Verbindung bringt. Einige der Leichen sind ja nur durch Zufall gefunden worden. Er hat seine Taten nicht inszeniert.«

»Stimmt, so kommen wir nicht weiter. Dann stellen wir uns doch mal eine viel einfachere Frage: Wer kann ihren Tod gewollt haben? Ihre Ehefrauen?«

»Nicht alle«, erwidert Besana. »Ginevra Landi vielleicht, die gerade mit ihrem Mann einen Prozess führte. Wie wir wissen, hat Moser keinen Unterhalt für den Sohn bezahlt, da kam ihr die Erbschaft sicher gelegen. Aber schon bei Veronica Ballarin sieht das anders aus: Der Weinbetrieb gehörte ihrem Vater, sie war diejenige, die das Geld mit in die Ehe gebracht hat. Und Brunella war unsterblich in ihren Mann verliebt.«

»Es war aber eine ziemlich kranke Liebe.«

»Ich weiß. Aber der Sadist war er.«

»Und Vittoria?«, fragt Ilaria provozierend.

»Ich weiß nicht, ob sie wirklich glücklich war mit ihrem Mann, aber sie hatte sicher keinen Grund, ihn zu töten. Sie hätten sich einfach scheiden lassen können. Außerdem vergisst du eines.«

»Und was?«

»Jede von ihnen hatte ein hieb- und stichfestes Alibi, von der Polizei überprüft. Brunella war in New York, Vittoria in der Schweiz, ihr Mann ist ja verunglückt, als er mit dem Flugzeug nachkommen wollte, Nicoletta D'Ambrosio war am Meer und Veronica Ballarin in der Scala«, erwidert Besana.

»Und Ginevra?«

»Über sie wissen wir tatsächlich nur wenig.«

»Aber es gibt ja nicht nur die Ehefrauen«, fährt Ilaria fort. »Ein nicht zu vernachlässigendes Motiv hatten vor allem Elsa Cattaneo und Andreas Vital.«

»Stimmt, aber nicht alle Opfer hatten etwas mit dem Mord an Ruth Vital zu tun.«

»Vielleicht haben sie ja gerade deshalb den Kreis erweitert. Können wir den ›getarnten‹ Serienmörder wirklich ausschließen?«

»Ich weiß nicht«, erwidert Besana. »Jedenfalls haben wir noch Crivelli vergessen. Er hatte vermutlich auch einen guten Grund, um Rigamonti loswerden zu wollen. Ich kann mir gut vorstellen, dass der ihn erpresst hat.«

»Schon, aber was ist dann mit den anderen?«

»Rache für Ruth Vital scheidet als Motiv aus, denn nur ein paar von ihnen tauchen auch in den Ermittlungen dazu auf. Aus dem gleichen Grund kann es allerdings auch nichts mit der Schwarzgeldaffäre der Firma zu tun haben.«

14. Dezember

Marco kocht für Ilaria sein berühmtes Risotto, schon am Eingang duftet es nach Radicchio und Gorgonzola. Becks läuft aufgeregt vor dem Herd hin und her und bleibt dann schwanzwedelnd vor der Pfanne stehen.

»Weißt du, wann der Niedergang der großen Zeitungen begonnen hat? Als jemand entschieden hat, dass seriöse Information ein Auslaufmodell ist und man alles ein bisschen *leichter* machen müsse, Hoch- und Massenkultur, Nobelpreisträger und Krimiautoren miteinander vermischen. Sozusagen das Fernsehen kopieren.«

»Jetzt muss man die sozialen Medien kopieren, das ist noch schlimmer«, erwidert Ilaria.

»Schon, aber der Abstieg hat schon vor langer Zeit angefangen, als wir plötzlich zu jedem Thema Meinungen Prominenter sammeln sollten, bloß um Leser zu gewinnen. Es war ein Albtraum. Man hing nur noch am Telefon, um Schriftsteller, Fußballer, Schauspielerinnen und was weiß ich wen um Kommentare zu allem Möglichen zu bitten. Leute, die in der Regel keinen blassen Schimmer vom Thema hatten. Zehn Zeilen pro Person plus Foto. Der Clou war, dass man jemanden von der Rechten etwas Linkes sagen ließ und umgekehrt. Wir haben richtige Tabellen geführt, eine Aufstellung der Themen mit Bildern. Blieb ein Kästchen leer, musste man jemanden überreden mitzumachen. Nein, tut mir leid, zu der Meinung haben wir schon jemanden, ich brauche einen, der das Gegenteil sagt. Und oft ließ sich die jeweilige Person breitschlagen, nur um zitiert und mit einem briefmarkengroßen Porträtfoto veröffentlicht zu werden. Na schön, wenn es Ihnen hilft, sage ich, was Sie wollen.«

»Tja, das ist die gleiche Falle wie mit den Likes. Wie viele Menschen posten in den sozialen Netzwerken die absurdesten Dinge, nur um Aufmerksamkeit zu bekommen.«

»Ganz genau«, pflichtet Besana ihr bitter bei. »Aber auch schon vor zwanzig Jahren haben diejenigen die größte Karriere gemacht, die den größten Mist von sich gegeben haben. Die Lieblinge der Chefredakteure, die vor wirklich nichts zurückschreckten. Es gab mal einen höchst umstrittenen Professor, der behauptete, eine sehr viel wirksamere Therapie gegen Krebs als die Chemotherapie erfunden zu haben. Ein Kollege schrieb einen Artikel, in dem er behauptete, die Chemotherapie sei die Therapie der Linken, während die alternative Therapie die der Rechten sei. Und landete damit sogar auf der ersten Seite. Wie kann man mit so etwas spaßen? Am Ende stellte sich heraus, dass diese Therapie einen Dreck wert war, aber bis dahin hatten sich schon eine Menge Leute dazu geäußert, die von Medizin nicht die Bohne verstanden.«

»Vielleicht mache ich alles falsch. Ich sollte meine Profile auf Facebook und Twitter besser pflegen«, sagt Ilaria entmutigt. »Wie die Bulgarelli.«

»Man braucht ein gewisses Talent, um sich die sozialen Medien zunutze zu machen, ohne ein jämmerliches Bild abzugeben. Und du hast dieses Talent nicht. Entschuldige, wenn ich das so sage.«

Besana serviert das Risotto und gießt ihr Wein ein. »Und jetzt iss.«

»Du hast recht, aber man kommt um die Social Media nun mal nicht mehr herum«, erwidert Ilaria. »Meinst du nicht, sie könnten vielleicht auch dir nützlich sein?«

»Machst du Witze? Mir reicht es, dass ich mir diesen Quatsch ansehen muss. Ich will mich nicht auch noch lächerlich machen. Außerdem ist mir aufgefallen, dass pensionierte Journalisten sich in den sozialen Netzwerken radikalisieren.«

Ilaria lacht. »Wie islamistische Terroristen im Knast?«

»So ungefähr. Manchmal sehe ich ehemalige Kollegen, die während ihrer Laufbahn nie auch nur die winzigste Kritik an einem hohen Tier geäußert haben, als Rentner auf einmal zu Rebellen mutieren und wütende Posts schreiben.«

»Und was glaubst du, woran das liegt?« Ilaria amüsiert sich köstlich.

»Weil sie frustriert sind? Weil sie auf Seite eins die Namen jüngerer Kollegen lesen? Weil ihr alter Arbeitgeber ihnen keinen Vertrag als freie Mitarbeiter angeboten hat? Meiner Ansicht nach sind die meisten sauer, weil sie den Festbetrag vom Presseverband nicht mehr bekommen.«

»Was für ein Festbetrag?«

»Früher bekam jeder Journalist, der mindestens fünfzehn Jahre beim gleichen Verlag fest angestellt war, eine Abfindung in Höhe von mehreren Zehntausend Euro. Aber seit der Krise und der massenhaften Frühverrentung bei den Zeitungen wurde der Festbetrag eingefroren. Jetzt wird er in Raten ausgezahlt oder halbiert.«

»Ich krieg vielleicht nicht mal eine Rente«, bemerkt Ilaria.

»Hör dir mal an, was dieser *Radikalisierte* hier schreibt«, sagt Besana und zieht sein Handy aus der Tasche. »Hier, das steht in seinem Profil: ›Ich bin Journalist geworden, weil ich die Übel der Welt, die Kriege und die soziale Ungerechtigkeit anklagen wollte. Ich war zwanzig Jahre Auslandskorrespondent in verschiedenen Ländern. Doch dann wurde mir klar, dass das italienische Informationssystem krankt, und ich habe mich entschlossen, der Branche den Rücken zu kehren.‹ Leider weiß jeder, dass das nicht sein eigener Entschluss war.«

Ilaria lacht.

»Ich schwöre dir, lieber verfolge ich einen Serienmörder, den es gar nicht gibt, als so zu enden wie sie«, setzt Besana hinzu. »Leute wie er verbringen ihre ganze Zeit damit, denen, die noch arbeiten, auf die Nerven zu gehen. Wie die Rentner, die aus lauter Langeweile stundenlang mit den Händen auf dem Rücken vor einer Baustelle stehen und die Arbeiter kritisieren. Der Pfeiler da ist ein bisschen schief. Du musst links noch ein bisschen tiefer graben.«

15. Dezember

Ilaria und Besana betreten eine Galerie, in der Neonlichtskulpturen eines jungen Künstlers ausgestellt sind, der Mario Merz nacheifert. Besana stolpert über eine Reihe Steine.

»Scheiß Land Art«, flucht er und klammert sich in letzter Sekunde an Ilaria fest, um nicht zu fallen.

In diesem Moment erscheint eine dunkelhaarige junge Frau mit einer in Electric Blue gefärbten Haarsträhne, passend zu Brille und Schuhen. »Guten Tag«, sagt sie und beugt sich hinunter, um die Steine wieder an ihren Platz zu setzen.

»Sind Sie Miriam?«

Die junge Frau nickt misstrauisch, worauf Besana ihr erklärt, dass sie Journalisten seien und gekommen, um über Livio Moser zu sprechen.

»Wir wollen die Ermittler überzeugen, den Fall neu aufzurollen«, fügt Ilaria hinzu.

»Das ist gut«, erwidert Miriam. »Ich habe damals Anzeige erstattet, gegen Ginevras Willen. Sie war der Ansicht, dass wir noch warten sollten.«

»Können Sie uns erzählen, woran sie sich erinnern?«

»Wir hatten gerade eine Ausstellung abgebaut, und Livio wollte spazieren gehen. Ich habe nie daran geglaubt, dass ihm schlecht geworden ist. Den ganzen Tag über ging es ihm ausgezeichnet, das kann ich Ihnen versichern.«

»Wo war seine Frau zu dem Zeitpunkt?«

»In der Toskana, bei Freunden.«

»Hat sie sich Sorgen gemacht, als Livio nicht zurückkam?«

»Nein, überhaupt nicht. Sie meinte, er sei schon oft spät nach Hause gekommen, und sein Handy sei häufig ausgeschaltet. Aber ich habe mir große Sorgen gemacht. Er hatte mir nicht gesagt, wo er hinwollte, aber er war nur mit einem kleinen Rucksack losgezogen und hatte nicht viel an. Er hatte nicht vor, draußen im Freien zu übernachten, wir waren am Abend noch zu einem Jazzkonzert verabredet. Gegen neun habe ich angefangen, ihn immer wieder anzurufen, er war nicht erreichbar. Um elf habe ich dann die Bergwacht verständigt, doch die wussten nicht, wo sie suchen sollten. Er hatte den Wagen stehen gelassen, aber es hätte ihn ja auch jemand ein Stück mitgenommen haben können.«

»Wie ist Ihr Verhältnis zu Ginevra Landi?«

»Meins? Nicht gut«, erwidert Miriam. »Als sie die Galerie übernommen hat, bin ich gegangen. Sie versteht überhaupt nichts von Kunst und lässt sich auch nichts sagen. Sie ist vollkommen inkompetent und dazu noch überheblich.«

»Ich denke, so viel ist klar geworden«, sagt Ilaria.

Besana wirft ihr einen Blick zu, um ihr zu verstehen zu geben, dass der Moment gekommen ist nachzuhaken.

»Stimmt es, dass sie sich gerade trennen wollten?«

»Ja, das stimmt«, bestätigt Miriam. »Ginevra hat überall herumerzählt, dass Livio nicht für seinen kranken Sohn aufkommen wolle, und hat ihn als Scheusal dargestellt. Aber die Sache ist viel komplizierter.«

»Nämlich?«

»Die Krise hat schon angefangen, als der Junge auf die Welt kam. Er leidet an einer seltenen Erbkrankheit, und die Ärzte haben von beiden Eltern einen DNA-Test verlangt. Dabei ist herausgekommen, dass Livio gar nicht der Vater ist. So hat es angefangen. Ginevra war sauer, weil sie keinerlei Ansprüche mehr hatte. Sie waren ja nicht mal verheiratet, auch wenn sie sich immer allen als seine Ehefrau vorstellte. Und nun konnte sie ihn auch nicht mehr mit dem Kind erpressen. Livio war der Meinung, dass sich der leibliche Vater um das Kind kümmern müsse, es sei nicht sein Job.«

»Wusste er, wer der leibliche Vater ist?«

»Nein, aber er hatte den Künstler im Verdacht, dem Ginevra gerade eine Einzelausstellung gewidmet hat.«

»Ausstopfer? Der Plastinator?«

»Genau, Fritz. Meiner Meinung nach ein Bluff.«

»Wird er hoch gehandelt?«

»Sagen wir, er steht noch am Anfang seiner Karriere. So hat Ginevra auf jeden Fall mehr verdient.«

»Wie, so?«

»Livios Tod kam ihr sicher gelegen. Ihr Sohn hat geerbt, bevor sie den Prozess verlieren konnte.«

»Ein großes Erbe?«

»Nun ja, die Galerie mit sämtlichen Werken, ein Haus in der Schweiz und eins in Mailand. Ich würde mal sagen, es geht ihnen nicht schlecht.«

»In was für einer Beziehung standen Sie zu Livio?«

»Ich?« Miriam zuckt die Schultern. »Ich habe ihn getröstet.«

15. Dezember

»Bittest du mich etwa gerade, ein E-Mail-Konto zu hacken? Aber das ist eine Straftat, Ilaria«, sagt Rocco bestürzt.

»Ich weiß«, erwidert Ilaria. »Wenn dir nicht wohl ist dabei, musst du es nicht tun. Ich kann es verstehen.«

»Wenn du willst, ich kenne einen Chinesen, der so was macht.«

Ilarias Gesicht hellt sich auf. Sie wusste, dass ihr alter Studienfreund, ein wahres Informatikgenie, eine Lösung finden würde.

»Natürlich will ich. Sie wird doch nichts merken?«

»Nein, ausgeschlossen. Er ist sehr gut. Aber es kostet was.«

»Einverstanden. Wie viel?«

»Er hat einen Laden hier in der Nähe, ich geh kurz vorbei und sag dir gleich Bescheid.«

»Danke, Rocco.«

Ein paar Stunden später liegt Ilaria Ginevra Landis E-Mail-Verkehr vor. Sie verbringt den ganzen Tag damit, die Mails zu lesen, auch die Korrespondenz mit Kunden der Galerie und die Online-Weinbestellungen. Sie geht bis zu der Zeit zurück, in der Moser gestorben ist, und überfliegt alle Mails, die Ginevra im Unterhaltsstreit an ihren Anwalt geschickt hat. Plötzlich hält sie inne. Und ruft sofort Besana an.

»Marco? Sie waren tatsächlich ein Liebespaar«, sagt sie, und dabei überschlägt sich fast ihre Stimme.

»Wer? Was? Wovon redest du?«

»Von Ginevra Landi und dem Künstler.«

»Meinst du, sie haben ihren Mann gemeinsam lebend einbalsamiert?«

»Ich weiß nicht. Aber ich bin auf eine sehr seltsame Mail gestoßen. Hör dir das an: *Ich hoffe, er stirbt bald einen qualvollen Tod.* Und in einer anderen Mail, nur ein paar Tage vor Mosers Verschwinden, schreibt er: *Heute Abend komme ich etwas später, ich muss noch das Formaldehyd abholen.*«

»Das ist kein Beweis, Piatti. Er braucht Formaldehyd

für seine Werke. Und glaubst du ernsthaft, dass ein Mörder eine solche E-Mail schreibt? Tschüss, ich bin mal eben weg, ich balsamiere ihn rasch ein und bin gleich wieder da. Ich bitte dich. Ich fürchte, du hast das Geld zum Fenster rausgeworfen.«

»Finde ich nicht. Immerhin kenne ich sie jetzt etwas besser. Sie ist eine frustrierte und wütende Frau. In vielen Mails beklagt sie sich darüber, dass die Sammler sie nach dem Tod ihres Mannes nicht bezahlt haben. Sie ist bis zum Hals verschuldet und weiß nicht, wie sie die Künstler auszahlen soll, die wiederum sauer auf sie sind.«

»Auch das ist für unseren Fall nicht sehr relevant.«

»Warte«, sagt Ilaria. »Da ist noch etwas. Keine Ahnung, ob es relevant ist oder nicht.«

»Lass hören«, entgegnet Besana skeptisch.

»Hier ist eine merkwürdige E-Mail, die nur aus Zahlen besteht, aber mit Zeichensetzung. Und die Adresse ist auch merkwürdig: 1234567@33mail.com. Rocco hat mir erklärt, dass das ein Mailserver ist, bei dem man den Absender nicht zurückverfolgen kann.«

»Das ist sicher ein Virus, Piatti.«

15. Dezember

Marco erscheint mit einer Flasche Bordeaux bei Vittoria. Er hatte auf einen romantischen Abend zu zweit gehofft, doch das Wohnzimmer ist wieder mal voller Leute. Kann man denn nicht ein Mal allein sein? Vittorias Bedürfnis nach Gesellschaft ist fast schon krankhaft, denkt er, während er Dutzende von Händen schüttelt. Guten Abend hier, guten Abend da. Küsschen auf die Wange für Brunella, die einzige Person, die er kennt. Dann wieder Händeschütteln da und Händeschütteln dort. Guten Abend, guten Abend.

Ein Glas in der Hand, setzt er sich in einen Sessel und lässt den Blick schweifen. Im Bücherregal, auf Tischen und Kommoden stehen mehrere silberne Bilderrahmen, in allen ausschließlich Fotos der Tochter. Sie waren ihm bisher noch gar nicht aufgefallen. Und der Ehemann? Hat sie die Fotos seinetwegen weggeräumt? Oder schon vorher, um ihn schnell zu vergessen?

»Alles in Ordnung, Schatz?« Vittoria beugt sich zu ihm hinunter, um ihm einen Kuss zu geben. Inzwischen versteckt sie ihre Beziehung vor niemandem mehr. Im Gegenteil, in der Öffentlichkeit ist sie sogar noch liebevoller, als würde es ihr gefallen, ihre Verliebtheit zur Schau zu stellen.

»Ich bin ein bisschen müde«, erwidert Marco.

In Wirklichkeit fühlt er sich unwohl. Und das nicht nur, weil er von einem Haufen Menschen umgeben ist, die ihm gleichgültig sind. Er hat ein seltsames Gefühl, aber er kann es nicht zuordnen. Als würde er Vittoria plötzlich in einem anderen Licht sehen. Dabei tut sie nichts anderes als sonst: Sie plaudert hier und da, lächelt oder diskutiert über etwas, was vermutlich sehr interessant ist, öffnet Neuankömmlingen die Tür, verteilt Gläser. Beim Essen landet Marco neben einer wahren Plaudertasche, die unaufhörlich betont, dass die Dolomiten viel besser sind als Graubünden. Am liebsten würde er sich erschießen. Aber es gibt kein Entrinnen. Und so isst er und erträgt den Redeschwall. Ihm gegenüber sitzt ein alter Herr, aber der ist auch keine Hilfe. Ein Anwalt mit einer Leidenschaft für die Oper, der sauer ist auf den neuen Intendanten der Scala. Marco muss gähnen, sobald er den Mund aufmacht. Ob es unhöflich ist, bei Tisch zu gähnen?

Er fühlt sich beobachtet. Vittoria lässt ihn nicht aus den Augen, als würde sie sich Sorgen machen, weil er so still ist. Vielleicht hatte sie gehofft, dass er ein paar amüsante Geschichten aus seinem Berufsalltag zum Besten gibt. Aber dazu hat er keine Lust. Sie wirkt enttäuscht. Vermutlich wollte sie allen ihren brillanten neuen Freund präsentieren. Und er hat nicht ein Wort gesagt. Der Bär tanzt nicht heute Abend. Heute kein Zirkus.

»Marco, erzähl doch mal von dem Fall mit der Tänzerin, die freigesprochen worden ist. Du hast einen so schönen Artikel darüber geschrieben«, fordert Vittoria ihn auf.

»Das ist keine sehr amüsante Geschichte« erwidert Marco. »Sie hat ihren Ehemann mit zwölf Messerstichen getötet, weil er sie grün und blau geschlagen hat.«

»Zwölf Messerstiche, und man hat sie trotzdem freigesprochen?«, fragt der Anwalt.

Da hört man plötzlich Glas bersten. Brunella ist ihr Weinglas aus der Hand gefallen.

»Entschuldigt«, sagt sie. Sie ist den Tränen nah. »Was für ein Desaster.«

»Aber das macht doch nichts«, beruhigt sie Vittoria. »Keine Sorge, Liebes.«

Schon ist die Haushälterin mit dem Besen zur Stelle, doch Brunella kann sich kaum beruhigen.

»Oh Gott, was hab ich da nur angestellt«, sagt sie wieder und wieder.

Als sie sich vom Tisch erheben, geht Marco zur Tür, um seinen Mantel zu holen. Vittoria läuft ihm hinterher.

»Du gehst schon?«

»Ich hab doch gesagt, ich bin müde.«

»Und du verabschiedest dich nicht einmal?« Jetzt ist Vittoria wirklich beleidigt. Manieren hat er auch nicht.

»Mach du das für mich.«

Er wirft ihr eine Kusshand zu und öffnet die Tür. Als ihm die eisige Luft entgegenschlägt, fühlt er sich schon besser. Er eilt die Treppen hinunter, hinaus in die Kälte. Er kann sich dieses seltsame Gefühl immer noch nicht erklären.

15. Dezember

Ilaria hat sofort Ja gesagt, sie freut sich, einen alten Freund wiederzusehen. Rocco hat eine Pizzeria im Zentrum vorgeschlagen, weil er den Besitzer kennt und der ihm immer einen Sonderpreis macht. Das Lokal ist brechend voll, und es ist sehr laut, sodass sie fast schreien müssen.

»Es freut mich, dass du endlich eine Freundin hast.«

»Was?«

»Ich hab gesagt, es freut mich, dass du endlich eine Freundin hast.«

»Ach so, ja, ich auch. Ich dachte schon, mich will keine, so hässlich, wie ich bin.«

»Ach Unsinn.«

»Was?«

Ilaria möchte das nicht wiederholen. Rocco ist zu groß und hält sich immer krumm, als hätte er einen Buckel, außerdem hat er eine schlimme Akne, vorstehende Zähne und eine Nase, die in dem eingefallenen Gesicht mit dem fliehenden Kinn riesig wirkt.

»Ich stell sie dir mal vor. Sie ist Webdesignerin. Sie ist hübsch, und sie hat solche Titten.«

Aufgeregt gibt Rocco pantomimisch zu verstehen, wovon er redet.

»Die Glückliche«, seufzt Ilaria.

In dem Moment hebt sie den Blick und sieht am Tisch gegenüber Nicola sitzen. Sie erstarrt, die Hand mit dem Stück Pizza noch in der Luft, der Büffelmozzarella läuft ihr übers Handgelenk. Er ist mit seiner Familie da.

»Ida möchte, dass wir uns zusammen eine Wohnung

suchen«, sagt Rocco gerade, »aber ich finde das ein bisschen früh. Wir sind ja erst seit drei Wochen zusammen.«

Ilaria hört ihm nicht mehr zu. Sie kann nicht aufhören, das Gesicht dieser Mutter anzustarren, die auf dem Handy etwas sucht, um ihre Kinder am Tisch mit einem Zeichentrickfilm zu beschäftigen. Nicolas gelangweilter Gesichtsausdruck spricht Bände. Er blättert mit unfassbarer Langsamkeit in der Speisekarte, um sich nicht unterhalten zu müssen.

»Sie hat mir schon ihre Eltern vorgestellt, schön und gut. Anständige Leute, keine Frage, sie waren wirklich sehr nett. Aber trotzdem, das geht mir alles ein bisschen zu schnell. Und dann auch noch einen Kredit aufnehmen. Nicht etwa eine Mietwohnung, ach woher. Ich hab ihr gesagt, sie kann ja erst mal bei mir einziehen, wenn sie unbedingt mit mir zusammenwohnen möchte. Dauernd schleppt sie mich in Möbelgeschäfte, und ich geh ja auch gern mit. Aber bitte, eins nach dem anderen. Hörst du mir eigentlich zu, Ilaria?«

Auch Nicola hat sie jetzt entdeckt. In seiner Panik hat er unter irgendeinem Vorwand mit den Kindern den Platz getauscht, um wenigstens mit dem Rücken zu ihr zu sitzen.

»Rocco? Macht es dir was aus, wenn wir gehen?«

»Aber ich hab meine Pizza doch noch gar nicht aufgegessen.«

»Egal. Mir ist es zu laut hier, ich kann dich nicht gut hören.«

16. Dezember

Ilaria hat endlich Interessenten für das Haus gefunden: ein junges Paar. Sie ist hochschwanger und erscheint mit dickem Bauch zur Unterzeichnung des Vorvertrags in der Immobilienagentur. Ausgerechnet dort wollen sie ihr Kind großziehen. Ilaria hat fast ein bisschen Mitleid.

Aber Ilaria Piatti, *nachfolgend künftiger Verkäufer genannt*, kann sich derartige Gefühle nicht erlauben. Auch weil die *künftigen Käufer*, die ihr jetzt zulächeln, keineswegs über das im Haus Vorgefallene im Dunkeln gelassen worden sind. Sie haben einfach den Preis gedrückt. Und der *künftige Verkäufer* hat eingewilligt, um sich für immer dieser *Immobilieneinheit, bestehend aus Wohnräumen acht, einschließlich kompletter Ausstattung* zu entledigen.

»Möchten Sie einen Kaffee?«

Der Immobilienmakler hat nicht mehr daran geglaubt, er würde heute auch Kaviar spendieren.

Ilaria verzichtet lieber, sie ist ohnehin schon viel zu nervös. Auch die zukünftige Mutter lehnt dankend ab. Es wäre nicht gut für ihr Kind. Sie hat keine Angst vor dem Geist eines Frauenmörders, sie sieht sich schon in dem *doppelstöckigen* Einfamilienhaus, das sie sich ohne all das Blut, das damals dank Luminol sichtbar gemacht worden ist, nie hätte leisten können. Sie ist im Begriff, einen Tatort zu erwerben, und kann es kaum erwarten, ihn umzubauen, betrachtet aber einen Espresso als schädlich, vielleicht sogar tödlich.

»Dann fahren wir fort, ich lese Ihnen den Vertrag jetzt vor.«

»Fahren wir fort«, stimmt Ilaria zu.

Der Makler beginnt vorzutragen. *Der künftige Verkäufer verpflichtet sich, das volle Eigentumsrecht an nachfolgender Immobilie abzutreten und zu verkaufen zu einem Preis von.* Natürlich verpflichtet sie sich zu verkaufen. Man könnte fast sagen zu verschenken. Denn praktisch ist es ein Geschenk. Sie verpflichtet sich zu schenken, so müsste es heißen. *Der künftige Verkäufer erklärt, dass die oben beschriebene Immobilieneinheit frei von Personen ist.* Ilaria überfällt kurz eine leise Panik. Die Polizei hat behauptet, alles durchsucht zu haben, aber wer garantiert ihr, dass sie ihre Arbeit auch ordentlich gemacht haben? Und wenn die Leiche ihrer Mutter doch noch dort ist? Und die neuen Eigentümer sie finden, wenn sie ein Loch für einen Swimmingpool ausheben?

»Gibt es ein Problem?« Der zukünftige Papa hat Ilarias Gesichtsausdruck bemerkt. »Gibt es vielleicht einen Mietvertrag, von dem Sie uns nichts gesagt haben?«

»Oh nein, ganz und gar nicht«, beeilt sich Ilaria zu antworten, »das Haus ist nie vermietet worden.«

Einfamilienhaus mit Leiche zu vermieten, denkt sie. Und lacht verzweifelt in sich hinein. Hat er denn nicht gesehen, dass alles haargenau so aussieht wie vor zwanzig Jahren? Zum Zeitpunkt des Verbrechens eingefroren. Natürlich hat sie die Reinigungsfirma damit beauftragt, alles gründlich sauber zu machen, aber vielleicht sind ja doch noch Blutspuren da.

»Also fahren wir fort«, wiederholt der Makler.

»Fahren wir fort«, wiederholt Ilaria. Sie kann es kaum erwarten zu unterschreiben.

Das Eigentums- und Nutzungsrecht der Immobilie, die Vertragsgegenstand ist, geht mit der Unterzeichnung der notariellen Urkunde über die Eigentumsübertragung an den Käufer über. Genau, dann nutzt mal die Immobilie. Viel Freude damit. *Der künftige Verkäufer übernimmt im Sinne des Gesetzes die Rechtsgewährleistung und verpflichtet sich, den Verkaufsgegenstand frei von Hypotheken, Erbbauzinsen, Erbpachten, Raten und nachteiligen Grundbucheinträgen zu übergeben …* Aber nicht frei von Mord. Sie hat den Stift bereits in der Hand. *Vollständig gelesen, bestätigt und zweifach unterschrieben.* Es gehört euch, mein Scheißleben. Bitte sehr, macht es euch gemütlich. *Die Unterzeichneten erklären, das oben Ausgeführte zur Kenntnis genommen zu haben.* Es interessiert sie nicht, ob sie es wirklich zur Kenntnis genommen haben oder nicht. Hauptsache, sie unterschreiben.

16. Dezember

»Entschuldige, dass ich so darauf gedrängt habe, dass wir uns sehen«, sagt Ilaria.

Nicola schüttelt den Kopf. »Für mich war es gestern Abend auch furchtbar, was denkst du denn?«

Sie sitzen im Auto. Das Auto, das sie bei der Führerscheinprüfung fast zu Schrott gefahren hat. Jetzt ist wieder alles in Ordnung. Man kann alles wieder in Ordnung bringen.

»Ich kann so nicht weitermachen. Ich will ein anständiges Leben. Irgendeins.«

Jetzt nickt Nicola. Anscheinend kann er nur den Kopf bewegen. »Willst du mich schon wieder verlassen?«

»Diesmal ist es endgültig. Ich weiß, dass ich das die anderen Male auch gesagt habe, aber genau daran erkennt man das letzte Mal. Daran, dass es gar nichts Besonderes hat, dass es genauso aussieht wie die anderen Male. Ich habe noch nie einen Mann verlassen und noch nie ein letztes Mal erlebt, aber ich weiß es. Frag mich nicht, warum, ich weiß es eben.«

Nicola lächelt, er unterschätzt ihre Intuition. »Natürlich«, sagt er. »Dann sehen wir uns eben in einem Monat wieder, wenn du nicht mehr sauer bist.«

»Das glaube ich nicht.«

»Ach nein? Wollen wir wetten?«

»Nein, Wettschulden müssen beglichen werden, und ich kann mir nicht erlauben, dich wiederzusehen.«

Etwas an ihrem Tonfall, der zu ruhig und abgeklärt klingt, versetzt Nicola in Alarmbereitschaft. Er berührt Ilarias Arm. »Warte mal«, sagt er. »Wenn ich etwas falsch gemacht habe, dann lass uns drüber reden. Ich brauche Zeit, das weißt du. Ich habe kleine Kinder.«

Ilaria sieht ihn an, doch es ist ihr, als hätte sie einen Fremden vor sich. »Nein, *ich* habe etwas falsch gemacht«, erwidert sie und öffnet die Beifahrertür.

Sie steigt aus dem Auto und hebt zum Abschied die Hand. Sie fühlt sich, als wäre eine Last von ihr genommen. Auf einmal geht sie ganz anders, als wäre ihr ein neues Paar Beine geschenkt geworden. Am liebsten würde sie sich eine neue Strumpfhose kaufen, lila. Eine neue Strumpfhose für neue Beine. Vielleicht auch ein Paar verrückte Schuhe, mit viel zu hohen Absätzen und in einer Farbe, die zu nichts passt. Schuhe, wie man sie nur ein einziges Mal trägt. Das letzte Mal.

16. Dezember

»Was ist denn mit dir los, Piattola? Du wirkst ein bisschen neben der Spur«, sagt Besana, während Ilaria ihre Jacke in der Diele an den Kleiderhaken hängt.

»Ach nichts, ich hab nur Bauchschmerzen. Vielleicht hab ich mir ein Virus eingefangen«, erwidert sie, ohne ihn anzusehen.

»Ich bin auch völlig fertig. Ich surfe schon den ganzen Tag im Internet auf der Suche nach Material über Gift und Seriengiftmörder. Aber ich hab nur Müll gefunden: esoterischen Unsinn über Alchemie, die übliche Leier über die Borgias, Verschwörungstheorien und Blogs von Thrillerfans. Ich habe meine Zeit verschwendet und nicht eine einzige nützliche Information gefunden. Ich wäre besser bei meinem Sohn im Krankenhaus geblieben.«

»Solche Sachen solltest du lieber mir überlassen.«

»Vielleicht hast du recht. Ich bin ein Journalist alter Schule. Manchmal trauere ich den Zeiten nach, in denen die Zeitungen noch Archive hatten und man sich bei Recherchen von den Archivaren helfen lassen konnte.«

»Ich weiß ehrlich gesagt gar nicht so genau, was überhaupt ein Archivar macht.«

»Natürlich nicht, als du angefangen hast, waren die Archive bereits aufgelöst und alle, die dort beschäftigt waren, in Rente geschickt. Aber lange Zeit war das Dokumentationszentrum, wie man es damals nannte, Dreh- und Angelpunkt einer Zeitung. Es ging gar nicht ohne. Ein Dutzend Leute wurde dafür bezahlt, dass sie italienische und ausländische Zeitungen und Zeitschriften durchforsteten und Artikel ausschnitten und Texte und Fotos nach Themen und Daten sortierten. In riesigen Metallschubladen wurden Hängeregister aufbewahrt, die praktisch das gesamte Wissen der Menschheit enthielten, die Geschichte Italiens und der Welt, wenn schon nicht ab der Gründung der Zeitung, dann zumindest vom frühen zwanzigsten Jahrhundert an aufwärts. Viele Jahrgänge von Zeitungen waren auf Mikrofilm gespeichert. Wenn man einen Artikel über Andreotti oder Maradona, über Erdbeben oder den Zweiten Weltkrieg schreiben musste, rief man im Archiv an, dann kopierten sie einem dort ein paar Artikel und brachten sie rauf in die Redaktion. Oder man hat sich selbst in Bergen von Papier vergraben oder sich vor das Mikrofilm-Lesegerät gesetzt und so lange die Seiten durchforstet, bis man was Brauchbares gefunden hat.«

»Dann war es im Grunde einfacher, denn online sortiert dir niemand die Themen vor oder ordnet die Ereignisse chronologisch.«

»Schon, aber damals hat man natürlich lange nicht so viel gefunden wie das, was einem das Netz heute zur Verfügung stellt. Außerdem wurde man im Archiv nicht immer freundlich empfangen.«

»Warum das?«

»Weil Archivare oft sehr politisch waren. Wenn du etwas geschrieben hast, was ihnen nicht passte, und sie dich für reaktionär hielten, haben sie dich boykottiert. Man erkannte ihre ideologische Ausrichtung daran, wie sie das Material aufbereiteten. Ein Kollege hat mal einen Artikel über die Gulags geschrieben. Er ging ins Archiv, fing an zu stöbern und stellte fest, dass es das Stichwort ›Gulag‹ gar nicht gab. Also fragte er nach. Er müsse unter dem Stichwort ›Arbeitslager‹ nachsehen, die Dokumente dazu füllen zwei, drei ganze Schubladen ... Wir suchen Ihnen die richtige Mappe raus, sagte man ihm. Da, bitte sehr: Man muss nur unter ›Sowjetunion‹ / ›Recht‹ / ›Arbeitslager‹ nachsehen. Ah, natürlich, dass ich da nicht gleich drauf gekommen bin, lacht der Kollege. Aber er ist verblüfft. Auch weil die Akte sehr dünn ist und nur ein paar vergilbte Zeitungsausschnitte enthält. Stimmt schon, das Wort ›Gulag‹ ist ein Akronym für die russische Bezeichnung für ›Hauptverwaltung der Arbeitslager in der UdSSR‹. Aber wir wissen ja, wofür Stalin und die, die nach ihm kamen, die Gulags verwendet haben. Doch die Kollegen im Archiv haben es vorgezogen, nicht darüber zu sprechen, um die Heimat des Sozialismus nicht in den Dreck zu ziehen.«

»Das ist ja unglaublich«, sagt Ilaria. »Dann haben sie ja die Geschichte zensiert.«

»Aber so war es. Stell dir vor, einer der militantesten Archivare, ein Typ mit dichtem Schnurrbart und finsterem Blick, wurde mit Spitznamen Berija genannt, wie der Chef von Stalins Geheimpolizei.«

Palermo, 1788

Das Heilige Tribunal der Inquisition ist abgeschafft worden, doch die Folter ist immer noch üblich wie zu Zeiten der Gottesgerichte. Obwohl Giovanna Bonanno bereits zwei Monate zuvor gestanden hat, unterzieht man sie am zwanzigsten Dezember 1788 dem *Pfahlhängen*, um das Geständnis zu bestätigen. Man befestigt ein Holzbrett an ihren Füßen und zieht sie an einem dicken Seil ein paar Zentimeter in die Höhe, um sie sogleich wieder herabschnellen zu lassen. Das Ganze wiederholt man viermal. Sie ist fünfundsiebzig Jahre alt, aber vor dem Seil verschont bleibt nur, wer an der Franzosenkrankheit (Syphilis), Sumpffieber oder Kreuzschmerzen leidet, sowie Taubstumme, Schwangere, Jungfrauen oder jene, die eine gebrochene Gliedmaße haben. Doch auch denen ergeht es nicht viel besser, denn sie werden stattdessen der *Feuerfolter* unterzogen, die darin besteht, dass man ihnen die Fußsohlen mit einem auf glühenden Kohlen erhitzten Stück Speck verbrennt.

Am dreißigsten April 1789 wird das endgültige Urteil gesprochen: »Sie möge am höchsten Galgen der Stadt gehängt werden, auf dass ihre Seele sich vom Körper löse. Das Urteil wird vollstreckt auf der Piazza Vigliena.« Giovanna Bonanno muss sich für sechs Morde verantworten und wird schuldig gesprochen, die unsachgemäße Verwendung des Giftes aus »schändlicher Gewinnsucht« ersonnen zu haben.

Weit weniger drastisch fallen die Strafen für ihre Komplizinnen Rosa Billotta, Maria Pitarra und Margherita Serio aus, Geschäftspartnerinnen und *Ausgebe-*

rinnen der *geheimnisvollen Flüssigkeit*, aus heutiger Sicht also so etwas wie Dealerinnen. Maria Pitarra wird neben Giovannas Galgen an den Pranger gestellt und anschließend zu einer lebenslangen Gefängnisstrafe verurteilt. Rosa Billotta bekommt zehn Jahre, Margherita Serio fünf. Die Gattenmörderinnen bekommen zwischen drei und zwanzig Jahren, die Männer werden zu Zwangsarbeit auf den Galeeren (Rudern) verdonnert oder auf die Gefängnisinsel Favignana verbannt. Saverio La Monica, der Kräuterhändler, der den Läuseessig, ein Gemisch aus Weinessig und Arsen, nur gegen Vorlage eines ärztlichen Rezeptes hätte verkaufen dürfen, wird freigesprochen.

Die Todesstrafe wird also nur über sie verhängt, die Alte mit dem Essig.

17. Dezember

Es ist ein feuchter und kalter Nachmittag. Ilaria und Besana haben sich bei ihm zu Hause eingeschlossen. Durch die nicht mehr gut schließenden Siebzigerjahre-Fenster dringt eisige Kälte herein. Becks liegt vor einem alten Heizöfchen und kaut auf etwas herum.

»Was frisst er da?«

»Deine Brille«, sagt Ilaria.

»Verdammt.« Besana springt auf und reißt dem Tier die Brille aus der Schnauze. Der Bügel ist völlig zerkaut.

»Vielleicht versucht er, uns zu helfen«, meint Ilaria.

»Wahrscheinlich will er uns sagen, dass wir genauer hinsehen sollen. Was denkst du, was haben wir übersehen?«

»Bitte, Piatti. Dieses Spielchen kostet mich zweihundert Euro, das Gestell war neu.«

»Ich meine es ernst«, beharrt Ilaria. »Hinschauen. Aber *wo* hin?« Sie tippt den Namen des ersten Opfers in die Google-Suchleiste ein und klickt auf *Bilder*.

Zahlreiche Fotos erscheinen: ein lächelnder Achille D'Ambrosio im Smoking neben einem Banker und einer Dame mit aufgespritzten Lippen auf einer Premierenfeier der Scala. Arbeiter seiner Firmen, die vor dem Theater gegen Massenentlassungen demonstrieren. Dann wieder D'Ambrosio, diesmal mit der Kette des Malteserordens (»Nach dem Anlegen des Chormantels hat sich die Prozession und im Anschluss daran die Heilige Messe vollzogen. Monsignor Brachetti, der der Messe vorstand, verlas während des Gottesdienstes, dass der Papst allen Anwesenden völlige Absolution erteile.«), oder D'Ambrosio mit seiner Frau Nicoletta auf der Hochzeit der Tochter eines befreundeten Industriellen, D'Ambrosio im weißen Anzug im Stile des Großen Gatsby auf einer Party am Strand von Capalbio.

»Sieh mal, Marco! Hier ist er in Begleitung unseres Chefredakteurs, bei der Verleihung eines Literaturpreises.«

»Ist ja nichts Neues, dass sie sich kannten.«

Weiter unten auf dem Bildschirm reihen sich Fotos anderer Achilles und D'Ambrosios aneinander, die nichts mit ihrem zu tun haben, Sänger aus den Fünfzigerjahren, Televerkäufer, Staatsanwälte, Blogger, Fußballer der zweiten Liga.

»Nimm den nächsten, Piattola, das hier bringt uns nicht weiter.«

Jetzt ist Giacomo Pallavicini an der Reihe, Brunellas Ehemann. Fotos zeigen ihn im Zweireiher bei einer Versammlung des Arbeitgeberverbandes, mit nacktem Oberkörper auf der Jacht eines Freundes in Saint Tropez, an der Seite eines berühmten Tenors bei einem von ihm gesponserten Konzert und umringt von Spielern einer Rugbymannschaft, deren Präsident er ist. Sie scrollen immer weiter, Fotos über Fotos, Hunderte von Bildausschnitten mit nichtssagenden Gesichtern. Die Suche nach Carlo Rigamonti ist noch unergiebiger, es existieren kaum Originalfotos, dafür aber unzählige Namensvettern, darunter ein großer Wursthersteller und ein Spieler des AC Turin, der beim Flugzeugabsturz am Superga ums Leben gekommen ist (mit Vornamen allerdings Mario hieß). Ganz zu schweigen von Livio Moser, dessen Nachname direkt in die Welt des Radsports führt, während die Fotogalerie zu Diego Padovani vor allem Weinberge, Weinkeller und Weinetiketten zeigt, aber kaum relevante Personen.

17. Dezember

Es ist fast Zeit fürs Abendessen, doch Ilaria gibt nicht auf. Das Wort »Bär« und der Name der Passstraße? Sie probiert es. Es erscheinen Fotos von JJ2, genannt Lumpaz, der 2005 am Ofenpass gesichtet wurde, nach hundert Jahren der erste Bär, der wieder in der Schweiz aufgetaucht war. Plüschbären und Wanderkarten mit rot markierten Wegen, Panoramaaufnahmen und Kekse in Form von Bärentatzen. Dann stößt Ilaria auf das Foto eines französischen Ehepaars, das einen Reiseblog betreibt. Das Datum lässt Ilaria stutzen, denn es ist der Tag, an dem D'Ambrosio gestorben ist. Sie öffnet den Blog und beginnt zu lesen. Die beiden Touristen geben an, sich noch genau an den Tag zu erinnern, weil es ihr Hochzeitstag war. Sie haben ein Selfie jenes Morgens gepostet, aufgenommen auf dem kleinen Parkplatz unterhalb des Ofenpasses, wo sie ihren Wagen abgestellt hatten. Hätten wir einen anderen Weg genommen, schreiben sie, wären wir tot. Ein paar Tage später haben wir erfahren, dass ein Italiener in diesem Wald von einem Bären zerfleischt wurde.

»Marco, komm mal«, sagt Ilaria.

»Was gibt's?«

»Lies mal.«

»Scheiße, das könnten Zeugen sein.«

»Schau mal, im Hintergrund sind drei Autos zu sehen. Eines könnte dem Täter gehören. Wir müssen das Foto vergrößern.«

»Das da ist sicher D'Ambrosios Wagen«, sagt Besana und deutet auf einen SUV von Bentley. »Und der Toyota gehört den Franzosen, der taucht auch auf anderen Fotos auf dem Blog auf. Dann kann es nur der hier sein.« Er zeigt mit dem Finger auf einen Citroën.

»Das wäre ja ein unfassbarer Glückstreffer.«

»Versuch, es noch weiter zu vergrößern.«

»Es ist sehr unscharf«, stellt Ilaria fest. »Man kann das Nummernschild nicht erkennen.«

»Dann konzentrieren wir uns auf andere Details.«

»Oh Gott«, flüstert Ilaria. »Sag mir, dass das nicht wahr ist.«

Ilaria steht auf, ihr zittern die Hände. Sie bekommt kaum Luft.

»Was ist los?«

»Oh Gott, Marco, oh mein Gott.« Sie packt ihn am Arm.

»Was ist denn da so Schreckliches zu sehen?«

»Der Scheibenwischer«, sagt sie schwach.

»Und?«

»Ich kenne ihn.«

»Ich kann dir nicht folgen.«

»Sieh doch, er hängt da so komisch.«

»Er ist sicher kaputt.«

»Ja eben.«

Besana nimmt sie am Arm und schüttelt sie. »Was willst du mir sagen, Piatti?«

»Dafne«, sagt sie.

Besana setzt sich vor den Computer, er muss die Situation wieder in den Griff bekommen. »Willst du mir sagen, es ist ihr Wagen?«

»Ja.«

»Bist du sicher?«

»Ja.«

»Wir müssen das sofort der Schweizer Polizei mitteilen.«

»Warte«, hält Ilaria ihn zurück. »Wir müssen erst ganz sicher sein.«

»Nein, Piatti, wir können nicht warten. Ich weiß, dass du sie magst, aber wir müssen es der Polizei melden. Versuch nicht, sie zu beschützen.«

17. Dezember

Besana holt ein paar Hähnchenbrüste aus dem Tiefkühlfach, aber Ilaria hat keinen Appetit. Sie ist immer noch völlig durch den Wind. Sie liegt auf dem Teppich und hält Becks fest umschlungen.

»Wenn es Dafnes Auto war, muss es vor oder nach dem Mord an Marta Guerra über die Grenze gefahren sein.«

»Wer sagt denn, dass der Mord an Marta Guerra wirklich was damit zu tun hat?«

»Ich muss Ricci anrufen«, sagt Ilaria. »Sie müssen die Überwachungskameras an der Grenze überprüfen.«

»Piatti, wir haben noch keine Bestätigung von der Schweizer Polizei.«

»Die sagen uns sowieso nichts.« Ilaria nimmt ihr Handy und ruft den Kommissar an.

»Genau, ein grauer Citroën mit kaputtem Scheibenwischer.«

»Es ist der Heckscheibenwischer«, korrigiert Besana sie.

»Ich meinte den Heckscheibenwischer. Richtig, zwischen dem sechzehnten und dem siebzehnten Juli. Nein, das Nummernschild kenne ich nicht. Ich nehme an, es ist aus Graubünden. Schaffst du es, mir heute Abend was dazu zu sagen? Danke, Max, danke.«

Ilaria legt ihr Handy ab und atmet tief durch. Dann lässt sie sich auf den Stuhl sinken und starrt untröstlich auf ihre Hähnchenbrust.

»Du kannst meine auch essen, wenn du willst.«

»Piatti, Serienmörder sind nicht immer so, wie wir es uns wünschen.«

»Ich kann einfach nicht glauben, dass die Alte mit dem Essig in meinem Alter sein soll.«

»Jemand wie Dafne hat kein Alter. Sie lebt in ihrer ganz eigenen Zeit«, erwidert Besana. »Mich würde eher interessieren, wie sie es angestellt hat. Sie muss sich sehr gut mit Chemie auskennen. Es ist nicht leicht, mit derartigen Substanzen umzugehen.«

»Sie hat mir immer von Atemübungen und von den Tieren des Waldes erzählt.«

»Mir ist das Motiv auch nicht klar. Warum hat sie sich ausgerechnet diese Männer ausgesucht? Was stellten sie für sie dar?«

»Ganz einfach: Arschlöcher«, sagt Ilaria. »Wie die Leute, von denen sie umgeben ist. *Deine Freundinnen* eingeschlossen.«

»Und du meinst, das reicht aus, um jemanden zu töten? Kommen wir noch mal auf das Profil des Giftmörders zurück. Kam sie dir heimtückisch und feige vor?«

»Na ja, jedenfalls nicht wie jemand, der es fertigbringt, einem Menschen ein Messer in den Bauch zu rammen und ihm dabei in die Augen zu sehen«, gibt Ilaria zu.

»Dann müssen wir nur noch verstehen, ob sie vom Typ *Random* oder *Specific* ist. Hat sie zufällig zugeschlagen? War sie auf Männer im Allgemeinen wütend? Oder hatte sie Gründe, gerade diese Männer zu hassen?«

»Keine Ahnung«, erwidert Ilaria. »Wenn ich es mir recht überlege, hat sie sehr wenig von sich erzählt. Marta Guerra jedenfalls bleibt eine Ausnahme.«

»Vielleicht hatte sie keine andere Wahl, weil sie etwas herausgefunden hatte.«

»Ich weiß noch, dass sie geweint hat, als sie von Marta gesprochen hat.«

»Siehst du? Das bestätigt unsere These. Piatti, wir müssen Dafnes Vergangenheit durchleuchten.«

»Ja, wir müssen auch über die Grenze.«

18. Dezember

Es ist früh am Morgen, noch stockfinster, die Kirchturmuhr schlägt vier. Im dichten Nebel erkennt man die blauen Blinklichter und die phosphoreszierenden gelben Streifen der Autos der Kantonspolizei. Sie umstellen das Haus, in dem Dafne wohnt. Sie haben einen vom Staatsanwalt in Chur unterschriebenen Durchsuchungsbefehl für die Wohnung und den Citroën.

»Sind Sie Dafne Bernabò? Wir müssen Ihnen ein paar Fragen stellen.«

»Geben Sie mir kurz Zeit, mich anzuziehen«, erwidert Dafne.

Sie schließt sich im Bad ein, wo sie sich rasch eine Goretex-Hose und einen Fleecepulli anzieht, dann schnürt sie ihre Springerstiefel. Sie ist die Ruhe selbst. Sie reißt eine Seite aus ihrem Terminkalender und kritzelt mit einem Kajalstift schnell ein paar Worte darauf.

Die Nachbarn stehen hinter ihren Türen und lugen durch einen Spalt ins Treppenhaus. Da taucht im Schlafanzug und mit einem Plüschbären im Arm auch Raquel auf und huscht zwischen den Beinen der Polizisten durch in die Wohnung ihrer Freundin.

»Was ist passiert? Musst du ins Gefängnis?«

Dafne sieht sie an und streichelt ihr über die Haare. »Nein, keine Sorge, ich werde *nie* ins Gefängnis gehen.«

Ein Polizist kommt und nimmt das kleine Mädchen an der Hand. Raquel protestiert, stemmt sich mit ihrem ganzen Gewicht dagegen. Doch sie wiegt kaum mehr als zwanzig Kilo, und der Polizist schleift sie mühelos mit sich.

»Loslassen! Ich geh auch nicht ins Gefängnis! Ich geh da nicht hin!«

Unterdessen öffnen Beamte alle Schubläden und Schränke, während unten die weiß bekittelten Kollegen von der Spurensicherung darauf warten, dass Dafne ihnen den Autoschlüssel aushändigt. Da kommt sie auch schon die Treppen herunter. »Hier, bitte«, sagt sie. »Machen Sie ruhig Ihre Arbeit.«

Sofort öffnen die Ermittler den Kofferraum, stopfen

Schlafsack und Schneeschuhe, ein Paar alte Stiefel und Wanderstöcke in Plastiksäcke. Dann suchen sie mit Luminol nach Blutspuren, nehmen Fingerabdrücke, sammeln Haare ein.

Oberstleutnant Müller taucht auf, der Chef der Kriminalpolizei. »Wo ist Dafne Bernabò?«

»Sie ist hier«, erhält er zur Antwort. »Sie hat uns gerade den Autoschlüssel gegeben.«

Alle drehen sich um, doch der Nebel ist dicht, man sieht die Hand vor Augen nicht. Im Schein der Straßenlaterne sind nur ein paar Abdrücke von Springerstiefeln im Schnee zu erkennen.

»Scheiße«, flucht Müller. »Feldwebel? Worauf wartet ihr? Los, sucht sie!«

Er ruft über Funk die anderen Männer an, die oben die Wohnung durchsuchen. »Alle runter mit euch. Die Verdächtige ist geflüchtet, verdammt noch mal.«

18. Dezember

Dafne läuft in den Wald, sinkt bis zu den Knien in den Schnee ein. Sie fühlt sich wieder wie das kleine Mädchen, das von zu Hause weggelaufen ist. Eine Mischung aus Euphorie und Wut und ein unbändiger Freiheitsdrang. Obwohl es steil bergab geht, bewegt sie sich mit der Geschicklichkeit eines Bären durch die Nacht. Es ist ihr Revier. Sie kennt diese Berge wie sich selbst, vertraut ihnen voll und ganz.

Es gibt nur eines im Leben, das sie bereut: ihren Stiefvater nicht getötet zu haben, bevor ein natürlicher Tod ihn dahinraffte. Nun fühlt sie sich so leicht, als gleite sie auf Skiern dahin. Sie ist so schnell, der Wind streichelt ihr Gesicht, lässt ihre Haare fliegen. Nein, sie bereut nichts. Ihr Leiden ist zu Ende. Endgültig.

Sie hört Raquels Stimme. »Lauf, lauf«, ruft sie ihr zu. Dann wird Raquels Stimme zu der ihrer Mutter: »Lauf, lauf.« Im Slalom weicht sie behände den Baumstämmen aus, sie kennt jeden einzelnen Stamm an diesem Hang. Sie läuft der vollkommenen Freiheit entgegen.

Im Grunde hat sie es gut gehabt, hier in diesen Bergen, dem einzigen Ort, der wie für sie geschaffen war. Nur sie und die Morgendämmerung oder das Abendrot. Der Geruch der Lärchen und das Licht der Gletscher.

Niemand kann sie aufhalten. Diese Jagd geht sie nichts mehr an. Sie ist bereits auf der anderen Seite, dreht sich nicht einmal mehr um. Sie hört auch nicht das Lärmen ihrer Verfolger, in ihrem Kopf ist nur Stille, die Stille eines Berggipfels. Einzig das Wehen des Windes ist zu vernehmen.

Sie wird irgendwo dort oben bleiben, für immer. Bei den Adlern. Und es wird wunderbar sein. Die Welt von oben sehen, aus weiter Ferne. Sie wird ein Fels sein. Schnee und Fels. Niemand wird mehr auf ihr herumtrampeln können, außer vielleicht die Gämsen und Steinböcke mit ihren Hufen. Niemand wird mehr an sie herankommen.

Sie ist nicht müde, sie muss sich nicht ausruhen. Ihr Atem geht regelmäßig, ihre Beine bewegen sich wie von selbst. Es hat aufgehört zu schneien, der Nebel hat sich gelichtet. Sie sieht nach oben, um die Sterne zu betrachten, dort oben, in diesem sauberen Schwarz. Die Dunkelheit macht ihr keine Angst. Sie war schon immer ihr Komplize. Ich komme, flüstert sie. Ich komme. Sie genießt die letzten Meter wie eine Athletin vor dem Ziel. Sie hat bereits gewonnen. Ein unbeschreiblicher Rausch. Der Wettkampf ist zu Ende, und es wird keinen weiteren mehr geben, mit nichts und niemandem. Sie hat es geschafft.

Oberhalb der Bahngleise bleibt sie stehen. Schaut auf die Uhr. Nur noch eine Minute. Der Zug nach Samedan ist immer pünktlich. Sie dreht sich um und sieht die Taschenlampen der Polizisten zwischen den Bäumen umhertanzen wie Glühwürmchen. Dreißig Sekunden. Die Scheinwerfer erhellen ihr Gesicht. Zwanzig. Zehn. Sie schaut auf die Schienen. Und springt.

18. Dezember

Ilaria und Besana sind im Morgengrauen aufgebrochen. Sie sind noch unterwegs, als Commissario Riccis Anruf sie erreicht. Ilaria schaltet den Lautsprecher ein.

»Schlechte Nachrichten, Leute«, sagt er.

»Was ist passiert?«

»Die Kantonspolizei hat um vier Uhr früh Dafne Bernabòs Haus umstellt. Sie haben sofort mit der Durchsuchung begonnen, und sie ist hinuntergegangen, um den Autoschlüssel abzugeben. Es war neblig, und niemand hat gemerkt, dass sie abgehauen ist.«

Unwillkürlich atmet Ilaria auf.

»Die Beamten haben sofort die Verfolgung aufgenommen, aber sie ist in den Wald gelaufen«, berichtet der Kommissar. »Als man sie gefunden hat, war es zu spät. Sie hat sich vor den Fünfuhrzug nach Samedan geworfen.«

»Oh Gott«, ruft Ilaria, »nein!«

»Sie war schuldig«, sagt Ricci. »Im Kofferraum des Citroëns hat man Blutspuren gefunden, man wird sie nun mit dem Blut von Marta Guerra vergleichen. Aber vor allem lag im Bad ein Zettel mit einem umfassenden Geständnis. Sie muss ihn geschrieben haben, als die Beamten die Wohnung durchsuchten.«

»Hast du den Wortlaut?«, fragt Besana.

»Ja, sie haben mir ein Foto geschickt.«

»Kannst du es uns vorlesen?«

»Natürlich. ›Ich habe sie alle getötet‹, schreibt sie. ›Achille D'Ambrosio, Giacomo Pallavicini, Carlo Rigamonti, Livio Moser, Diego Padovani. Und Marta Guerra, obwohl ich das nicht wollte. Ich bin schuldig und verdiene den Tod.‹«

Ilaria kann nicht sprechen, sie kann nur weinen.

»Ich würde sagen, das lässt keinen Raum für Zweifel«, bemerkt Besana.

»Nein. Fall abgeschlossen«, bekräftigt Ricci.

Nach dem Gespräch halten sie an einer Tankstelle gleich hinter der Grenze. Besana macht sich Sorgen um Ilaria, die sich nicht beruhigen kann.

»Komm, lass uns aussteigen«, sagt er sanft. »Es wird

dir guttun, ein paar Schritte zu gehen. Hast du Lust auf einen Kaffee?«

Ilaria setzt sich an einen Tisch und schlägt die Hände vors Gesicht. »Das gleiche Schicksal wie der Bär«, sagt sie leise.

»Dafne hat sechs Menschen getötet. Fulvio hat sich nur verteidigt, weil man ihn erschreckt hat.«

»Ich weiß, ich weiß. Aber ich …«

»Ilaria, man kann eine Serienmörderin nicht gernhaben.« Er streichelt ihr über die Haare. »Das geht nicht.«

»Warum nicht? Wer sagt das?«

Besana schüttelt den Kopf.

»Lass uns ein andermal drüber reden. Wenn es dir besser geht.«

18. Dezember

Ilaria und Besana lassen ihr Gepäck im Hotel und gehen in den Ort hinunter, um etwas zu essen. Sogar Becks ist bedrückt und wedelt beim Anblick der Berge nur halbherzig mit dem Schwanz.

»Ich habe ein paar Informationen gesammelt«, sagt Ilaria. »Dafnes Mutter ist gestorben, als Dafne achtzehn war. Und weißt du, wo sie zu dem Zeitpunkt war? In einer psychiatrischen Klinik.«

»Also hat sie eine Vergangenheit als Psychopathin«, erwidert Besana.

»Ich muss der Sache auf den Grund gehen, ich will verstehen, was wirklich passiert ist. Wir müssen herausfinden, wer sie behandelt hat.«

In dem Moment bekommt Besana einen Anruf. »Ja, natürlich habe ich es schon gehört«, sagt er. »Wir sind wieder hier. Wie geht es dir? Dachte ich mir. Soll ich vorbeikommen? Gut, bis gleich.«

Ilaria erstarrt. »Vittoria?«

»Ja«, gesteht Besana. »Kann ich dich kurz allein lassen?«

»Wenn du mir Becks dalässt.«

»Versuch, dich auszuruhen. Fang nicht wieder an zu recherchieren.«

Sobald sie in ihrem Zimmer ist, nimmt Ilaria ihr Handy und öffnet das Fotoalbum. Sie will sich noch einmal die Selfies ansehen, die sie mit Dafne gemacht hat. Dafne wollte zuerst nicht, versuchte immer, sich wegzudrehen, vielleicht, weil sie nicht wollte, dass ihr Foto herumgezeigt wurde. Doch nachdem Ilaria ihr hoch und heilig versprochen hatte, dass sie nichts posten würde, hatte sie nachgegeben.

Dafne hatte ihr den Arm um die Schulter gelegt, und die Hand, ihre Hand … Ilaria vergrößert den Ausschnitt. Seltsam, das war ihr noch gar nicht aufgefallen: Dafne hatte sehr lange Finger, und bis auf den Daumen waren sie alle fast gleich lang. Eine höchst seltene Anomalie. Was kann das zu bedeuten haben? Rasch beginnt sie zu recherchieren. Da: Handleser machen für das Phänomen astrale Einflüsse verantwortlich, die Genetiker hingegen sprechen von Digit Ratio, dem Fingerlängenverhältnis, und führen es auf einen erhöhten Testosteronspiegel im Mutterleib zurück. Aber Ilaria hat etwas anderes im Sinn. Sie sucht weiter, und endlich bestätigt sich ihre Intuition: Wäre da nicht der Daumen, sähe Dafnes Hand genau aus wie die Tatze eines Bären.

Ein abgesondertes, einsames Leben – bis auf das ein oder andere Essen bei Vittoria hatte Dafne sich kaum in der Öffentlichkeit blicken lassen. Vor allem im Winter wurde sie geradezu unsichtbar. Sie schloss sich zu Hause ein, ließ die Jalousien herunter und schlief bis mittags, wie ein Tier im Winterschlaf. Freunde: null. Bis auf Simone, der sich mit Bären beschäftigte. Sie liebte es, alleine durch die Wälder zu streifen, frühmorgens oder bei Sonnenuntergang, wenn kaum Gefahr bestand, auf Menschen zu treffen.

Und dann ihr merkwürdiges Essverhalten, das zwischen den Extremen schwankte, in den kalten Monaten fastete sie, ernährte sich nur von Tee und Brühe, in den wärmeren Monaten bekam die Esssucht die Überhand, die in wahre Fressgelage ausarten konnte, etwa wenn sie im Restaurant doppelte Portionen Rösti und Hirschsteak bestellte. Den Winter verbrachte Dafne nahezu im Wachkoma, fraß sich jedoch vorher eine Fettschicht an. Hyperphagie, so lautet der wissenschaftliche Begriff. Hyperphagie vor dem Winterschlaf.

Auch die Art, wie sie sich kleidete, erinnerte an einen Bären. Weite, auf der Hüfte sitzende Hosen, dazu ein etwas schlurfender Gang, mit leicht nach außen gedrehten Füßen. Wie ein Sohlengänger. Wie ein »Braiaza«, »der mit der weiten Hose«, wie man im Trentino den Bären früher nannte, weil er von hinten aussieht wie jemand, dem die Hose rutscht.

Und dann ihr Geruchssinn. Dafne hatte eine überaus feine Nase. An jenem Abend im Wald hatte sie das Hirschkalb gewittert, lange bevor ein Geräusch zu hören gewesen war. Auch ihr Wissen über Kräuter und Blumen, und eben auch über Gifte, war vielleicht einem primitiven, ja animalischen Instinkt geschuldet. Wie der Instinkt der Bären, in denen die Indianer so etwas wie Schamanen sahen und die ihnen die Fähigkeit zuschrieben, Krankheiten zu heilen.

In ihrem Inneren hat Dafne sich als Bär gefühlt. Sie hat gelebt wie ein Bär. Und sie wollte sterben wie ein Bär.

18. Dezember

Sowie sie den Wagen draußen hört, kommt Vittoria aus dem Haus gelaufen und eilt Besana entgegen. Sie hat sich nicht einmal den Mantel übergezogen. Inmitten des Schneetreibens fällt sie ihm um den Hals, nimmt sein Gesicht zwischen die Hände und küsst ihn verzweifelt. »Sie hat Carlo ermordet. Kannst du dir das vorstellen?«

Besana hält sie fest umschlungen und schiebt sie sanft Richtung Tür. »Lass uns drinnen reden, du erkältest dich noch.«

Auf einmal wirkt Vittoria unendlich zerbrechlich. Sie sieht sich verwirrt um, als fände sie sich in ihrem Haus nicht mehr zurecht. Marco nimmt sie an der Hand und führt sie zum Sofa. Auf dem Tisch steht ein Glas Cognac, vermutlich brauchte sie jetzt etwas Starkes. Er gießt sich ebenfalls einen Schluck ein. Dann setzen sie sich eng nebeneinander, Vittoria zittert noch immer.

»Ich kann es einfach nicht glauben«, sagt sie. »Ich habe ihr vertraut. Wie hat sie das gemacht? Wie hat sie es nur geschafft, ihn zu vergiften? Weißt du das?«

»Noch nicht. Ich hab mit einer Toxikologin gesprochen, die Symptome eines Herzinfarkts ähneln denen einer Vergiftung mit Botulinumtoxin. Aber vorerst ist es nur eine Vermutung. Es ist eine giftige Substanz, die nicht hitzebeständig ist. Deshalb konnte man keine Spuren davon finden.«

»Botulinumtoxin? Botox? Das kann man als Gift verwenden?«

»Wenn man sich damit auskennt. Ich glaube nicht, dass es so einfach ist.«

Vittoria schlägt die Hände vors Gesicht. Einer ihrer transparent lackierten, eckig gefeilten Nägel ist abgebrochen. »Aber warum? Was hat mein Mann ihr denn getan?«

»Auch das ist noch unklar. Wir wissen nicht, wie sie ihre Opfer ausgesucht hat.«

Vittoria stürzt einen großen Schluck Cognac hinunter. »Sie war hier, saß hier direkt vor mir. In meinem Haus. Glaubst du, das hat sie amüsiert?«

»Schon möglich«, sagt Besana ausweichend und zuckt mit den Schultern.

»Brunella hat einen Nervenzusammenbruch erlitten, als sie es erfahren hat. Sie hat es noch mehr mitgenommen als mich. Wir mussten ihr Beruhigungsmittel geben. Jetzt schläft sie, glaube ich. Großer Gott, warum nur? Warum?«

Vittoria legt den Kopf auf Besanas Schulter, sie hat das Bedürfnis zu weinen. Er lässt sie gewähren. Unterdessen streichelt er ihre blonden, noch schneefeuchten Haare.

»Es tut mir leid«, sagt er.

Vittoria hebt langsam den Kopf, das Gesicht gerötet wie von einem rauen Wind, der Blick verloren. »Halt mich ganz fest, bitte.«

Palermo, Juli 1789

Es ist fast fünf Uhr nachmittags. Das Schafott wurde auf der Piazza dei Quattro Canti aufgebaut, denn hier kann man die höchsten Galgen errichten, die weithin sichtbar sind, sogar bis zur Via Toledo und zur Via Macheda. Eine riesige Menschenmenge hat sich eingefunden. Die Adeligen haben am frühen Morgen ihre Kutscher geschickt, damit sie die leeren Kutschen dort abstellen, um sich einen Platz in der ersten Reihe zu sichern. Die Zeitungen haben ausgiebig über den Fall berichtet, die Nachricht ist bis ins ferne Mailand vorgedrungen. Dort hat ein gewisser Signor Carlo Gatti bei einem Graveur sogar ein Porträt der Mörderin in Auftrag gegeben.

Giovanna Bonanno wird von einem Menschenzug begleitet, der sich aus Mönchen mit weißen Kapuzen, königlichen Beamten und berittenen Soldaten zusammensetzt. Letztere tragen Standarten aus roter Seide mit dem königlichen Adler und dem Spruch *Discite justi-*

niam populi, Lernet Gerechtigkeit, Völker. Eine dieser Standarten hängt auch vor dem Justizpalast.

Oben an der Treppe, die zum Schafott führt, erwartet sie bereits der Priester, der sie das Kruzifix küssen lässt und ihr die Absolution *in articulo mortis,* im Angesicht des Todes, erteilt. Giovanna muss sich außerdem hinabbeugen und dem Scharfrichter die Füße küssen, der das Gerichtsurteil vollstrecken wird mit den Worten: »Als Christenmensch hast du gelebt, als Christenmensch sollst du sterben.«

An ihrer Seite stehen die »Seelentröster«, Ordensbrüder, die in den vorangegangenen Tagen versucht haben, sie zur Reue zu bewegen.

Jetzt erhebt sich ein Chor: Die Weißen Mönche rezitieren das Credo. Als sie bei *et sepultus est* angelangt sind, legt der Scharfrichter Giovanna die Schlinge um den Hals. Langsam steigt Giovanna die Stufen zum Schafott hoch, als der Scharfrichter ihr unvermittelt einen Schubs versetzt, während sein Henkersknecht, der »Fußzieher«, sich mit seinem ganzen Gewicht an ihre Beine hängt und sie in die Tiefe zieht, um ihr einen schnelleren Tod zu gewähren.

19. Dezember

Ilaria und Besana stehen vor einem alten Luxushotel, das in den Sechzigerjahren in eine psychiatrische Klinik umgewandelt worden ist. Staunend betrachten sie das imposante Gebäude.

»Dafne konnte sich eine solche Einrichtung leisten?«

»Vielleicht sind hier auch die staatlichen Krankenhäuser luxuriös. Ich habe gelesen, dass die Klinik in den Neunzigerjahren vom Kanton übernommen wurde. Sie ist also schon seit einer Weile nicht mehr privat.«

Sie sind mit Professor Luban verabredet, der Dafne seinerzeit behandelt hat. Sie durchqueren eine offenbar erst kürzlich renovierte Lobby, die mit schweren antiken Möbeln eingerichtet ist, die an Erbstücke einer verstorbenen alten Tante denken lassen. Eine Schwester führt sie zum Sprechzimmer des Professors, der sie hinter seinem Schreibtisch erwartet. Er trägt ein graues Tweedjackett über einem weißen Rollkragenpullover und eine altmodische Brille. Sie begrüßen einander förmlich.

»Das mit Dafne tut mir aufrichtig leid«, beginnt der Professor. »Wenn es nach mir gegangen wäre, hätte ich sie in Anbetracht ihrer klinischen Vorgeschichte gar nicht entlassen.«

»Sie meinen, weil sie schon einmal versucht hat, sich umzubringen?«

»Nein, ich meine die Mordversuche.«

»Was für Mordversuche?«

»Sie hat mit neun Jahren versucht, ihre gesamte Klasse zu vergiften. Allerdings nur, um ihr eigentliches Ziel zu kaschieren: ihre Lehrerin. Sie sind alle im Krankenhaus gelandet. Die Nachricht ist aus nachvollziehbaren Gründen nie an die Öffentlichkeit gelangt. Offiziell sprachen die Behörden von einer Lebensmittelvergiftung, die Betreiber der Schulmensa mussten den Kopf dafür hinhalten.«

»Und womit hat sie sie zu vergiften versucht?«

»Thallium. Sie hatte es von zu Hause mitgebracht, aus ihrem Gartenschuppen. Die Gärtner verwendeten es gegen die Ratten.«

»Sie kam aus einer wohlhabenden Familie? Wo wohnte sie denn?«

»In Como, in einer Villa am See. Die Mutter gehörte dem Adel an, war allerdings verarmt. Sie hatte in zweiter Ehe einen Textilunternehmer geheiratet. Ihn hat Dafne auch zu vergiften versucht. Da war sie zwölf.«

»Und wie? Auch mit Thallium?«

»Nein, mit Oxalsäure, die als Textilbeize verwendet wird. Sie hatte sie aus dem Betrieb ihres Vaters mitgenommen. Nach diesem Vorfall hat man sie hier eingewiesen.«

»Glauben Sie, sie hat diese Gifte zufällig gewählt, weil sie Zugriff darauf hatte, oder hatten sie für sie eine besondere Bedeutung?«

»Dafne hat nichts dem Zufall überlassen, auch nicht, als sie noch klein war. In der Therapie stellte sich heraus, dass diese Gifte für sie mit bestimmten Vorstellungen verknüpft waren. Die Lehrerin und die Klassenkameraden, die sie hänselten, hat sie als Ratten betrachtet. Sie waren ihr im Traum als Ratten erschienen. Also hat sie Rattengift benutzt.«

»Und die Oxalsäure für den Stiefvater?«

»Die ist natürlich ein Hinweis auf seinen Beruf und seinen Reichtum, von dem sie und ihre Mutter abhängig waren. Aber nicht nur das. Man muss sich mal ihre Beziehung vergegenwärtigen. Dafne kleidete sich gern wie ein Junge und verhielt sich auch so. Ihr Stiefvater beleidigte und demütigte sie. Dabei handelte es sich bei ihr keineswegs um eine Geschlechtsidentitätsstörung, Dafne war lediglich auf der Suche nach sich selbst. Und es wäre auch alles halb so schlimm gewesen, wenn er auf ihre Wut nicht mit Psychopharmaka reagiert hätte. Kurz gesagt, er versuchte, sie mit Medikamenten ruhigzustellen, obwohl sie fast noch ein Kind war. Nur war Dafne zu intelligent, um sich von dem Provinzdoktor, den ihr Vater bestellt hatte, betäuben zu lassen. Sie spülte die Beruhigungsmittel und Antidepressiva heimlich ins Klo und begann, sich mit Chemie zu beschäftigen, um sich zu rächen. Und sie war sehr gut darin, ihre schulischen Leistungen bewegten sich beinahe auf Universitätsniveau. Und das schon in der Mittelstufe.«

»Und der Selbstmordversuch?«

»Das war später, mit fünfzehn, als sie aus der Klinik abgehauen war. Sie war überzeugt davon, dass ihr Stiefvater sie hatte einsperren lassen, und hatte noch nicht verstanden, dass wir ihr helfen wollten.«

Besana und Ilaria wechseln einen Blick.

»Na ja, offenbar haben Sie ihr nicht genug geholfen, wenn man sich das Resultat ansieht«, stellt Besana fest.

»Sie irren sich, sie war auf einem guten Weg. Aber der Tod ihrer Mutter hat alles kompliziert. Es war ein schwerer Schlag für Dafne. Der Stiefvater hatte sie nicht einmal darüber in Kenntnis gesetzt, dass es mit ihr zu

Ende ging. Sie entschied, die Behandlung abzubrechen und die Klinik zu verlassen. Leider war sie zu dem Zeitpunkt bereits volljährig, und wir hatten keine Handhabe mehr, um sie hier festzuhalten.«

19. Dezember

Besana kocht eine Carbonara. Heute Abend wird in der Küche gegessen, das ist intimer. Auf zwei Hockern sitzen Vittoria und Brunella und leisten ihm Gesellschaft. Offen gestanden nervt ihn die Anwesenheit von Vittorias Freundin, auch wenn ihr die ganze Geschichte schwer zugesetzt hat. Aber auch er ist gestresst, und er hat nicht die Kraft, sich immer um alle zu kümmern.

»Sag bitte nicht *Hashtag bestürzt*«, ermahnt Besana Brunella schon vorsorglich und sieht sie an, während sie die Spaghetti probiert. »Sie hat deinen Mann umgebracht. Gib dir mal Mühe, finde andere Worte. Es dürfen auch deine eigenen sein.«

Vittoria wirft ihm einen vernichtenden Blick zu. »Sei nicht so gemein, Marco.«

Aber Brunella lacht. Etwas anderes kann sie nicht. Sie ist das hilflose Reh wie es im Buche steht, und Lachen ist ein konditionierter Reflex. »Sie hat mir beigebracht, mich zu entspannen«, erwidert sie. »Hätte sie sich mal besser selbst ein bisschen entspannt.«

»Wir sind alle etwas angeschlagen«, schaltet sich Vittoria schnell ein, um über die geschmacklose Bemerkung hinwegzugehen, die Besanas Stichelei fast noch übertrifft.

»Vielleicht sollten wir beim Essen lieber den Mund halten.« Besana stellt den Topf mit der Pasta auf den Küchentresen.

Aber Brunella hat sich nicht mehr unter Kontrolle, sie ist geradezu euphorisch. Keine ungewöhnliche Reaktion, wenn man mit dem Tod konfrontiert wird.

»Sie hat sich immer selbst als Maßstab genommen«, fährt sie fort. »Versteht ihr? Wirklich toll. Sie meinte, eine Therapie könnte mir helfen, meinen Mann wiederzufinden. Stimmt, ich habe ihn wiedergefunden. Allerdings tiefgefroren in einem Gletscher. Sie hatte recht, er war noch genau der Mann, in den ich mich verliebt hatte. Nur leider tot.«

Vittoria fährt herum. »Hör auf, Brunella.«

»Warum soll ich aufhören? Ich möchte dich mal sehen, wenn du Carlo *unversehrt* wiederfinden würdest. Wirklich ein tolles Geschenk. Bitte sehr, hier ist der Mann, den du geliebt hast, genau so, wie du ihn kennengelernt hast. Mehr oder weniger.«

Vittorias Augen weiten sich, Besana legt ihr beschwichtigend eine Hand auf den Arm. Er weiß, dass sie einen verkohlten Leichnam identifizieren musste. Aber seine Geste nützt nichts.

»Findest du das angebracht? Findest du, das ist der richtige Zeitpunkt, um so etwas zu sagen?«

Gleichgültig, fast ein bisschen überheblich, zuckt Brunella die Schultern. »Na ja, wir haben ja gerade davon gesprochen, was Dafne uns hinterlassen hat. Friede ihrer Seele.«

»Geh nach Hause«, sagt Vittoria. »Du bist ja nicht bei Sinnen.«

Brunella drückt wütend ihre Zigarette im Aschenbecher aus und steht auf, greift Jacke und Handtasche. »Die weise und ach so vernünftige Frau hat gesprochen«, erwidert sie. »Du hast ja nur Angst, vor Marco dein wahres Ich zu zeigen.«

Dann verlässt sie türenknallend das Haus. Besana nimmt Vittorias Gesicht zwischen seine Hände und küsst sie auf die Stirn. »Sie hat recht«, sagt er, »du brauchst deine Gefühle vor mir nicht zu verstecken.«

19. Dezember

Zurück im Hotel, lässt Ilaria sich sofort aufs Bett fallen. Sie ist so erschöpft, dass sie nicht einmal die Stiefel auszieht. Sie kann gerade noch mit letzter Kraft die Hand nach der Fernbedienung auf dem Nachttisch ausstrecken. Ohne auf eine Aufforderung zu warten, rollt sich Becks an ihrer Seite zusammen und seufzt zufrieden. Er hat schmutzige Pfoten, sein Fell ist noch feucht vom Schnee, aber ihm lässt sie alles durchgehen. Besser er im Bett als der falsche Mann.

Über den Bildschirm laufen die Schlagzeilen der Nachrichten des Abends. Schon wieder Krieg, schon wieder Regierungskrise, und der Papst mahnt vor Weihnachten zu Barmherzigkeit. Ilaria fallen vor Müdigkeit fast die Augen zu, als ein Bild sie hochschrecken lässt:

Dafnes Gesicht, auf einem leicht verschwommenen, vermutlich ein paar Jahre alten Foto, vielleicht ein Passfoto, das stark vergrößert wurde und den ganzen Bildschirm ausfüllt. Die Stimme des Sprechers sagt: Seriengiftmörderin wirft sich vor Zug.

Mit einem Satz ist Ilaria auf den Beinen, sie läuft zum Fernseher und stellt ihn lauter, um kein Wort zu verpassen. Dafne wird als Monster beschrieben, als Manipulatorin und Expertin für toxische Substanzen, das Einzige, was der Wahrheit entspricht. Um die Nachricht noch auszuschmücken, gibt die Nachrichtenredaktion einen Überblick über die großen Giftmörderinnen der Geschichte.

Als Erstes wird natürlich Giovanna Bonanno, die Alte mit dem Essig, genannt, die Dafne, so sagen sie, inspiriert habe. Es folgt die unvermeidliche Lucrezia Borgia, dann Catherine Deshayes Monvoisin, besser bekannt als »La Voisin«, Protagonistin der Giftmordaffäre im Frankreich des Sonnenkönigs. Und zu guter Letzt wird sogar der Fall der Seifenmacherin von Correggio erwähnt, schlicht, weil sie Italienerin und Serienmörderin war, auch wenn sie nicht einmal mit Gift getötet hat.

In der Sendung ist ein Kriminologe zu Gast, der nun den Fall kommentieren soll. Wir haben es eindeutig mit einer schwer gestörten Psychopathin zu tun, erklärt der Professor völlig emotionslos. Möglicherweise sei die Störung auf die Gewalt zurückzuführen, der sie als Kind ausgesetzt gewesen sei. Sie sei eine Einzelgängerin gewesen, unfähig, dauerhafte emotionale Bindungen einzugehen, und habe einen ausgeprägten Hass auf das männliche Geschlecht im Allgemeinen entwickelt. Zu anderen Zeiten wäre eine Person mit diesen Eigenschaften als Hexe auf dem Scheiterhaufen verbrannt worden.

Ilaria kann es nicht länger ertragen. Das stimmt alles nicht. So war Dafne nicht. Sie schaltet den Fernseher aus und schleudert die Fernbedienung an die Wand. Dann lässt sie sich aufs Bett sinken und beginnt haltlos zu weinen, während Becks ihr verwirrt die Hand leckt, obwohl Ilaria gar nicht mit ihm redet. So war sie nicht, sagt sie, ihr kanntet sie gar nicht. Was wisst ihr schon von ihr.

20. Dezember

Dafne wird auf einem kleinen Friedhof am Fuß der Berge beigesetzt. Sie hatte schriftlich verfügt, dass sie keine religiöse Trauerfeier wolle. Um den Sarg, der in die Erde hinabgelassen werden soll, haben sich nur eine Handvoll Leute versammelt. Neben Besana und Ilaria ein paar Förster, der ein oder andere Bergführer und einige portugiesische Nachbarn. Raquel, an der Hand ihrer Mutter, begrüßt Ilaria. Mit kleiner Verspätung erscheint auch Simone.

Ein Forstaufseher sagt ein Gedicht auf Rätoromanisch auf. Eine junge Frau, eine Bergführerin, trägt ein Lied vor. Doch am tiefsten sind alle gerührt, als das kleine Mädchen eine selbst gebastelte Papierblume in den Sarg wirft.

Nach der kurzen Zeremonie umarmt Simone Ilaria fest. Sie sehen sich an. »Ich kann es nicht glauben«, sagt er. »Sie kann nicht all diese Menschen umgebracht haben.«

»Leider gibt es ein Geständnis, handgeschrieben.«

»Vielleicht wollte sie jemanden decken. Oder sie hat sich manipulieren lassen.«

»Ich würde auch gern eine andere Wahrheit finden und beweisen, dass sie unschuldig war«, erwidert Ilaria, »aber ich fürchte, das ist unmöglich.«

Ilaria geht zu Raquel hinüber, die allein auf einer Bank sitzt, wo sie auf ihre Mutter wartet, die noch ein paar Formalitäten erledigen muss (sie haben die Bestattung bezahlt).

»Ich hatte sie auch gern«, sagt Ilaria und setzt sich neben das kleine Mädchen.

»Sie sagen, dass sie im Himmel ist, aber das stimmt nicht. Nur ich weiß, wo sie ist«, erwidert Raquel ernst.

»Wirklich?«

»Schwörst du, dass du es niemandem weitersagst?«

»Ich schwöre.« Ilaria hebt die Hand zum Schwur.

»Einmal hat sie mich an einen geheimen Ort mitgenommen, ganz oben in den Bergen.«

»Und wo genau war das?«

»Beim Bärenfelsen. Sie hatte da eine kleine Hütte ganz aus Stein, wie im Märchen. Und wir haben ein Murmeltier aus Holz über die Tür gehängt.«

»War es eine schöne Hütte?«

»Wunderschön. Dafne hat niemanden reingelassen, nur mich.«

»Und sie hat dort gewohnt?«

»Nein, sie hat hier gewohnt, neben mir. Sie ist nur ab

und zu dort hingegangen. Das war ihr Zufluchtsort. Ich will auch einen Zufluchtsort, wenn ich groß bin.«

»Hast du irgendjemandem davon erzählt?«

»Bist du verrückt? Natürlich nicht. Wir haben Mama immer gesagt, wir gehen Minigolf spielen.« Sie dreht sich misstrauisch um. »Du hast es geschworen, vergiss das nicht.«

»Natürlich nicht«, erwidert Ilaria. »Ich werde schweigen wie ein Grab.« Und bei den Worten näht sie sich pantomimisch den Mund zu.

Raquel lacht, dann stößt sie einen Pfiff aus. »Dafne hat mir beigebracht, wie ein Murmeltier zu pfeifen.«

»Du hörst dich ganz genau so an.«

»Siehst du? Ich hab eine Menge gelernt.«

Da kommt Raquels Mutter auf sie zu, und Raquel springt von der Bank.

»*Fofa*, man darf auf dem Friedhof nicht pfeifen.«

»Aber ich bin doch ein Murmeltier!«

Das Mädchen geht davon, winkt im Gehen Ilaria noch einmal zu und beginnt dann wieder zu pfeifen.

21. Dezember

»Bist du sicher, dass du das Ding fahren kannst?«, fragt Ilaria verblüfft, als sie vor dem roten Motorschlitten stehen.

»Natürlich. Was denkst du denn?«, erwidert Besana. »Als junger Bursche hatte ich eine Aprilia.«

»Mag sein, aber die hatte Räder und keine Kufen.«

»Piattola, halt den Mund. Setz den Helm auf und schwing dich auf den Sitz.«

Raquels Beschreibung war nicht sehr genau, sie wusste den Namen des Tals nicht, aber der Bärenfels genügt als Hinweis, und Google Maps hat ihn lokalisiert. Die befestigte Straße endet hinter einem Dorf mit verrammelten Türen und Fenstern, als wäre es verlassen. Selbst das Geräusch des Motorschlittens lockt niemanden ans Fenster. Aber vielleicht überwintern die Bewohner auch einfach nur im Tal, wo es etwas milder ist.

Im tiefen Schnee lässt Besana den Motor aufheulen, die Hände fest um den Lenker geschlossen. Als das Gelände holpriger wird, erhebt er sich vom Sitz, und Ilaria schreit auf und klammert sich an seiner Daunenjacke fest.

»Fahr langsam, verdammt! Ich fall gleich runter.«

»Halt dich fest, Piattola, wir machen gleich einen kleinen Satz, vor uns ist ein Graben.«

Vor dem berühmten Felsen, von dem Raquel erzählt hat, bleibt er stehen: eine riesige quadratische Steinmasse mit schroffen Kanten und einer roten Maserung auf einer Seite, die sich bei näherer Betrachtung als Flechten entpuppt, doch es sieht fast aus wie Blut. Jemand hat eine Bronzetafel am Stein angebracht: »JACHEN A. KUENG – 1808 – 1874 – CHATSCHEDER DA 13 UORS«, steht auf Rätoromanisch darauf.

»Jäger von dreizehn Bären«, übersetzt Besana. »Also praktisch ein Serienmörder. Aber damals wurden Bärentöter verehrt. Und dann hieß er auch von Küng, wie der King, der König des Tals.«

»Er ist sechsundsechzig Jahre alt geworden«, rechnet Ilaria nach, die die Steinplatte begutachtet. »Er muss hier gestorben sein.«

»Aber wie? War es ein natürlicher Tod oder ist er womöglich von Bär Nummer vierzehn zerfleischt worden, der schlauer war als er?«

Sie sehen sich um. Wo kann Dafnes Hütte sein? Dann entdecken sie schließlich eine, ein ganzes Stück weiter den Berg hinauf, fast unter dem Schnee begraben. Doch als sie sie nach einem Slalom durch den Lärchenwald erreichen, müssen sie zu ihrer Enttäuschung feststellen, dass es sich nur um einen Ziegenstall handelt. Wieder ein gutes Stück weiter stoßen sie auf eine weitere Holzhütte. Darin Etagenbetten, ein Feldstecher, ein Teppichklopfer, Kordeln, Laternen. An der Wand lehnt ein Gewehr. Sicher die Hütte eines Jägers. Nun wird der Hang steiler, der Wald dichter. Der Motorschlitten müht sich schaukelnd hinauf, in jeder Kurve droht er umzukippen.

Hier oben ist der Schnee unberührt, lediglich ein paar Tierspuren sind zu sehen, wer weiß, wie lange hier kein Mensch mehr raufgekommen ist. Glücklicherweise dauert die Fahrt nicht lange. Nachdem sie einen zwischen hundertjährigen Zirbelkiefern versteckten Gletscherbruch passiert haben, taucht vor ihnen ein Steinhaus auf. Die Fensterläden sind geschlossen, über der mit einem Vorhängeschloss versperrten Tür ist eine Inschrift auf Griechisch eingraviert. *Möge kein Uneingeweihter eintreten.* Die Worte, die Ilaria auf Marta Guerras Facebook-Profil gelesen hat. Am Türpfosten hängt die hölzerne Silhouette eines Murmeltiers.

»Das ist es.«

Besana holt ein Schweizer Messer aus seinem Rucksack und beginnt, sich mit seinen schrundigen Händen am Schloss zu schaffen zu machen. Nach mehreren Versuchen gibt das Vorhängeschloss nach, und die Tür öffnet sich mit einem Quietschen. Es ist fast vier Uhr nachmittags, das Licht wird bereits schwächer, es hat wieder zu schneien begonnen, und es bläst ein eisiger Wind. Drinnen sieht man die Hand vor Augen nicht, doch es hat keinen Sinn, nach dem Lichtschalter zu suchen, hier oben gibt es keinen Strom. Ilaria schaltet die Taschenlampe ihres Handys ein und versucht, die Fenster zu öffnen. Was sich ihren Augen darbietet, verschlägt ihr den Atem.

»Ich glaube, wir haben das Labor gefunden.«

21. Dezember

Auf dem Tisch und in Regalen aus Fichtenholz steht eine komplette Ausrüstung für Experimente. Dutzende von Behältern aus Glas: Reagenzgläser, Erlenmeyerkolben, Rundkolben, Trichter, Destillierkolben, Pipetten, Messzylinder. Ein an eine Gasflasche angeschlossener Bunsenbrenner, um die Präparate zu erhitzen. Und sogar ein Magnetrührer. Ilaria nimmt ein Reagenzglas in die Hand, liest das Etikett und stellt es erschrocken an seinen Platz zurück: »Botulinumtoxin«. Auf einem anderen steht »Formaldehyd«, auf dem daneben »Ethylcarbamat«.

»Fass nichts an, es ist gefährlich«, warnt Besana.

Doch genau in dem Moment stößt sie einen entsetzten Schrei aus und lässt ein Glasgefäß fallen. In der Pfütze auf dem Boden hebt sich zwischen den Scherben ein langes Etwas ab.

»Eine Schlange«, stellt er fest. »Keine Angst, sie ist tot. Vermutlich hat sie versucht, ihr ihr Gift zu entnehmen. Oder sie hat sie für irgendwelche Experimente benutzt.«

Ilaria öffnet einen Schrank, in dem sich das reinste Horrorkabinett verbirgt: lauter Gefäße mit Kadavern von Reptilien oder Insekten, aber auch mit getrockneten Pflanzen und Blumen, darunter, wie sie sofort erkennt, Blauer Eisenhut. »Großer Gott, ich komme mir vor wie im Allerheiligsten einer Zauberin«, sagt sie.

»Wir müssen alles fotografieren«, erwidert Besana.

»Warte, wir haben noch nicht alles durchsucht. Dafne muss doch irgendetwas Schriftliches hinterlassen haben.«

Sie öffnet weitere Schranktüren, zieht Schubladen heraus, durchwühlt Papiere, Werkzeuge, Krimskrams. Und schwenkt schließlich triumphierend ein Heft. Es ist ein ganz gewöhnliches Schreibheft, wie man es in jedem Supermarkt bekommt. Sie legt es auf den Tisch, richtet den Lichtstrahl ihres Handys darauf, und sie beginnen, gemeinsam darin zu blättern. Es ist handgeschrieben, doch man versteht überhaupt nichts. Seite um Seite nichts als Zahlen, hier und da durch Kommas getrennt. Ilaria und Besana sehen sich an.

»Das muss ein Zahlencode sein. Nehmen wir es mit, und verschwinden wir, bevor es zu dunkel wird«, schlägt Marco vor.

»Was ist das für ein Geräusch?«, fragt Ilaria, als sie gerade das Heft in ihrem Rucksack verstaut, und hebt ruckartig den Kopf.

»Ein Motorschlitten. Mach sofort die Taschenlampe aus.«

Durch das Fenster kann man nicht viel erkennen, inzwischen ist draußen kaum noch Licht, und der Wind wirbelt den Schnee zwischen den Zirbelkiefern auf. Unmöglich, die Person auf dem Motorschlitten zu erkennen. Sie trägt einen Skioverall und einen Integralhelm. Man kann nicht mal sehen, ob es ein Mann oder eine Frau ist. Sicher ist nur, dass die Person gekommen ist, um etwas zu suchen. Doch als sie merkt, dass sie nicht allein ist, steigt sie sofort wieder auf ihre Maschine und startet den Motor, um rasch ins Tal zurückzukehren.

Sie brauchen nichts zu sagen. Sie laufen nach draußen, setzen sich die Helme auf und machen sich an die Verfolgung. Der Unbekannte ist mit Vollgas davongebraust, nur noch die rote Rückleuchte ist schon ein ganzes Stück weiter unten zwischen den Kiefern zu sehen.

»Halt dich gut fest«, sagt Besana und gibt Gas.

Der Scheinwerfer beleuchtet die Spuren, die der andere Motorschlitten hinterlassen hat, der zunächst dem Weg folgt, den sie heraufgekommen sind. Doch hinter einer Bodenwelle ändert er plötzlich die Richtung, und Besana muss abrupt das Lenkrad herumreißen.

»Verdammt, er nimmt eine Abkürzung«, flucht er, dann legt sich die Maschine derart in die Kurve, dass sie kippt.

Bevor sie schreien kann, wird Ilaria schon zu Boden geschleudert.

»Hast du dir wehgetan?«, ruft Besana, während er die Maschine wieder aufrichtet.

»Nein, alles gut«, antwortet sie und fegt sich den Schnee von den Klamotten.

Inzwischen ist der andere Motorschlitten schon zu weit weg, die rote Rückleuchte verschwindet hinter den Bergen.

»Scheiße, er ist uns entwischt«, flucht Besana.

»*Sie* ist uns entwischt«, korrigiert ihn Ilaria. »Wenn du mich fragst, war das eine Frau.«

»Wie kommst du darauf?«

»Es kann nur eine Frau gewesen sein, so, wie sie auf den Motorschlitten gestiegen ist.«

»Und was glaubst du, wonach sie gesucht hat?«

»Nach dem Heft natürlich«, erwidert Ilaria. »Was bestätigt, dass es wichtig sein muss. Wir müssen es dechiffrieren.«

21. Dezember

»Auf den ersten Blick würde ich sagen, es ist ein *Book Cipher*«, sagt Rocco.

»Ein Book was?«

»*Book Cipher*«, wiederholt Rocco, »so nennen die Engländer eine Buch-Verschlüsselung oder einen Buch-Code. Das ist ein chiffrierter Code, der einen Text als Schlüssel benutzt. Das kann ein beliebiges Buch oder ein sonstiges Schriftstück sein. Die Menge der Zahlen auf den Seiten, die du mir geschickt hast, sieht zumindest ganz danach aus. Es sind unheimlich viele, sehr viel mehr, als das Alphabet Buchstaben hat. Unser italienisches Alphabet umfasst von A bis Z einundzwanzig Zeichen. Bei der klassischen Chiffrierung wurde jeder Zahl ein Buchstabe zugeordnet, für jeden etwas erfahreneren Dechiffrierer war es ein Leichtes, aufgrund der Frequenz, mit der bestimmte Zahlen auftauchten, den zugrunde liegenden Code zu knacken und die geheime Botschaft zu entschlüsseln. In jeder Sprache gibt es Buchstaben, die besonders häufig auftauchen. Im Italienischen sind das zum Beispiel A, E und I mit jeweils über elf Prozent. Das D kommt auf nicht ganz vier Prozent, das Z auf etwa 0,5. Mit diesem System hat man die arme Maria Stuart schnell überführt und wegen Hochverrats zum Tode verurteilt. Aber das war im sechzehnten Jahrhundert, da steckte die Kryptografie noch in den Kinderschuhen.«

»Und heute?«

»Heute existieren wesentlich komplexere Methoden, die am Computer entwickelt werden. Aber das Dokument, das ihr gefunden habt, ist noch Handarbeit, ich würde sagen, nach einer Methode aus dem neunzehnten Jahrhundert, trotzdem bereits sehr viel ausgefeilter als Maria Stuarts Botschaften. Jeder Buchstabe entspricht mehr als nur einer Zahl. Das kann man schon an der ersten Zeile sehen, vermutlich dem Titel, weil sie etwas größer geschrieben ist: 17, 145, 59, 62, 179, 12, 65, 95, 88, 150, 5, 108, 177, 302, 49, 28.2, 132, 136, 6, 56, 207, 284, 2. Die Zahlen wirken rein zufällig gewählt. Für uns haben sie keine Bedeutung, doch der Empfänger, und nur er, ist im Besitz einer Kopie des Schlüsseltextes und kann sie dechiffrieren.«

»Ich bekomme schon Kopfschmerzen, wenn ich das nur höre«, bemerkt Ilaria. »Aber nach welchen Kriterien haben sie dann entschieden, welche Nummern für welche Buchstaben stehen?«

»Die Wörter eines Textes werden in der Regel durchnummeriert. Jede Zahl entspricht dann dem Anfangsbuchstaben des jeweiligen Wortes. Wenn man dann den Text, den man übermitteln will, transkribiert, benutzt man die Zahlen nach dem Zufallsprinzip, sprich, das A ist mal 12, ein anderes Mal 145, weil das hundertfünfundvierzigste Wort des Schlüsseltextes ebenso mit A beginnt wie das zwölfte. Das M kann 32 oder 87 sein, oder auch 231. Leider wissen wir nicht, ob Dafne diese Verschlüsselungsmethode angewendet hat oder eine andere. In jedem Fall hängt alles davon ab, ob man den Text findet, auf dem das Geheimalphabet basiert.«

»Und wie sollen wir das anstellen? Da gibt es Millionen von Möglichkeiten«, sagt Ilaria untröstlich.

21. Dezember

»Das schaffen wir nie«, sagt Ilaria, an das Heizöfchen gekuschelt. Sie ist so durchgefroren, dass ihr überhaupt nicht wärmer werden will.

»Da fällt mir eine Geschichte ein, die ich mal in einem Buch von Simon Singh gelesen habe, einem meiner Lieblingsautoren«, erwidert Besana. »Es ist eine wahre Geschichte. Anfang des neunzehnten Jahrhunderts verbrachte ein geheimnisvoller Abenteurer, eine Art Cowboy namens Thomas J. Beale, den Winter im Hotel Washington in Lynchburg, Virginia. Im Frühjahr reiste er weiter, zuvor aber vertraute er dem Hotelbesitzer eine verschlossene Metallkassette an, die dieser im Safe verwahren sollte. Ein paar Monate später bekommt der Hotelier einen Brief von Beale, der ihm rät, die Kassette nicht vor Ablauf von zehn Jahren zu öffnen. In der Kassette befänden sich, so schreibt er, Dokumente von ›höchster Wichtigkeit‹, die man jedoch nur mithilfe eines kryptografischen Schlüssels lesen könne. Ein Freund Beales werde ihm zu gegebener Zeit den Schlüssel zukommen lassen. Tatsächlich aber kommt besagter Schlüssel nie, der Cowboy scheint sich in Luft aufgelöst zu haben, und nachdem weitere Jahre verstrichen sind, beschließt Robert Morriss, so heißt der Besitzer des Hotels, die Kassette zu öffnen. Darin liegen drei Blätter Papier, die mit immer wieder durch Kommas getrennten Zahlenreihen beschrieben sind, sowie eine handschriftliche Nachricht von Beale. In dieser Nachricht erklärt Beale, er habe zusammen mit ein paar Freunden in New Mexico eine Gold- und eine Silbermine entdeckt und damit ein großes Vermögen gemacht. Diesen Schatz habe er an einem geheimen Ort in Virginia, unweit des Hotels, vergraben. Das verschlüsselte Dokument solle, wie bei einer Schatzsuche, bei der Auffindung helfen. In der ersten Nachricht werde erklärt, wo sich das Versteck befinde, in der zweiten, wie sich der Schatz zusammensetze, und in der dritten, wer ein Anrecht auf den Schatz habe.«

»Wir sind auch auf Schatzsuche«, sagt Ilaria. »Nur, dass unser Schatz die Wahrheit ist. Aber erzähl weiter, vielleicht bringt uns das ja auf eine Idee.«

»Wo ist nun der Schlüssel, mit dem man diese Nachrichten dechiffrieren kann? Wer auch immer ihn hatte, hat ihn mit ins Grab genommen. Und der arme Morriss verbringt die letzten zwanzig Jahre seines Lebens damit, sich über Beales Kryptogramme den Kopf zu zerbrechen, kommt aber nicht weiter. 1885 behauptet ein Freund des Hotelbesitzers, der seine Identität nicht verraten will, das Rätsel gelöst zu haben, allerdings nur für die zweite der drei Nachrichten, die, auf der der Inhalt des Schatzes beschrieben wird. Nach unzähligen missglückten Versuchen sei er rein zufällig darauf gestoßen: Der Schlüsseltext war kein geringerer als die Unabhängigkeitserklärung der Vereinigten Staaten.«

»Und wie ist es ausgegangen? Haben sie den Schatz gefunden?«

»Das weiß niemand. Möglicherweise der Freund des Hotelbesitzers, aber der wird sich gehütet haben, es an die große Glocke zu hängen. Jedenfalls haben seit über hundert Jahren schon etliche ›Bealomaniacs‹ versucht, das Gold von Virginia zu finden. Heerscharen von Kryptografen haben auf jede erdenkliche Weise versucht, die anderen beiden Nachrichten zu entschlüsseln: mit Rückwärtszählen oder mit alternierenden Wörtern. Aber nichts zu machen. Anhänger von Verschwörungstheorien haben sogar den Secret Service verdächtigt, den Schatz ausfindig gemacht und die Bürger darüber im Dunkeln gelassen zu haben.«

»Warte mal«, überlegt Ilaria, »was sagtest du, war doch gleich der Schlüsseltext?«

»Die amerikanische Unabhängigkeitserklärung. Warum?«

»Mir ist gerade was eingefallen. Ich weiß nicht, ob ich es dir erzählt habe, aber Marta Guerra hat absurde Bilder voller Zahlen gemalt. Eines davon basierte auf einem Werk von Füssli. Und weißt du, was es darstellte? Den Rütlischwur: den Gründungsmythos der Schweizer Eidgenossenschaft. Marta Guerra hat eine Reproduktion des Gemäldes mit Zahlen übermalt. Schau mal, ich hab ein Foto gemacht.«

Marco nimmt Ilarias Handy und vergrößert das Foto.

»17, 145, 59, 62, 179, 12, 65, 95, 88, 150, 5, 108, 177, 302, 49, 28.2, 132, 136, 6, 56, 207, 284, 2. Sind das nicht auch die Zahlen aus dem Heft? Der Titel? Was zum Teufel kann das bedeuten?«

»Tja«, sagt Ilaria. »Damals habe ich das für eine ihrer vielen Schrullen gehalten und dem keine Bedeutung beigemessen. Aber wenn ich jetzt so darüber nachdenke … Was, wenn das der Schlüsseltext ist, den wir suchen? Schließlich ist das verschlüsselte Dokument in der Schweiz entstanden. Und dann hat Marta auch noch diesen seltsamen Satz gepostet.«

»Welchen Satz?«

»Ich hab einen Screenshot gemacht, hier: ›Wenn dieser Bär abgeschossen wird, hebe ich nie wieder *die drei Finger der rechten Hand*.‹ Damit bezieht sie sich auf den Pakt.«

»Du hast recht.«

»Versuchen wir mal den Text der Gründungsurkunde

zu googeln.« Ilaria tippt rasch. »Hier ist er. Der Bundesbrief vom 1. August 1291. Aber es gibt mehrere Versionen. Auf Deutsch, Latein, Italienisch, Rätoromanisch. Teilen wir sie auf und starten mit allen einen Versuch.«

»Einverstanden«, sagt Besana. »Ich nehme Italienisch und Rätoromanisch. Und du Deutsch und Latein.«

»Ich wusste es.«

21. Dezember

Ilaria ist zur Rezeption gegangen, um sich die Texte ausdrucken zu lassen und sich Stifte und Papier auszuleihen. Besana wartet in ihrer Lieblingsstube vor dem Kamin auf sie. Er hat keine Lust, im Zimmer zu bleiben.

»In Gottes Namen Amen«, deklamiert er. *»Das öffentliche Wohl und Ansehen erfordert, dass Friedensordnungen dauernde Geltung gegeben werde* … Hätte sie sich nicht ein Gedicht aussuchen können? Oder ein Lied, was weiß ich. *Rast du dahin mit lautem Geknatter, kommt unter die Räder dir eine Natter.*«

Ilaria lacht. »Sehr schön, aber jetzt fang an zu arbeiten.«

Doch Besana beginnt zu singen: *»Viper … Viper … kriechst hoch ihr'n Arm … die heut' du all mein' Träume zerstöret hast … du schienst ein Symbol … grausames Symbol … ihrer Boshaftigkeit …«*

»Was singst du da für einen Mist?«

»Das ist kein Mist, das ist ein Lied aus den Dreißigern.«

Besana steht auf, streckt einen Arm vor sich aus, dreht die Handfläche nach oben und beginnt, sich in den Hüften zu wiegen.

»*Rotes Gift ... wenn du mich küsst, flöß ich dir ein mein rotes Gift ... Rotes Gift ... ohn' meine Küsse kannst du nicht ... du weißt, vielleicht töte ich dich ...*«

»Was bist du albern heute.«

»Das waren die Platten, die meine Mutter gehört hat«, erwidert er. »Luciano Tajol und so Zeug. Ich seh schon, mein Vortrag hat dir nicht gefallen. Schade.«

»Komm schon, lass uns anfangen.«

Schweigend machen sie sich daran, die Wörter zu nummerieren.

»Ich bestell eine Flasche Wein und ein Clubsandwich.« Besana steht auf. »Ich bin bei 389 und noch lange nicht fertig. Was für ein Scheiß.«

»Man braucht eben Geduld«, erwidert Ilaria.

»Was willst du essen?«

»Nichts, danke. Ich will lieber mit der lateinischen Version fertig werden. Was meinst du, was diese Pfeile zu bedeuten haben?«

»Woher soll ich das wissen? Ich hoffe nur, du hast recht, und wir machen uns die ganze Mühe nicht umsonst.«

Nach ein paar Gläsern Wein ist Marco besser drauf. »Piattola, komm mal schnell her!«

Ilaria erhebt sich von ihrem Sessel und ist mit zwei Sätzen am Tisch.

»Sieh nur, es funktioniert.«

»Mit dem italienischen Text?«

»Yes.« Besana zeigt auf die Zahlen: »*R-e-g-e-l N-u-m-m-e-r e-i-n-s* …«

»Wahnsinn!«, ruft Ilaria. »Mach weiter. Schaffst du es?«

»*Wir schwören, uns gegenseitig zu helfen*«, liest er laut.

»Was kann das heißen?«

»Dass wir zwei Stunden für einen verdammten Satz gebraucht haben.«

»Das ist wirklich lang«, überlegt Ilaria. »Vielleicht sollte ich Rocco noch mal anrufen. Am Computer ist er ein wahrer Zauberer.«

»Also, eins sage ich dir gleich: Ich werde mir nicht die ganze Nacht um die Ohren schlagen.«

22. Dezember

Es klopft an der Tür. Besana sieht auf sein Handy: Es ist fünf Uhr morgens. Er springt aus dem Bett und läuft zur Tür. Draußen steht Ilaria im Fleeceschlafanzug.

»Was gibt's?«

»Entschlüsselt«, sagt sie.

»Wirklich?«

»Rocco war total aufgeregt, er meint, es geht um Gift und um Morde. Aber ich habe gewartet, ich wollte es mit dir gemeinsam lesen.«

Besana schaltet die Kaffeemaschine ein.

»Ich brauch erst mal einen Espresso, sonst kann ich nicht denken.«

»Bist du nicht neugierig?«

»Ich möchte lieber klar sein.«

Sie setzen sich vor den Computer, und Ilaria beginnt, laut zu lesen.

»*Regel Nummer eins: Wir schwören, uns gegenseitig zu helfen und uns an die Regeln zu halten. Regel Nummer zwei: Alle Tode müssen wie Unfälle aussehen. Regel Nummer drei: Die direkt Betroffene muss sich am festgesetzten Tag viele Kilometer entfernt aufhalten.* Was bedeutet das?«

»Mach weiter.«

»*Regel Nummer vier: Wir verpflichten uns zurückzugeben, was wir empfangen. Regel Nummer fünf: Niemand außer denen, die den Pakt geschlossen haben, darf davon wissen. Regel Nummer sechs: Wer den Pakt bricht oder Außenstehenden davon erzählt, wird mit dem Tod bestraft.*«

»Grundgütiger«, sagt Besana. »Das ist ja die Satzung einer Verbrechervereinigung. Oder der Auswuchs einer paranoiden Störung.«

»Was meinen die wohl mit ›zurückgeben, was wir empfangen‹? Und wer ist die ›direkt Betroffene‹?«

»Geh zur nächsten Seite.«

Als sie weiterscrollt, verschlägt es ihnen die Sprache. Auf dem Bildschirm ist jetzt eine Übersicht zu sehen. *Ginevra/Urethan ↔ Veronica/Formaldehyd. Nicoletta/Rizin ↔ Marta/Tropomyosin. Brunella/Botulinumtoxin ↔ Vittoria/Aconitin.*

Sie sehen sich an.

»Das ist ja ein regelrechter Tauschring.« Ilaria ist erschüttert. »Sieh nur: Jedem Namen ist ein Gift zugeordnet, und zwar das Gift, mit dem der Ehemann der jeweils anderen ermordet wurde. Das also bedeutet ›zurückgeben‹. Verbrechen für Verbrechen. Ich töte deinen Mann und du meinen.«

Besana erbleicht. Er starrt stumm auf den Bildschirm.

»Vermutlich heißt das«, fährt Ilaria fort, »dass Ginevra Landi Diego Padovani, Veronica Ballarins Mann, das Urethan injizieren musste und Veronica Ballarin im Gegenzug Livio Moser, Ginevra Landis Mann, Formaldehyd. Nicoletta D'Ambrosio musste Marta Guerras Mann mit Rizin ermorden und Marta Guerra Nicoletta D'Ambrosios Mann mit Tropomyosin.« Als sie zu Vittorias Namen kommt, hält sie inne und sieht Besana besorgt an.

»Soll ich weitermachen, oder lieber nicht?«

»Nicht mehr nötig.« Besana ist außer sich. Er springt auf und wirft den Stuhl dabei um. Reißt das Fenster auf und zündet sich eine Zigarette an, obwohl man im Zimmer nicht rauchen darf.

»Es tut mir so leid, Marco.«

Besana schüttelt den Kopf, dann schlägt er mit der Faust auf den Tisch.

»Entschuldige, ich muss allein sein.«

»Natürlich.« Ilaria schaltet den Computer aus. »Ich kann dich gut verstehen.«

22. Dezember

Gegen acht erscheint Besana zum Frühstück im Restaurant. Ihm ist deutlich anzusehen, dass er kein Auge zugetan hat. Ilaria ist bereits seit sieben Uhr dort. Auch sie hat nicht geschlafen.

»Ich habe alles gelesen«, beginnt sie.

»Ich auch.«

»Ist es okay für dich, drüber zu sprechen?«

»Natürlich. Das ist mein Job.«

Ilaria nickt, nicht sonderlich überzeugt. »Dafne war offensichtlich nur die Regisseurin«, sagt Ilaria.

»Eben nicht. Sie wäre es gewesen, wenn alles glattgegangen wäre«, korrigiert Besana sie. »Als Marta Guerras Mann an Krebs gestorben ist, ist alles aus dem Gleichgewicht geraten. Nicoletta hat ihm kein Rizin injiziert, also war Marta überzeugt, keine Gegenleistung erbringen zu müssen. Aber Vertrag ist Vertrag. Signora D'Ambrosio besteht auf Vertragserfüllung, und an diesem Punkt ist Dafne doch gezwungen, sich die Hände schmutzig zu machen. Sie kann nicht wissen, dass ein Bär die Bühne betritt. Ein Bär, der gewissermaßen auch Marta zum Verhängnis wird.«

»Marta übertritt gleich zwei Regeln: Nicht nur, dass sie ihre Leistung nicht erbringt, sie droht auch noch damit, auszupacken«, führt Ilaria weiter aus. »Damit hat sie ihr Todesurteil gefällt. Und Dafne muss zum zweiten Mal einschreiten. Nur dass sie viel besser darin ist, andere zum Töten zu bewegen, als selbst zu töten.«

»Es ist unglaublich, wie präzise ihre Anweisungen sind.«

»Das ist mir auch aufgefallen«, stimmt Ilaria zu. »Und für uns sind sie sehr wertvoll. Diesmal kann die Polizei uns wirklich dankbar sein.«

»Lass uns noch einen Augenblick warten, ehe wir sie anrufen. Gehen wir erst noch einmal alles Schritt für Schritt durch, um ganz klar zu sehen.«

»Wollen wir versuchen, alles zu rekonstruieren?«

»Genau das habe ich vor.«

»Natürlich. Uns fehlt nur noch die letzte Seite, Rocco arbeitet noch dran.«

»Wir haben schon genug Informationen.«

»Apropos«, sagt Ilaria, »ich habe die Zahlenreihe auf dem Füssli-Gemälde entschlüsselt.«

»Und was steht drauf?«

»›Die Giftmordverschwörung‹.«

»Das erinnert an die Giftmordaffäre am Hof des Sonnenkönigs.«

»Alles hat mit diesem Pakt angefangen«, sagt Ilaria. »Vor drei Jahren. Es war im Sommer, sie haben sich in Dafnes Hütte getroffen, um den Plan bis ins letzte Detail vorzubereiten.«

»Wir müssen jeden Schritt nachvollziehen, lass es uns Punkt für Punkt durchgehen.«

Ilaria nickt.

»Gehen wir aufs Zimmer. Hier können wir nicht reden, gleich werden zu viel Leute zum Frühstück kommen. Ich werf den Computer an, du rekonstruierst, und ich schreibe.«

»Einverstanden.«

22. Dezember

»Es ist Januar, Carlo Rigamonti befindet sich in Mailand«, sagt Besana, während er im Zimmer auf und ab geht. »Vittoria ist in der Schweiz, er soll mit seinem Privatflugzeug nachkommen.«

Ilaria sitzt am Schreibtisch vor dem Computer und schreibt mit.

»Alles ist so geplant, dass er am Abend vorher noch Brunella trifft. Die Ausrede ist simpel: Brunella will ihm ein Geschenk für Vittoria mitgeben, die an jenem Wochenende Geburtstag hat. Sie trinken bei Brunella zu Hause einen Aperitif, und sie gibt irgendwo eine starke Dosis Botulinumtoxin mit rein. Wo, wissen wir nicht.«

»Nicht in den Wein, schärft Dafne ihr ein, denn der neutralisiert das Gift«, präzisiert Ilaria.

»Richtig, aber sonst kann sie es überall reingegeben haben, denn es ist völlig geschmacksneutral. Das ist auch momentan nicht so relevant. Wichtig ist nur, dass sie es tut. Am nächsten Morgen bricht Rigamonti auf, die ersten Symptome machen sich bereits bemerkbar. Während des Fluges verschlechtert sich sein Zustand, er versucht eine Notlandung, die missglückt. Das Einzige, was nicht vorgesehen war, ist, dass ein Freund ihn in letzter Minute bittet, ihn mitzunehmen.«

»Sie hatten ganz sicher nicht vor, noch jemand anderen zu töten. Und vor allem sind sie davon ausgegangen, dass es keine Zeugen geben würde.«

»Ein teuflischer Plan«, bemerkt Besana. »Aber ja, so muss es sich abgespielt haben. Das wird klar, wenn man die Instruktionen liest.«

»Dafne hat alles bis ins kleinste Detail ausgetüftelt. Sie schickt verschlüsselte Anweisungen. Zuerst schreibt sie sie in ihr Heft, dann schreibt sie sie ab und übergibt sie persönlich, zusammen mit der jeweiligen Substanz.«

»Sie litt eindeutig an einem ausgeprägten Kontrollzwang.«

»Mach weiter.«

»Dann kommt der Juli«, fährt Besana fort. »Nun ist Vittoria an der Reihe. Sie muss ihre Gegenleistung erbringen. Brunella hält sich in den Vereinigten Staaten auf, und Vittoria geht zu ihr nach Hause. Der Vorwand ist banal, aber plausibel. Die beiden sind eng befreundet, darauf setzen sie. Sie soll Brunella eine Woche später in New York treffen, und die Freundin hat sie gebeten, ihr Schuhe mitzubringen, die sie zu Hause vergessen hat. Vittoria geht ins Bad und füllt eine tödliche Dosis Eisenhut in das Fläschchen mit dem homöopathischen Aconitum.«

»Genau, Giacomo leidet unter Neuralgien, über die er oft klagt. Und sie weiß, dass er plant, am nächsten Tag allein auf den Gletscher zu wandern, weil er allen davon erzählt.«

»Wie viele Lügen diese Frau mir erzählt hat«, sagt Besana. »Was für eine Manipulatorin. Aber kommen wir zum nächsten Tauschhandel. Wer ist als Nächstes dran?«

»Veronica Ballarin. Im Oktober desselben Jahres«, erwidert Ilaria.

»Richtig, Veronica Ballarin. Aber dieser Tauschhandel ist anders, denn sie und Ginevra Landi sind offiziell keine Freundinnen. Wobei sie es sehr wohl sind, aber heimlich. Hier basiert alles auf der Kunst der Verführung. Beide müssen jeweils den Mann der anderen glauben machen, an einem Verhältnis interessiert zu sein. Veronica trifft Livio Moser auf einer seiner Vernissagen. Sie ist eine schöne Frau, und es ist für sie ein Leichtes, die entsprechenden Signale auszusenden. Sie gibt ihm ihre private Handynummer, das zumindest sagt sie ihm, eine Nummer, die niemand sonst kennt. Es ist ein altes, nicht rückverfolgbares Handy mit einer Prepaidkarte. Und so verabreden sie sich zu einem Spaziergang, um sich das Rotwild in der Brunft anzusehen. Moser fällt darauf rein. Veronica schlägt ihn mit einem Stein nieder, er verliert das Bewusstsein, und sie injiziert ihm Formaldehyd. Er lebt noch, als sie ihn eine Böschung hinabstößt, fernab des Weges, damit man ihn nicht findet oder, falls doch, es so aussieht, als wäre der Sturz ein Unfall gewesen. Dann nimmt sie Mosers Rucksack und sein Handy mit, aus dem sie sofort den Akku herausholt.«

»Und er stirbt lebendig einbalsamiert«, schließt Ilaria.

22. Dezember

»Nun wäre Ginevra Landi an der Reihe«, sagt Besana, »aber es geschieht etwas Unvorhergesehenes. Vier Monate später, im Februar, wird Ignazio Guerras Erkrankung entdeckt. Im Juli stirbt er an Krebs. Und hier können wir nur vermuten, wie es weitergegangen ist.«

»Marta will sich drücken, aber Nicoletta D'Ambrosio besteht auf der Vereinbarung«, fährt Ilaria fort.

»Exakt. Keine von ihnen kann sich mehr rühren, weil Marta damit droht, alles zu verraten. Sie beginnt, diese Bilder mit dem chiffrierten Code zu malen, und bereitet eine Überraschungsausstellung vor, sozusagen als Warnung. Ginevra Landi will jetzt kein Risiko eingehen. Veronica Ballarin erklärt sich bereit zu warten, bis Marta sich beruhigt.«

»Und deshalb gab es im letzten Jahr keinen Mord?«

»Ja, ich schätze, das ist der Grund. Und da tritt Dafne auf den Plan, um die verfahrene Situation zu retten. Aber es betritt noch jemand anders die Bühne: der Bär. Und der ruiniert alles. Denn als überzeugte Tierschützerin erträgt Marta den Gedanken nicht, dass er für ein Verbrechen zur Rechenschaft gezogen wird, das er nicht begangen hat.«

»Sie war die Verrückteste von allen«, bemerkt Ilaria.

»Ach, ich weiß nicht, ob man das so sagen kann«, erwidert Besana. »Aber sie richtet auf jeden Fall ein schönes Chaos an, so viel ist sicher. Sodass die anderen sich gezwungen sehen, auch sie zu töten. Die einen haben ihre Rechnung bereits bezahlt, die anderen noch nicht. Aber um Marta will sich keine kümmern. Normalerweise wäre Nicoletta D'Ambrosio an der Reihe, denn sie hat eine Leistung erhalten, ohne selbst etwas dafür getan zu haben. Aber es ist zu gefährlich, sie kann das Risiko nicht eingehen. Der Fall mit dem Bären hat hohe Wellen geschlagen, sogar die Zeitungen haben darüber berichtet.«

»Also ist es unsere Schuld«, stellt Ilaria fest.

»Deine Schuld, Piattola. Ich wollte damit nichts zu tun haben.«

»Danke.«

»Jedenfalls muss wieder einmal Dafne eingreifen, es gibt keine Alternative. Und so geschieht, was geschehen muss. Wir stürzen uns auf den Mord an D'Ambrosio und an Marta Guerra, und wenig später gibt der Gletscher Giacomo Pallavicinis Leichnam frei. Veronica Ballarin gerät in Panik und macht Druck. Denn inzwischen gehen sie alle ein großes Risiko ein, und das sieht sie nicht ein, schließlich ist ihr Mann noch quicklebendig. Das ist nicht fair.«

»Rocco hat gerade die letzte Seite geschickt«, verkündet Ilaria mit einem Blick in ihr Postfach.

»Lass hören.«

Ilaria überfliegt rasch die Mail, dann sieht sie von ihrem Handy auf.

»Der Plan ist perfekt. Ginevra Landi geht am Abend nach der Party bei Diego Padovani zu ihm nach Hause. Unter all den DNA-Spuren fallen ihre nicht weiter auf. Die Vorgehensweise ist die gleiche wie die, die schon Veronica angewendet hat: Ginevra kauft sich ein altes Handy mit Prepaidkarte, das man nicht rückverfolgen kann. Sie und Padovani trinken etwas zusammen, dann verführt sie ihn und wartet, bis er sich ausgezogen hat, damit seine Kleidung nicht zerreißt, wenn sein Körper sich aufbläht. Sie gibt ihm Schlaftabletten, die ihn, in Kombination mit dem Alkohol, völlig betäuben. Sie ist Krankenschwester, sie weiß, wie man ein Medikament intravenös verabreicht. Nachdem sie ihm das Urethan injiziert hat, spült sie die Gläser, die sie berührt hat, nimmt das Handy des Opfers an sich und verschwindet.«

»Sie kann sich vermutlich nicht vorstellen, dass er vor Schmerzen wach wird und sich nackt durch den Schnee bis in den Garten der Nachbarn schleppt.«

»Und unter dem ungerührten Auge ihrer Überwachungskamera stirbt.«

22. Dezember

Brunella ist überrascht, als sie die Tür öffnet und Ilaria und Besana vor ihr stehen. Ihr rutscht ein leicht verwirrtes »Oh, hallo« heraus. Ein Schuh ist zugebunden, der andere noch nicht, in der Hand hält sie einen Lockenstab. Man erkennt deutlich die Make-up-Grundierung, sie ist gerade dabei, sich zu schminken. Bisher sind lediglich die Augenbrauen in Form gebracht. Die Haut um das linke Auge ist glatt, wie mit einem Filter bei einer Fotografie, aber um das rechte herum sind noch Falten und Augenringe zu sehen. Auch asymmetrisch ist sie hübsch, aber das weiß sie nicht. Und das ist ein Vorteil, denn sie ist schon verletzlich, noch bevor sie weiß, was Ilaria und Besana ihr zu sagen haben. Sie ist derart hilflos, dass sie sogar vergisst, sie hereinzubitten.

»Es ist ein bisschen kalt«, sagt Besana. »Können wir im Wohnzimmer reden?«

»Ah, natürlich. Entschuldigt. Ich Schussel.«

Im Flur stolpert sie über eine heruntergefallene paillettenbesetzte Handtasche. Sie hebt sie auf und lässt sie wieder auf den Boden fallen. Das Sofa ist voller Kleider, die sie hastig zusammenrafft und auf den Teppich wirft, damit sie sich setzen können.

»Entschuldigt, hier ist ein bisschen Chaos. Ich wollte mich gerade fertig machen.« Sie lacht nervös. »Ich bin die reinste Katastrophe, wenn ich mich anziehe. Ich hole alles Mögliche aus dem Schrank und vergesse dann, es wieder wegzuräumen.«

Auch jetzt lächeln Besana und Ilaria nicht, und nun beginnt sie sich ernsthaft Sorgen zu machen. Vor lauter Erregung stolpert sie erneut, diesmal über ein golden glitzerndes Top, das sie wütend zur Seite kickt.

»Mein Mann hat Unordnung gehasst. Aber es ist ihm nie gelungen, sie mir abzugewöhnen.« Wieder lacht sie, noch angespannter als vorher.

Ilaria und Besana sehen sie an, ohne auch nur einen Gesichtsmuskel zu verziehen. Sie haben sich vorher abgesprochen, versuchen, sie aus der Ruhe bringen. Und nun spielen sie ihre Rolle, so, wie Brunella versucht, die ihre zu spielen.

»Ist etwas passiert?«

»Ja«, sagt Besana, lässt sie jedoch weiterhin schmoren.

Brunella wechselt sofort den Gesichtsausdruck. Noch ein Mord? Unmöglich. Es kann niemand ermordet worden sein. Aber was dann? Ein Selbstmord? Ihr Herz setzt für einen Moment aus. Vittoria? Nein, nicht sie. Bitte nicht. Sie muss sich setzen.

»Es ist etwas passiert«, wiederholt sie. Nur dass es

diesmal keine Frage ist, sondern eine untröstliche Feststellung.

Besana zündet sich eine Zigarette an, ohne um Erlaubnis zu fragen. Und bietet ihr keine an. Brunella sieht ihn immer besorgter an. Sie steht auf, um ihre eigene Schachtel zu suchen, wühlt hektisch in einer Tasche, dann in einer anderen. Und während sie, über die Tasche gebeugt, mit dem Rücken zu ihnen steht, hört sie, was sie niemals hätte hören wollen.

»Wir wissen, dass du Carlo Rigamonti ermordet hast.«

22. Dezember

Brunella fährt herum. Was redet ihr denn da, möchte sie entgegnen. Ihr seid wohl verrückt geworden. Stattdessen bricht ihr der Boden unter den Füßen weg. Die Beine geben plötzlich nach, und sie findet sich auf allen vieren auf dem Teppich wieder. Sie sieht aus wie ein Hund, der gerade ausgeschimpft wurde. Und das weiß sie. Diese Stellung hat ihr Mann immer verlangt, wenn er sie demütigen wollte. Denn so konnte sie sich nicht verteidigen. Sie bricht in Tränen aus. Sie weiß nicht einmal, warum sie weint, vielleicht, weil es ihr scheint, als sei Giacomo wieder da, in diesem Zimmer, oder weil sie entlarvt worden ist. Auf allen vieren weint sie, und zuweilen wirkt ihr Weinen tatsächlich wie das Bellen eines Hundes.

Instinktiv will Ilaria aufstehen und ihr hochhelfen, doch Besana hält sie am Arm zurück und deutet mit dem Kinn auf ihr Handy, um ihr zu verstehen zu geben, dass sie es aufnehmen soll. Wir haben's geschafft, sagen seine Augen, mach jetzt keinen Fehler. Brunella kann sie nicht sehen: Sie kauert am Boden, mit dem Rücken zu ihnen, die Arme um die Knie geschlungen. Und so zusammengerollt weint sie immer weiter. Besana steht auf und ist in wenigen Schritten bei ihr. Jetzt steht er genau vor ihr. Über ihr. Reglos. Brunella dreht den Kopf und sieht hoch. Aus ihrer Position sieht er noch größer aus.

»Ich wollte es nicht«, stammelt sie, »ich schwöre, ich wollte es nicht.«

Besana schüttelt den Kopf. »Wir wissen, dass das nicht stimmt«, erwidert er ruhig. »Das ist eines der am besten vorbereiteten Verbrechen, die ich je gesehen habe. Und zwar vorbereitet von nicht nur einer, sondern von gleich sechs Personen. Allein wärst du dazu auch gar nicht fähig gewesen.«

Es ist, als hätte er ihr einen Tritt versetzt. Schützend hält Brunella sich die Hände vor den Bauch.

»Er war ein Schwein«, schreit sie, »er hat es verdient. Und die anderen haben es auch verdient, diese widerlichen Mistkerle.«

Offenbar hat es ihr gutgetan, ihre Wut herauszulassen, denn auf einmal findet sie die Kraft, um aufzustehen. Aber sie steht nicht auf, sie springt auf, beinah athletisch, aggressiv. Und ist auf einmal ganz klar. Vielleicht ist es die geistige Klarheit der geistig Schwachen, aber das merkt sie nicht.

»Sieben Personen«, brüllt sie, »sieben. Ihr vergesst Marta, diese dumme Kuh. Sie war auch dabei! Sie war auch dabei! Aber dieses dumme Stück Scheiße von Ehemann ist an Krebs gestorben, und dann brauchte sie uns nicht mehr. Da ist es ja leicht, die anderen in den Dreck zu ziehen.«

Sie hält plötzlich inne. Sie hat das Martinshorn gehört. Und verstanden. Sie reißt die Augen auf, aber es ist zu spät. Ilaria hebt langsam ihr Handy, hält es in die Luft, zeigt ihr die Audioaufnahme-Funktion.

»Die Polizei wird jeden Moment hier sein«, sagt Ilaria, »und wir werden ihnen diese Aufnahme übergeben. Ich denke, du solltest besser gestehen.«

22. Dezember

Mein Marco,
sie werden mich bald holen kommen. Ich versuche, dir zu schreiben, so lange es noch geht. Ich habe ohnehin nichts mehr zu verlieren, außer dich. Vielleicht habe ich dich schon verloren, aber ich möchte mir gern vorstellen, dass es nicht so ist. Weißt du, ich war schon lange nicht mehr verliebt. Ich dachte, es könnte mir nicht mehr passieren. Schließlich bin ich gerade fünfzig geworden. Doch dann kamst du. Du, so anders als all die anderen Männer, die ich gekannt habe. Wer hätte das gedacht.

Im Moment verhören sie Brunella, ich weiß schon, dass sie zusammenbrechen und alles gestehen wird. Ich kenne sie gut genug. Sie werden ihr ein paar Fragen stellen, und sie wird nicht leugnen können. Und du wirst bald die Gewissheit haben, dass ich eine Mörderin bin. Ich habe keine Angst, diese Dinge zu schreiben und dir per E-Mail zu schicken, denn wenn sie kommen, werde auch ich ihnen die Wahrheit sagen. Aber ich möchte, dass du es von mir erfährst, nicht von ihnen.

In meinen ersten Mann war ich nicht verliebt. Ich habe ihn aus Leichtfertigkeit geheiratet. Außerdem war ich erst fünfundzwanzig. Ein paar Jahre später wurde Margherita geboren, also sind wir noch eine Weile zusammengeblieben. Aber irgendwann konnte ich nicht mehr, und wir haben uns getrennt. Danach hatte ich erst einmal viele verschiedene Liebhaber, ich hatte ziemlichen Nachholbedarf und mich nach Leidenschaft gesehnt. Ich war eine alleinerziehende Mutter mit einem kleinen Mädchen, und mein Leben war furchtbar leer. Und dann kam Carlo. Ich war verrückt nach ihm. So sehr, dass ich nicht merkte, wer er war. Er schien mir sogar ein perfekter Vater für Margherita zu sein, er war sehr viel aufmerksamer, sehr viel mehr für sie da als ihr leiblicher Vater. Ich dachte, wir wären eine glückliche Familie. Und das habe ich viele Jahre lang geglaubt. Zu viele Jahre. Bis meine Tochter anfing, Drogen zu nehmen. Ich war überzeugt, dass es meine Schuld war. Und in gewisser Weise war es das auch, es war die Schuld meiner Blindheit. Eines Tages habe ich alles herausgefunden, aber da war es zu spät.

Ich erinnere mich noch ganz genau an jenen Tag. Margherita war völlig zugedröhnt, sie war zum ich weiß nicht wievielten Mal aus einer der Kliniken oder Wohn-

gruppen geflohen, in denen ich sie untergebracht hatte. Sie kam zu Hause vorbei, um sich Klamotten zu holen, sie dachte, ich sei nicht da. Aber ich war nur einfach später dran als sonst. Ich sah, wie sie hereingetorkelt kam, mit leerem Blick. Als ich zu ihr ging, fing sie an zu schreien und bedrohte mich mit einem Hammer. Wenn du mich noch mal an diesen Scheißort bringst, gehe ich zur Polizei und lass ihn einsperren, sagte sie. Dann war's das mit eurer großen Liebe. Zuerst dachte ich, sie deliriert. Doch es war das erste Mal, dass sie es geschafft hat, die Wahrheit auszusprechen.

Ich denke, ich muss nicht schwarz auf weiß niederschreiben, was Carlo alles mit ihr angestellt hat, seit sie dreizehn war. Ich könnte es auch gar nicht. Er ist ermordet worden, aber ich habe mich nicht wirklich von all dem befreit.

Du fragst dich sicher, warum ich ihn nicht angezeigt habe. Warum habe ich es zum Mord kommen lassen? Ich konnte nicht mehr klar denken. Ich bestand nur noch aus Hass, und Hass hat mein ganzes Denken und Handeln bestimmt. Ich war eiskalt. Ein so reicher Mann, habe ich mir gesagt, wird sich die besten Anwälte nehmen. Im Grunde steht sein Wort gegen das meiner Tochter, die in ihrem Zustand vor Gericht keinerlei Glaubwürdigkeit besitzt. Wir haben nicht den geringsten Beweis für das, was er ihr angetan hat. Und dann habe ich Dafne getroffen.

Sie war der erste Mensch, mit dem ich offen über all das reden konnte, was mich innerlich auffraß. Vielleicht hätte ich merken müssen, dass sie eine Psychopathin war, aber damals war ich nicht in der Lage dazu. Und so hat sich eine Art Folie à deux *entwickelt. Dann wurden wir drei, dann vier, dann sechs. Da wir so viele waren, fühlte es sich fast normal an. Wir verbrachten unsere Tage damit, Pläne zu schmieden, und ich fühlte mich besser. Endlich war ich nicht mehr allein mit meinem Hass. Ich hatte sogar die Kraft zu tun, als ob nichts wäre. Ich konnte sogar noch mit Carlo schlafen. Hin und wieder bin ich nachts aufgewacht und habe im Dunkeln seinem Atem gelauscht. Dann empfand ich eine seltsame, nie gekannte Freude. Bald atmest du nicht mehr, dachte ich. Und lächelte dabei.*

Als ich an der Reihe war, hat sich alles verändert. Da nicht ich meinen Mann ermorden musste, erschien es mir ganz leicht. Am Tag des Unfalls war ich seltsam ruhig. Mein Problem war eher, dass ich Brunella beruhigen musste, die sehr viel aufgewühlter war als ich. Sie hatte die Grenze bereits überschritten, ich noch nicht.

Das habe ich in dem Moment getan, in dem ich das Aconitin in das Fläschchen füllte. Doch da war es eine vollkommen unwirkliche Geste. Es klingt vielleicht seltsam, aber wenn man jemanden vergiftet, kommt es einem gar nicht so vor, als würde man ihn töten, auch wenn man weiß, dass man es tut. Zwischen deinem Handeln und dem Tod liegt zu viel Abstand. Erst in der darauffolgenden Nacht, als die Suche auf dem Gletscher losging, weil Giacomo nicht zurückkam, wurde mir allmählich bewusst, was ich getan hatte. Und nun begann die Erinnerung an sein kindliches Lächeln mich zu quälen. Ich versuchte, den Schmerz zu verdrängen, dachte an all die Male, in denen er Brunella grün und blau geprügelt hatte, aber es genügte nicht. Also habe ich mich ein drittes Mal verwandelt und wurde zur Gleichgültigkeit in Person.

Du hast das alles kaputtgemacht. Denn du hast einen Zugang zu mir geöffnet. Und mit dem neuen Gefühl, das mich durchströmte, kam ein Luftzug herein. Je größer dieses Gefühl wurde, desto mehr Wind drang ein. Am Ende war das Gefühl so groß, dass auch Schnee und Regen hereinkamen. Ich war nicht mehr so undurchdringlich wie vorher. Und ich weiß nicht, ob ich dich dafür verfluchen oder dir danken soll. Ich weiß nur, dass es wunderschön war, noch einmal zu lieben, ehe alles vorbei sein wird.

Ich höre die Autos kommen. Sie haben die Sirenen nicht an, aber ich weiß, dass sie es sind. Ich habe keine Zeit mehr. Ein letzter Kuss.

22. Dezember

»Danke, Dottor Besana«, sagt Oberstleutnant Müller.

Besana schüttelt den Kopf und breitet die Arme aus. »Ich hab nur meine Arbeit gemacht.«

Er ist erschöpft. Brunella ist soeben von zwei Beamten abgeführt worden. Sie wollte nicht, dass sie sie anfassen, sie hat sie von sich weggeschoben und sich losgerissen. Hände weg, hat sie unter Tränen gesagt, ich kann allein gehen. Es schneit heftig, doch Besana muss so schnell wie möglich raus aus diesem Haus, er braucht dringend frische Luft. Draußen wirft er einen Blick auf sein Handy, eine neue Mail ist eingegangen. Er öffnet sie, beginnt zu lesen. Beißt sich auf die Lippe, bis sie blutet.

»Wir müssen los«, ruft er Ilaria zu, die noch mit den Polizisten spricht. »Schnell!«

Er rast über die schneebedeckten Straßen, schert sich nicht um die Gefahr, von der Fahrbahn abzukommen. Ilaria klammert sich am Haltegriff fest. Sie hat verstanden und will ihn jetzt nicht stören. Vor Vittorias Haus bringt er den Wagen mit einer Vollbremsung zum Stehen, springt aus dem Fahrzeug, wirft die Tür hinter sich zu, reißt das Gartentor auf und sieht sie, wie sie, eskortiert von drei Polizeibeamten, aus der Haustür kommt und mit gesenktem Kopf durch den Schnee geht.

Marco möchte sie rufen, sie auf sich aufmerksam machen, aber er kann nicht. Er wartet, stocksteif wie ein Soldat. Hofft, dass sie wenigstens einmal aufblickt. Und als Vittoria es tut, so als würde sie sein stummes Rufen hören, legt er die Fingerspitzen an die Lippen, um ihr einen letzten Kuss zuzuhauchen. Vittoria antwortet ihm mit einem Nicken. Als wollte sie sagen: Ich habe dich gesehen, danke. Sie muss sogar unwillkürlich lächeln. Ein Lächeln, das für die anderen nicht wahrnehmbar ist.

Marco rührt sich nicht, er will sie mit dem Blick begleiten. Bis zum Ende. Als man sie ein wenig zu rabiat in den Wagen schiebt, schließt er für einen Moment die Augen. Er weiß genau, dass Vittoria sich nicht umdrehen wird, aber er will sie nicht aus den Augen lassen, ehe der Wagen hinter der Kurve verschwindet.

Es schneit jetzt noch heftiger. Marco bleibt stehen, starrt vor sich auf die Straße. Aber vielleicht starrt er auch gar nicht auf die Straße, sondern einem anderen

Leben hinterher, das soeben entschwunden ist. Einer Möglichkeit, verpufft in einem tragischen Scheitern.

Er spürt eine Hand auf seiner Schulter und dreht sich um. Es ist Ilaria. Mit einer Geste gibt er ihr zu verstehen, dass er noch einen Moment braucht. Er gibt ihr den Autoschlüssel, damit sie im Warmen auf ihn wartet. Dann holt er eine Zigarettenschachtel aus der Tasche, zieht die Kapuze hoch, um die Zigarette vor dem Schnee zu schützen, und raucht reglos.

Wäre dieser Bär nicht gekommen, wäre nichts passiert. Dieser Bär war die Macht des Schicksals. Mit seinem massigen Körper hat er alles über den Haufen geworfen, um dann seinerseits von einer höheren Macht einfach umgeworfen zu werden. Vielleicht war es aber auch nur der Zufall, der keinen Unterschied macht zwischen Mensch und Tier, zwischen Mördern und denen, die sie suchen.

23. Dezember

»Ausgezeichnete Arbeit, Piatti.« Der Chefredakteur schüttelt Ilaria die Hand. Sie sieht ihn lauernd an. Was hat das zu bedeuten? Ist ihr Gespräch zu Ende? Soll sie jetzt aufstehen und gehen? Sie hat die Nase voll von Komplimenten. Die sind noch prekärer als sie.

»Danke«, sagt sie.

Sie hat nicht die Absicht, sich zu rühren. Er hat ihr lediglich fünf Minuten gewidmet, und selbst die hat er nicht richtig genutzt. Kein Wort über ihre Zukunft bei der Zeitung.

»Tja, also dann: frohe Weihnachten«, versucht er es noch einmal, meint, er könne sie mit einem Lächeln loswerden.

Ilaria holt tief Luft, ihre Nasenflügel blähen sich. Dann nickt sie. Im Grunde wünscht er ihr alles Gute. Und das braucht sie auch, denn es erwartet sie ein weiteres Jahr der Unsicherheiten, ein befristeter freier Mitarbeitervertrag, gewährt wie eine Gnade.

Wütend verlässt sie das Zimmer und die Redaktion, bleibt nicht einmal, um noch ein Stück Panettone mit den anderen zu essen. Sie gehört ja ohnehin nicht dazu.

Sie stapft eilig die Straße entlang und rempelt eine mit Päckchen beladene Frau an. Sie entschuldigt sich nicht einmal. Auch sie würde gerne in die Geschäfte gehen und haufenweise Geschenke kaufen. Stattdessen verbringt sie ihre Zeit mit Mördern, wirklich toll. Sie hängt keine Kugeln an den Weihnachtsbaum, sondern Fotos von Leichen an die Wand. Und das hat sie nun davon. Da fällt ihr Blick auf ein Schaufenster. Hemden. Besana könnte eins brauchen, seine bekommt er ja oben nicht mehr zu. Sie kennt seine Größe nicht, aber notfalls kann er es umtauschen. Wen sonst hat sie in ihrem Leben? Nur ihn. Der einzige Mensch, der für sie da ist, der sie gernhat.

Sie betritt das Geschäft und entdeckt eine Frau, die viel Ähnlichkeit mit Vittoria hat, die gleiche Frisur, das gleiche Auftreten. Natürlich ist sie es nicht. Dennoch kann sie den Blick nicht von ihr lösen und starrt sie wie hypnotisiert an. Die Frau schaut sich ein blau-weiß gestreiftes Hemd an. Ja, das wird sie nehmen.

Sie kann sich nicht einmal ansatzweise vorstellen, was Marco in diesen Tagen durchmachen muss. Sie weiß nur, dass sie ihn noch nie so finster und melancholisch erlebt hat. Und sie kann wirklich gar nichts tun.

»Können Sie es mir bitte als Geschenk einpacken?«, fragt sie an der Kasse. Und wählt ein Geschenkband in einem fröhlichen Rot aus.

23. Dezember

»Überraschung!«

»Ist das für mich?«

»Nur das größere«, erwidert Ilaria. »Das andere ist für Becks. Ein Rentier, das Musik macht. Ich glaube nicht, dass das was für dich wäre.«

Der Hund hat verstanden und springt an ihr hoch, um ihr die silbern glitzernde Tüte zu stibitzen. Er nimmt sie fest ins Maul und versucht, sie mit den Pfoten aufzureißen.

Besana schüttelt den Kopf und lächelt. Dann streicht er mit der Hand über sein Hemd.

»Es ist sehr schön. Und wahrscheinlich bekomme ich es sogar zu.« Er umarmt sie. »Danke, Piattola. Wenn ich dich nicht hätte.«

Dann dreht er sich um und ist in wenigen Schritten im Schlafzimmer, um gleich darauf mit einer riesigen, mit einem langen Band verschnürten Schachtel zurückzukehren. Damit hat Ilaria nicht gerechnet. »Damit du deinen begossenen Pudel wegwerfen kannst.«

»Vergiss es, ich häng an ihm«, erwidert sie, während sie das Geschenkpapier aufreißt.

»Bist du verrückt?«

Zum Vorschein kommt eine wunderschöne Daunenjacke, elegant wie die, die Vittoria und Brunella getragen haben.

»Die muss dich ein Vermögen gekostet haben.«

»Ich kann dich ja in dem Aufzug nicht noch länger auf Mörder loslassen.«

Ilaria lacht und fällt ihm um den Hals. Becks bellt, er hat einen kleinen Eifersuchtsanfall. Beleidigt wendet er sich wieder seinem Rentier zu.

»Ein Egomane vor dem Herrn«, sagt Marco. »Wehe, es dreht sich mal nicht alles um ihn.«

Sie setzen sich in die Küche, und Besana holt eine Flasche Champagner aus dem Kühlschrank. »Die hat mir Elsa geschickt, nett, nicht wahr? *Voller Bewunderung* hat sie auf ein Kärtchen geschrieben. Ich hab sie gleich angerufen, um mich zu bedanken, sie sagt, dir hätte sie eine Pflanze geschickt.«

»Oh Gott, muss ich mir Sorgen machen?«

»Tja, wie ich sie kenne, wird es vermutlich kein Weihnachtsstern sein.«

Marco entkorkt die Flasche, und der Schaum läuft auf den Tisch. Er füllt zwei Kristallkelche.

»Die sind ja schön«, staunt Ilaria. »Sind die neu?«

»Ein Geschenk von Vittoria. Du glaubst doch wohl nicht, dass ich mir solche Gläser kaufe. Auf die Idee würde ich gar nicht kommen.« Er seufzt. »Na komm, lass uns anstoßen. Schließlich haben wir einen Fall gelöst. Normalerweise feiert man so was.«

23. Dezember

»Ich habe heute Nachmittag mit Müller gesprochen«, sagt Besana, während er die Wurst schneidet. »Sie haben bereits alle gestanden. Die einen hörten nicht mehr auf zu reden, während die anderen den Mund nicht aufbekamen und nur ihre Anwälte haben sprechen lassen. Keine von ihnen ist vorbestraft, sie können auf Strafminderung hoffen. Für gewöhnlich leugnen die Leute, aber hier liegt der Fall etwas anders. Sie sind zu fünft, sie können sich nicht darauf verlassen, dass die anderen vier dichthalten. Sie können sich ja nicht mehr absprechen. Müller hat mir die Vernehmungsprotokolle geschickt.«

»Hast du sie gelesen?«

»Natürlich«, sagt Besana. »Wenn man sich mit einem Fall beschäftigt, dann vom Anfang bis zum Ende, ob man will oder nicht.«

»Ich weiß nicht, ob ich es an deiner Stelle geschafft hätte.«

»Private Befindlichkeiten sollten sich nicht auf die Arbeit auswirken. Außerdem bin ich selbst schuld. Man sollte sich niemals auf eine zu enge Beziehung mit Menschen einlassen, die in eine Ermittlung involviert sind.«

»Du kennst also jetzt die Motive.«

»Ich kenne sie«, erwidert Besana traurig. »Sie sind sehr unterschiedlich. Jede von ihnen hatte ein ganz eigenes. Brunella war erschöpft von ihrer sadomasochistischen Beziehung zu Giacomo, der immer gewalttätiger wurde.«

»Sie hätte ihn doch verlassen können.«

»Natürlich, aber in ihrem Kopf war eine Blockade, die sich nur mit ihrem oder seinem Tod lösen konnte. Ihr Mann hatte eine unglaubliche Macht über sie.«

»Und die anderen?«

»Ginevra hat es für ihren Sohn getan, damit er versorgt ist. Genau, wie Mosers Assistentin gesagt hat. Sie selbst hat jetzt natürlich nicht mehr viel von Mosers Geld. Aufgrund des Prinzips der Erbunwürdigkeit, dank der ja auch du das Haus deiner Eltern geerbt hast, geht das gesamte Vermögen auf den Sohn über. Er kann also bis ans Ende seiner Tage sorglos leben.«

»Das ist kein so tolles Geschenk«, bemerkt Ilaria. »Ich weiß leider, wie sich das anfühlt. Bei wem wird er wohnen?«

»Jedenfalls nicht bei seinem leiblichen Vater. Der hat sich aus dem Staub gemacht, bevor jemand auf die Idee kommen konnte. Der große Künstler hat sich nach Amerika abgesetzt, er ist gestern nach New York geflogen. Vielleicht will er da Grizzlys präparieren.«

»Ich kann ihm immer noch nicht verzeihen, wie er *unseren* Bären zugerichtet hat«, sagt Ilaria. »Furchtbarer Mensch, furchtbare Kunstwerke.«

»Tja, den haben sie wohl vergessen zu vergiften.«

Ilaria lächelt. Besanas Bemühung, trotz allem Scherze zu machen, ist herzzerreißend.

»Außerdem gehören wilde Tiere niemandem«, fährt Besana fort. »Er war ein freies Geschöpf. Das erschreckt wurde.«

»Ich weiß.«

»Aber ja, ich betrachte ihn auch als *meinen* Bären. Das ist eben ein Fehler der menschlichen Natur.«

Ilaria nickt stumm, sie ist voll und ganz seiner Meinung.

Besana zündet sich eine Zigarette an.

»Nicoletta D'Ambrosio kann nun natürlich nicht mehr die Lebensversicherung ihres Mannes kassieren«, sagt er. »Sie hätte ein gutes Geschäft gemacht. Zehn Millionen Euro statt dreißig Millionen Schulden. Leider ist der Coup missglückt. Das hätte sie mal besser dem Bären überlassen. Jedenfalls hat sie Dafne angelogen, wie aus den Protokollen hervorgeht.«

»Warum das?« Ilaria hebt interessiert den Kopf.

»Dafne war nicht bereit, aus niederen Motiven zu töten. Ein rein finanzielles Interesse hätte ihr missfallen. Sie war nur bereit zu helfen, wenn es um eine edle Sache ging. Edel in ihrem Sinne. Nicoletta wusste das, also hatte sie ihr erzählt, dass Achille auf einer Jacht eine Minderjährige vergewaltigt und getötet habe.«

»Ruth Vital? Aber D'Ambrosio war doch gar nicht dabei, er war in Brasilien.« Sie hält inne. »Jetzt wird mir klar, warum Dafne seinen Namen erwähnt hat. Sie hat sich nicht geirrt. Man hat sie glauben machen, dass er der Schuldige war.«

»Wer weiß, wer sie wirklich getötet hat«, bemerkt Besana. »Eigentlich müsste der Fall neu aufgerollt werden. Aber die Hauptverdächtigen sind alle tot.«

»Und Veronica?«

»Sie hatte offensichtlich gute Gründe«, erwidert Marco. »Sie hat herausgefunden, dass ihr Mann pädophil war.«

Ilaria schlägt die Hände vors Gesicht. »Oh Gott.«

»Allerdings. Man hat Padovanis Computer beschlagnahmt, und die Analyse der gelöschten Dokumente bestätigt es. Aber Signora Ballarin war keine Heldin, sonst hätte sie ihn angezeigt. Aber sie sorgte sich nur um das Image der Firma. Wenn ihr Mann wegen einer derartigen Straftat verhaftet worden wäre, wäre der Umsatz eingebrochen. Der Mann ist tot, es lebe die Marke.«

»Und Dafne wusste davon nichts.«

»Genau. Sie hatten eine Psychopathin an der Hand, die ihnen sehr gelegen kam.«

»Manchmal kam Dafne mir so unschuldig vor wie der Bär.«

»Da täuschst du dich«, erwidert Besana. »Niemand ist so unschuldig wie ein Tier. Nicht einmal die Verrückten. Die sind allenfalls etwas weniger schuldig als andere Menschen.«

»Apropos, ist über Marta etwas herausgekommen?«

»Ihr Mann hatte versucht, sie entmündigen zu lassen, um an ihr Vermögen zu kommen. Und fast wäre es ihm gelungen.«

»Kann ich mir vorstellen. Das ist ja nicht schwer.«

»Als Marta es herausgefunden hat, konnte sie ihre Paranoia nicht mehr beherrschen. Und jeder weiß, wie gefährlich ein paranoider Wahn ist, für diejenigen, die ihn durchleben, ebenso wie für das Umfeld.«

»Ist sie dann genauso unschuldig wie der Bär?«

»In gewisser Weise ja. Auch weil sie niemanden umgebracht hat.«

»Aber wer hat das alles der Polizei erzählt? Also all die Details, meine ich.«

»Rate mal.«

Ilaria senkt den Blick, sie schafft es nicht, Vittorias Namen auszusprechen. Ihr liegt eine Frage auf der Zunge, aber sie bringt sie nicht über die Lippen.

»Ich habe ihr Motiv nicht aus den Protokollen erfahren«, erwidert Besana. »Sie selbst hat mir alles erzählt, sie hat mir kurz vor ihrer Verhaftung noch eine E-Mail geschickt. Ist das die Frage, die du mir stellen wolltest?«

Ilaria zuckt stumm die Schultern.

»Ja, Vittoria hatte wirklich ein Motiv«, fährt Besana fort. »Und vielleicht war sie die Einzige. Auch wenn ich nach wie vor Mord nicht für eine geeignete Reaktion auf das Böse halte. Carlo hat ihre Tochter vergewaltigt, seit sie dreizehn war. An ihrer Stelle hätte ich ihn sicher auch gern getötet. Aber der Unterschied zwischen Mördern und uns ist, dass wir uns beherrschen können und gewisse Dinge eben nur denken.«

23. Dezember

»Wenn du willst«, fährt Besana fort, »kannst du einen Teil von Vittorias Geständnis lesen, in dem sie sehr anschaulich erklärt, wie die Dinge sich abgespielt haben. Sie hat sieben Stunden am Stück geredet und die Verschwörung bis ins letzte Detail aufgedeckt. Ganz ruhig und klar, als würde sie von jemand anderem sprechen.«

»Und wie haben die anderen reagiert?«

»Brunella hat Panik bekommen, sie hat geheult und nur wirres Zeug geredet. Man versteht nichts, es ist eines der zusammenhanglosesten Protokolle, die ich je zu Gesicht bekommen habe. Du kennst sie ja. Veronica Ballarin hat wie üblich geschwiegen und sich darauf beschränkt, eine von ihrem Anwalt aufgesetzte Erklärung zu unterschreiben. Ginevra Landi hat, statt irgendetwas Sinnvolles von sich zu geben, nur auf ihren Mann geschimpft. Ihren toten Mann, wohlgemerkt. Und Nicoletta D'Ambrosio hat zwar auf alle Fragen geantwortet, aber völlig entnervt, als sei es ihr nur lästig.«

Besana zieht eine Schublade auf, holt einen Stapel Papier heraus und reicht ihn Ilaria schweigend. »Den ersten Teil kannst du überspringen«, sagt er. »Vittorias Geständnis beginnt auf Seite fünfundfünfzig.«

Ilaria nickt. Besanas Professionalität beeindruckt sie. Sie wäre vermutlich nicht in der Lage dazu. Noch nicht. Sie setzt sich in die Küche und schließt die Tür, auch weil er jetzt im Wohnzimmer den Fernseher eingeschaltet hat und die Nachrichten schaut.

»Alles fing an einem Sommernachmittag an. Ich war mit Dafne allein. Ich weiß nicht, warum ausgerechnet bei ihr und warum ausgerechnet an jenem Tag, aber ich hatte plötzlich das Bedürfnis, mich jemandem anzuvertrauen, zu erzählen, was mir passierte. Wir waren tief im Wald, und es war niemand da außer ihr. Dafne hörte mir sehr aufmerksam zu. Als ich fertig war, vertraute sie sich ihrerseits mir an und erzählte mir, dass sie als Kind versucht habe, ihren Stiefvater zu vergiften. Zuerst schockierte mich dieses Geständnis, ich wusste nicht, was ich dazu sagen sollte. Doch dann haben wir einander angesehen, und in diesem Augenblick ist etwas passiert. Sie hat mich angelächelt. Sie sagte, es ist nicht schwer, jemanden zu vergiften, wenn man sich damit auskennt. Ich war zu klein, damals. Aber ich habe nie aufgehört zu lernen.

Ich bin aufgestanden, war zu aufgewühlt. Ich glaube, ich habe mich bei ihr fürs Zuhören bedankt und mich entschuldigt, ich müsse nach Hause. Als ich allein zu Abend aß, denn nach diesem Gespräch war mir natürlich nicht danach, auszugehen und Leute zu sehen, kam Brunella zu mir. Sie hatte ein blaues Auge und blutete aus der Nase. Sie wollte nicht, dass ich sie ins Krankenhaus bringe. Also habe ich sie aufs Sofa gelegt und ihr Gesicht mit Eis gekühlt. Sie hörte nicht auf zu weinen. Schon wieder?, fragte ich. Es ist meine Schuld, antwortete sie. Er hat mich um Verzeihung gebeten.

Die beiden Ereignisse, so unmittelbar nacheinander, haben mich aufgewühlt. Und so erzählte ich ihr von meinem Gespräch mit Dafne. Sie wurde sofort hellhörig, und ihre Augen begannen seltsam zu leuchten. Wenn du willst, probiere ich es aus. Was probierst du aus? Brunella stand auf und zündete sich eine Zigarette an, ging im Wohnzimmer auf und ab. Ich probiere aus, ob es wirklich so einfach ist, jemanden zu vergiften. Es ist mir egal, ob ich im Gefängnis lande.

Sie machte mir mehr Angst als Dafne, ich packte ihren Arm und zwang sie, stehen zu bleiben. Wenn einer ins Gefängnis gehört, dann er. Sieh nur, wie er dich zugerichtet hat. Brunella brach in Gelächter aus, ein hysterisches Lachen. Niemand hat es je geschafft, ihn ins Gefängnis zu bringen, nicht einmal, nachdem er dieses Mädchen getötet hat. Sie bezog sich auf Ruth Vital, aber das war nur ein Verdacht. Ich verdächtigte meinen Mann ebenfalls. Giacomo war dazu fähig, jemanden blutig zu schlagen, so wie Carlo fähig war, jemanden zu vergewaltigen. Die ein oder andere Frage hatten wir uns natürlich gestellt.

In jener Nacht habe ich nicht geschlafen. Am nächsten Morgen kam Brunella erneut zu mir. Sie war sehr aufgeregt, wollte mit Dafne reden. Schließlich überredete sie mich, sie anzurufen. Dafne hat uns in ihre Hütte mitgenommen und uns erklärt, dass es ganz einfach sei: Wir müssten nur jeweils den Mann der anderen töten und Substanzen verwenden, die in einer toxikologischen Routineuntersuchung nicht nachweisbar sind. Ihr Plan war perfekt: Verbrechen für Verbrechen, und man würde nach dem System der Alten mit dem Essig verfahren, die eine Tinktur gegen Läuse benutzt hatte. Dafne war allerdings der Ansicht, es sei weniger riskant, wenn wir noch andere Frauen in ähnlichen Situationen einbeziehen würden. Sonst könne man zu leicht auf uns kommen. Sie argumentierte wie eine Serienmörderin, aber das habe ich damals nicht bemerkt. Ich sagte ihr, ich müsse darüber nachdenken.

Brunella war inzwischen kaum noch zu bremsen. Sie meinte, es sei nicht schwer, andere Frauen zu finden. Ginevra Landi zum Beispiel. Ihr Hass auf ihren Mann war bekannt. Oder Marta Guerra, mit der sie erst kürzlich gesprochen habe. Martas Mann, dieser Mistkerl, tue alles, um sie für unmündig erklären zu lassen und das gesamte Vermögen auf sich zu überschreiben. Auch ich geriet allmählich in Erregung, aber ich war ruhiger. Glaubst du, wir können ihnen trauen? Brunella hatte keine Zweifel, aber wir haben Dafne gebeten vorzufühlen, damit wir es nicht tun mussten. Unter dem Vorwand, wir wüssten eine wunderbare Therapie, schickten wir sie allein mit ihr in den Wald. Als sie zurückkamen, konnten sie einem Angst machen. Keine von beiden hatte mehr Zweifel.

Mein Schrecken wuchs, aber ich war bereits zu tief in die Sache verstrickt, um mir dessen wirklich bewusst zu werden. Inzwischen waren wir zu fünft. Wir trafen uns regelmäßig in Dafnes Hütte, praktisch jeden Tag. Dafne sagte, wir wären noch nicht genug. Wir bräuchten eine richtige Mannschaft, in der man füreinander einstand. Marta Guerra fiel Veronica Ballarin ein, sie waren befreundet. Veronica hatte sich ihr anvertraut und ihr gestanden, was sie über ihren Mann herausgefunden hatte. Denn Marta galt zwar als verrückt, aber sie war gutherzig und loyal. Vielleicht dachte Veronica auch, dass sie, falls Marta reden würde, immer noch hätte sagen können, dass sie verrückt sei, was niemand hätte bestreiten können. Nun fehlte nur noch eine. Ich dachte an Elsa. Sie war zwar Witwe, aber sie hatte einen guten Grund, jemanden zu töten. Aber Dafne war nicht einverstanden, sie sagte, das würde alles aus dem Gleichgewicht bringen. Sie erinnerte uns daran, dass das Prinzip darin bestand, einen Mord für jemand anderen zu begehen. Jede von uns sollte für eine andere töten. Und die Personen, die Elsa hätte umbringen wollen, seien dieselben, die wir töten wollten. Das hätte den Plan zunichtegemacht.

Da fiel Brunella Nicoletta D'Ambrosio ein. Doch ich habe sie daran gehindert, vor den anderen zu reden. Ich wusste genau, was sie sagen wollte. Und da ich sowohl Brunella als auch Dafne kannte, wusste ich, dass Brunella im Begriff war, einen Fehler zu begehen. Das ist meine größte Schuld: Ich habe Dafne verraten. Nicht nur, dass ich nicht bemerkt habe, dass ich eine Serienmörderin vor mir hatte, ich habe sie auch noch hintergangen.

Ich wusste, was Brunella gesagt hätte, hätte ich sie nicht zurückgehalten. Sie hätte gesagt, dass Nicoletta mitmachen würde, um die Lebensversicherung ihres Mannes in Höhe von zehn Millionen Euro zu kassieren. Doch das hätte Dafne abgelehnt, denn auf ihre Weise hatte sie eine ganz eigene, verschrobene Moral. Sie hätte sich niemals darauf eingelassen, uns das Gift aus derart niederen Gründen zu liefern. Ich schlug also vor, dass ich mit Nicoletta reden würde. Damit war ich auf dem Tiefpunkt angelangt. Ich kann nicht einmal sagen, ob ich es getan habe, weil ich manipuliert worden bin, oder ob in Wahrheit ich alle anderen manipulierte, ohne mir dessen bewusst zu sein.

Ich weiß nur, dass ich Nicoletta zum Abendessen eingeladen habe. Sie erwartete eine große Gesellschaft und war überrascht, dass wir beide allein waren. Sogar die Haushälterin hatte ich fortgeschickt. Sie war misstrauisch, sie wusste, dass ich nie jemanden einlade, um richtige Gespräche zu führen, wie man es sonst unter Freunden macht. Wahrscheinlich fragte sie sich, was ich von ihr wollte. Und ich misstraute ihr ebenfalls. Und so redete ich erst mal um den heißen Brei. Ich sprach im Konditional. Machen wir ein Spiel. Hast du mal darüber nachgedacht, deinen Mann umzubringen? Eine solche Frage, mit einem Lächeln vorgebracht, konnte man ja durchaus auch als eine mondäne Bemerkung auffassen, als Scherz. Aber sie hat sofort begriffen.

Es war noch nicht mal Mitternacht, da hatten wir uns bereits alles gesagt, was zu sagen war. Wir hatten uns schon derart kompromittiert, dass wir aufs Ganze gehen konnten. Dafne wird das niemals akzeptieren, sagte ich, du musst ein bedeutenderes Motiv finden. Nicoletta überlegte. Erinnerst du dich an den Fall Ruth Vital? Und ob, sagte ich. Ich schließe nicht aus, dass mein Mann sie getötet hat oder Brunellas Mann oder Ginevras. Wir haben einen Blick gewechselt und gelächelt, ein verschwörerisches Lächeln. Zu verschwörerisch. Ich schäme mich mehr für dieses Lächeln als dafür, Brunellas Mann getötet zu haben. Kann ich ein Glas Wasser haben? Meine Kehle ist so trocken. Danke.

Als unsere Truppe vollzählig war, haben wir uns drei Tage in diese Hütte zurückgezogen. Dafne war die unbestrittene Anführerin. Sie machte Pläne und ließ uns verschlüsselte Instruktionen aus Zahlenfolgen zukommen, denn sie fürchtete, dass die eine oder andere von uns irgendetwas vergaß und einen Fehler beging. Sie schrieb die Botschaften auf Zettel, die sie uns persönlich übergab, wie Kassiber, zusammen mit der Substanz, die wir einsetzen sollten, natürlich von ihr selbst hergestellt. Wer sonst wäre auch in der Lage dazu gewesen? Die Zettel verbrannten wir sofort. Sie war so vorsichtig, so genau. Sie tat mir sogar ein bisschen leid. Im Grunde hatte sie nichts davon. Warum glaubte sie so sehr an unsere Sache? *Gemeinsam stark für das Gute, gemeinsam gegen das Böse*, so sagte sie immer. Aber sie hatte nichts mit uns gemeinsam. Mir wurde klar, dass es ihr schlicht gefiel, sonst nichts. Also Morde zu organisieren, meine ich. Zumindest glaube ich das. Aber so genau weiß ich es nicht. Sie begann zu strahlen, wenn sie über Gift sprach, vielleicht war es für sie, als würde sie ihren Stiefvater sechsmal töten, wer weiß. Fragen Sie mich bitte nicht nach einer derart komplexen Erklärung. Dafür haben Sie Ihre Profiler, sollen die sich damit beschäftigen. Kann ich eine Pause machen? Ich bin ein bisschen müde. Nur fünf Minuten. Danke.«

24. Dezember

Ilaria steht gegen elf auf und sieht aus dem Fenster. Es fällt ein leichter Schnee, der gleich in Regen übergehen wird. Auf den Dächern wird nichts liegen bleiben. Schade.

Sie ist immer noch zu sehr mit der Vergangenheit verhaftet. Weihnachten gleich Schnee. Mord gleich Mord an ihrer Mutter. Sie schlüpft in die Pantoffeln und macht sich einen Kaffee. Dieser Fall zwingt sie, die Bilder von damals noch einmal vor ihrem geistigen Auge abzuspulen, auch die Bilder von sich selbst. Sie weiß sehr gut, dass sie sich entschieden hat, Kriminalreporterin zu werden, um all die Frauen zu rächen, die wie ihre Mutter von ihren Ehemännern ermordet wurden. Aber es funktioniert eben nicht immer.

Sie kommt nicht über Dafnes Verantwortung hinweg,

von den anderen ganz zu schweigen. Im Grunde haben sie Dafne benutzt. Sie haben sie manipuliert und sich ihre psychische Erkrankung zunutze gemacht, haben ihr eine Mission angeboten, der sie nicht widerstehen konnte. Alle hatten ein eigenes Interesse, bis auf sie. Sie bekam nicht einmal Geld dafür, im Gegensatz zu der Alten mit dem Essig. Sie war der perfekte Sündenbock. Nicht zufällig war sie die Einzige, die mit dem Tod bestraft wurde. Arme Dafne, sie hat aus Prinzip getötet oder weil sie krank war.

Ilaria greift ohne Topflappen nach dem Espressokocher und verbrennt sich die Finger. Sie lässt die Kanne fallen, der Kaffee läuft über den Tisch. Sie starrt auf die dunkle Flüssigkeit, die auf den Boden tropft, und stellt sich Fragen. Dafne war eine Serienmörderin, daran besteht leider kein Zweifel. Genau genommen hat sie nur zwei Menschen umgebracht, und um sie als Serienmörderin bezeichnen zu können, hätte sie mindestens drei Menschen töten müssen. Aber sie hat den Mord an sechs Personen dirigiert. Hat ihr das Vergnügen bereitet?

Einen Augenblick lang hat Ilaria beinahe Lust, den Beruf zu wechseln. Da findet man die Lösung, und was dann? Dann wäre es einem fast lieber, man hätte sie nicht gefunden.

Sicherlich wäre es einfacher, auf der Seite der Guten zu stehen, wenn die Opfer eindeutig unschuldig wären. Aber es ist falsch. Opfer sind Opfer, Punkt. Auch wenn sie reiche und mächtige Männer sind, die ihr Leben lang anderen Menschen Leid zugefügt haben. Ein guter Reporter sollte keine Empathie empfinden. Für niemanden. Er sollte nur seine Arbeit machen und sonst nichts. Und ihre Arbeit hat sie getan, so viel ist sicher. Aber dennoch findet ihr Gewissen keine Ruhe. Ihr tut Dafne immer noch leid, und nicht die Menschen, die sie getötet hat. Sie kann es nicht ändern.

Sie schaut nach draußen. Der Schnee wird jetzt dichter. Vielleicht hat sie im nächsten Fall Opfer, die ihr mehr Befriedigung verschaffen, wer weiß. Und sofort schämt sie sich dieses Gedankens. Natürlich ist es dankbarer, Leuten Gerechtigkeit zu verschaffen, die es verdient haben. Ebenso, wie es dankbarer ist, Monster zu fangen. Aber so ist es leider nicht gelaufen. Ganz und gar nicht. Dafne war kein Monster. Und auch Vittoria oder Brunella war es nicht. Mörder und Opfer entsprechen eben nicht immer unseren Wünschen. Ilaria hat gerade einen neuen Frust kennengelernt. Nicht den Frust, den man empfindet, wenn man die Wahrheit nicht findet. Sondern den Frust, den die Wahrheit hinterlassen kann, wenn man sie entdeckt.

24. Dezember

Liebe Vittoria,
ich dachte, ich hätte in meiner langen Karriere schon alles erlebt. Aber ich habe mich getäuscht. Ich bin überrascht, was ich diesmal alles nicht gesehen habe. Oder nicht habe sehen wollen.

Ich habe mich mehr als fünfunddreißig Jahre mit

Mördern beschäftigt und dachte, ich würde sie kennen. Aber anscheinend ist das nicht der Fall. Denn ich habe mich in dich verliebt. Ja, an dieser Stelle muss auch ich ein Geständnis ablegen. Zwar habe ich niemanden umgebracht, aber dennoch ist es ein Geständnis, das mir sehr schwer fällt.

Es war Zufall, vielleicht auch Schicksal, wer weiß das schon. Es hat keinen Sinn, sich darüber den Kopf zu zerbrechen. Wir waren einfach im falschen Moment am falschen Ort, du und ich. Wir hätten uns auch früher ineinander verlieben können, dann wäre es nicht so weit gekommen. Vielleicht hätten wir einander aus anderen Gründen verlassen, aus normaleren, banaleren Gründen. Wärest du an meiner Seite gewesen, wärest du nicht so weit gegangen. Dessen bin ich mir sicher. Aber es ist eben anders gekommen.

Als ich dich kennengelernt habe, war bereits geschehen, was nicht mehr ungeschehen gemacht werden kann, und dir blieb nichts anderes übrig, als es zu verbergen. Das verstehe ich. Aber ich habe mein ganzes Leben lang über Verbrechen berichtet, und auch das kann man nicht ungeschehen machen. Ich weiß nicht, ob ich dich besuchen werde. Ich würde dich gern wiedersehen, aber du bist meine größte Niederlage. Es ist das erste Mal, dass ich einen Fall gelöst habe und keine Erleichterung darüber empfinde. Dabei war es immer eine so wunderbare, so befreiende Erleichterung. Man war wieder leer und bereit für den nächsten Fall. Nun würde ich am liebsten wirklich in Rente gehen. Ich schaff es einfach nicht mehr, auch nur als freier Mitarbeiter weiterzumachen. Es ist deprimierend.

Zum Glück habe ich Ilaria. Sie wird mich zwingen, mich auf etwas Neues einzulassen. So viel weiß ich schon, und ich zähle auf sie. Sie wird mich anrufen, wie immer völlig aus dem Häuschen, und zu mir sagen: Komm schon, wir können doch keinen Rückzieher machen. Der Plural ist sehr viel emotionaler, verbindlicher als der Singular. Natürlich nur, wenn es funktioniert. Zwischen dir und mir hat es nicht funktioniert. Ich denke, damit müssen wir uns abfinden. Du bist eine Mörderin, und das ist eines der wenigen Dinge im Leben, die man nicht auslöschen kann. Du hast dich für die andere Seite entschieden. Du wirst sicherlich wegen guter, ja herausragender Führung vorzeitig entlassen werden. Und du wirst verändert herauskommen. Schon allein, weil du gezwungen sein wirst, in eine vollkommen andere Welt einzutauchen. Und wenn du wieder rauskommst, wirst du mir sehr viel ähnlicher sein. Aber das wird nicht genügen, denn was geschehen ist, hat einen unüberwindlichen Graben zwischen uns aufgerissen. Ich meine nicht deine Lügen, die sind nur allzu menschlich. Ich könnte sie sogar lieben, so wie ich dich geliebt habe. Das Problem ist ein anderes. Du hast getötet, und ich nicht. Das schafft eine unüberbrückbare Distanz, die dafür sorgen würde, dass wir uns niemals verstehen könnten. Es ist die gleiche Distanz wie zwischen jemandem, der noch lebt, und jemandem, der im Sterben liegt. Man tötet allein, so, wie man alleine stirbt. Unabhängig davon, wen du dabei an deiner Seite hast. Niemand wird dich je verstehen.

Ich drücke dich fest und voller Schmerz, es war so schön, dich in meine Arme zu schließen. Ich wusste, dass du kein Unschuldslamm bist, aber damit habe ich wirklich nicht gerechnet.

Dein – denn das bleibe ich, ob ich will oder nicht – …

Marco legt den Stift nieder, er schafft es nicht, seinen Namen zu schreiben. Er ist plötzlich blockiert. Er ist es nicht gewohnt, mit der Hand zu schreiben. Seine Schrift ist mittlerweile kaum noch leserlich. Die reinste Sauklaue. Wer weiß, was ein forensischer Kalligraf dazu sagen würde. Er starrt auf den Brief. Dann nimmt er ihn und zerreißt ihn.

24. Dezember

Das Restaurant ist voller Familien und Gesellschaften, im gesamten Lokal sitzt nur ein einziges Paar.

»Und wieder verbringen wir zwei Weihnachten miteinander«, sagt Besana, während er in der Weinkarte blättert.

»Nein, diesmal ist es anders. Wir sind zu dritt: Becks ist ja auch noch da«, erwidert Ilaria.

Becks versucht gerade, mit einem Knurren zwei ausgesprochen lästige Kinder zu vertreiben, die ihm eine Girlande um den Hals binden wollen.

»Vorsicht, der beißt«, warnt Besana. »Das ist ein ausgebildeter Polizeihund.«

Die beiden Kinder laufen kreischend davon, und Becks sieht ihn dankbar an.

Die Kellnerin bringt zwei Gläser Champagner, und sie stoßen an.

»Ich weiß nicht, ob es angebracht ist anzustoßen«, sagt Ilaria.

»Ich hab gehört, dass du einen Bonus bekommst. Darauf müssen wir anstoßen. Bravo. Das hast du dir verdient.«

»Mir wäre es lieber, sie würden mich fest anstellen. Aber gut.«

»Die Zeitung steckt schwer in der Krise, ab Januar gibt es Kurzarbeit. Sie haben den Stammsitz, das historische Verlagsgebäude, verkauft. Sie können niemanden einstellen, nicht mal eine Spitzenreporterin wie dich.«

»Vielleicht sollte ich mir einen reichen Mann suchen und ihn vergiften.«

Besana lacht. »Du schaffst es immer, mich aufzuheitern, Piattola.«

Ilaria wird plötzlich melancholisch. »Weißt du, ich denke immer noch über Dafne nach. Es lässt mir einfach keine Ruhe. Wir haben so gelacht, weil sie sich *Life-Coach* nannte, dabei war das gar nicht zum Lachen. Sie war ein *Death-Coach.*«

»Was glaubst du, wie ich mich fühle? Ich habe einen Mörder gesucht und dabei mit einer Mörderin geschlafen.«

»Wie konnten wir nur so blind sein?«

»Das weißt du besser als ich, Piatti. Im Grunde hast du trotz allem nie aufgehört, deinen Vater zu lieben.«

»Das ist nicht wahr. Ab einem gewissen Punkt konnte ich das nicht mehr.«

»Ich weiß. Es ist ein irreparabler Bruch.«

»Du sagst es, irreparabel.«

»Ich denke, dass auch er viel verloren hat. Es ist schön, Vater zu sein. Gestern hat mich Jacopo angerufen, um mir zu sagen, dass seine Freundin ihn verlassen hat. Er hat mich eine geschlagene Stunde am Telefon festgehalten, weil er mir sein Herz ausschütten musste. Zum ersten Mal hat er zugegeben, dass er mich braucht.«

»Darf ich dir auch etwas gestehen?«

»Natürlich.«

»Weißt du, was mir wirklich Angst macht? Dass ich in meinen Zellen die DNA eines Mörders habe.«

Ein Aufschrei und lautes Schluchzen unterbricht sie. Der Übeltäter ist Becks, er hat nach einem der Kinder geschnappt. Während sie abgelenkt waren, sind die Störenfriede zurückgekommen, und Becks hat schließlich die Geduld verloren.

»Ich zeige Sie an!«, schreit die Mutter. »Ihr Hund ist gefährlich!« Sie packt ihr Kind an der Hand und rauscht empört ab.

»Was regt die sich so auf, die tut ja fast so, als hätte er ihr Kind zerfleischt«, sagt Besana. »Dabei hat es nicht mal einen Kratzer. Es hat sich nur erschreckt.«

Mit heraushängender Zunge sieht der Hund sie an.

»Du bist kein Bär, Becks.« Ilaria legt ihm den gestreckten Zeigefinger auf die Schnauze. »Und wir haben die Nase voll von Mördern im Haus.«